HERO 六尺之孤

王霄夫 著

作家出版社

图书在版编目（CIP）数据

六尺之孤 / 王霄夫著. -- 北京：作家出版社，2022.3
ISBN 978-7-5212-1531-1

Ⅰ.①六… Ⅱ.①王… Ⅲ.①长篇小说 – 中国 – 当代
Ⅳ.①I247.5

中国版本图书馆CIP数据核字（2021）第185241号

六尺之孤

作　　者：王霄夫
插　　图：常　虹
责任编辑：杨兵兵
装帧设计：奇文雲海 Chival IDEA
出版发行：作家出版社有限公司
社　　址：北京农展馆南里10号　　邮　　编：100125
电话传真：86-10-65067186（发行中心及邮购部）
　　　　　86-10-65004079（总编室）
E-mail:zuojia@zuojia.net.cn
http://www.zuojiachubanshe.com
印　　刷：北京盛通印刷股份有限公司
成品尺寸：152×230
字　　数：347千
印　　张：25.75　　　　插　　页：16
版　　次：2022年3月第1版
印　　次：2022年3月第1次印刷
ISBN 978-7-5212-1531-1
定　　价：58.00元

秋思虹参选瓯越首届橘子节，获得橘子美人桂冠。

哼四少爷此时看上去完全
不像一个年轻俊朗、鹤立鸡群、
非同凡响的青年英雄。

难以忍受的剧痛
使蓝大首领倒地而亡。

读书会会长的继任人选橘子姑娘给大家朗读英文版的《马克思主义ABC》。

有人怀疑上海丽人
是哼四少爷的共谋。

欧洲胜利日这一天，传来但丁二世在法国阵亡的消息。

哼四少爷相信，
这一定就是但丁神父
认为可能不存在的修
道院。

哼四少爷还是不死心，叫
拳师父砍了一根竹子。

哼四少爷冲过去，
挡在院长嬷嬷面前。

哼四少爷去照相馆
取照片的过程中有了意
外发现。

上海丽人穿过沉寂的
五马街进入旧将军衙门。

上海丽人在池里
试着水温。

但丁二世声明如果
橘子姑娘不跟他一起走,
他将永远在瓯城等下去。

哼四少爷抽出薄纸一样的吉列刀片，在贤者嚚人脖子上狠狠一抹。

目　录

卷　首

卷首

　　四千年之前，也可能更早之前，东南临海平原嚣人部落以土地肥沃、生民富足而强盛，此时的首领因为贪婪，开始觊觎千沟万壑但物产丰富的百山谷地区。武器先进的嚣人大军在首府古瓯之城誓师出发，假道生活在百山谷口的哼人家园水渚之城，凭其实力，撕毁条约，反客为主，强行霸占，并以此为跳板，为基地，攻取百山谷山人部落的中心洞寨山谷之城，侵占漫山遍野的宝贵资源，奴役森林谷地的勤劳山人。

　　若干年之后，水渚之城的哼人已不足百户，深感唇亡齿寒，家破人亡，忍无可忍，终于奋起反抗。嚣人武士铁斧石矛，皮弓飞矢，大肆杀戮，无情镇压，哼人男壮牺牲殆尽，妇女老幼尽数残殁，美丽城堡毁于水火。是日，嚣人啖肉饮浆，欢庆胜利，忽然天象生变，星月同坠，世界黑暗混沌，狂风暴雨呼啸，山人决百洞之流，冲灌嚣人占据的水渚之城。哼人勇士无惧激流汹湍，舍生忘死，用无名利器顷刻将嚣人首领毙命。自此，嚣人虽然力量犹存，但心怀恐惧，若干年后，撤离山谷之外，退居临海之滨，蜷缩古瓯之城，无力再犯。此事传到域外，已是千年之后，中原王者鉴之，镌刻于鼎：毋大而肆，毋富而骄，毋众而嚣。

　　而传颂至今的是哼人壮举。他们的最后牺牲，使山谷之城的百山谷人得以生存并延续至今，而哼人历经无数代建造的城池被滔天洪水淹没，成为永远难见天日的水渚之城。

　　　　　　　　　　　　　　——摘自《上古百山谷口哼人城池遗址考》

卷

一

　　民国三十八年，即公历1949年，1月1日，阴历戊子鼠年腊月初三，礼拜六，摩羯座。是日前夜，瓯城天主堂最新式的马克苏托夫式折反射望远镜观测到，东南上空有一颗耀眼流星冲破夜空，坠落大海。

　　瓯城域外，中华民国总统蒋介石在南京发表新年文稿，表示希望求和，声称愿意下野。与此相对的，是中国共产党主席毛泽东发表的《新年献词》，预告天下大势，将天翻地覆。

　　瓯城域内，黎明之时，瓯越地区军政长官蓝大首领遇刺身亡。这对城内的古瓯之城，山谷之城，俨然是几千年没有遇到过的天大之事，而同时出现神秘传言，认为这预示着泥泽之下的水渚之城，在沉睡数千年之后，将重见天日。

　　天道有变，人道也因此有变。背陆面海，百山环绕，孤立东南，自成一方的瓯越，将地覆天翻。

一 哼四少爷的命运诅咒

无论如何，瓯城乃至瓯越，没有人相信，没有人敢相信，没有人愿意相信，哼四少爷会杀死蓝大首领，如同儿子杀死父亲。

1949年元旦前夜，得知了瓯越博物馆筹建处博士沈铁铲子以汉奸犯被处决的消息，哼四少爷不会再平静了。而同时传出瓯越首届橘子节橘子美人桂冠得主、瓯城女子学堂教务长兼瓯城女子读书社社长、瓯城名媛秋思虹被秘密杀害于江心屿模范监狱，哼四少爷绝对不能再平静了。

无论如何，麻烦找到哼四少爷之前，他都是瓯越民众心目中的稀奇人物，有口皆碑的青年才俊。抛开他对自己幼年一无所知，毫无记忆不算，他成长的环境令人羡慕，与生俱来的才情难以企及，关键时刻展现的智谋和勇敢受到盛赞，比如在弱冠之时，以一般人无法想象的生死遭遇，展现出勇于承担、敢于冒险的壮举和无所畏惧的精神品格，使他成为名垂青史的抗战英雄，成为全体公职人员的学习楷模，成为瓯城激进青年的心中偶像。尤其可贵的是，他天生简单纯粹，始终谦逊平和，乐于帮助他人，喜欢为弱者解困，而且不图回报，不喜张扬，云淡风轻的做派，发于内心，出乎自然，没有任何矫情和算计。他也是活生生的平常人，通常以人人熟悉的面孔出现在瓯城街头，忽前忽后，或奔或走，引人注目，人人愿意与他交流，个个喜欢和他点头。在人们不需要他的时候，在人们注意力转移的时候，他把自己当成多余，不引起任何关注，像一股风，来去无声；像一个影子，随时消失在人群中。

如果哼四少爷有什么缺点和瑕疵，就是他过于沉默寡言。

瓯城男女老幼有给人起外号的传统爱好和独特风俗，人前或背后，私下或公开，一开始因为他少年之时嘴唇上长出一层黑须，先是叫他黑须小儿，后来觉得这个称呼与其良好的做派不符，绝大多数知道他、熟悉他的人，见过他时不时地张动好看的鼻翼，轻轻哼一声，就取其鼻子时常发出的这一声"哼"，改叫他哼四少爷。

至于他的官名，很少被提起，久而久之，已经被人们遗忘了。

在1949年到来之前，生活在瓯城的哼四少爷就是这样一个正面形象，尽管嘴唇上的黑须越来越浓密，但是因为他用上了最先进的吉列牌剃须刀，每天始终保持干干净净的面目，清新文雅的气质，满脸春风的状态。如果不卷入一场意外的纷争而遭遇诬陷，如果不进行一场捍卫名誉的战斗而被迫树敌，进一步而言，如果不是因为美丽端庄的名媛淑女秋思虹无端被杀，如果不是因为学问精深的博士沈铁铲子含冤而死，就不至于激起他伸张正义的强烈冲动，就不至于唤醒他隐藏于灵魂深处的熊熊火焰。那么一切都会是原来的样子，他仍然会保持少言寡语的平静，轻松自如的生活状态，尽情享受美好的人生境遇，使人羡慕的社会地位，昂首阔步，意气风发，一路哼哼，前程无限。

谁都没有想到，哼四少爷本人也没有想到，1949年来临之际，局面突然失控，转眼之间，文明开化、温良谦逊的瓯城各界人士改变了对他的良好印象，许多人把他看成一个混蛋，一个流氓，一个恶棍，许多人把他看成一个胡子拉碴、未老先衰的落魄男子，一个翻脸无情、忘恩负义的卑鄙之徒，还有一些自称消息灵通的有识之士，把他看成一个阴森可怖、手段残忍的杀人狂魔，更有少数所谓名流高士，居心叵测地把他描绘成精神错乱、白日做梦的幻想症患者。

以致后来人们普遍认为，1949年元旦，所有发生在瓯城的十分混乱，百端猜测，千种麻烦，万般无奈，都是由黑须小儿哼四少爷引发的。由最初一起桃色风波，演变出一起极度危险的刺杀个案，导致了后来一系列影响瓯越地区历史进程的重大事件。而这起极度危险的刺杀案的主角，被怀疑，甚至被认定，就是十分有名的哼四少爷。在电讯传播和报纸发行十分快速的年代里，哼四少爷的冒险之举产生了意想不到的轰动，他的知名度也由此迅速扩大到整个国统区，连上海、南京、北平都有许多人知道他，热烈议论他，甚至能够准确说出他的绰号。

哼四少爷绝对不是一个普通人物，绝对是一个很特别的人物。他一开始就不普通，一开始就很特别。

在他六岁左右时的二十年前，即1929年元旦到来的前夜，听起来像是命运诅咒的预言就开始伴随着他了。

传说当时在天主教会医院的太平间里，有一对看上去濒临死亡的母子正在等待生命的最后时刻。一头栗发、奄奄一息的母亲尽管陷入昏迷，但仍然不停地哀求着，希望给怀中的幼儿，也同样长着细细栗发的儿子能多延续几个小时的生命，说："让这个孩子活到阳历1929年。"

蓝大首领仿佛同情地点了点头，说："他已经被人诅咒了，顺其自然，也活不到明年。"

只有被称为贤者器人的男子不相信，一直在不停讯问，不停讲话，不停地抽动一直在鞘中的龙泉宝剑，不停地反问："明天，就是1929年了，如果活到明天呢？"

母亲显得绝望，索性放下儿子，声音微弱，语调阴冷，说："一定要把他交给你们吗，一定要你们决定他的命运吗？"

贤者器人突然抬起手，抽出镌刻着四翼鸟的开锋宝剑，将剑刃在孩子的喉咙上移来移去，然后自信地笑了笑，说："我倒要看看诅咒是否灵验。"

"儿子的命运掌握在母亲手里，"贤者嚣人转过脸，与旁边一个叫但丁神父的洋人讨论起来，说，"还是上帝手里?"

负责临终祷告的但丁神父在胸前和额顶各画了几个十字，给出了自己的回答，说："掌握在他自己手里。"

这时几个护工进来，准备等待但丁神父为这对母子做完祷告之后，将遗体送走并埋葬。最后是蓝大首领夫人、一个刚皈依天主教会的护士阻止了贤者嚣人的逼迫和干扰，并把他们赶出了太平间，说："上帝自有安排。"她拿着十字架，冷冷地看着丈夫和贤者嚣人，说："难道不怕下地狱吗！"

哼四少爷活了下来，活到了第二天的明年，至少多活了二十年。

在过去的二十年间，在进入阳历1949年之前，哼四少爷可能没有任何发现，神经没有受到任何触动。比如，他还不知道那个一头栗发，昏迷中为他哀求乞命的女人，竟然是自己最亲的母亲，后来不知命归哪里，身葬哪里；不知道手持龙泉剑，质疑他生死的贤者嚣人，是上古瓯国嚣人部落首领的嫡传后代，在瓯越几度呼风唤雨，主宰他人；不知道在一旁为自己做临终祷告的洋人，就是瓯越地区无人不敬的天主堂主教但丁神父；当然也不知道预测他命运的，是后来救了他性命的不死巫娘。

这就是哼四少爷最特别的地方，一个没有来路的人，或者来路不清的人。

在蓝大首领收养和庇护的一群孤儿中，名气大、出息也大的有四个，而且都来自山谷之城。年纪最长的，是身形瘦长的蓝长个头，因为他年纪略长，可能比哼四少爷大了七八岁，因而他知道自己来自哪里，至少知道自己的双亲都死于1928年冬天的赤色风暴，因为宗亲关系为蓝大首领收养，至少还清楚地记得原来的家庭如何富裕，自己如何披麻戴孝为死去的父母送葬。由于血缘关系，由于为人忠诚，他被委以重任，跟随蓝大首领左右，此时，他已经是瓯城警备司令部的副官长了。

比蓝长个头年纪稍轻的，是督察区财政局会计主任算盘老二。因为他从小打得一手好算盘，得了这个外号。知道他来历的人，称赞他的算计天分遗传自父亲盘会计。他儿时一直以为生父名字就叫会计，后来才知道因为长期担任山谷之城的账房，所以别人叫他盘会计，会计是一个职务，并不是名字。他的父母死于不同的阶级阵营和政治风暴，父亲在苏维埃赤卫队狂风暴雨式的运动中被误杀，而丫环出身的母亲加入了山谷之城苏维埃政权女歌队，死于一阵乱炮。

又小一点的雷三瞎子，因为父母早亡，由一个父亲般的长兄照顾他。长兄叫雷大嘴巴，几度担任山谷之城长官，因为被怀疑1928年秘密参加共产党领导的赤色活动，为苏维埃政权服务，一直被监督审查。蓝大首领为了保护雷三瞎子，接他到瓯城读书，表面上叫他们断绝了兄弟关系。雷三瞎子善于窥测，喜欢假装，天生就是当侦探的料，由于一次扮成算命瞎子破获疑案，得到了雷三瞎子的外号，此时已经是瓯城警察局的侦探长。

哼四少爷年纪最小，却没有人能说出他来自哪里，父母是谁，到底几岁，他排在蓝长个头、算盘老二、雷三瞎子之后，但被叫少爷的人只有他一个，别人都没有这个尊称。

"他是从石头缝里蹦出来的。"蓝大首领开始是用玩笑话搪塞，后来含含糊糊地透露一点蛛丝马迹，"他是捡来的。"至于是从哪里捡的，则语焉不详。当时人们有几种猜测，有的认为他是蓝大首领与某一个美丽的山人姑娘所生。蓝大首领本是山谷之城山人，回乡偷偷与人相好，也算是传统风俗，族人佳话。有的认为哼四少爷是从天主堂育婴所抱来的，因为蓝大首领夫人在1928年冬天目睹红色风暴引起的杀戮之后，就皈依了天主教，以照看弃儿病孩为自己的终身职业，吃住一直都在育婴所，因此蓝大首领受夫人托付，抱一个孤儿在身边养育也是完全可能的。后来人们发现蓝大首领钟情瓯越乱弹，于是又把他跟瓯城名伶百里香联系起来，哼四少爷是他们私生子的流言盛传了很长一段时间。

随着年龄成长，哼四少爷本人当然也很想知道自己从何而来，但脑子里对自己幼年的记忆完全一片空白，上天入地求之遍，始终没有一丝半点的留痕。

除了在一个奇幻的梦中所见。

穷尽追索，在这个恍惚而且奇幻的梦境之中，突然出现过自己想象中的远祖，顿时无法言喻的自豪感占据他的全身。以后他又多少次在梦中见到，三千年，四千年，还是更早以前，远祖繁衍生息的山谷之城下一个叫谷口的城池，四周森林无边，水泽无边，烟雾无边，既湿润又温暖，既阳光又阴郁，人类和鱼兽共同生活，男人和女人杂居无间，女人小巧，习惯剥丝抽茧；男人精壮，擅长屠狼吞蛇。

无数代之后，溪流汇成了茫茫大泽，远祖忙于劳动，无暇闲话空谈，于是进化成用鼻子这种器官进行交流，腾出最宝贵光阴在奔腾的涧流畔，山谷的阳坡中，开阔的草地上，创造生活。苍穹之下，山水之间，无数座石堡像菌菇般拱出泥层，遍地生长，升起的炊烟，像漫天的蒲花，一男一女、一女一男，或者一男多女、一女多男，日子富足幸福。

谷口城池的美名远播临海之滨，嚣人首领心生贪婪，难遏垂涎。

嚣人生活在山谷之城往东的广袤地区，依江面海的富饶旷野，阡陌桑田，衣食无忧，都城繁华，但相当长一个阶段，他们把应该用于劳动的时间都浪费在废话空谈上，致使贫穷和匮乏，堕落成为觊觎别人美好家园的侵略者。为了吞并谷口，从而彻底占领山谷之城，他们发起了没有被记载、没有被考据的人类史上的一场残酷战争，虽然这场模糊而飘忽的战争景象无数次在哼四少爷梦幻中得到过呈现。

决定战争胜负的，却是哼四少爷一个远祖的生死一搏。

诡异的是，这个远祖在哼四少爷梦里最初出现时，竟然是一个年轻的女性，特别的是，她的长发是栗色的，缠绕着她整个头部，上身没有半片麻布遮盖，以至于雨水击打着她赭金色的削肩和双乳，她踩着泥泞，闯进屯驻谷口的嚣人军团大本营：一个画着四翼鸟的岩洞。面对无数嚣人武士的喧哗和阻挠，她只轻轻哼了一声，就果断地将锥形玉器刺入了嚣人首领的下体。奇怪的是，嚣人首领一开始没有什么疼痛感，玉质的温润反而使他的身体产生快乐的悸动，等到鲜血顺着玉锥流尽，已经全身冰冷僵卧，像一座石像一动不动。

场面骚动混乱，嚣人武士叽叽喳喳地挥舞着火把，每个洞口，包括仅仅能够伸出一只手臂的洞眼都予以封锁，水泄不进，风侵不入，刺杀者哪怕变成蚂蚁苍蝇也难以脱身。

但后来据考古学博士沈铁铲子考证，哼四少爷梦中跳过了一些惊险片段，例如这个远祖纵身投进巨蟒和鳄鱼互相挤压的地下城河，从另一个水下溶洞离开时，正好明媚的阳光普照大地，其形象也由栗色长发缠绕头部的年轻女性变成一个健壮无比、有浓厚黑色唇须的男性。

对此，沈铁铲子的解读是，哼四少爷的梦境时空一晃千年，由母系社会跳跃到父系社会。

黑须远祖浑身湿漉，快步捷走，暴露的阳具不停晃动，鼻子不停哼哼着，手中拿的不是什么玉器，而是一把半石半铁的乌剑，乌石剑上滴着水珠，一片片血红涂抹了洞壁上四翼鸟的嚣人图腾。

首领一死，嚣人因为对玉制利器，或者是乌石剑的畏惧，更因为对刺杀者离开时哼哼声的惊恐，很快放弃了山谷之城，撤离了哼人城池，几十年，几百年，几千年，都没有敢再犯。而谷口哼人城池也被洪水毁灭，变成水渚之城。

然后在真实的生活之中，哼四少爷最早的记忆恍恍惚惚开始于山谷之城的一个洞屋里，与一个当地最著名的女巫住在一起。人们不知道她活了多少岁了，都称她为不死巫娘。他后来知道，自己是来这里治病的。洞屋里有温泉，他每天都泡在一个阴暗的石池子里，以致后来他再也不肯洗热水澡。此外，他每天都要喝一个紫瓮中的绿曲仙酿，以致他后来闻到酒味就远远逃避。

蓝大首领把他从石池子里抱出来，感觉到沉了很多，说："是健康人了。"

不死巫娘有几分得意，不停地夸耀自己的成果："他的身体将会非常强健有力，长大了没有人能打得过他，他不会再受到伤害。"

随同的百里香接过来抱了抱，说："真沉呀。"

不死巫娘当着蓝大首领，摸了一遍哼四少爷身体突起的骨头，似乎要通过测骨计算出年龄。

蓝大首领急切地想知道答案，问："几岁了?"

不死巫娘又摸了一遍，然后得出结论，说："六岁，多个十来天。"然后又显得沮丧，感到遗憾，说："他的病，只好了一大半。"因为哼四少爷的记忆仍然没有恢复，他可能永远不会记得六岁之前的事情，说："这样也好，让他一心一意当你亲儿子。"

蓝大首领当即做了测试，给了他一块十分罕见的巧克力，问他："你小时候吃过什么好吃的?"

他摇摇头，全然不记得以前吃过什么，嘴里快速地转动着，咬碎了里面的糖泥，口齿含混，说不出话来。显然，他此时只记得已经嚼完的巧克力。

蓝大首领不禁高兴，又问他："小时候谁抱过你?"

哼四少爷依然默不作声，显然他只隐隐记得刚刚发生的情景，混沌中指了指蓝大首领，还有百里香，尽管他不知道她为什么也会来，她抱他时，像母亲那样，使他感到温暖，他差点认为自己是在她的子宫里，或者是从她的肚子里面生出来的。不死巫娘连忙把他从百里香怀抱中夺了过来，说："他不是你生的。"

他靠在不死巫娘怀里，张了张嘴，想说话，却发不出声音。

百里香和蓝大首领互相看了看，都一脸的疑惑，说："他不会是哑巴?"

"舌头好好的，怎么是哑巴。应该庆幸没有四张嘴，不是器人的后代。" 不死巫娘好像松了一口气，又说，"谁生下来就会说话?"

"他不是刚生下来。"

"他怎么不是刚生下来!"不死巫娘低下声，"他记不得以前了，不知道什么时间开始记事呢。"又安慰蓝大首领，"他会记得你们是先抱他的，还有这块黑黑的糖泥块。"

哼四少爷后来模糊地记得，面对兴高采烈的蓝大首领，当时不死巫娘突然叹了口气，提到了她曾经接生过的一些孩子，如果活着，也跟他一样大了，说："可惜呀，戊辰年，龙年死的。"

百里香仿佛也一起陷入回忆，也跟着叹了口气，说："1928年年底，死了多少人，许多女人，许多小孩。"

哼四少爷后来回忆起，当时蓝大首领没有说话，但脸色不太好看，眉头皱得很紧，还严厉地瞪了一眼不死巫娘。

不死巫娘回眼瞪了他，过了一会儿，才把话题挪开了，说："过了龙年，到了马年，不都好了。"

百里香看了看手腕上的表，说的是公历："1929年都快过去了。"

蓝大首领对哼四少爷身体的康复还是感到满意的，很快眉头也舒展了，人也放松下来，有说有笑，还送给不死巫娘不少珍贵的财物。

离开洞屋时，不死巫娘还是担心哼四少爷的记性，希望蓝大首领每年冬天都送他过来，到春天再离开，泡石池温泉，喝绿曲仙酿，一直到他真正成年，一直到他什么都想起来。

"他会想起六岁以前的事。"

那一天，天气晴朗，春风扑面，即将回到瓯城的哼四少爷尽管还是浑浑噩噩的，尽管感觉到自己的身体仿佛还在母腹中蠕动，却不免好奇地看了看称为山谷之城的四周。他当时还没有注意到，这里其实是高山之中的一块台地，四周是连片的洞寨，长长的窄窄的石板路街道，一直延伸到四面的山头，一切都靠得很近，又离得很远。他当时注意到的，是自己所处的洞屋前面，有一片很大的草地，仿佛广场，中间有一棵千年古樟，树下拴着一头小牛犊。草地的后面是梅树林，林下是缓坡，坡上是一座座坟墓，坟地后面是一条终日咆哮的深涧，涧边悬崖前，有一座红色的廊桥，通往对面的绝壁。抬眼看过去，在高高的浓密的林梢上，有一幢孤零零的红色洋房建造在半山腰上，若隐若现，若有若无。后来知道，这座红房子是圣玛丽医院，之前是一座私宅，曾经是苏维埃政府办公的地方。显眼的是，外墙上有些斑驳，后来知道那是炮击留下的伤痕。

宁静之中，唯有几只鸟，发出清脆的叫声，在两边飞来飞去，吸引了哼四少爷，他从蓝大首领身上跳了下来，奔跑着，试图追上它们。

不死巫娘也活泼起来，学着它们的声音叫了起来，又顺手折了路旁一朵盛开的花，脸上露出少女般的神态。

"杜鹃花，杜鹃鸟，连叫四声杜鹃鸟。"

这是他记忆真正开始后的一幕景象。

留在最初记忆中的，当然还有拴在千年古樟下的小牛犊。

然而下山，仿佛是从天山下来，一步一步，不知道有多少块石阶，才落到平地上。当时春水下来，路过谷口那一片水渚时，其他人都是高挽裤腿，涉水而过，百里香也将漂亮的旗袍撩起，一手举着高跟鞋，一手搭着蓝大首领的肩膀，唱着曲子，任由荡漾的水波漫到洁白的大腿根。而他趴在小牛犊身上，经过了长长的、宽宽的水域。小牛犊睁大眼睛，呼着热气，不时地回头看他。从此，他一直记得它，每次回到山谷之城，或者见到它脚步沉重地从山上的梯田里走下来，它就停在面前，与他招呼相认，或者有时候与其他小牛躺在千年古樟下乘凉，看见他，就一齐站起来欢叫，表示欢迎。

二十年后，小牛犊老了，但依然活着，已经不再耕田，依然经常在千年古樟下乘荫凉，过着养老的悠闲日子，享受生命的最后时光。

之前，这段关乎自己的最早身世，哼四少爷心里猜测过多次，暗中调查过多次，但都无从得知到底是虚幻传说，还是真实故事。预言他生死的人不以民国纪年，显然不会是瓯越本地的中上层阶级，因为所有党政军、公教医各界在内，包括瓯城略有恒产的市民阶层，都一律遵循民国纪年。预言者也不是巫术盛行的山谷之城的山民，因为那里的人都使用阴历，也就是农历，对他们而言，公历意味着异端，甚至意味着羞耻，连提都不会提起。然而，善于预测天命的天主堂教士和信众，包括个别入教的山民，使用格里高利历，也就是公元纪年，一度，哼四少爷怀疑诅咒来自他们中间，但虔诚仁厚的但丁神父予以否认。

"天主预测宇宙未来，但不会预判某个具体个人，何况像你这样如此熟悉而亲近的年幼朋友，如天使一样，在春光升起的时候，天真灿烂岁月，死神岂敢降临。"

听到这番美妙的赞扬，哼四少爷本来已经释怀，本来已经相信但丁神父所说的，所谓预言或者诅咒并不存在，如果曾经有过，但被时间证明已经失灵，因为他天亮后活了下来，见到了1929年的阳光，并且一直活着，活到了二十年后的1949年，中间任何危难都没有击倒他，包括一次最凶险、离死亡最近的厄运，他也躲了过来。

那是阳历1938年最后一夜，他又一次奄奄一息之际，他亲耳听到了关于对自己生命的宣判，与传说中的诅咒是何其相似。

"他活不到1939年。"说话的人仿佛是不死巫娘描述过的生死判官，仿佛是但丁神父提到过的命运之神，认真地告知与贤者器人情同父子的斧手麻生，一个试图将他置于死地的无能之辈。此时所谓的1939年，也就是即将到来的第二天。因为时间已是深夜，最多一个时辰以后，就是新年了。

人们显然认为他已经死了，因为他已经处于濒死状态，但他仍然感觉得到，斧手麻生不相信他即将死亡的宣告，手提利斧，不停地质疑，就像当年的贤者器人，说："如果能活到1939年呢？"

迷糊中，他没有看清诅咒者到底是生死判官还是命运之神。诅咒者对斧手麻生的质疑十分生气，冷冰冰地说道："你已经定了他的生死。"

斧手麻生犹豫了很久，锋利的斧子从哼四少爷头上缓缓挪开，但心中的疑点没有完全消除，说："如果他还有一丝游气，支撑他活到明天呢？"

诅咒者含含糊糊，但语气果断地说了一句："那么这是天意，正所谓大难不死，必有后福。"

哼四少爷后来记得当时自己睁了睁被流血遮挡的眼睛，依稀看到两个摇晃的影子，一个是被挡住的诅咒者，一个就是挡住诅咒者的斧手麻生的背影。

对这一个断他生死的诅咒，哼四少爷基于自己当时意识不清，还是无从确定，仿佛斧手麻生手起斧落，自己被削掉了一片头发。因为从未有人帮他证实，那几个可能的知情者，事后认为这是他受伤后出现的幻觉，连不死巫娘也笑话他是做了噩梦，是鬼魂上身。之前，他多少次询问求证，不死巫娘断定他是做了噩梦，是鬼魂上身了。

但丁神父跟别人说的一样，他认真回忆了一下，然后才告诉他，当时自己就守在天主堂医院里，知道情况，没有什么命运之神，说："是你头脑烧热，胡思乱想了。"

如此，哼四少爷虽然发觉自己确实被削去过一层头发，但隐约感知到这次死亡经历和传说中受到第一次诅咒一样，哪怕确有其事，但都没有应验，都已经失败，他也就不再关心，甚至完全忘记了。最后得以证明哼四少爷是一个很特别人物的，是在民国三十八年，也就是公元1949年真实发生的大事。

1949年元旦发生在瓯城的刺杀案，由于上海最有名的《申报》第一时间头版头条报道，立即轰动全中国，随之又由欧美各大通讯社驻华记者抢先传送了消息。尤其是英国的《泰晤士报》从瓯城方面得到了第一手资料，由资深女主编特丽特亲自撰文，材料翔实，细节生动，如临其境，如见其人，如闻其声。加上之前当事人蓝大首领的戎装照将登上最新一期美国《时代》杂志封面，因此极有可能成为年度世界性的重大事件，成为十大新闻中的头条，获得年度全球新闻大奖，成为著名大学新闻学教科书案例。

意想之中的是，由于紧接着中国政治和军事局势发生了天翻地覆的变化，有关瓯城刺杀事件的报道被中华民国总统蒋介石宣布下野，副总统李宗仁代行总统这类更加重大的时政新闻所淹没，已经付印的《时代》杂志将当期封面的中国山人杰出人物蓝大首领照片紧急撤下，换成了备用的印度圣雄甘地背影照片。

哼四少爷为什么要杀人，而且杀的是养父兼恩公蓝大首领？根据当时的传言，这是由一起可笑、可耻、可悲的桃色风波引起的。可笑，大多数市井小民认为这是一个令人啼笑皆非的笑话，茶余饭后，一笑了之。可耻，有尊严的严肃的体面的人们深深感到，道貌岸然却大行其恶的斯文败类可耻，煽风点火并推波助澜的当朝权贵更是可耻。可悲，原本一场毫无意义的个人纷争，断送了珍贵的亲情爱情，演变出一幕仇快亲痛、无可挽回的世间悲剧，埋葬了瓯越人民最美好的一段记忆。

蓝大首领从一个山谷之城山人，成为瓯越督察区党政军长官，谁都尊称他为蓝大首领，与他同辈的，甚至晚一辈的，凡还活着的，凡还在军界的，都已经进入国民政府高层，唯独他还留在瓯城，沦陷期间的困难时刻，抗战胜利后的风光时刻，他都留在瓯越。国民政府军委会几次晋升他，请他到外面做更大的官，但都被他拒绝了。理由很简单，革命尚未成功，同志还须努力；原因却复杂，其中的问题是，如果他得到晋升，如果管辖更大的区域，如果到中央去，那就要离开瓯越。而这是他最不愿意的，也是瓯越军民不会答应的。

更主要的，他认为这是贤者嚣人的算计和阴谋，自己如果离开，他一定会乘机回来，坐镇瓯城，成为瓯越之王。

蓝大首领公开宣示，自己将终身为瓯越地区人民服务，在此告老，在此长眠。

每次都是中央政府妥协，晋升衔章、绶带和印信等物品，暂时由相关机构专人保管，但来往电文、会议名录、正式文件等，都称呼他为蓝长官，瓯越百姓更是一律称他为蓝大首领，犹如戏台上被百般颂扬的传奇名人，犹如史册上大书特书的一代天骄。

1949年的元旦，哼四少爷得以保全性命，逃出生天，在流泉边清洗灰白长布衫血渍的顷刻间，他突然放声一哭。

二 饶舌师尊的翁媳同盟

如果深究缘由，引发蓝大首领被杀的肇始之人，应该就是瓯城名人饶舌师尊和他的儿媳饶柳氏。

瓯越很早就是归化之地，作为上古器人发祥地的瓯城更是领风气之先，到了当代，这里充满真善美，从不缺少幸福的人和事，开明包容与精致大气，人与人之间如同这里的气候，温暖和谐，色泽丰润，凡此间种种美好事物，本来应该与哼四少爷关系密切，与他清澈明朗的形象和豪迈沉静的气度天然匹配，切实融合。这里也不乏假丑恶，流言蜚语与造谣中伤，人与人之间如同传说中的地狱，诬蔑陷害，伤害无辜，凡此种种恶劣行径，与哼四少爷素无瓜葛，因为他与虚伪奸巧的假面人没有任何交集，与名利熏心的投机者从来不是朋友。

在1948年即将过去，一只脚即将迈入1949年的命运之坎，所谓的预言竟然再次降临到哼四少爷的头上，他面对的是真正的诅咒。

在他毫无防范的情况下，卑鄙小人费尽心机的诽谤诬陷与党国机器兴致勃勃的调查惩办，仿佛咄咄逼人、生死予夺的审判者，突然找到他头上。后来《瓯越日报》形容："如同圣洁丝白，遭污水从天上泼来；如同哑口被告，名誉将任其被毁。"

哼四少爷受到陷害，是从他即将被任命为瓯越反共救国青年军司令开始的。

瓯越境内设有保安军司令部，司令是蓝大首领，同时挂瓯城警备司令部牌子，司令也由他兼任。往北方向驻守一个军营，长官是陆军军官学校毕业，刚刚上任一年不到，此前谋划脱离军职经商，但一直未获批准。以瓯城往西，靠近山谷之城的临瓯区为本部，在山谷之城和仙霞岭一线分点部署一个军营，由雷三瞎子的哥哥、长年主持山谷之城党政事务的雷大嘴巴挂名兼任副长官。上述各部人员长期缺编，加上最近几年上面不断抽调兵员到北方前线，每个军营至少被征调七八成，实际人数其实只有一二百人。各军营几次要求在山谷之城自行征兵，但都被蓝大首领阻止。

"瓯越抗战，元气大伤，不能再有更多牺牲。"他知道，一旦征兵充实，势必又会被调走，征多少调多少，内战是个无底洞，靠山谷之城一个地方的人民去填，如何填得了，不如维持现状，兵力能对付走私、维护地方治安就可以了。

想不到的是，国共内战爆发之后，前线形势吃紧，国民政府直接领导的宪兵部队，接管港口、机场等军事要地，宪兵司令叫花子抗战期间一直在瓯城做地下工作，曾多次装扮乞丐刺探敌情，因此留下叫花子的外号，因为娶瓯城本地人为妻，早已在此安家，也算是半个本地人。宪兵司令部设在江心屿，在原中美合作所瓯越办事处的碉楼内，宪兵部队同时还接管了由警察局管辖的模范监狱，为此，身为侦探长的雷三瞎子出头抗争，但军令如山，不容更改。经蓝大首领劝导，整个警察局只好咽下一口气，交出了监狱的钥匙。更没有想到的是，盛传已经离开瓯越多年的贤者器人率数万瓯城子弟精锐旧部，将于1948年年底从长江之北撤回瓯越。

1927年年初，东路北伐军兵临瓯越，贤者器人率领当时只有数千瓯城子弟兵打开城门迎接，之后加入北伐大军，浩浩荡荡开赴上海。而山谷之城山人子弟组成的保安部队奉命接管政权，蓝大首领自此入主瓯城，成为瓯城的长官。抗战开始，贤者器人曾率瓯城子弟兵精锐回师保卫瓯越，但在瓯城二次沦陷后突然撤离，留下蓝大首领的装备不良、士气不振的地方保安部队孤军奋战。后来贤者嚣人卸职，瓯城子弟兵有过几任长官，但都是暂行代理，在当时军委会到现在国防部的花名册上，注明瓯城子弟兵为主力部队，"长官"一栏填写的从来都是贤者嚣人。

"怕是有高人指点。"蓝大首领担心贤者嚣人，为了应对，他决心另起炉灶，组建反共救国青年军，总指挥人选就是督察区书记长哼四少爷。

在举行瓯越反共救国青年军总指挥任命仪式前一天，国民政府国防部突然下达电令，驳回哼四少爷的任命。蓝大首领致电责问，得到的答复是，有人控告拟任人选有共产党嫌疑，在查实之前不得任命，并要求他配合宪兵司令部全力侦办，如有必要可先予以缉拿。举报哼四少爷的主要都是政治问题：一是私自销毁瓯越文教局搜集的文教界激进人员名单及其档案；二是私盖公章，以督察区名义批复同意共产党外围组织瓯城女子读书社为合法社团，任其进行公开活动；三是利用与警察局和保安司令部的私人关系，私自释放在押的政治犯。此外还有刑事问题，主要是与瓯越盗墓帮勾结，盗挖水渚之城遗址地下文物。

当蓝大首领得知举报人是著名的前瓯越文教局长、现任文教改革设计顾问饶舌师尊时，既愕然又愤怒，在担心的同时，立即回电国防部据理力争，解释所举报的事情都是经过自己同意的，哼四少爷不过照办而已，并指责饶舌师尊是诬蔑造谣，是挟私陷害。

原因是哼四少爷无意间撞破饶舌师尊的丑恶之事。

饶舌师尊与贤者嚣人同宗，都是上古嚣人之后。他声称自己是瓯城最后一个秀才，如果不是光绪三十一年也就是公元1905年，清廷诏准袁世凯、张之洞等六督抚联衔奏请立停科举，他必然连中三元，或许还可能点个状元、探花，其后他投身瓯城教育，是公认的学者名流。因为他多话善言，因为他是嚣人部落饶姓，人们都称他为饶舌师尊。

关于饶舌师尊与饶柳氏逾越翁媳之礼的传闻已经有些年头了。

喜欢演讲，终日喋喋不休的饶舌师尊迷上了儿媳饶柳氏。饶柳氏虽然不丑，但也总是姿色平平，并不讨人喜欢，因此外界有关此事的花边新闻止于智者，蓝大首领自然也不相信其中真会有什么龌龊之事。为子承父业，饶舌师尊提出由绰号饶呆头的独子担任文教局督导主任，遭到同仁反对，只好请求同时身兼行政长官的蓝大首领出面周全。蓝大首领知道其子小时候得过脑膜炎，留下后遗症，根本难以胜任该项职务，但碍于情面，就做了微调，同意暂时担任无须费脑筋的总务主任一职。不想饶舌师尊得陇望蜀，又提出由饶呆头之妻饶柳氏出任瓯越女子学堂校长，消息一出，教育界一片哗然，女子学堂师生更是强烈抵制。

饶柳氏桑户出身，原本是瓯越甲种蚕业学校仓库保管，因为嫁给饶呆头，得以调到学校后勤服务处，后来一步步得到提携，当上分管校舍膳食的副校长。为堵人嘴巴，饶舌师尊每实施一步，都找机会向各界人士大吐苦水，不停地解释当饶家媳妇的种种不容易，自己出于无奈为她补偿，同时又免不了赞扬儿媳如何聪明能干，描述得如穆桂英一般有本事。但诟病随之而来，不堪的是，有人看到翁媳竟然在桑树林下苟且。饶舌师尊极尽掩饰，喊冤叫屈的同时，居然还到天主堂医院检查身体，开具自己体弱无能，无力男女之欢的医学证明，试图平息议论，说："我堂堂正正前清秀才，最懂礼义廉耻。"

此时，饶舌师尊与儿媳关系已经理直气壮，不遮不掩，扬言女子学堂校长一职非饶柳氏不可，说："别人谁都不许来抢。"

饶舌师尊志在必得，于是曲线运作，竟然放下身段，由饶柳氏作陪，在五马饭店宴请哼四少爷，通过他向蓝大首领说项。饶舌师尊和儿媳之前商量，一则自己曾教授哼四少爷说话认字，算是启蒙老师，有师生名分；二则知道他形象清新，虽然少言，但一诺千金，只要肯说话，必定有作用；三则橘子姑娘是读书社成员，为商讨《红楼梦》英文翻译事宜，与秋思虹交往十分频密，而哼四少爷是蓝大首领最得意的养子，最有可能是未来的女婿，由他出面，橘子姑娘焉能不顾私情，蓝大首领焉能反对。

"只要不帮她说话。"饶舌师尊又指着儿媳，"只要你帮她说话。"

不想哼四少爷吃也吃了，却不愿意介入，表示自己对已有的人选十分认可。已有的人选就是女子学堂现任教务长，瓯城女子读书社社长，有貌更有才的瓯城名媛秋思虹，说："何必同族相争呢。"

哼四少爷言下之意，秋氏祖上也是上古器人部落之后，他们本是同源同根，但饶舌师尊翁媳认为哼四少爷偏向秋氏，不过是他沉浸在对所谓远祖的臆想之中，一味断定秋氏祖先曾经帮助过自己的远祖太穷。

据沈铁铲子考据，几千年前，器人部落内斗，秋氏首领黥面出逃，秋氏家族被赶出首府。恰好太穷刚刚流落古瓯境内，在临瓯渡口露天夜宿，睡眠中受到江风吹拂，生了怪病，此时有一个黥面男子看到躺在泥沼地上等死的太穷，就把他背回避难之所，还倾其所有，冒险从首府瓯城请来最有名的医者，为太穷治好了病。受到沈铁铲子指引或者暗示的哼四少爷，坚信这个黥面男子就是秋氏首领。后来秋家成为瓯城望族，文脉深远，科举绵延，秋思虹父亲秋高古素有文名，曾中举人，乃瓯城儒学大师，门生遍布瓯越全境，当年对秀才出身的饶舌师尊悉心指导，如孔子看待颜回，曾几何时，还有意让其成为自己的衣钵传人。

秋高古更是一个胸怀天下的爱国者，倡导"天下兴亡，匹夫有责"的理念，并努力实践之。同时，他始终不认可上古器人传说，从来不挂四翼鸟图腾。而饶舌师尊主张秉承瓯越传统的经世致用哲学，致力于学问与仕途并进，名气与官位兼得，主义与利益共取，鼓吹复兴以器人为主体为本位的上古瓯国。两人志向不合，不久分道扬镳。其中真正的原因却鲜为人知，原来秋夫人风姿绰约，被喻为瓯城之杨妃，饶舌师尊早已为之心旌摇曳，竟然偷窥其赤身沐浴，不能自已。秋夫人发现，和衣正色，高声怒斥，饶舌师尊无地自容，下跪求饶。秋高古得知，当面责问，希望知错认错，不想饶舌师尊矢口否认，反诬秋夫人引诱在先，说："半老徐娘，分明稀罕我年轻力壮。"秋高古摇头冷笑，从此不齿。

秋思虹是秋高古中年所得之独女，自小境遇优越，又被悉心培养，放眼看过世界，游历过东洋日本国，南洋马六甲，甚至远及与欧罗巴相近的阿拉伯。十年前，秋高古去世，秋思虹以一个悲伤孤女，振奋精神，做了两件事，使人刮目相看。一是报名参选瓯越首届橘子节，获得"橘子美人"桂冠，从此扬名瓯越。二是继承其父创办的读书社，并更名瓯城女子读书社，从此声誉更隆。人们评价，她是一个姿色既丰美又清丽，性格既温婉又豪放的知识女性，是瓯城乃至整个瓯越的妇女典范。

"听说众望所归，师生无不赞同。"哼四少爷从恍惚中回过神来，跟着高高地举了举手，"她不当，还有别人当。"意思是即使秋思虹不想当，还有别人，轮不上饶柳氏。

饶舌师尊顿时不悦，滔滔不绝地又说了半天的话，指桑骂槐，引经据典，批评他忘恩负义，不顾师情，还质疑他是因为秋思虹面目姣好而心怀私情，因而丧失良知，无视公正名节，说："无非长得妖艳，谁人不知她教授淫书，不知廉耻，败坏妇德。"话中指责秋思虹擅自开展女子读书社活动，组织青年妇女和学生讨论中外文学一事，说："其中曲解《红楼梦》，蛊惑人子，我在任时本应予以阻止，不想今日流毒甚广，不可收拾。"

饶柳氏白了饶舌师尊一眼，似乎恨他无用。又看着哼四少爷，心里已咬牙切齿，但仍然挤出笑脸，说："她徐娘半老人物，你这样的年少俊男还会稀罕这样的货色。"

如果哼四少爷就此住嘴，如同平常，语焉不详地哼一声，就此离开，也许不会引火烧身，不会遭遇诬蔑陷害，不会导致后来的严重后果。但那天一向说话节省的哼四少爷居然说得太多。他因为相信橘子姑娘，爱屋及乌，于是也相信与橘子姑娘交往密切的秋思虹，相信她的才华和为人，因而对饶舌师尊翁媳无端诋毁，不禁心生抵触，故意顶了一句，说："是她人品端正。"话一出口，原来一直勉强赔笑的饶柳氏当即拉下脸来，张牙舞爪地就要掀翻桌席。

饶舌师尊劝时，饶柳氏又立刻迁怒于公公，也顾不得什么掩饰，狠声骂他："你还称什么师尊，就知道废话满天，老少二个，哪样东西有用！"饶舌师尊要拉住她，却被她一甩，尖尖的五个手指头划在他脸上，顿时三四道血印。

哼四少爷本来说完那一句就要离开，这又看不过去，哼了一声。

"你哼什么！"饶柳氏怒火冲他而来。

哼四少爷又哼了一声，手猛然在桌上一拍，最大的菜盘弹了起来，正好击中饶柳氏的额头，顿时鱼汁酱醋淋了一脸。饶柳氏一怔，然后往地上一坐，捂住脸大哭起来。饶舌师尊见此，不由得大怒，不顾自己脸上还在渗血，一边弯腰扶饶柳氏，一边翻脸，指着哼四少爷大骂了半个晚上，说："你早就恶意损毁我翁媳名誉了。"

饶舌师尊的话不是没有来由。

其实在此之前，就有人向饶舌师尊传话，说有关他扒灰的盛传再起，竟然出自哼四少爷之口。但鉴于他向来寡言少语，饶舌师尊一直不太相信，加上有求于他，也暂且隐忍。此时看到他的态度，分明已经与自己作对，分明污辱他们翁媳，饶舌师尊顿时怒火难抑，也为媳妇出气，于是将本不该明言，本该怀疑而已的话，骂了出来，而且用了最恶毒的诅咒："你已经白活了这么多年，你这样还活得到新年?！"

哼四少爷当然不知道，自己早就被卷了进去，早就得罪了这对翁媳。

之前，《瓯越日报》主编上海丽人受邀参加读书社活动，围绕《红楼梦》一书，与秋思虹有过精彩讨论。上海丽人有一次似乎没有过瘾，找到颇有古文功底的哼四少爷，请教书中第七回"送宫花贾琏戏熙凤　宴宁府宝玉会秦钟"——"求解宝玉之问。"

原来这一回中，写到老仆焦大趁着酒兴骂人，先骂大总管，接着骂少主人贾蓉，后来索性在别人捆他时，当着王熙凤没天没日地乱嚷乱叫，说要往祠堂里哭太爷去，哪里承望到如今生下这些畜生来，每日空偷狗戏鸡，爬灰的爬灰，养小叔子的养小叔子，我什么不知道云云，唬得众小厮魂飞魄丧。贾宝玉在车上听见，问凤姐道："姐姐，你听他说'爬灰的爬灰'，什么是'爬灰'？"

哼四少爷虽然通古文，此时也被难住了，就与蓝大首领的女儿橘子姑娘讨论，结果她理都没有理他，反而当着他的面与但丁神父说了一通苏格兰英语，明显是在嘲笑他犯神经，批评他装糊涂捉弄人，还送给他一本新版《圣经》，叫他好好看看。

"非礼莫视，非礼莫听。"橘子姑娘支使他去问秋思虹，说，"我没有工夫让你取笑。"

哼四少爷悻悻然，果然真的到读书社请教，秋思虹落落大方，先说"老公公和儿媳妇有奸情叫扒灰"，又具体解释道，"扒灰要弯腰跪在地上，这样就把膝盖弄脏。膝、媳同一音，脏了膝盖，意思是脏了媳妇"。然后引《吴下谚联》释其另外由来：

> 翁私其媳，俗称扒灰。鲜知其义。按昔有神庙，香火特盛，锡箔镪焚炉中，灰积日多，淘出其锡，市得厚利。庙邻知之，扒取其灰，盗淘其锡以为常。扒灰，偷锡也。锡、媳同音，以为隐语。

还用白话讲解道："庙里烧香的炉子里，焚烧的锡箔比较多，时间长了，形成了大块，和尚们就扒出来卖钱用。后来庙旁的人知道后，也来炉子里偷锡。因为锡、媳同音，就引申为老公公偷儿媳的隐语。"

哼四少爷听了，仍然感到牵强，本来到此为止，后来的事情也许不会发生。但偏偏秋思虹那天野性偶发，可能动了心思，于是运用了智谋，建议去求问曾经的老师饶舌师尊，说："他不是鸿儒吗，这等学问更是高深，必然解答精到。"

他摇摇头，哼了哼，似乎一场玩笑就此打住。

巧合的是，在他途经天主堂广场时，其时饶舌师尊在已经病枯的松树下打完自创的养精拳，收完气正要离开，看到哼四少爷就叫住了。哼四少爷也因此想起了什么，就迎上去打招呼请教问题。

见哼四少爷总算还知道自己当过他的老师，饶舌师尊又是得意又是诧异，但一听问的是"扒灰"二字出典，神色霎时大变，脚下不稳，进不是退不是，差点跌倒。又看到他一脸真诚，觉得似无故意，于是又镇定下来，端了端架子，在批评他不做正经学问的同时，也热心地秀了秀腹中经纶：

"扒灰，又称爬灰，扒灰文雅的说法是聚麀。母鹿的雅称名字叫麀。聚是共的意思。说兽类没有人类那些在性生活上的禁忌和伦理，没有社会原则的约束，有乱伦的现象。"

饶舌师尊说着话已觉得后悔，取下挂在树枝上的崭新西服，板着脸离开了。

后来秋思虹以读书社的名义送给哼四少爷《江山美人》电影票，听了他讲的这一段，也认为饶舌师尊的解释比较科学、准确，比自己学问高深太多。为表达敬佩之情，她托哼四少爷专门到文教局赠送电影票给饶舌师尊。饶舌师尊问是什么故事，哼四少爷多说了一句不该说的剧情介绍："皇帝霸占太子妃，太子把皇帝杀了。"

饶舌师尊脸色铁青，气喘不已。

至于秋思虹为何要让哼四少爷向饶舌师尊求证"扒灰"二字，哼四少爷一直没有真正明白其中的目的和用心。这边饶舌师尊认为自己受到了羞辱，以致后来痛恨他，甚至要置他于死地。

最初的报复第二天就开始了。人们一觉醒来，发现关于秋思虹借读书活动色诱热血青年的传单广为散发：

> 秋妖思虹，惯于狐妖惑人，欢场老手也。近日更以共读《红楼》为由，以情欲，以女色诱骗热血男儿，形同娼妓，伤风败俗，令人作呕！据道德高尚的知情者目击，上礼拜日子夜，于五马街私室之内，雪夜寒风，秋氏衣着轻

薄，半遮半掩，裸胸露怀，与某知名青年捧读《红楼》之贾宝玉神游太虚境，警幻仙曲演红楼梦之情节，浪声淫音，佐以春酒，诱逼其初试云雨，其处子之身终失陷于她，淫声闻于四邻，浪笑传至八乡，实为瓯城之耻。如不惩处，同类仿效，瓯城将沦为污秽之城，壮丁俊勇将成面首性奴……

传单用语大胆直接，场面触目惊心，人物时间地点情节俱全，署名为"瓯城文教界全体同仁"。其中所指被媾汲精华的知名热血青年，谁都在猜是谁，但都不愿意说出名字，谁都不愿意相信秋思虹会有如此行为，一时街谈巷议，沸沸扬扬。警察局侦探长雷三瞎子要对散发传单的人进行追查，揪出造谣中伤者，蓝大首领看了看，当即撕成碎纸，斥之为"恶毒、荒唐"。其实当时女子学堂校长之争已经公开，谁都怀疑是饶舌师尊指使，目的是搞臭秋思虹，让其儿媳饶柳氏上位。"风波就会过去。"蓝大首领主张息事宁人，以平复舆论。他一心想的是，保护哼四少爷，不被染指，不被伤害。

哼四少爷根本没有想到自己会受到此类事件的牵连，因此还不认为传单中的人指的就是自己，及至当时，所有场合加起来，他与秋思虹见面不超过数次，说话不超过数句，更没有一次吃饭、喝茶等单独相处的机会，更谈不上有任何诸如握手、触碰、对视之类的接触，至少在他看来，对方如同遥远的影子，是模糊不清的，或者像墙壁上的画，是不真实的，他从来没有认真留意过她，如果在瓯城以外别的地方相见，尽管她容貌出众，气质不凡，而且姿态优雅，言语动人，他可能一时还认不出她。

他比同龄人有更多的经历，更多的智慧，但他此时，在男女之事上，却显得晚熟，显得单纯，他的情感之门从未打开过，他当然得到过暗示，甚至期望、启发，自己也曾经设想过，如果心扉一旦开启，走进来的人将是橘子姑娘。

但是后来的轨迹表明，事态没有像哼四少爷自以为的那样轻松简单，也没有蓝大首领设想的那样很快平息。传单发出三天不到，《瓯越日报》登出主编上海丽人采写的一篇小文，记述了传单中声称的上个礼拜日夜晚，哼四少爷与她和几位记者，带领童子军冒着寒冷，在海边夜行露营直到天明的情景，时间地点人物情节无不详细，显然是针对传单而来，明显具有辟谣性质。

配发的社论写道：

> 如果一个纯真而可爱的孩童，被无端指认为小偷，那他成长的灵魂将被扭曲，以致改写他的人生，或许为了报复，成为对社会有害的人；如果一个贤德端正的女子，被凭空捏造为荡妇淫娃，那她因为百口莫辩，以致家人亲族引以为耻，或许为了清白，她只能用死来证明清白；如果一个清廉而正直的社会俊杰，被奸邪小人生妒构陷，那他因此身败名裂，以致天下正义同道感到寒心，或许为了不甘受辱，然洗清冤情又不成，以致逼上梁山，愤而杀戮，最终走向敌对的营垒。

但传单及各方的争论，尤其是《瓯越日报》的参与，因为牵出哼四少爷，引起了更多人的关注，女子学堂校长人选开始有了波折，秋思虹的名声到底还是受到了损害，反对她出任校长的声浪开始出现，但最终摧毁她的是共产党赤色分子的罪名。

哼四少爷也是由此才被真正卷了进去。

秋思虹被人举报是共产党瓯城支部负责人，长期借读书社活动秘密集会，围读禁书，图谋颠覆政府，危害党国。为此，宪兵司令部费尽人力物力，对她审了又审，查了又查，结果因学校师生威胁罢课，瓯城秋氏举族抗议，加之没有进一步的人证物证，叫花子建议，蓝大首领主动拍板，使其不了了之。秋思虹的共产党罪名没有坐实，最后还是当了女子学堂校长，不仅洗清了通共嫌疑，人品道德上也得到了正名。饶舌师尊本想咽下这口气，但媳妇饶柳氏不依不饶，天天冷嘲热讽，逼迫于他。最终，饶舌师尊还是情人眼里出西施，看她流泪时仿佛梨花带雨，看她凶悍时如同仙女娇嗔，看她写字时像是班昭转世，整个爱不过来，只想一味地千万个讨好，恨不得剖下心来给她看。每天支走儿子饶呆头之后，就关上门拥进卧室，跪在她面前，又是吻手亲足，又是对天起誓，一定要为她出这口恶气，不仅让她坐上校长位子，还要让秋思虹名誉扫地，生不如死。

"他也一块结果了。"饶柳氏诅咒的是哼四少爷，说，"你不是说让他活不到新年？"

饶舌师尊一边点头，一边想趁势亲热一番，却力不从心，饶柳氏无非脱了衣服，由他在自己身体上下摸了一遍，然后又欲火无处释放，恼怒得将他拳打脚踢，让他做下保证，说："不然我到外面找个强壮的，叫你们父子脸上有光。"

饶舌师尊一心只想满足儿媳，顾不得年老体弱，花了五根十两的金条，搭上一架老旧军用飞机，跑了趟上海。他找到族亲贤者嚣人，也不掩饰目的，恳求他找门路，动关系，将举报状呈交到国民政府何副长官手中，说："我知道您不徇私情。"

原来贤者嚣人夫人乃是秋高古亲妹妹秋七姑，饶舌师尊知道其中关系，所以说出这句话。一则文明传家的秋氏家族反对秋七姑嫁给贤者嚣人。传闻贤者嚣人年轻时与多名女子有染，包括到山谷之城游历曾与一位山人女子有过瓜葛，但他对此矢口否认，道貌岸然，俨然君子。二则贤者嚣人率瓯城子弟兵加盟北伐大军，功成名就。之前传闻秋七姑多年没有在瓯城现身，原来早已珠胎暗结，产下一女，贤者嚣人正好带她远走上海，无异于私奔。秋氏家族阻拦未果，只能予以严词谴责。贤者嚣人于民国十六年，即1927年早春与秋七姑在上海举办婚礼，证婚人便是国民革命军领袖之一的何副长官。三则因贤者嚣人听从何副长官命令，参与镇压上海工人运动，双手沾血，秋高古基于政治立场，登报声明断绝兄妹关系。自此二十多年里，秋七姑与秋家族亲再无来往，也发誓再也不回瓯城。

"从无私情，何谈徇私。"

贤者器人此时只挂一个瓯越选区国大代表的身份，回到当年居住过的上海著名的瓯城会馆顶楼再次当起了寓公，且有秋七姑陪伴，日子安宁。虽然人不在瓯越，此时却一心一意修订凝聚了他数十年心血的《上古瓯国复兴计划》，盼望有朝一日，回到瓯城，图谋大业。对此，秋七姑有约法三章：一是不得再与秋氏家族联盟；二是不得与山谷之城有私下联络；三是要她回瓯城，除非凤冠霞帔，如戏台上皇后待遇。贤者器人深知夫人与家族断绝日久，受到刺激，精神压抑，已得幻想之症，特别是第二条，无非疑心他与山谷之城的山娘还在来往，因此一味予以宽解安慰，对约法三章全部答应，说："你就是第一夫人。"秋七姑看报纸，知道美国总统称妻子为第一夫人的。贤者器人担心秋七姑见到瓯城来客会导致精神疾病发作，于是也不叫她出来相见。

客套几句后，贤者器人就指着墙壁，叫饶舌师尊观看自己设计的图腾：一只高瘦而疾健的鸟，丰翼展开，尾巴坚挺，突出的是四张嘴巴，仿佛不停地向着四方发出声音。

饶舌师尊连忙赞扬了半天，无尽地赞扬，还激动地解道：从皿从页。页，首也。梁渠之山有鸟，状如夸父，四翼一目犬尾，名曰嚣。

贤者器人放下矜持，说："解得好，到底是同族宗亲。"饶舌师尊建议把图腾带回瓯城展示，以宣传古瓯国器人的气势和威风。贤者器人认为现在不是时候，但不反对他回去以后多开讲坛，多多宣扬，说上千遍，便能有效鼓动民气，说："要对得起器人祖先。"

饶舌师尊接着喋喋不休地讲了一大堆话，反复强调此行的目的，希望正气得到伸张。贤者器人审核了举报信内容，认为仅仅指控秋思虹道德败坏与人有奸情还远远不够，难以取信于人，说："她虽有风韵，诱奸年少后生的说法即便有证据，总是你儿媳有争风吃醋之嫌，这种事情上不了台面。"建议在政治上做做文章，说，"她有共产党嫌疑吗？"

"秋高古当年创办读书社，女承父志，说明二十年后，共产党又在瓯越活动了。"饶舌师尊开始正色起来，又说，"她本来叫思瑾，崇慕鉴湖女侠秋瑾，其父将她改名思虹，暗喻思念红色。"

贤者器人冷冷一笑，似乎对秋思虹有几分欣赏，说："剑气如虹，确有几分杀气。"及至又听提到与蓝大首领关系密切的哼四少爷，不禁警惕。瓯越反共有过教训，如今党国危机四伏，要防止有人乘虚捣乱，说："民国十七年的赤色风暴绝不能再刮了。"然而意犹未尽，贤者器人抽出那把镌刻四翼鸟的龙泉剑挥了挥，说："我总觉得，共产党是我们复兴古瓯国的最大阻碍。"

这时里面传出一个女人的声音："你叫何副长官出面吧。"

饶舌师尊知道里面说话的人是秋七姑，怀疑她碍于亲情推脱阻止，就说自己对何副长官会不会发话心里没有底，希望贤者器人能直接给蓝大首领施压。贤者器人或许听了秋七姑的话，心生顾虑，拒绝了饶舌师尊，话里有话道："如今瓯越当权者谁还听我这个无职无权之人，况且我离开这么多年了。"

"这是抓共产党，他敢不给您面子。"饶舌师尊不死心，想说服贤者器人，"瓯城军民还都是听您的。"

"他这个养子胜过亲生儿子，他如何给我面子？"贤者器人摇摇头，没有答应。饶舌师尊所谓听他的人，指的是瓯越党政军警中他的旧属，虽然瓯城子弟兵精锐旧部即将调防瓯城，但局势没有明朗之前，时机没有成熟之前，绝不能为饶舌师尊的一己之私利用，为抓几个共产党嫌犯，与蓝大首领公开矛盾。

"你不要顾忌我们姓秋的。"这时里面的秋七姑突然大声一句，要开门出来说话。贤者器人连忙把她的半个身体推了回去，关好门又锁上，想了一想，决定帮一帮饶舌师尊，答应跑一趟南京找找何副长官。

何副长官看到修改后的举报信，又听了贤者器人的一些情况补充，也认为鉴于瓯越对大局的重要性，用人方面必须慎重，说："此人略有事迹，但不过小小一个书记长，什么来路？"

贤者器人神情忧郁，笑了笑，说："此人抗战期间有些表现，是个青年才俊。"又不放心，说："只是希望不是什么赵氏孤儿。"

这么多年来，贤者器人总是担心瓯越年轻一代与民国十七年的赤色风暴会有关系。那是一场灾难，死了那么多人，包括许多女人。事隔二十年，新一代已经成长，中间难免鱼龙混杂，难免有一些与党国有血海深仇的漏网之徒。

何副长官坚决驳回了哼四少爷为瓯越反共救国青年军总指挥的任命。因为有人举报，秋思虹组织读书社成员宣传禁书，牵涉通共案，加上贤者器人大义灭亲之举，国防部保密局也不敢马虎，立即指示驻守瓯城的宪兵司令部查实严办。

后来宪兵起获了《马克思主义ABC》等几本禁书和一面画着镰刀斧头且已褪色的红旗，经辨认，怀疑是二十年前瓯城秋氏族人为策应山谷之城苏维埃暴动使用的旗帜，至于为何保留这样的旗帜，无须再加细究，读书社是共产党地下党组织已经坐实。在1949年元旦刚刚到来，天主堂塔楼新年钟声刚刚敲完，秋思虹就被以共产党瓯城支部负责人的罪名秘密枪决了。

同时处决的还有瓯城博物馆筹备处博士沈铁铲子，他被判汉奸通敌罪、和盗墓帮勾结盗取文物，数罪并罚。同时还被舆论声讨，指责他妖言惑众，以谷口水渚之城遗址发现器物为证，鼓吹史上并不存在的哼族如何英勇，如何抗击器人入侵，如何保护山谷之城山民不沦为奴隶而牺牲云云，颠覆上古史实，诋毁瓯城先祖，虽死不足以赎罪，最终应该把他钉在历史的耻辱柱上。其实，沈铁铲子依据谷口遗址中出土的器物考证，谷口玉器中有大量山谷之城山人图腾的灵蛇图案，但没有发现一样代表器人图腾的四翼怪鸟，以此排除上古瓯国器人曾经在此进行正当统治并创造文明，以此证明山谷之城山人才是谷口哼族文明的共同传人。

后来传出的正式消息是，蓝大首领被迫或是主动，总之按照何副长官的电令，发布公告，认定瓯城女子读书社是被共产党渗透的非法组织，予以取缔，但私下仍然为哼四少爷的忠诚可靠担保，最终不惜签署秋思虹和沈铁铲子死刑令，换取了任命仪式按时举行。出于贤者器人的建议，何副长官在电报中注明，督察区书记长哼四少爷道德品行和政治立场有待甄别，暂时不予任命，总指挥须另行委任合格人选。

当时人们认为，哼四少爷杀死蓝大首领，主要是为了心爱的女人秋思虹，其次为了给他寻找记忆的沈铁铲子，直到后来，人们才知道这不过是其中的一个原因，不过是一个巧合，最多算是捎带着为一个可悲可敬可亲的女人伸张了正义。后来，人们又以为看到了真相，哼四少爷杀死蓝大首领的真正目的，应该是为父母复仇。如果真是如此，诱导和推动这起事件的人其实很多。除了死去的秋思虹、沈铁铲子，还有神秘的上海丽人，还有乱弹名旦百里香，还有天主堂主教但丁神父，甚至还有蓝大首领的亲生女儿橘子姑娘。

当然，最重要，且隐于幕后的是贤者器人。

三　短柄鸟铳的革命行动

意想不到的是，刺杀蓝大首领的凶器竟然是隐藏着美丽传说的短柄鸟铳。

1949年元旦，与哼四少爷你中有我、我中有你的瓯越，似乎将永远决绝而去。

瓯城往东，是浩瀚的大海，往北是高耸入云、人迹难至的高山，中部一直到海边是富庶的平原，也就是难以丈量的桑田区，数万棵桑树，孕育丝绸商贾之利，加上每年一季的水稻，养育着稠密而富庶的人口，这里也是古瓯国先民瓯人的兴盛之地。瓯城靠着大江入海口，水陆相接之地，周边是一片连着一片、一望无际的橘子树，产出销往中外的瓯城蜜橘。瓯城港口古老而现代，百吨火轮和千帆渔船共挤一域，昼夜穿梭不息。山海之利，桑田之肥，养育了众多的人口。据民国十五年瓯越首次人口普查统计，瓯越13县90区305乡镇共计人口450万，以瓯城为中心的靠海平原区，占到总人口的一大半，有310万人，其中瓯城及所辖九个区，有150万人口。

往西，风景却是独好。沿江上去，就是谷口城池上面一片水渚，涉水往上，经过千步石阶，踏上连片山地，就是百山谷地区首府山谷之城。

百山谷尽头，隔着险峰恶岗叠错的仙霞岭，卷接天际，阻断了包括山谷之城在内的整个瓯越与域外的交通，危乎高哉，鸟不得过，一岭之分，那边几乎没有人知道有瓯越存在，知道的，也没有见过是什么样子，以为是一个化外之国。偶有人穿过关隘，翻过长岭，但听不懂此地的语言，吃不惯此地的饮食，更是躲不了此地的台风，生疏和恐惧，迫使他们连连却步，不愿再来。进入民国，此种情形有所改变，一开始有人不惧崎岖险道走私食盐和洋货，抗战时期，以山族人为主的数万瓯越民众逢山开路，遇水架桥，几经修筑开拓，成为通行人员和运输物资的军事要道。

但丁神父最初绘制的地形图中，百山谷地区标识出海拔千米以上山峰一百多座，他称之为地球的东南隆起区。

当时还是青年传教士的但丁神父记载：

　　与临近东海，受海洋影响，具有中亚热带海洋性季风气候的首府瓯城不同，百山谷有显著的山地立体气候特征，四季分明，冬暖春早，雨热同步，垂直气候，类型多样，每年暴雨、寒潮、大雪、大风、冰雹、雷击、高温、干旱等各类气象灾害频发，往往容易引发流域洪涝、小流域山洪、山体滑坡、泥石流、森林火灾等次生或衍生灾害。但深入其间，群峦交错中间，有数不清的缝隙河谷，溪流与山脉走向平行，分水岭一个接着一个，大小盆地一块又是一块。山谷深处，都为山溪性河流深涧，两岸地形陡峻，溪流源短流急，水位暴涨暴落，经过山谷县城，溪流开始交合，至谷口，漫起一片无际渚野，蜿蜒过境，在临近瓯城的地方终于汇成干流，只见江宽浪平，木排轻舟密如鲫行，帆船货轮顺流逆风。

上述记载中，山谷之城下面，"漫起一片无际渚野"的地方，也就是沈铁铲子考证的谷口哼人城池，已经消失的哼人部落曾经在此生活，是哼人先民，也是山谷之城山人诸族跟嚣人部落战争拉锯之地。因为海拔低，最有可能被从高山上倾泻下来的洪水浸没，沦为泽野，或遭水淹，或遇外敌，或各散离，久而久之，哼人部落和谷口城池一起消失了。

也许受到但丁田野考察行为的刺激，也许担心会写出不利于上古瓯国嚣人部落的记载，年轻的贤者嚣人前后加起来有一年多时间走遍瓯越大地，尤其是百山谷地区，去了一遍又一遍，他得到那把精心锻造的龙泉剑就是最好证明，只有这里的矿石才能冶炼出质地最好的钢铁，击之坚韧无比，磨之锋利无比。他还请匠人在上面镌刻了四翼怪鸟，盼望有一天与利剑一体，成为包括山谷之城在内的整个瓯越的图腾。

这中间记忆深刻的是，那一次他感染了瘴气，昏迷不知，生命垂危，一个年轻山姑让他在布满钟乳石洞屋的温泉里泡了许多天。他不仅治好了病，而且从此变得头脑清醒，精力充沛。意外的是，一天他从热气腾腾的池水里出来，突然耳朵奇痒，他不停地摇晃脑袋，但什么声音都听不见，顿时他以为自己失聪了，成了一个聋子，心里一紧，瘫在地上。此时，山姑靠近他，捧住他的头，揉了揉他两边的耳根，然后用一根黑得发亮的小银匙，伸进他的耳朵，一会儿，掏出一大块金黄色的耳屎，刹那间，他像被雷击中，一股电流涌遍全身，他战栗不停，不得不猛烈地抱住山姑，仿佛要融化在她的身体之中。

后来山姑慢慢推开他，低着头把耳屎包好，递给他，说："这是金子。"

他接过来，打开，看了看，果然是黄金那样的颜色，不禁被山姑认真的玩笑打动，又抱住了她。

山姑过一会儿又推开了他，似乎要撵他走，因为他的病已经好了。

他离开那天，山姑把那件祖传的银耳匙送给他，说："别扔了。"

他离开得很果断，身背那把龙泉剑，怀揣那件小银匙，回到了瓯城，回到了他更大的世界。

另一个传说似乎一样，有如沈铁铲子试图考证过的母系社会在山谷之城留下遗迹，与山姑发生故事的是另一个男人，这个男人据说是年轻的清津三郎。其中无法考证清楚的疑难问题是，当时年轻的清津三郎和年轻的贤者嚣人与山姑的交往谁先谁后，还是同时发生。有一点是明确的，之后，没有人再看到清津三郎和贤者嚣人在山姑的洞屋里公开出现。

贤者嚣人之后在从军从政间隙，挤出时间整理调查成果，从嚣人一族的视野，形成了《上古瓯国复兴计划》引言部分。其中对山谷之城地区丰富的矿产资源印象深刻，后来，他又结合光复后从清津三郎那里截获的资料，进行了更加详细和完整的记述：

> 仅山谷之城一地，探明了金、银、铅、锌、钼等金属矿数十种，非金属矿百余种，其中仅大型矿床就有十多个，潜在经济价值近几百万元。日本间谍窥探，山谷之城砩石储量，有望成为亚洲最大砩石矿之一。沦陷期间，日方调集兵力企图占领该地，计划强行开采，但都止步于谷口洼地，不得而入，徒有悲叹，如果开采，帝国数十年用之不竭也。

美丽的山谷之城还是一个植物世界。

最早的时候，但丁神父同样花了一年多时间对瓯越周边山区做了调查，专门写成长篇报告，连载在《泰晤士报》，最引发关注的是山谷之城部分：

> 境内的种子植物、苔藓植物、蕨类植物和大型真菌等数千种，其中种子植物百余科，一万多种；大型真菌14目，51科，176属，716种；苔藓植物58科，132属，295种；蕨类植物41科，88属，325种。树木43种，其

中罕见的有百山谷冷杉（暂且这么叫它）、伯乐树、长喙毛茛泽泻、中华水韭、莼菜、宽距兰、南方红豆杉等8种，还有长柄双花木、福建柏、香果树、七子花、鹅掌楸、瓯西黄杉、白豆杉等35种，冷杉、九龙山楂、玉竹、木兰疑为山谷之城独有。

当然也是动物的王国。对植物学颇有研究的但丁神父还顺便关心了动物：

估计野生动物至少超过一千种，其中脊椎动物有5纲，38目，110科，304属，505种（动物学者可能是这么分类的），当地人估计（他们还没有统计），有动物上百种，瓯南虎、云豹、豹（他们能区分两者的不同）、梅花鹿、黑麂、金雕、白鹳、黄腹角雉、白颈长尾雉、鼋、金斑喙凤蝶等上百种。另外，昆虫类20目，200科，2113种（昆虫学家也这么分吗？建议你们自己去调查）。

据民国十五年瓯越首次人口普查统计，山谷之城总人口居然有18.5万人，其中山民15万人，其他人口3.5万人，最早的谷口原住民没有记载人数。但谷口在瓯越传说中，在瓯越历史上，从来都是惊心动魄的重要存在，从来都是守护山谷之城的坚强门户，从来都是战争的牺牲者。

从上古瓯国传说算起，到有文献记载的历代历主，属于瓯越一部分的百山谷地区，因为嚣人一度迁据谷口，对其进行统治，百山谷山人常常作为反抗者和被统治者的形象出现，以致成为定例，直到民国，才出现例外，这个例外就是蓝大首领。传说中曾经有多名瓯越统治者遭到刺杀，无一例外，刺杀者都是山谷之城山民，也无一例外，刺杀都无法成功逃脱，直到1949年元旦，才出现例外，这个例外就是哼四少爷。但这是个有争议的例外，一是质疑他到底是不是山人，因为传说中他是最早在谷口存在的哼族后人，二是有人怀疑他不是真正的，或者是唯一的刺客，或者凶手可能还有其他人。

1949年元旦清晨，雾气还没有生成，蓝大首领在天主堂广场的喷水池边停下，与几个早起的百姓一起观赏了喷出的水花。负责广场维护的是天主堂，因为是元旦，为增加节日气氛，但丁神父亲自把喷头打开，让水花涌到上空，然后自由地落在地上，如下雨一般溅起无数水泡。时尚的喷泉和教堂先进的印刷机都是由梵蒂冈教廷资助的，与罗马市中心西班牙阶梯下的喷泉一样，是最新设计和制造的。费用并不是由教堂独家承担，土建部分由瓯城保安军总司令直属工兵队施工完成，因广场拓宽而引起的商民用房拆迁，也由蓝大首领指令市政府在最短时间内完成，所需要的赔偿，则由瓯城商会负担。

瓯城天主堂广场喷泉的照片多次登上报纸，上海、南京为此十分妒忌。

因为有了广场，有了喷泉，瓯城越来越像一个现代都市了，这也让市民们感到自豪，也让此刻站在喷泉前的蓝大首领感到自豪。

很快就是新的一天，几乎一夜未睡的蓝大首领穿过刚起的雾，一早就过来看了看喷水池，等身上沾满了水珠，就开始检查广场喷泉对面的司令台上新支起的营帐，无论如何，他都没有想到这是自己在瓯城的最后情景。

1949年元旦的次日，《申报》因其生动的描述，一度被质疑是杜撰的，主角哼四少爷做到了完美，如同他的远祖，借着昏暗的天色和刚起的轻雾，冷静果断地把目标击杀以后，又趁着越来越浓的大雾，在如狼似虎的保镖们的重重围困中，快速脱身、消失。

但不同于他远祖的是，他使用的武器不是长矛簇，不是短藜刺，不是乌石剑，不是毒箭矢，也不是死绳结。这些古朴的方法，的确多少次让好学的哼四少爷神往过，模拟过，但他最终弃之不用。

令人惊诧的是，哼四少爷居然也没有使用他从不离身、最为擅长的左轮手枪。左轮手枪能神速射击，像美国电影中的牛仔快枪手，眨眼之间就完成一连串动作，转膛内所有子弹刹那间倾泻喷射，火力所及无人幸免。

哼四少爷也没有使用他平时常常把玩、魔术道具般的手雷。精巧的瑞士造手雷一掌可握，而且可以轻松投掷，其妙处是可以悄然而疾速地滚到对方身边，猛然开炸，而且爆炸威力足够炸碎金刚之躯。

没有人敢相信，哼四少爷居然使用了短柄鸟铳。

从《申报》刊登的图片来看，这把木质短柄铜管砂子枪，正如记者惊叹的，很像晚清时期的古董水烟壶。

当时的情形显得太特殊了。

在警戒森严的氛围中，如日中天的蓝大首领哪里知道自己死期已到，爱戴他、崇敬他的瓯越人民哪里知道他们心目中说一不二的武曲星即将陨落。

后来有人认为，如果哼四少爷早一点赶到江心屿模范监狱或者法场，如果能及时劫下秋思虹和沈铁铲子，那么蓝大首领也许命不该绝。但哼四少爷赶到时，两人已经气绝身亡，随后看到死刑执行令是由蓝大首领签署的，随后激愤之中赶到了天主堂广场。

哼四少爷即将前程无量，蓝大首领急切地对他施以威严而慈悲的目光，当然也急切地要求得到他崇敬而亲热的回视，然后在欢快热烈的情景中，颁发国民政府的委任状。

蓝大首领相信，倘若江山不改，政权永续，有朝一日，聪明沉静、行事低调的督察区书记长哼四少爷将主政瓯越，成为最合适的继承人。青年反共救国军总指挥的任命被驳回后，他整整一夜都没有放弃，仍然努力，在连夜与何副长官的一封封电报往来的谈判中，以几万平方公里土地、数百万人口效忠中华民国为条件，争取到了哼四少爷的这项特别任命。根据这项委任，哼四少爷将由一个书记长低阶闲职破格晋升为独立建制的瓯越反共青年救国军副总指挥。

何副长官在电报中警告他："如果他是共产党，你将自食苦果。"

"那是小人诬告。"蓝大首领点出了饶舌师尊的名字，说，"此人是伪君子。"

"我不相信伪君子，但我相信真君子。"何副长官后来松了口，但撂下了重话，"如果有差错，你要负全责。"

蓝大首领知道何副长官所说的真君子是贤者嚣人，反而更加坚定，说："我负全部责任。"

元旦这天拂晓，星空朗朗，从温暖的帐内往外看去，有如感觉到在秋天甚至在夏天。但一到户外的天主堂广场，会真切感受到寒风凛冽，而且风从两面吹过来，东面刮过来的是海风，无形无影，但横冲直撞，阵阵相接，所向披靡；西边吹过来的是山风，时有时无，但无处不在，无孔不入，无缝不钻。

最早从西边山地，也可能是从东边海面生起的雾，被风吹跑了。

仅仅穿着一件灰白色薄布长衫的哼四少爷，此时看上去如同一个年少、弱质的教书先生，完全不像一个年轻俊朗、鹤立鸡群、非同凡响的青年英雄。他如此穿着，连最熟悉的人一下子也认不出他来。

这是谁？怎么是哼四少爷呢？

他撩起长布衫抬脚迈上司令台的样子，嘴唇上黑须没有刮去，与旌旗林立的庄严场面显得多么不协调，跟他自己以往的形象显得多么不协调，更主要的是，与即将到场的所有文官武将的威仪会显得多么不协调。

看到哼四少爷如此模样，蓝大首领一定会怔住了，因为他这一身穿着，一道黑须，他似曾相识，但因为黑须上却混搭了一头栗色头发，又使他一时想不起在哪里见过。

尽管感到惊诧，感到不安，蓝大首领看到他对襟衬领被风吹开，风似乎灌进他的身体，不禁关心，正犹豫着是否叫人给他添衣，身边披着苏格兰呢绒格子风衣、面容清丽的橘子姑娘已把一道帐帘拉下来，说了一个字："风。"

橘子姑娘悄悄阻止了蓝大首领要给哼四少爷披衣的意图，冷冷打量着他身上的长布衫，还冷冷地说道，今天瓯城气温降到零下5℃，这可是从来没有过的，你难道没有看到，城外的橘子树都冻坏了。

这都是因为风。

瓯越人把橘柑类果树都叫作橘子树，哼四少爷知道橘子姑娘指的是瓯越蜜柑，这种蜜柑在零下5℃时会使枝叶受冻，导致果子绝收，但瓯越很少有人会相信，这里会出现零下5℃的严寒天气。

哼四少爷指了指外面的星星，说光亮在上，照耀人间，马上会解冻的，气温会很快回升，明年秋天一定能吃上最新鲜的蜜柑。

蓝大首领看到哼四少爷这身衣着，愣了很久才打断他，说："你穿这么薄的长布衫，这是腊月啊，风还很大，别冻坏了。"

蓝大首领这句话如果让即将到场的任何人听来，都会觉得像春天般温暖，尤其认为哼四少爷心头应该热乎乎的，就是为此流下感动的眼泪也丝毫不为过。但此时哼四少爷的神情像石柱一样漠然，血脉像寒风一样冰冷。哼四少爷绝不给自己心软犹豫的机会，什么预兆都没有发生，什么话语都没有出口，当然门帘还没有全都关上，甚至连蓝大首领的目光还没有投放过来，哼四少爷鼻翼轻微动了动，鼻孔里哼的一声喷出两股气流的同时，手中奇怪的古董手枪冒出了又红又蓝的火光。

后来大雾又至，正忙着亲自去放下司令台四周一道一道的帐帘，背对着蓝大首领的橘子姑娘，偶然望了望外面，偶然看到即将被浓雾遮蔽的但丁神父的身影出现在教堂钟楼上，而且正准备敲钟，她突然感觉到了不祥，拉帐帘的手停了下来，等她转过身来时，发现渗透进来的雾团恰好挡住了铜鸟铳冒出的光焰。

时间是正点，瓯城天主教堂塔楼响起了钟声，钟声响亮，响过了所有的声音。不间断的钟声中，枪声轻微得像内向型女孩子静坐时的呼吸，连耳朵再灵敏的人都不会认为这是枪响，还会误认为哼四少爷那支从不离身的派克钢笔又一次掉在地上，误认为有肠胃病的蓝大首领忍不住又当众打了一声饱嗝。但浓雾弥漫又久久不散，弥漫得连目光如炬的蓝大首领也看不清自己是被什么武器击杀的，弥漫得让不明就里的军政要员只能拿着手枪朝天开枪，那些站在帐外司令台下、端着美制新式冲锋枪的警卫更是来不及有任何反应，慌乱中只知道高喊：

"有刺客，抓住他!"

但并不知道抓谁。

及至浓雾被一阵风吹薄，大家依稀看到蓝大首领捂着脸孔，张着嘴，叫不出声音，继而走近，看到铁砂弹穿透了他粗脖子上的动脉，鲜血喷向天花板，最后发现许多颗滚烫的砂弹仿佛搅拌他的胸膛，难以忍受的剧痛使他倒地而亡。至于他是否想起了往事，是否想起二十年前那个在城门口就义的苏维埃主席也穿着这样的灰白色薄布长衫，留着这样的浓黑须，就永远没有人知道了。

那是威震瓯越的蓝大首领绝命天主堂广场司令台的一幕，哼四少爷并没有看到这一幕，后来有人认为他是不屑于看到，因为这都在他意料之中，这也是让他想象过很多遍，但不想亲眼见到的场景，他只确定，瓯越之王蓝大首领必死无疑。

迷雾重新袭来，有人看到貌似哼四少爷的一个人，像扔掉一块手帕那样，扔掉了铜鸟铳，有人还看到他把本来作为备用武器的一把牛耳尖刀抄在手中，趁着混乱，迈下司令台，绕过喷泉，穿过笼罩的雾气，遁身隐去。

以下情景，真假如何，哼四少爷本人和橘子姑娘始终都没有予以证实：

蓝大首领的女公子橘子姑娘丢下呢绒格子风衣，踩着高跟鞋，冲出帐帘，奔下司令台，紧跟而来，并很快追上了哼四少爷，然后，一向文静的她变得大吼大叫。

哼四少爷并没有感觉到身后越来越近的脚步，越逼越近的危险，迈出的步伐不急不缓，一副大自在、无所谓的样子，他甚至还用电动剃须刀刮着黑胡须，完全放松了警惕，因为他完全沉浸在成功中。此刻，他内心如此评价自己，刺杀是精准的，精准得以牙还牙，当然还可以做得更好，比如用这把牛耳尖刀。

《申报》描述哼四少爷当时的心理活动：因为在他的记忆当中，当年自己死于蓝大首领手里的父亲，是被一把锋利的龙泉宝剑割破颈上动脉，热血喷尽而死，今天作为回报，已经是比较仁慈了。自己只不过用铁砂弹击穿他的颈部动脉，也使其流尽最后一滴血。

《申报》还描述道，传说哼四少爷母亲于1928年冬天，被一发炮弹波及而牺牲，蓝大首领被许多人怀疑，很有可能就是罪魁祸首。但是作为回报，今天哼四少爷把铜鸟铳朝下一挪，数颗铁砂弹打中了蓝大首领的心脏，使其毙命。当然本来可以一报还一报，比如只需用一颗砂弹。

《申报》对情景的描述更是绘声绘色：

1949年元旦晨雾之中，更加难以令人相信的是，橘子姑娘因为哼四少爷完全被荒唐的臆想所欺，愤怒地持着冲锋枪，一边吼叫，"你从哪里听来的，你疯了！"一边将枪口在哼四少爷身体的几处要害部位不停地移动着，只短暂地停顿了一下，但这偶然的停顿不过是双方都在追求细节，追求尽快结束的捷径，一梭子弹马上就要射过来，已经没有什么悬念。

哼四少爷做好了接受死亡的准备，但他似乎突然想到了什么，连忙一手高举着剃须刀，一手从袖口中取出牛耳尖刀，轻轻丢过去，刀落在橘子姑娘跟前。

他让她捡起来，仿佛在提示她，还是用刀吧，子弹有火药，怕把他的血弄混了。

轮到橘子姑娘哼了一声，仿佛在讥讽他还真相信别人的鬼话，因为人死了，血会凝固，人死了，还分什么血黑血红。

哼四少爷神情是认真的，他试图印证自己曾经听到过，并且认真研究过的一个传说，他的远祖的血是黑的，而且这种黑血只有在英勇死去的人身上，只有在生命的最后一刻，才会呈现，就像桑葚果，只有成熟脱落、果浆欲滴的时候，才从艳丽的鲜红变成浓郁的黑色，他希望有一天，他的血也是这样。文明的曙光从谷口哼族部落升起，年轻的女人们变得美丽，变得懒惰，强壮的男人依靠算术和权谋，获得了土地和水域。终于有一天，哼族部落的首领一个接着一个被悄悄杀害了。他们头颅后面渗着血污，可能是用枯树根从后面袭击；嘴边流出黑浆，可能是食物中掺进毒草汁；腿根有牙印，可能是睡梦中被人放进五步蛇咬伤。下谷部落中那些最正直的人，可能是厌烦了这种无序的谋杀和权力更迭，或者是由于一场场洪灾，幸存者离开了即将漫起一片无际渚野的王国，他们保持了最纯正的血统，只有数十人，或者数百人，最多只有数千人，往东奔向大海，落脚之所，不想在经过嚣人部落时，惨遭报复，连妇女儿童都被屠杀。最后，黑须远祖在戒备森严的殿堂之上，在众目睽睽的公众场合，在刀光剑影的危险境地，只身一人，杀死了嚣人部落的首领，同时自己也死于乱刀之下，一身黑血，喷薄而出，浸染四周。

橘子姑娘一边用枪口指着哼四少爷的胸口，一边捡起了刀。刀刃寒光闪亮，锋利可见，握刀在手，令人跃跃欲试，但她不是急于试其锋芒，而是举着刀，缓慢地走近哼四少爷，好像多用一点时间可以将自己愤怒的情绪燃烧到沸腾，沸腾到可以用残忍的方法杀人的时候，做到果断凶狠，做到游刃有余。

哼四少爷睁着眼睛，好像在说，你不相信，我相信，你就赶快吧。

橘子姑娘将刀尖对准了哼四少爷的脖颈，声音也因为激动变得有些颤抖，像是在说，你杀了我父亲，一命抵一命。

"好！我让你看看你的血是不是黑的。"

哼四少爷把长布衫最上面的几个衣襟布扣解开，然后又主动靠近了一步，完成了引颈受戮的全部动作。此刻，橘子姑娘再一次认真打量他穿着长布衫的样子，然后想起他曾经说过的话，悲从中来，说："你说过死的那一天才穿上它，今天我是不是要成全你？"

哼四少爷伸手抚平下摆和肩膀，点点头，又微微一鞠躬，表示感谢。

"除了哼哼，你就不能说一句话？"

哼四少爷动了动嘴唇，似乎想说话，但随即又只是哼了一声。

"什么意思？"

哼四少爷的眼眶里突然涌出泪珠，一颗接着一颗。

橘子姑娘此时生怕有什么变故，猛然鼓起劲，握紧刀把，丝毫没有犹豫，而且宣布了自己的正当性，自己为父亲报仇，天经地义，不管你的血是红的还是黑的，都会用来祭奠自己的父亲，都会用来洗刷自己的仇恨。

哼四少爷提出了最后一个条件，他要归葬于自己真正的故地，他远祖发祥的地方，山谷之城下面谷口漫起的那片无际渚野，爱他的山人会好好照顾他的亡灵，有如他们当年关照他的父亲。

当天哼四少爷并没有死在橘子姑娘的刀锋下，他活了下来，见到了后来的太阳，甚至比橘子姑娘活得更久一些。当然遗憾的是，他也没有机会在自己身上印证关于血红还是血黑的传说，因为到了后面，事情显得十分吊诡，十分虎头蛇尾，十分难以自圆其说。

原因还是天气的突然变化，因为冬季江海连接区域往往会发生的情形，恰好也发生了。没有任何预兆，在瞬间工夫，大雾被风吹散，然而又被风突然送回，一层比一层浓密而沉重的气流笼罩四周，看上去像无形无声的瀑布，撞击着眼前的一切，虽然是顷刻短暂的，变幻莫测的，但却是凶险而突然的，让人感到惊悸恐慌，感到难以防御。

受此所迫，橘子姑娘后退了几步，怪异的是，她把旁边一棵法国梧桐当成哼四少爷，一刀飞过去，由于用力过猛，整把刀深深插进树干弯曲处的疤痕中，力量所至，树冠摇晃。

"你去死吧，山人家没有地方埋你。"橘子姑娘又喊叫了一句。

眼前一片迷糊，哼四少爷也感到迷糊，但橘子姑娘在迷糊中传过来的话却很清晰，很果断。她要他趁着大雾还没有散去，趁她看不见，赶快走，走出瓯城，走出瓯越，穿着他的长布衫，滚回埋葬他远祖的地方，鬼知道有没有这个地方，他是个神经病。

"我的使命也已经完成。"橘子姑娘说着，突然用力将刀拔出树干，又迅速拉住哼四少爷的一只袖子，一割，一段断裂的袖口，已经被她抓在手中。

橘子姑娘分明是割袖断义，向他宣告他们萌发已久的爱情在盛放之前已经夭折。而更使她痛心的，哼四少爷连哼都没有哼出来，只是茫然，茫然得像死人那样没有任何反应。

在哼四少爷踪影消失之前，恨意未尽的橘子姑娘还扣动了冲锋枪的扳机，一阵枪响，枪口喷出的火光依稀可见，密集的子弹从哼四少爷身边飞过，从耳边，从头顶，从两腿间飞过，但都没有伤及他的皮肉。

她的眼泪夺眶而出，最后吼了一声："我为什么要送你该死的铜鸟铳?!"

四年之前，1945年秋天，橘子姑娘从英国回到瓯城的第一天，按照自己在苏格兰海边崖壁上设想过无数次的情景，送给哼四少爷一件十分稀罕的礼物：一把镀金的短柄鸟铳。

这把短柄鸟铳来自一个苏格兰青年军官，也就是但丁神父的侄子但丁二世。但丁二世非要把祖父传给他的，一把维多利亚时代最时髦的短柄鸟铳送给她。

但她后来之所以接受了短柄鸟铳，是因为她意识到这是一件很好的礼物，回国后可以赠送哼四少爷。

哼四少爷知道，短柄鸟铳是用一对玉镯换来的，而且玉镯出土于谷口遗址，不管是由政府相关部门挖掘到的，还是盗墓帮非法偷挖到的，反正跟自己有了关联，反正是祖上的东西，由此认为姑娘的这宗交易很值得，当即表现出爱不释手，还马上到橘子林试打飞鸟，结果得心应手，弹无虚发。

四　橘子姑娘的爱情挫折

　　无论如何，1949年元旦，橘子姑娘想不到会眼睁睁看着父亲倒在自己面前，自己却无能为力，无所作为，甚至后来还有人认为她为爱情所困，为主义所迫，是杀死父亲的帮凶。

　　在她的记忆里，父亲蓝大首领就像母亲那样照看那个哑巴一样的失忆男孩。在所有收养的孤儿中，对他最宠爱，当然他也值得，因为他更聪明，更英俊，当初也是年纪最小最无助的一个。父亲的行为影响到了女儿，许多人，特别是年长的，她认为值得尊重的人，都用认真的或是玩笑的口吻提到过，希望日后哼四少爷成为蓝大首领的女婿。一些她熟悉的，热心而且人品端正的人，比如秋思虹，都多次不失时机地以类似长姐甚至小姑的角色，认真暗示和提醒过，她与开始长出黑须的哼四少爷是天生一对，希望他们今后能彼此珍惜，好事成双。但凡遇到那样的场合，父亲都是以各种笑声对付过去，从来没有正式否认。那些兄长，蓝长个头早早结婚成家离开，算盘老二心有所属，与一位后来加入读书社的热血女青年共筑爱巢，雷三瞎子无可奈何地表达妒忌，又酸又甜地祝愿终成眷属，然后与一个山人寡妇幸福同居。

　　爱情的种子始终在地下萌发，只等春天到来，阳光雨露，就破土而出，茁壮成长，然后开花结果。

就在饶舌师尊翁媳公开传播谣言，私下恶意举报的那些日子，秋思虹借着讨论《红楼梦》英文翻译的话题，与橘子姑娘有过一次交流，她们之间达成了一个秘密。

"为了这段好姻缘，我愿意当一次媒人。"

生平没想过要做媒婆的秋思虹提出，要给她当红娘，在1949年春暖花开时节，革命胜利之日，为她成就美好爱情。"错过了这个男子，你们都要后悔一生。我如果年轻十岁，一定主动追求他。"

秋思虹对橘子姑娘坦诚相对，毫无避讳，革命胜利之日就是瓯城解放、镰刀斧头的红旗飘扬时刻，而口中所说的男子就是哼四少爷，橘子姑娘听得明白但没有马上表明态度。秋思虹又劝了半天，说："如果林黛玉主动争取，怎么能让薛宝钗如愿嫁给贾宝玉？"

橘子姑娘想点头又犹豫，没有人比她更了解哼四少爷，没有人能像她这样察觉他最近发生的细微变化。她发现此刻他比以往任何时候，都更迫切地要破解一直没有得到的答案：自己从哪里来？而且他还跟她说，在知道自己父母是谁之前，别的任何事情他都不想再去关心，去争取。

"你是怕他有了意中人而拒绝你，还是你心有所属，没有他？"秋思虹看到橘子姑娘神情恍惚，又说，"我可听你说过，那个苏格兰风笛手。"

那是1945年深秋，叶绿橘红，她从英国回来，跟秋思虹说起自己在苏格兰的日子，提到一个当地青年，带她去划船，去攀岩，去打猎，给她吹奏风笛，而她呢，给他讲述瓯越故事，讲述橘子林，不管他有没有听明白，还给他讲一个绰号哼四少爷的人怎么样教她《橘颂》。他吹奏风笛的样子确实很迷人，声音动听，吹奏的始终是同一个曲子，是他们自己编的，只在家族内部传唱，并没有真正流传开来。不久后他上前线打仗，而后传来在法国阵亡的消息。但在她从伦敦坐船回国时，见到一个在码头上吹奏风笛的小伙子，吹奏的正是《罗马人的苏格兰》。

橘子姑娘讲述的时候表情平淡，叙事简洁。

秋思虹却有所感动，替她惋惜，说："为什么只有宝黛明里暗里抢贾宝玉，却没有想过她们也有别的选择？"

橘子姑娘目光坦然，说："我没有想过别的。"

离开前的那天夜晚，小伙子试图动员她跟他一起私奔南非，说那里非常美丽，动物很多，人很少，也很安全，但她拒绝了。不过她害怕看到他痛苦的样子，于是不得不说出自己的心里话，声明自己要回到中国，嫁一个优秀的中国男子。她鼓起勇气说完，神情里再也没有什么犹豫，笑容灿烂，希望得到他的祝福。

小伙子急了，几乎咆哮："是谁？是什么人称得上优秀的中国男子？"

尽管小伙子无比沮丧，但在踏上轮船前，扬言绝不会放弃，等战争结束，或者不等战争结束的那一天，他一定会到中国来找她。

但她目光坚定，再次提到中国男子，说："他也一定爱我。我们姻缘天定。"

"是呀，你们也许姻缘天注定。我知道你心里早就只有他一人。"秋思虹猜到她此时在想什么，无奈地笑了笑，说，"那我告诉他，让他马上求婚。不然，叫他等一辈子。"

橘子姑娘连忙摇头，说："不行，现在不行。"

"为什么？你担心他是宝二哥呀？"

橘子姑娘感到担心，笑了，说："我怕他有一天中邪，忘记我，认不得我了。"

秋思虹做媒的事没有等来下文。

新年元旦过后几天，橘子姑娘强忍丧父之痛，与几个读书社成员一起到模范监狱刑场，把秋思虹僵硬的遗体抬上渡船，运回女子学堂操场，停放在已经布置好的灵堂。离开江心屿时，看管的宪兵试图阻拦，双方发生了冲突。混乱中，橘子姑娘踢了过来调解的叫花子，叫花子鉴于她是蓝大首领女儿，没有追究，但她从此上了黑名单。

橘子姑娘是蓝大首领的亲生女儿，但有一段时间外界无法确定她的母亲是谁。在所有流言中，传得最多的，说她是山谷之城一位山姑所生。有人推算，当年蓝大首领驻节山谷之城半年之久，发生男女私情也有机会。但人们最愿意相信，也是盛传的，即她是蓝大首领和瓯越名旦百里香的私生女。人们回忆，当年百里香离开戏台有一年之久，既不会客，又不外出，不闻其声，不见其人，而橘子姑娘似乎就是那一年出生的。而且，人们惊奇地发现，她和百里香在眉眼表情举止等方面有许多地方相像。但盛传归盛传，从瓯城人心里，却也是最站不住脚的，因为在瓯城人心目中，百里香和九龄童才是青梅竹马的金童玉女，台上台下的才子佳人。

　　关于橘子姑娘的生母，蓝大首领始终没有解释什么，而她本人随着年龄的增长，反而显得平静，看上去也越来越不在乎，始终没有问明究竟。其原因在于事实很清楚，蓝大首领夫人、她的生母在二十年前，也就是1929年元旦那天，就决定把全部的爱奉献给天主，奉献给天主堂育婴所。而天主堂的但丁神父一直无微不至地关照呵护橘子姑娘，像她半个母亲，而且为此得意地告诉别人，她是上天赋予的，是天使在人间。

　　1949年元旦拂晓，蓝大首领倒下的那一刻，天主堂广场极其混乱的那一刻，橘子姑娘作为蓝大首领唯一的亲生女儿，表现得比任何人都敏捷，都清醒，都镇静。她几乎在短柄鸟铳喷出火光的同时，就英勇而神奇地抢过蓝长个头手里的冲锋枪，冲了出去，追过几条繁华街区，又快速奔过英国人修建的那座著名铁桥，毫不犹豫地冲进一条有着明显"此路不通"标志的死路，在没有任何一个人影，一条船只，连一只野狗都没有的宋代宣和年间瓯越市舶司旧址古码头，拦下了一身灰白色长布衫、矫健而高挑的青年男子。

　　对蓝大首领的女儿来说，在海鸥飞过的晨曦下，那是一个太熟悉不过的影子。

　　然而当时的情景完全可能是出自哼四少爷本人的臆想，是他独自营造的梦境：

哼四少爷希望在所有具备常识的人看来，作为整个计划的重要部分，他的撤离路线是安全的，是完美的，因为这个撤离路线由他自己设计，排除了外力的干预，谢绝了外人的支持，无关他人，无关任何组织，他自己接应自己，他自己安排自己，成功脱险之后，就从这废弃了不知多少年的古老码头，乘坐一条简陋而结实的渔船离开，绕过险滩暗礁，乘风破浪，远离海岸，到达该去的地方。

无影无踪，全身而退，至少他自己是这么设想的。

他谁都没有透露，谁都不会想到古码头。古码头是一个死角，完全死掉的死角，这个死角却是自己逃出生天之地。果然此时的古码头四周，除了海鸥飞翔，海潮汹涌，没有看到一个人的影子。他心生欣然的同时，并没有迅速登上那条渔船离开，而是在沾满盐渍的断柱上坐了下来，似乎想歇一歇，想等一等。

这个死角也可能成为自己葬身的死亡之角，因为这个死角，除了自己，只有橘子姑娘会想到，会知道，会紧跟而至。如果有人送他一程，这个人不就是她吗？果然，他坐在断柱上联想的瞬间，穿着高跟鞋的橘子姑娘，还是追上了哼四少爷，而且连发冲锋枪已经近距离对他进行了瞄准。在橘子姑娘即将扣动扳机的瞬间，哼四少爷心里一声叹息，轻轻地哼了一声。他早应该想到，在瓯城，只有她一个人知道他会逃到这里，从这里逃走；只有她一个人会追到这里，来阻止他，按照正常的逻辑，于情于理，杀他报仇。

这不正是自己想要的公平吗？

哼四少爷回过头来，平静地看着她，宣称他的使命已经完成，正好，橘子姑娘能帮助他，让他的血，把长布衫染成黑色。

他走到她面前，说："婵娟，开枪吧。"

橘子姑娘愣了愣，哼了一声，她知道他在叫谁，知道谁是婵娟。

婵娟是橘子姑娘的小名，是正式外号形成之前的过渡地带，不过很少有人这么叫她，也很久没有人这样叫她了，这样叫她，让她身心陡然一紧。

其特别之处，这个小名还是哼四少爷先叫的，随后周边关系亲近的人跟着叫，包括蓝大首领也认为好听，也跟着叫，这一直叫了几年，一直等她到瓯城教会学校上学，她有了官名，这个小名才没有人再叫。主要是第二届瓯越橘子节上，有了英文名字Citrus，小女孩婵娟才淡出了人们的记忆。

那年中国国民党军事委员会委员长蒋介石的夫人亲临瓯越地区推动新生活运动，她看到漫山遍野的橘子林，灵感油然而生，向一路陪同到瓯城的贤者器人提议举办橘子节，并同时进行一次有欧美风格的选美比赛，说："瓯越最有名的是什么？"

蓝大首领指了指桌子上一大盘橘子，说："当然是瓯越蜜橘。"

蒋夫人连吃数个蜜橘，赞叹不已，兴致勃勃地做了决定，活动就以橘子冠名，优胜者就叫橘子美人。

首届瓯越橘子节，各界反对者不少，参赛者也没有几个人，最后在贤者器人的坚持下匆匆举行，匆匆落幕，秋思虹获得了"橘子美人"的称号，连相貌普通得不能再普通的饶柳氏都得了一个鼓励奖。后来关心此事的蒋夫人多次催促，中断数年的瓯越橘子节再次举办，但仍然遭到各界反对，其中一种意见十分强烈，认为首届良莠不齐，除了秋思虹风华绝伦外，大多是自我感觉良好却其实平常的女子，尤其是饶柳氏如此模样的居然获得名次，有损瓯越名声。经过多轮商议，最后各方作了妥协：一是参加人员范围仅限于中学低年级及小学高年级女生，社会女性不得参加，最后又缩小到童子军。二是优胜者称橘子姑娘，而不是叫橘子美人，叫起来也比较健康。但蒋夫人知道后，仍然坚持自己的意见，贤者器人专门发来电报，转达蒋夫人意见，说："美人是赞美，不是贬义词。"

一开始报名参加者很少，后来因为命名"橘子姑娘"，加上蓝大首领动员在教会学校读书的女儿带头参加，响应者才越来越多。

经过预赛，决赛，蓝大首领女儿胜出，得到了第二届瓯越橘子节"橘子姑娘"的称号，蒋夫人推说有事不能前来，委托即将到瓯越巡视的何副长官代为出席，何副长官因故未能前来，又委托贤者器人参加，贤者器人因为蓝大首领没有遵从自己的意见，心有不满，只派了一位代表到瓯城代为致辞并颁奖。

各界都认为，秋思虹是首届"橘子美人"，后来没有第二个人获得这个称号，因此是绝无仅有，蓝大首领千金是首届"橘子姑娘"，因为橘子节后来没有再举办，这项桂冠也是后无来者。因为瓯城人受海外影响，历来重男也重女，对于女儿，琴棋书画，款步雅姿，自小培养。参赛少女，更是众多中的佼佼者，都志在必得。事后瓯城人评说，本届橘子姑娘当之无愧，不仅清纯美丽远胜过他人，而且因为在教会学校受过芭蕾舞训练，形体气质更是出众，当然真正让人诚服的是最后环节，她当众背诵了屈原的《橘颂》，引起饶舌师尊在内的众评委起立鼓掌。

如果要说瓯越最美的风景，那一定是一片又一片常年绿色的橘树林，深秋季节千万点灿烂的金黄色蜜柑。橘树林四季常青，给人们带来绿意盎然，蜜柑香甜可口，给人们带来美味无比。

与别人的夸张之词不同，哼四少爷面对历朝贡品的瓯越蜜柑，像一个严谨的老师，带橘子姑娘到橘子树前，进行现场讲解。

如果是在冬天，哼四少爷会折下树枝作简要说明，在零下5℃时枝叶会受冻，零下6℃以下会冻伤大枝和枝干，零下9℃以下会使植株冻死。

如果是在夏天，哼四少爷就站在绿枝下面，扼要地讲解高温也不利于瓯越蜜橘生长发育，气温、土温高于37℃时，果实和根系会停止生长。

如果是春天下雨不止，哼四少爷就和她共撑一把油伞，踩着泥泞，解说土壤的相对含水量以60%～80%为适宜，低于60%则需灌水，雨水过多，造成土壤积水或地下水位高，排水不良的橘子果园，会使根系死亡。

如果是在秋天，树上开始挂果，哼四少爷就和她穿梭在橘林里，指着天上的白云，说如果日照不充足，果实糖含量低酸含量高，糖酸比低就会长出酸果。

每一次话都不多，却让橘子姑娘知道了很多，成为她人生的重要经历。总之，不是花前月下，不是轻歌曼舞，但感受到的不是枯燥乏味，而是浓郁美好。她像记忆诗歌一样，背下了这样的段落：

蜜橘树生长发育、开花结果与温度、日照、水分、土壤以及风、海拔、地形和坡向等环境条件紧密相关，瓯越气候湿热，临山靠海，土肥水润，是盛产这种蜜橘的最佳之地，只有瓯越这方水土才能种植、种好这种蜜橘，因此冠以瓯越蜜橘的名字。无论你什么年纪，无论口味如何变化，瓯越蜜橘是当地人终年不断、终生喜爱的水果。

当年她年岁稍长，某个秋天两个人嬉耍橘林，其时哼四少爷虽也年幼，那天他头发泛着金光，但唇上黑须渐浓，穿着一件宽大的灰白色长布衫，像一个老先生。她很吃惊，也很兴奋，一个手指点着他的黑须，说："怎么这个样子，像个坏人。"

哼四少爷摸了摸黑须，神情庄重，告诉她，说："我梦见我的父亲也是这样子的。"

"那头发怎么又不是黑的？"

哼四少爷想了想，说："那要去问生我的人。"

橘子姑娘哈哈笑了，说："一边是父亲，一边是母亲。"

看到哼四少爷神情变得恍惚，橘子姑娘连忙又用另一个手指触摸他的长布衫，说："你怎么有这样的衣服呀？"

哼四少爷告诉她，这是他想象中父亲的长布衫，因为他想象过父亲穿着它的样子，父亲在重要时刻才穿着它，比如父亲与母亲结婚时穿着它。

她靠近他，问道："今天也是重要的时刻吗？"

哼四少爷点点头，好像说当然是的。因为他要回答她的重要问题，叫她婵娟自有出处。他将布衫下摆轻轻往上一撩，认真地给她背了屈原的《橘颂》：

> 后皇嘉树，橘徕服兮。受命不迁，生南国兮。深固难徙，更壹志兮。绿叶素荣，纷其可喜兮。曾枝剡棘，圆果抟兮。青黄杂糅，文章烂兮。精色内白，类任道兮。纷缊宜脩，姱而不丑兮。嗟尔幼志，有以异兮。独立不迁，岂不可喜兮！深固难徙，廓其无求兮。苏世独立，横而不流兮。闭心自慎，终不失过兮。秉德无私，参天地兮。愿岁并谢，与长友兮。淑离不淫，梗其有理兮。年岁虽少，可师长兮。行比伯夷，置以为像兮。

她似懂非懂，但盈笑不止，说："你以后穿着它跟我拍照相。"为了掩饰脸红，她顺手剥开一个蜜橘塞进哼四少爷口中，说："奖赏你的，甜吗？"

其时果实仍然青涩，哼四少爷点头，说："甜，又酸又甜。"

之后，就是参加橘子节比赛，台上的那一刻，她想起了哼四少爷教给她的《橘颂》，她完整背了一遍，赢得一片掌声。

这是过去的情景了。

后来想起，自从上海丽人出现，尤其沈铁铲子给他看了《上古百山谷口哼人城池遗址考》之后，哼四少爷的行为性情似乎有了很大变化，变得不苟言笑，变得能不说话就不说话，变得能够鼻子哼一声，就不多哼几声，也许是两人许久不见的原因，也许是别的她不知道的原因。

他默默地等她吃完蜜橘，然后把她剥下扔掉的果皮塞进嘴里，细嚼之后咽了下去。

橘子姑娘感到吃惊，说："你怎么不把皮扔掉呀？"

当天没有什么激动人心的叙旧，但却是哼四少爷说话最多的一次。他居然连哼一声都没有，居然非常教条地给她讲起了关于橘子类果皮的课程，像是搪塞一个愚笨的学生。不管她在不在听，不管她是不是一脸的失望，他一直在讲橘子类果皮的功效和好处。她几次插话，都没有能打断他自顾自的乏味的讲述。

很难定义他讲的是废话，但她不得不认为他讲的完全是废话：刮去白色内层的橘皮表皮称为橘红，可以理气、除燥、利湿、化痰、止咳、健脾、和胃，橘瓤上的筋膜可以通经络、消痰积，治疗胸闷肋痛、肋间神经痛。橘子核可治疗腰痛、疝气痛，橘叶可以疏肝，可治肋痛及乳腺炎，橘肉可以开胃理气、止咳润肺。

在她看来，即便不是废话，至少是故意引开话题，表示对她的冷落。

她经过精心筹划，在一个风和日丽的上午，约请他到江边的橘林里拍照，还特别提醒他穿着那件灰白色长布衫。但一直到中午，哼四少爷还没有出现。

她去找他，发现哼四少爷躺在床上睡觉，床头挂着那件长布衫。

她走过去，让他穿好长布衫，跟她出去，但他拒绝了，不想出去，不想穿着它，不想跟她拍照，说："我死的那天，我再穿它。"

当时她激动的心情慢慢凉了下来，她感到了哼四少爷的变化，这种变化是什么，为什么，她一时蒙了，这一蒙，就蒙了很久。

橘子姑娘自从受到哼四少爷冷遇之后，也开始变得反常。蓝大首领希望女儿经常回家，但她都以在教堂帮忙为由，不肯回来，他去教堂，却不见她的人影。每次但丁神父都打马虎眼，说她忙别的事情去了。他又去育婴所，没有她任何踪迹。等到他见到她回来，已经是几个月过去，女儿从一个少女变成了真正的橘子姑娘，性情变得深邃，也显得沉默。还有让他最为不解的是，哼四少爷似乎也继续保持着对女儿的生疏，没有任何迹象显示他主动接近，提出求婚。他向女儿询问对哼四少爷的意见，但没有得到回应，也给不出任何理由。她甚至说出了一番使他感到震惊的话，她迟早会离开瓯越，到很远的什么地方，总之以后不会再待在瓯城，也不回来，至于婚姻，她郑重声明："一辈子都不会结婚，不会有家庭，不会有小孩。"问急了，她索性明确态度，说："以后跟但丁神父到英国学习深造，到苏格兰故地重游，再也不会回到瓯越。"

焦虑的蓝大首领向但丁神父打探女儿做礼拜忏悔时，都说了些什么，试图从中找到什么线索，但丁神父只是含含糊糊地告诉他，说："你女儿是上帝派来的，可能另有使命。"

蓝大首领急了，问："什么使命，她难道真把自己献奉给上帝了？"

但丁神父摇摇头，始终回答不了。

蓝大首领只得再三恳求："您好比是她的教父，您得帮助我。"

但丁神父露出坦然的微笑，安慰蓝大首领，希望他相信自己的女儿绝不会消沉，更不会堕落，因为她是向着光明，向着美好，向着善良的，她永远有一颗纯洁的天使之心。

但丁神父的表态，让蓝大首领不禁心有惶惶，久久无语。

至少在相当长的阶段，至少在不久之前，蓝大首领相信女儿不过是爱之所至，情之所切，对哼四少爷的迟缓反应感到委屈，心生不满。他的焦虑，说明当时他是打算为女儿做主，希望他们能结成连理的。因此他后来的变卦多少有些奇怪，多少让人们感到突然。不被外界理解的是，他似乎没有为此伤心，没有什么借酒消愁、不理政事之类的行为，更不像是一气之下，不惜牺牲女儿的幸福，当起哼四少爷和上海丽人的媒人，他甚至当着但丁神父的面，否定这是他此生以来所扮演的最痛苦的角色，说："我是大公无私。"

意想不到的是，对哼四少爷和橘子姑娘这对金童玉女不再看好的，居然还有但丁神父。因为但丁神父居然认为哼四少爷并不一定会娶橘子姑娘为妻，说："她是为上帝服务的天使，会得到更美好的爱情。"但丁神父居然认为蓝大首领没有错配鸳鸯，上海丽人和橘子姑娘各有所命，各自心安。为此，他还提到橘子姑娘陪他到医院看望上海丽人的情景予以佐证。

当时上海丽人多少有些不知所措，橘子姑娘于是大方地伸出手，说："你没有见过洋人呀，上海滩遍地都是。"上海丽人随后就在但丁神父手背上吻了吻，仿佛是一个虔诚的教徒遇到了教皇，不过眼睛却对着橘子姑娘，说："我是因为看到你觉得紧张。"

橘子姑娘自然不太相信，说："应该我慌你才对，你是上海来的呀，而且这么好看。"

上海丽人一下子与橘子姑娘亲近起来，笑说自己哪算好看，哪里比得上她，像个天使："是不是，神父？"但丁神父简单地笑了笑，神情内敛，说："你们都是天使，你们都是仁慈的上帝最中意的宠儿，你们相互赞美，更是你们与生俱有的美好品德。"他毫不吝啬地赞扬，让气氛暂时融洽了不少。

不过但丁神父不知道的是，他离开之后，几度出现冷场。冷场的原因，是两人都总是刻意回避哼四少爷。上海丽人主动提起时，她却故意不接，她说起时，上海丽人却顾左右而言他，这种微妙的僵局维持到不能再维持下去时，两个都因为口渴喝了水，然后同时提到了哼四少爷。

上海丽人礼让地笑了笑，表示自己不会抢话，要听她先说。

橘子姑娘喝了口水，神情自然而正式，用纯正的官话夹杂着苏格兰腔英语，说，她相信上海丽人是为了哼四少爷才到瓯城的，希望她不会否认。

上海丽人可能是被逼到了墙角，没有否认，但也没有承认，只是说了一大篇话，中间直接用上海方言表达，说自己来瓯城的原因很多，主要是为她父亲工作，为瓯越人民服务，而且能遇上像橘子姑娘这样美丽而纯真的女人，会成为朋友，成为知音，当然机缘巧合，也有了和哼四少爷长久相处的机会。

橘子姑娘没有马上附和，但不能不说被暂时打动了。也许自己也想跟她成为好朋友，在瓯城能这样交流的人太少了。

上海丽人自然也感觉到了她的真诚，拉过她的手，说："我们会成为知心朋友的。"

橘子姑娘抽回自己的手，提出要看看她父亲看过的照片。上海丽人从精致的皮夹里抽出照片，克制着脸上掠过的一丝得意，说："只给你一个人看。"她看着照片，表情停滞了，突然高声笑了出来，说："我爸爸居然被你骗过去了。"

护士进来打针，她要走，上海丽人一边脱着裤子，一边挽留她看着把针打完再走。她又坐了下来，看着护士慢腾腾地把针头插进白得晃眼的屁股，心想到底没有被太阳晒到过，看上去像玉一样，不太真实。护士离开之后，裤子没有马上拉上去，似乎有意多暴露一会儿，好让从窗户上射进来的阳光照一照。上海丽人遐想道："瓯城建设一个海边浴场该多好啊，让我们裸露身体，享受阳光沙滩。"

她的目光从圆圆的臀部移开，神情有些恍惚，哼了一声。

上海丽人大声笑了，说刚才她哼的样子跟哼四少爷很相似，说："近墨者黑，跟他学的呀。"

她别过脸，故意又哼了一声，说："哼谁不会，还用跟人学。"

由于话题转到哼四少爷身上，气氛顿时又变得融洽。她离开时，上海丽人还坚持要求带走一些糕点和水果，说："一个人吃不了，我们一块分享才有意思。"一直到天黑，教堂的钟声响了又响，她才离开。

哼四少爷与《申报》女记者上海丽人来往密切，尽管蓝大首领之前曾经证实上海丽人会与皮夹克男子结婚，橘子姑娘一直没有轻信这个说法，及至看到了照片，就完全不相信了。照片上，两个人的神情是游离的，皮夹克男子满脸喜悦，深情外露，而上海丽人脸上架着眼镜，落落大方，但看不到一点爱。

尽管蓝大首领和但丁神父的态度令外界感到困惑，但橘子姑娘对父亲为何转变态度，对但丁神父为何转变态度，似乎心知肚明，因此没有埋怨和责怪，反而表现出为疏离哼四少爷感到庆幸的样子。

橘子姑娘白天索性换上了英式猎装，穿起了高筒皮靴，如同苏格兰猎手打扮，成为瓯城的一道特别风景，礼拜天则一身白衣布袍，在天主堂的祷告弥撒上，成为最忙碌的人。只有到了晚上，她最早到读书社某个临时地点，作为读书社会长的继任人选，给大家朗读英文版的《马克思主义ABC》。

其时，橘子姑娘外表的漠然是由于心中的笃定，那就是她强烈地感受到自己和哼四少爷的爱情种子，在地底下悄悄萌动，她要做的就是把暗藏的幸福留得越久越好，虽然有痛苦，便更多的是独享的甜蜜。

五 上海丽人的新闻调查

上海丽人在有关报道中曾经暗示，被定罪为汉奸和盗墓犯的博士沈铁铲子生前做了铺垫，死后作为推手，间接或者直接，导致了蓝大首领被杀事件的发生。

《申报》发表的疑似哼四少爷绝笔信特别声明，他这次行为不像抗战期间的那几次经过上级委派的行为，此次行为无关任何组织，无关任何时局，这是他有关私人恩怨的复仇，也是他此生当中最后的刺杀行为。

这像是人们捕风捉影，主观附会，是传奇连载，甚至是臆造，是杜撰：

这最后一次，哼四少爷仿效上古先辈，做好了必死准备。举事前夜，他睡眠充足，无梦无醒，一觉天亮，天明起床。洗漱完毕之后，端坐桌前，写好绝笔信，然后换上灰白色长布衫出门并锁门，觉得饥肠辘辘，到楼下小店如常吃了丰盛早餐，接着等邮局开门，投寄了给上海《申报》的邮件。信中，他要求《申报》总编辑务必全文发表。这封用派克笔写就的书信里，他向世人宣示自己的行为，说明了自己这样做的缘由，最后一段文字，潇洒交代了自己身后之事，云曰：如果被枭首示众，如果被鞭尸践踏，如果被挫骨扬灰，也是得其所哉，万一留得六尺全尸，希望葬于百山谷口，水渚之城，身留哼人故地，魂归上古远祖。

哼四少爷从瓯城开始记事，学于瓯城长于瓯城，但在他心里，他越来越坚定地认为大江之上，山谷之城下，溪流聚集，漫起一片无际渚野，已经消失的谷口城池，就是哼族部落的发祥之地，才是他灵魂与肉体最终的归宿。

绝笔信结尾附上了一段辞歌：

> 素骥鸣广陌兮，慷慨伴我行。怒发指危冠兮，灏气冲长缨。天地俱不殁兮，山川未改时。草芥得常理兮，薤露荣悴之。澹澹兮寒波生，高坟乎正嶕峣。鬱鬱兮伤永叹，偃蹇乎气自暗。遥举目兮以连沔，眇焉知兮其所踬。心羁羁兮而窘步，顺湎漯兮且从流。无当之玉琮兮，未若全用之埏埴。寸裂之锦黻兮，曷如坚完之韦布。漆身而吞炭兮，商音泫然。图穷而匕见兮，筑声悲哉。曩燕寝兮高堂，今将宿于荒荟。魂游散兮安往，须臾寄之槁木。朝为人兮彷徨，夕遽载乎鬼录。数有尽兮便尽，胡踯躅而多虑。葬我百山之阳，归乎笠泽之阴。奄溘何足道兮，谁辨荣与辱。四大犹幻尘兮，衣冠矧外物。纵浪大化中兮，毋喜亦毋惧。

后来传闻，《申报》上下对其进行翻译解读，学问多的一知半解，学问少的更是觉得深晦难懂，恰好《辞海》主编舒新城到报社做客，细细一看，拍案叫绝，用了半天时间逐字逐句进行了讲解，在座的听明白之后，无不动容，都称赞作者是当代荆轲。

舒新城当场又表达了惋惜，如此文笔，不应该当什么书记长，应该到研究所当教授的。《申报》按照舒先生的建议，单独将其辞歌和译文在艺文版发表。

《申报》上下对瓯城发生的刺杀事件，已经确认，但对于哼四少爷凶嫌身份无从核实。因为过于赞赏绝笔信和所附辞歌，宁可信其有，因此在没有向哼四少爷本人查证的情况下，就准备大书特书，广为宣扬。

加上哼四少爷与《申报》早有渊源。

《申报》有同仁指出，哼四少爷之所以投书《申报》，起源于三年前，也就是1946年的中秋，他和《申报》后来称之为上海丽人的女记者第一次见面。

相比山谷之城，瓯城不仅是完全不同的地理地形，而且完全不同的官话软语，完全不同的繁荣景象，一个安于一方却面向四海的古老城市，此时鲜花盛开，满城香溢，人们还沉浸在庆祝抗战胜利的喜庆气氛中。

哼四少爷初次见到上海丽人，她总是戴一副眼镜，因为眼睛太漂亮，用眼镜挡住美丽，那次哼四少爷强行摘下她的眼镜，被她美丽的眼睛所吸引，于是一见钟情。戴着一副圆形眼镜的上海丽人随国民政府军委会特别代表贤者器人，坐飞机从上海过来，采访报道瓯越地区抗战英雄报告团。在贤者器人主持的恳谈会上，蓝大首领借机大大褒扬了哼四少爷，使其很快成为关注对象。

后来有传说，当时上海丽人是为了躲避婚姻，主动要求到瓯城采访的，后来的种种迹象表明，她对哼四少爷可以说是一见钟情，以致饶柳氏等瓯城名淑讥笑她是一个花痴病人。

然而还有另一种说法。

这另一种说法提到，原来贤者器人眼光独到，对哼四少爷的英勇事迹非常感兴趣，尤其对他年纪轻轻就在瓯城百姓当中享有盛誉尤其在意，临走时特别要求上海丽人留下来做深入采访。上海丽人于是约他，请他散会后到海边大堤走走，一边欣赏风景，一边接受采访，她保证写出一篇精彩美妙、图文并茂的报道，让他享誉中外。

哼四少爷漫不经心地看了看她脸上有些滑稽的眼镜，鼻翼动了一动。

上海丽人想不到他会对她表现如此奇怪、如此不屑的表情，眉头一紧，说："你在哼我呀，什么意思?"

哼四少爷解释了哼的意思，"我不想名扬全国。"说着又哼了一声。

后来两个人显得有些隔阂，在蓝大首领的目睹下，一前一后离开五马饭店，一直走到海边码头都没有话说。然后返回，走到了古城堡门口，时已黄昏。当时里面正在举办一个谷口遗址文物展，但门可罗雀，负责守卫的警察已经准备关门回家吃饭，而展览主办者沈铁铲子似乎预感到会有什么要紧的人来参观，坚持要再等几分钟。

看到门口出现一对青年男女，沈铁铲子以为终于等来知音，激动地迎接上来，带他们参观了所有展位，给他们详细介绍展出的每一件物品。

原来这些展品是沈铁铲子于1936年在谷口水渚之城遗址考古时发现的，本应当年公诸世人，但因为战争，一拖再拖，直到抗战胜利一年后的1946年秋天，督察区划拨专项经费，在整修后的古城堡博览会场馆展览部分出土器件，并发布通告，动员瓯城市民踊跃参观昭示古瓯越文明的文物展览。

沈铁铲子并非瓯城本地人，自称是日本一所大学考古研究所的博士，回国后在北平故宫博物院当过研究员，因为对古瓯国情有独钟，主动要求到万里之遥、地处偏远的瓯城，进行实地考证。抗战期间督察区各个官办机构迁往山谷之城，他在百山谷口的这片荒滩前停留下来，挖沟排浆，汲水清泥，结果发现遗址，后来凭着一把从日本带回来的铁铲子挖掘到许多文物。抗战胜利后回到北平，不想有关部门得到情报，怀疑他与日本人有过合作，虽然后来没有最终审查结论，但因为日本产的铁铲子作为证据，遭到羁押，取保候审期间，他带着铁铲子私自逃离，一路向南，直奔瓯城，经饶舌师尊推荐，到瓯越博物馆筹建处工作，但在职级安排上，他希望给一个教授名分。饶舌师尊一方面感到他有真学问，一方面怕他喧宾夺主，于是有意贬低，只给他普通工作人员待遇。但沈铁铲子认为自己发现遗址，考古有功，虽无教授之名，但有教授之实，对文教局的刁难十分抗拒，所以理直气壮地跟饶舌师尊进行对抗，结果把自己再次推到险境，不仅汉奸罪没有了结，而且多了一项与盗墓帮勾结窃取文物的罪名。

此时，沈铁铲子是戴罪之身。

一开始上海丽人看到沈铁铲子衣着邋遢，形容不洁，表情和举止显得夸张甚至让人觉得有些猥琐，打算走马观花，匆匆一看，随即离开，于是警告哼四少爷尽快回到正题，说："别忘了我还要采访你。"

沈铁铲子显然已深深用情于此，对两个看上去体面的青年男女能来参观展览心存感激，好像生怕他们匆匆离开，因此一口黄牙，唾沫四飞，不停地讲解，把各种黑陶和磨光玉器的来历以及自己怎么发现、保护的过程，都说出了故事，而且讲得生动有趣，让他们的参观停不下来，结束不了。

为了留住他们，沈铁铲子还额外赠送了两张照片，一张是刻有花纹和镂孔的细砂灰黑陶，一张是鱼鳍形泥质灰胎黑陶，还趁那个警察不注意，特别允许上海丽人用自己的照相机拍下琮、璧一类玉器，说："督察区文教局规定禁止拍照，你们是特例。"

临走时，沈铁铲子喊住了他们，看了看四周，然后小心地捧过一个玉琮，劝他们要好好看，说："我一般不让人看，因为这是所有出土器物中的精华。"

此时天黑了下来，上海丽人示意哼四少爷可以离开了。

沈铁铲子连忙说这样的机会哪里还有，马上打开电灯，手掌轻轻揉搓着玉琮底部，指着上面的一个印刻的符号，要他们认，说："这是什么？"

上海丽人先看了看，说："这是一个字吧。"又叫哼四少爷认，说："认出了，我们就走。"

哼四少爷一下子就认了出来，说："是哼字。"

沈铁铲子顿时欣喜，说："对了，就是哼字，鼻子发出的声音，这边一个口，这边一个亨字。"

上海丽人笑了起来，吸了吸鼻子，哼了一声，说："难怪你一眼就能认出来，原来就是你呀。"

哼四少爷倒是犹豫了，问沈铁铲子："真是哼字？"

沈铁铲子肯定地点了点头，说不会是别的字，而且可能是人类最早的一个象形文字，至于在这里这个字怎么正确地解义，他要继续研究，说着他又把玉琮横过来，说："这样看，口就在亨的下面，上面的亨像不像人的鼻子？"

上海丽人摇摇头，说："看不出哪里像。"

沈铁铲子显得沮丧，说："看多了，就像了。"

接着沈铁铲子从中山服的大口袋里取出一份粗糙的油印本，说是他的研究论文，是自己刻印的，还没有题目，政府也暂时不让发表，但他相信总有一天会让全世界都惊叹他的考古成果。他的研究表明，这个部落在百山谷口，可以暂时称之为谷口部落，但结合实物考古发现，他个人还是把它叫作哼族部落，说："或者谷口哼族部落。"

上海丽人不相信，笑了笑，说："哼族部落？没有听说过。"

沈铁铲子脸一板，说："以后人们迟早会知道的，远古时期有一个用鼻子进行表达、进行交流的部落，那就是哼族部落，百山谷地区最早、最原始的部落。"

上海丽人捂住嘴笑个不停，看上去显得十分可爱，说："难道他们真的是用鼻子，而不是用嘴巴说话？"

沈铁铲子神情很认真，说："极有可能，如同鼻子和嘴巴都用于呼吸，鼻子里哼出各种声音，其功能不一定比嘴巴弱。"据他的研究推断，这个部落就是用鼻子说话的。

"那嘴巴呢？"上海丽人指着自己长得好看的嘴唇，反问沈铁铲子。

沈铁铲子神情庄严，说："嘴巴的功能用于呼吸、进食、饮水，用于男女交配之前的亲吻。"说着，张开满口的黄牙让上海丽人查看。

上海丽人已经红了脸，扭过头看了看哼四少爷，说这谁不知道，说着又悄悄抿着自己的嘴，让双唇在灯光下变得更加鲜红，更加生动。

沈铁铲子看到他们似乎有了兴趣，举着白封皮的油印本，声音激动地说，据他推断，鼻子用于说话，用于交流，很久之前，在百山谷谷口哼族部落本来也是常识。

上海丽人忍住笑，不停地哼了起来，然后还问哼四少爷，有没有听懂她哼出的意思。

哼四少爷没有理会她，那一刻，他已经陷入了自己的思考。

他一直想知道更多，比如自己为什么总要哼，但一直无从得到答案。此刻，他想象自己跟哼族部落或许有什么关联，或许能从中找到最终的解答，但他没有再提问，而是凝望呆思，看着外面的海水，却是一片茫然，一片空白，脑袋仿佛离开脖子，突然往下垂落，他才发现自己竟然瞬间睡着了。

上海丽人惊慌，问他："怎么了？"

哼四少爷突然喃喃一句，说："我以前在梦里见过这些东西，见过这个符号。"

沈铁铲子听他说这话，一问才知他居然就是瓯城有名的哼四少爷，自己早就听说过，却竟然一直没有见过，此时见到，一时间茫然不知所措，愣了很久，又马上亢奋起来，最后还猜断哼四少爷的先人完全可能就是谷口哼族部落的。

上海丽人这时有些担心了，她有些担心哼四少爷真的会受到蛊惑，急了，瞪了沈铁铲子一眼，骂他胡说八道，说："你还是改行去当算命先生吧。"

看到哼四少爷可能是因为找不到答案而神情迷离，沈铁铲子不禁有些惭愧，连声表达歉意，说自己现在学问还不够，不能帮助证明罢了。

哼四少爷没有顾上向沈铁铲子告别，迷迷糊糊中离开了古城堡展览馆，双腿轻飘飘的，仿佛踩在水里。

上海丽人真怕他一头掉进海里，后面追上来，拦住他，问他什么意思，哼四少爷站在路灯下，抬起手往西边一指，说："这些东西来自临瓯之西，百山谷口，很早很早以前，我的祖上可能用过这些东西。"

其时明月初升，微风吹拂，大海微澜，上海丽人把眼镜摘了下来，注视着他，说："我要好好看看你，看你是不是正常。"

也就在这一刻，哼四少爷看到了上海丽人的那双眼睛，微微一怔，顿时清醒了许多，说："且慢，这是你的眼睛吗？"

上海丽人得意，又马上戴回眼镜，说："当然是我的眼睛，长在我的脸上，还能是别人的？"

哼四少爷此时平静下来，走了几步，又停下，突然伸手把上海丽人的眼镜取下来，说："你为什么要戴眼镜？"

后来，两人步行了一段路，到了五马饭店门口，已是夜暗，上海丽人两眼泛出光彩，但也显示出不安，要夺回眼镜。

哼四少爷说："你看得清我的脸吗？"

上海丽人说："我视力好着呢。"

哼四少爷把眼镜戴在自己脸上试了试，显然不是近视眼镜，但上海丽人却用它把自己最美丽的部分遮挡了，真是令人费解，说："从今以后，你不应该再戴着它了。"

这近乎嬉闹的一幕，被站在饭店门口的蓝大首领看在眼里，他刚刚把贤者嚣人送到机场回来，后来传言两人进行过单独交谈，话题牵涉到哼四少爷和上海丽人，有人亲耳听到，贤者嚣人说到了哼四少爷，他看到抗战英雄到了结婚成家的年纪，说："希望蓝大首领玉成好事。"蓝大首领听了，不由得心头一热，答应做媒云云。

对此，瓯城绝大多数人认为这是谣言，是无稽之谈。但接下来果然发生了蓝大首领亲自做媒的情况，使瓯城上下原来将信将疑之人，开始对上海丽人的身份有了种种猜测。

当晚蓝大首领借口要对《申报》发表讲话，把上海丽人请到饭店茶楼赏明月吃月饼，开始了一场相互试探、相互较量的生动戏码。

饶柳氏断定，是上海丽人自作多情，请求蓝大首领介绍哼四少爷，而蓝大首领主动做媒的传说，在瓯城没有几个人会相信。

当戴着眼镜的上海丽人一进门，蓝大首领就直截了当地问她愿不愿意嫁人，愿不愿意留在瓯越，起码让她当报社的长官。

"长官？"上海丽人笑出声来。

蓝大首领连忙纠正，说："是主编。"

上海丽人显然觉得突然，她不知道蓝大首领是什么意思，更怀疑他对自己有什么不好的目的，因此一口回绝了，声明自己已经订婚，未婚夫出自豪门。

"你知道这是谁的意思。"他指的是贤者嚣人，说，"他什么都告诉我了。"

蓝大首领如牛卵般大的眼睛一瞪，发出威严的光芒，认为她在骗自己，明明没有什么未婚夫，还说有了，她这样会耽误青春，耽误终身大事。

从当时的情形看，上海丽人对蓝大首领的话并不相信，她看到蓝大首领盯着自己的目光，心头一紧，随后显然是一个急中生智的举动。她先是从皮包里取出一个漂亮的皮质钱夹，翻开来，把自己跟一个穿皮夹克青年的合影给蓝大首领看，表示自己没有骗人，说："如果没有意外，我会和他结婚。"

蓝大首领抢过钱夹，仔细看了看照片，找不出什么破绽，点点头说还很般配，许久，叹了一口气，说："可惜了。"

上海丽人把钱夹放回皮包，说皮夹克青年是大学生，也是她申报馆的同事，他的父亲，也就是她今后的公公，也是为中华民国服务的，说："可惜什么，有什么好可惜的。"

蓝大首领眨了眨眼睛，也不想多问，站起来就要走，回头又停下来，突然说了一句："我看你们是天生一对，地造一双，本来我想给你们做媒的，看来你和他没有缘分。"

上海丽人一惊，坐在那里说不出话来。

蓝大首领在气头上，不容上海丽人问清楚，抢着赞扬哼四少爷，说："他比那个穿皮夹克的人强多了。"

上海丽人为了平息情绪，一口气喝完茶，刚想等蓝大首领说完，她再说话时，蓝大首领已经离开了，而且重重地关了门，留下的是一股怒气。临出门，他也许想起了女儿橘子姑娘，说："我人情尽到了，他还愁找不到好女子。"

几天以后，哼四少爷和上海丽人跟着沈铁铲子去了一趟谷口遗址。所谓的遗址，虽然沈铁铲子努力讲解引导，但很难见到他描述中整齐规范、有序发掘的景象，只有杂杂乱乱的一片一片，只有一台老旧的抽水机不停地抽水，至于想象中的水下城楼，更是没有露出一点痕迹。

上海丽人感到失望，说："这是什么遗址呀。"哼四少爷没有理会她，他站在一座稍稍隆起的土丘之上，双眼紧闭，默默念着沈铁铲子说的一切，久久的冥想之中，眼前呈现出一幕幕幻境，神情豁然，情绪亢奋，他相信这里曾经生活着谷口哼族部落，这里曾经生活着用鼻子说话的人类，这里曾经回响着欢声笑语，这里曾经创造过精美富足，当然也曾有过灾难，有过战争，有过毁灭。

虽然什么都没有看到，虽然直到天黑，连一块陶片、一块碎玉都没有找到，哼四少爷还是心满意足地回到瓯城，联袂上海丽人，邀请沈铁铲子到五马饭店附近瓯城最有名的酒楼吃了一顿丰盛的晚宴。

当夜酒酣，沈铁铲子把油印本送给四少爷的时候，忽然想到了题目，叫《上古百山谷口哼人城池遗址考》，然后独自回到古城堡展览馆，宿醉不归。他妻子还在北平，并无子女，因此哪里都是家，正如临别前告诉哼四少爷的，说不定明天醒来，他就被当成汉奸抓走了，枪毙了。

"你们会在街上看到我被杀头的布告。"沈铁铲子流着泪，笑着说了一句。

哼四少爷有心帮助沈铁铲子，劝他不要怕，大不了送他去百山谷，谁也找不到他，说："我们会保护你。"

沈铁铲子不相信，一旦被当成汉奸，纵然山高皇帝远，但都是国民政府治下，不能够连累了他，说："谷口哼族少了你这样的传人，岂不可惜。"

无论怎么劝，沈铁铲子都下了决心要自己面对。哼四少爷也不再多说，但心里对他越发尊敬，希望他不受伤害的意愿更加强烈，而且当场表态，他会求得蓝大首领支持，动员说服盗墓帮，利用他们的力量，尽快完成挖掘，让城池早见天日。

当晚哼四少爷仔细读完了沈铁铲子《上古百山谷口哼人城池遗址考》全文，到了半夜，进入了别样梦境，直到天明，上海丽人前来告别，留下一支派克笔回到上海时，他依然沉睡不醒，只是鼻孔里不停地发出哼哼的声音。

她捏了捏他的鼻子，他也没有醒来。

自从参观谷口遗址文物展之后，上海丽人喜欢上了这个有几百年历史的要塞改造的石垒楼房，提出《瓯越日报》最好要有古城堡这样的社址，面朝大海，放眼世界。但在报馆搬家时，上海丽人找到了一沓有关瓯越的旧报纸。最早的一张是东路北伐军进入瓯城时民众欢迎大会的新闻，上面还有何副长官发表讲话的照片，他背后站着几位军人，比较清晰的一位是蓝大首领。还有一张是1928年元旦瓯城各界迎新茶话会，主持者是蓝大首领，主席位上的则是贤者器人。还有一张同年报纸头版一则新闻，上面写道：元宵佳节，山谷之城苏维埃赤色政权鼓动数千山民，欲攻占瓯城，遭到迎头痛击，剿匪前线蓝总指挥不徇族亲，歼杀山人赤色分子一千余众，地方秩序得以恢复，官民得以安居乐业。配发照片是瓯城西门，城墙上密密麻麻地挂着人头。也是同年稍后月份，是蓝大首领站在一门大炮边上的照片，他身后一片烧毁的山地上，是一幢墙壁塌陷了一块的红色洋楼，门上是一块"山谷之城苏维埃政府"牌子，四边已经残缺。文字标题是：一炮击毁赤匪巢穴。再后面一个月的报纸上，登了一张犯人在刑场被处决前的遗照，下面也配发了文字：

> 在前往刑场路上，黑须匪首拂面而行，高声向观者宣传云：杀吾一人不要紧，他日必有人替吾报仇，吾等赤党杀之不尽！呼毕从容就义。三日后有山人族佣欲收其尸，守卒感其胆色，私准之。知其人终年，仅二十七矣。

对1928年年底的这场血雨腥风，哼四少爷想知道更多。他看到的照片人物既熟悉也陌生，除了蓝大首领，陌生的就是这个言行悲壮的年轻匪首，然而他年轻的脸上，嘴唇上浓浓的黑须显得特别，又好像哪里见过。照片上的场景也似曾相识，比如挂着"山谷之城苏维埃政府"牌子的洋楼，很像后来的圣玛丽医院，只是墙壁被炮弹炸毁但重新补修，只是树林被烧焦后春风吹拂重生成长。

他愕然的是，那些挂在城墙上的人头，他们到底是什么人，自己怎么一无所知。还有这个黑须匪首，再细细看，竟然有几分熟悉。

上海丽人也忽然发现了什么，脱口而出："像不像你？"

"是像。"哼四少爷盯着照片，又摸了摸自己的嘴唇，默然无语。

上海丽人又差点笑了，说："哪里是你，都快二十年前的人了。"

哼四少爷闭起眼睛，努力搜寻着记忆。他听人说起过，当时监斩官是蓝大首领，应该知道黑须匪首的真实身份，来自哪里，与自己到底有没有关系，等等。

结果，蓝大首领轻描淡写地说："我们都长得很像，山人都长得一样。"

后来上海丽人又告诉他，黑须匪首的妻子是山谷之城苏维埃妇女会主席，是最后被抓获的赤党骨干，后来也在蓝大首领的手里失踪了。上海丽人后来找到的一张旧报纸，上面刊登了蒋介石与其他人的合影，紧靠中间的是那个穿着中山装的表情平静的贤者器人。蓝大首领虽然站在边上一些，但显得有些兴奋，由于激动，神情并不自然。

哼四少爷心有疑问，哼了哼，说："山人长得不是这样的。"

上海丽人收起旧报纸，说："为了满足你的好奇心，我调查一下。"

上海丽人的调查很快有了初步的结果。她居然得到了一张三口之家，一个幼儿与他父母合影的旧照。一个是黑须年轻匪首，一个是长发缠绕的赤色妇女会主席。照片是她托人好不容易从上海有名的王开照相馆找到的。

"他们就是那对匪首夫妻。"上海丽人小心翼翼地做了提示。

此时哼四少爷注意力完全放在照片上，没有理她。照片上的男孩估计在五岁上下，他应该从没有见过。他小时候长得怎么样，自己并不知道。上学后他拍过一些照片，但每次样子都似乎有变化，如果拿照片对比，那个男孩胖乎乎的，而自己却一直都是清瘦的。

"你看看眼睛。"上海丽人似乎在提醒他，他们的眼睛长得很像，几乎一模一样。

哼四少爷其实注意到了这一点，但他没有认可，小男孩的眼睛长得不都一样，都是圆圆的，大大的。他哼了一声，内心发出了一句疑问，自己从来没有去过上海，怎么会在那里的照相馆照相？

"也许你去过上海，自己都忘记了。"

后来又得到一张报纸，就是照片上那个长发缠绕的母亲躺在病床上的遗容，站在旁边为她祷告的是但丁神父。

文字说明：苏维埃妇女会首领病亡即日火化。

哼四少爷有记忆不久，印象深刻的是，1929 年初春，蓝大首领成为获得国民政府青天白日勋章中的一个。当时有一种说法，勋章本来是授予贤者器人的，但一是他要到德国考察政治，时间上刚好错过，二是他自己特别致电何副长官，要求把名额让给蓝大首领，而蓝大首领也认为自己还是有资格的，于是也没有谦让。

"他平定了赤党革命风暴，杀掉了瓯越境内所有共产党。"上海丽人从当时的新闻中看到如此评语。

十分敬业的上海丽人进行了深入的调查，并逐步形成了调查报告，哼四少爷看了这份报告，似乎厘清了盘旋在脑子里的那些疑点。其一，他知道黑须匪首是什么人，那个躺在床上等待死亡的女人是谁，以及他们之间的关系。其二，自己与他们之间有可能的关系。其三，自己与蓝大首领之间是什么关系，报告借他人之口给出了暗示。尽管他内心火山般沸腾，但他表情仍然处子般平静，最多只是哼几声。

上海丽人却没有十分把握，认为报告所列的依据并不充分，关键的地方没有明确的人证物证，说："有的不过是道听途说。"

哼四少爷哼了一声。

1949年元旦这天清晨，上海丽人独自穿过弥漫在每个街口的浓雾，沿着清冷得如同月夜的海滨道路，到烟气缭绕的古城堡报社办公室坐了一会儿。后来的动作几乎是一气呵成的，写了几段像诗歌，又像散文，又像日记，甚至像社论的文字，默默朗读了好几遍，然后毫无预兆地往壁炉里一丢，门也没有关，就匆匆离开，不知往什么方向走了。

天主堂的钟声传来，她看了看精致的手表，仍然径直走自己的路，没有回头，也没有停步，一直走着，直至远远的看不见了。

当天清晨发生在瓯城大礼堂的事件与她无关，或者她根本不知情。哼四少爷开枪的那个瞬间，她或许根本已经不在瓯城，或许已经坐上头班海轮，在开往上海的航线上，摘下眼镜，裸露着一双漂亮的眼睛，眺望着公海上的蓝色波涛，或者高高升起的一轮红日，说话或者不说话，唱歌或者不唱歌，理睬陌生人或者不理睬陌生人，凡此种种，都是有可能出现的情景，但绝不会是她人在瓯城，甚至她在瓯越出现。

上海丽人早就接到了一封加急电报，催她回上海过新年元旦，催促她的其实是贤者嚣人。之前蓝大首领答应让她搭飞机回去，不到半天她就能到龙华机场。结果等了几天，迟迟不见有飞机在瓯城机场降落。

于是只有坐海轮了。

在别人看来，上海丽人拖到元旦这一天才离开，似乎不合情理，但其实因为原来三天一班到上海的海轮，已经缩减到每周一班，而且很可能马上会变成半个月一班。

最快的这一班刚好是元旦这一天。

有人因此怀疑，上海丽人是哼四少爷的共谋。

洋轮进入长江口，收音机里传出英文广播，听得懂和听不懂英文的人都张口瞪眼，聚在船舱里面，听完了毛泽东撰写的题为《将革命进行到底》的新年献词：

> 1949年中国人民解放军将向长江以南进军，将要获得比1948年更加伟大的胜利……
> 1949年将要召集没有反动分子参加的以完成人民革命任务为目标的政治协商会议，宣告中华人民共和国的成立……这个政府将是一个在中国共产党领导之下的、有各民主党派各人民团体的适当的代表人物参加的民主联合政府……

上海丽人摘下眼镜，面无表情。

六　但丁神父的另类救赎

　　蓝大首领被杀，但丁神父所起的作用难以低估，甚至是关键的。

　　如果瓯越的知名人物都是有色彩的，但丁神父无疑是其中最夺目的颜色之一，这种颜色得以融入其他色块之中，形成了新的色调，温暖的，平和的，或者是热情的，知性的，并且最终是明朗而庄严的。如果要瓯城各界推选瓯越领袖人物，有的会推选蓝大首领，或许有较多的人依然会推选长年不在瓯城的贤者器人，但对广大信众来说，但丁神父无疑是首选。

　　元旦前夜，但丁神父应橘子姑娘的要求，打开喷泉祝贺次日早晨哼四少爷的任命仪式。他虽然笑容满面，但难以掩盖一丝阴郁，他对神采奕奕的蓝大首领说，明天是1949年的元旦，希望所有的人都有好的开头，都能自由地迈向新的生活。蓝大首领仿佛听出他的话外之音，告诉他，每个人都会获得自由。但丁神父将此理解为蓝大首领在承诺，他之前请求赦免一些犯人，包括秋思虹和沈铁铲子。但新年到来的时候，却听到了他们的死讯，他的内心充满无法弥补的遗憾，既感到是因为自己无法尽力，又认为是蓝大首领食言，欺骗了自己。

元旦早晨，但丁神父在敲击晨钟的间隙，还能听得到天主堂广场铜鸟铳发出的声音。钟声很洪亮，传出很远，但很少有人会注意，每一声钟响传出之后，教堂钟楼的周围，会出现极其短暂但足够的安静，安静得能听得到树叶落地的声音。何况他对铜鸟铳的枪响是如此地熟悉，何况他当时身处钟楼之上，看到了有人举着铜鸟铳开枪的情景，看到了蓝大首领中枪倒地的姿势，看到橘子姑娘痛苦的面部表情。

感谢电报的发明和广泛使用，所有人们感兴趣的消息因此能够得到快速传播。正如几天以后，在遥远的英国伦敦，著名的《泰晤士报》对发生在远东中国瓯越地区首府瓯城的突发事件就有了详细报道。描述的文字太生动，太逼真，其情景如照相，仿佛一个天才的摄影师从最高处把画面拍摄下来，其文字如说话，仿佛一个顶尖的录音师从最近处把声音录制下来。

尽管发生了蓝大首领被刺杀这样不可想象的事件，但丁神父还是努力克制内心的悲痛和不安，如约参加了秋思虹的葬礼。因为他曾经当过她的英文教师，中间还共同孕育过把中国文学经典《红楼梦》翻译到英国这样雄心勃勃的计划，她被散发全城的传单诬陷中伤时，他给予了安慰和声援。后来她被诬陷为共产党，他也不回避风险，数度要求探监，并公开向各界表达了强烈的不满，直至最后一刻，他还在为她的自由努力。他伤心的是，自己却不能拯救她。蓝大首领似乎很为难，把国民政府长官何副长官的电令和镶有镰刀斧头旗帜的所谓罪证给他看，为此他们发生了争吵。但丁神父认为在当时形势下，当权者应该表现出最大的仁慈和宽容，绝不能借消灭共产党之名，任意杀戮平民，况且是一个年轻美丽而有学问的女性。更令人惊骇的是，秋思虹在模范监狱的刑场遭到处决后一个多小时，就在他敲响晨钟的时候，在他的眼皮底下，蓝大首领在天主堂广场被刺杀了。

尽管他内心的悲哀和失望难以言表，但他努力加以克制，仍然去做自己应该做的事情。首先，他要为秋思虹做最后的送别。在女子学堂的操场上，他不顾新任校长饶柳氏的讥讽挖苦和百般阻挠，坚持以一个神父主教的身份，主持并非教徒的悼念仪式。在他看来，秋思虹也是天主的优秀女儿，他相信死者已经到达天堂，并受到最热情的接待。

但丁神父看到橘子姑娘把那面有镰刀斧头图案的红旗盖在秋思虹身上时，不禁热泪纵横，他动情地告诉女校的师生们："那天堂是中国的未来，瓯城的未来。"

其实，秋思虹与但丁神父一直保持距离，甚至很不友好，曾经借用《共产党宣言》批评他所做的不过是僧侣使瓯城权贵的怨愤神圣化的圣水罢了。

秋思虹多次当着哼四少爷，用马克思的话批评但丁神父，说："宗教是人民的鸦片。"

在一次公开场合，秋思虹如同朗诵，与但丁神父进行辩论，说："宗教里的苦难既是现实的苦难的表现，又是对这种现实的苦难的抗议。"

"我同意。"但丁神父声音低沉，仿佛在喃喃自语。

秋思虹感觉到自己占据上风，情绪更加高昂，说："宗教是被压迫生灵的叹息，是无情世界的感情。废除作为人民幻想的幸福的宗教，也就是要求实现人民的现实的幸福。"

"人创造了宗教，而不是宗教创造了人。这是马克思在《黑格尔法哲学批判》导言中的话。"言语平和的但丁神父与秋思虹避免了争论，达成了一致。

后来的一次读书社上，秋思虹打断正在引读《马克思主义ABC》中这篇文章的橘子姑娘，说："他只能服从真理。"

橘子姑娘放下书，替但丁神父辩护，说："不管怎么样，现阶段瓯城民众还是需要他。"

后来，在为蓝大首领举行的弥撒上，但丁神父宽慰橘子姑娘，相信她的父亲在最后时刻一定已经忏悔，那么他的灵魂就一定会到天堂。

"如果你愿意，我们可以再回到苏格兰。"

在当时的情形下，橘子姑娘其实根本不会离开瓯城。不过，但丁神父的话，使她想起了自己第一次去苏格兰的情景，不禁感动得落泪，而且有所后悔，此刻她发现那段日子是多么美好啊！

太平洋战争爆发，日本军队再次进攻瓯越，瓯城沦陷之前，蓝大首领安排刚刚过了十五岁生日的女儿随同但丁神父离开瓯越。当天日军飞机不间隙地轰炸车站、码头和机场，所有的对外交通都被切断。情急之中，早有谋划的哼四少爷护送他们踏上一条荒废了上百年的断头路，找到连一点遗址痕迹都没有的古码头，登上了一条隐藏在礁石缝里的小帆船。

但丁神父顿时惊诧不已，连声赞叹天主，赞叹这是通往天堂的光明大道，说："小小的帆船就是我们的诺亚方舟。"

哼四少爷挂起风帆，没有像平常那样，只轻轻地哼上几声，而是看着橘子姑娘，说："因为她是天使，上天眷顾她。"

橘子姑娘听到这句话，脸朝向外面，默然落泪，然后鼓起勇气靠近他，显然在等待他的临别拥抱。

然而哼四少爷跳下船，哼了哼，接着说了一段显得生硬决绝，显得与橘子姑娘当时的心情有些反差的话，但却是真情流露，但丁神父听了，感动得流下泪水。

"我祖葬在此，我父死在此，我生于此，我是一个男子汉，我要和你父一起打仗，保卫我瓯越，保卫我中华。"

按照预先的计划，到达公海后，他们登上了一条大货轮，小帆船在海面上漂泊了一会儿，就被炮火击成无数碎片。

经香港到了英国，然后到达苏格兰，橘子姑娘在但丁神父的家乡爱丁堡开始生活学习，直到日本战败，直到但丁神父回到瓯越重开教堂，她才一起回到瓯城。回国时，刚好深秋，橘子红了，她每天不停地吃蜜橘，因为这是她在英国四年多时间里，最向往的味道。每当她想起这种味道，就会产生特殊的记忆，这种记忆来自她的童年和少女时代。她在英国给别人讲述故事，背景也总是瓯城郊外的橘子林。但丁神父用当地语言，向教徒们，向当地居民重复她的讲述，因此，美味的橘子，美丽的橘子林，几乎传遍了大半个苏格兰。

她虽然接受了但丁二世的短柄鸟铳，但认为不能白收如此珍贵的礼物，于是按照父亲来而无往非礼也的教导，用那谷口遗址出土的玉镯回赠给他。但丁神父加以劝阻，警告但丁二世不要收下，因为这件礼物是中国的文物，太珍贵了。当年有人在那片水渚里盗挖到许多玉器，被查获后，时任文物专员的饶舌师尊主张私分，但蓝大首领坚决主张归公，但后来还是留下这对玉镯，并把它戴到了刚刚学会走路的女儿手上。

但丁神父对自己的侄子并不看好，认为他哪方面都配不上橘子姑娘，于是一直反对他们的交往，要求他退还礼物，不然会控告他，说："你会越陷越深，难以自救，最终使自己毁灭。"

但丁二世很生气，喝了很多烈性麦芽酒，与但丁神父大吵了一次。

橘子姑娘从两人的争吵中，知道但丁二世居然是但丁神父的私生子。

她听到也看到了可怕的情景，那天半夜发生的争吵终于酿成肢体冲突，一向温和的但丁神父由于愤怒而动了手，打了但丁二世，并且把他摁到床上，捂住他的嘴不让他说话，还威胁用台灯砸烂他的脑袋，让他的灵魂下地狱。

橘子姑娘吓坏了，上前拉开但丁神父，得以喘息的但丁二世趁机大骂："你是什么父亲，你就是魔鬼！"

但丁神父脸色煞白，眼睛里充满悲伤，却没有一滴泪水，随后俯下身体抱住但丁二世，连声道歉，说："我亲爱的儿子，原谅我，我很担心你。"

但丁二世自己站了起来，没有再理会但丁神父，走过来安慰受到惊吓的橘子姑娘。橘子姑娘避开他，走到但丁神父面前，神情认真，说："我不会说出去的，我发誓什么都不会说的。"

听到橘子姑娘的话，但丁神父的眼泪才流了出来，用瓯越方言表达了感谢，说："好孩子，你是上帝最可爱的天使。"

纳粹德国的坦克席卷了整个欧洲大陆，海峡这边的英国面临威胁。但丁二世没有再回到南非，也没有继续躲在家里，因为不久他就接到命令，加入了英国陆军，经过一个星期的训练，渡过英吉利海峡到法国北部参加了战斗。

几年以后，对于英国人来说，战争结束了。1945年5月7日欧洲胜利日这一天，传来但丁二世在法国阵亡的消息，但丁神父悲伤得仿佛衰老了十岁，正当他觉得上帝也无助的时候，紧接着有电报说，并没有证据证明但丁二世在哪次战斗中牺牲，最多只能算是失踪了。

橘子姑娘终于有了安慰但丁神父的机会，她想到了一句中国谚语给他解忧，说："活要见人，死要见尸。"

但丁神父赞同她的话，精神好了很多。

三个月以后，遥远的亚洲传来日本战败投降的消息，但丁神父带着刚刚在爱丁堡大学注册入学的橘子姑娘南下伦敦，登上了前往中国香港的邮船。

在伦敦候船期间，橘子姑娘在泰晤士河边遇到了脸上打着绷带、挂着拐杖的但丁二世。当时伦敦桥下聚集着仍然欢庆的人群，里面有人在吹奏风笛，橘子姑娘觉得那声音很熟悉，激动地告诉但丁神父，说那不是《罗马人的苏格兰》嘛！

但丁神父静静听了一会儿，眼睛一亮，说是他。她和但丁神父挤过人群，看到但丁二世坐在桥柱下，脸上裹着绷带，只有一只眼睛露在外面。但丁二世告诉她，他伤好之后，如果他的另一只眼睛还能见到光明，他就要继续在军队服役，而且会申请去香港，到时候他一定会到瓯城找她。

见儿子还活着，但丁神父虽然高兴，但表情依然冷漠，建议但丁二世去找一找可能在伦敦的母亲，让她照顾自己的儿子，说她或许住在舰队街附近，或许有一所大宅子，或许但丁二世还有一个富裕豁达的继父。

但丁二世摇摇头，拒绝了但丁神父的建议，说："我已经记不得自己还有一个亲爱的母亲了。"

但丁神父严肃地警告他，希望他不要来找橘子姑娘，说他配不上她，她是天使。但丁二世没有打算放弃，还把她叫作Orange小姐，说她是一个美丽、好吃的橘子，不是Citrus，不是简单的橘子类水果。

片刻的犹豫之后，橘子姑娘也觉得Orange比Citrus好听，于是点了点头。邮船穿过直布罗陀海峡，经过地中海，又驶过苏伊士运河，在茫茫的印度洋上，但丁神父低声唱起了那首《罗马人的苏格兰》，他的声音很好听，唱得也很轻快，橘子姑娘也能够听懂歌词：

> 我们来自罗马，罗马骑士是我们的祖先。
> 我们越过海峡来到这里，在美丽的高地迷路。
> 我们的家乡就是苏格兰，我们是来自罗马的苏格兰
> 人……

但丁神父断断续续讲起了歌词的意思。原来但丁家族的远祖在两千多年前跟随罗马皇帝恺撒渡海来到这个岛屿，罗马大军撤离之后，但丁神父的祖先没有赶上舰队，留了下来，为了躲避英格兰人的追杀，一直往北，在苏格兰高地迷了路，最后成了苏格兰人。

但丁祖父欣慰的是，罗马人没有忘记他们，多少年后，罗马教廷的信使任命他们的祖先为地区主教，他们真正成为苏格兰的罗马人。

但丁神父说起这些久远的往事，神情始终有些迷惘，并不希望别人也要相信，说："至少我的祖父是这么对我说的。"

回到瓯越，橘子姑娘忠于自己的誓言，只字不提但丁神父隐秘的私事，只是简单谈到自己认识了他的一个侄儿，当然还是讲起了

风笛，还有那首闻所未闻的苏格兰曲子《罗马人的苏格兰》。

秋思虹之死使但丁神父感到痛心，沈铁铲子没有活下来，也同样使他难过，很多年以后，他向哼四少爷提起这些事，说："我没有尽职，我的灵魂需要救赎。"

除了瓯城的旧交们，但丁神父与哼四少爷有一个共同的新朋友，此人就是沈铁铲子。两人也因此有了更多交往，从而有机会让他察觉到哼四少爷身上古怪的变化。这种古怪让他担心，让他关注。哼四少爷不止一次表达过，自从几年前的秋天结识沈铁铲子之后，自己一直担心他的命运，这种担心使自己变得焦虑。

哼四少爷说完这话不久，沈铁铲子果然遭遇厄运，命悬一线。

瓯城天主教堂办有专门印行《圣经》的印刷所，但丁神父从罗马梵蒂冈教廷带回来的印刷机是当时世界上最先进的。哼四少爷通过橘子姑娘找了但丁神父，希望能够帮助印刷《上古百山谷口哼人城池遗址考》这本书。但丁神父审查油印本的内容，一口气看完，激动得一夜未睡，没等天亮就给橘子姑娘打电话，要求尽快与哼四少爷面谈，说鉴于教堂昂贵的印刷机从来没有印刷过《圣经》以外的东西，如果要印别的书，他就得打破严格的制度，前提是必须马上见到作者本人，否则他不能帮助印刷。

哼四少爷感到但丁神父对这件事是极其认真的。天主堂有一流的印刷设备，但确实只印《圣经》，这也是梵蒂冈教廷的规定。之前由于课本紧缺，学校没能按时开学，蓝大首领要求天主堂帮助印刷瓯越中小学的课本，都被拒绝了。前一段时间，瓯越的信众们听到传言，但丁神父将被任命为中国大区的大主教，并且还有可能提升为枢机红衣主教，敕令即将下达的消息几次传来，但都没有证实。人们不敢询问但丁神父，而但丁神父本人也显得小心翼翼，似乎因为生怕触犯教廷，对印刷学校课本这样的大善事都拒绝了，说明任命有可能已经到了关键时刻。在关键时刻，大家只有理解，只有等待，而不能有任何的责怪，任何的冒险，包括蓝大首领。

所以，哼四少爷很意外，认为但丁神父急于找到自己，多少是看到了上古谷口哼族部落遗址的价值，但他不能判断他要见到沈铁铲子本人的真正目的，于是试探着问了半句："罗马教皇那里怎么交代？"

但丁神父知道哼四少爷问这半句话的意思，摇了摇头，语调平静地自言自语，说："我会给他们钱，双倍的钱，用钱赎我的过错，如果这是过错。"

哼四少爷听清了但丁神父的低语，顿时松了一口气，如果是为了钱那就好办了，他表示自己愿意承担所有的费用。

不想但丁神父脸色顿时难看起来，似乎恼怒哼四少爷在诋毁教廷，诋毁自己，于是声音突然严厉了，说："我怎么是为了钱？"他每年以上帝之名帮助教众，印了多少《圣经》，用最好的纸张，用最华贵的装帧，又问谁要过一分钱。

风声趋缓，但丁神父专程跟随沈铁铲子参观了再次被水浸漫的谷口遗址，也同意了他们的某些主要观点，即东方文明的曙光是从这里升起的。为此不仅捐了一台抽水机，还翻译了沈铁铲子《上古百山谷口哼人城池遗址考》中比较科学的章节，寄给伦敦舰队街《泰晤士报》资深女主编特丽特。这几个章节列举了谷口遗址中发现的石制农具，如三角形石犁等，表明其时已由粗耕农业发展到犁耕农业阶段，生产力的发展更促进了手工业发展，分离出制陶、治玉、纺织等门类，尤其是精致的治玉工艺。

在热情洋溢的推荐信中，但丁神父介绍了谷口的水下疑似贵族墓地，如人工堆筑的墓台、宽大的墓穴、随葬制作精美的玉器等等。为了更直观，还附上了曾经展览过的琮、璧、钺等方形器、三叉形器、冠形器饰各类照片，器形上面雕琢的精美繁密的纹饰，表明每件玉器上凝聚着大量的劳动成果，器形和纹饰雕琢规范，体现脑力劳动成分的增加，与体力劳动的分工差别已经形成。而疑似小型平民墓葬，散落在住址周边，墓穴狭小，随葬简陋的陶器及小件玉饰。可见后期百山谷口社会可能显现等级差别。大型墓台的营建工程量巨大，既反映当时的营建能力，又说明有了社会秩序的保证，而建立秩序，又与当时社会等级差别产生有密切联系，下谷部落已经出现了具有很高权威的领袖人物，有着组织大量劳动力进行大规模营建工程的社会权力。

但丁神父也中肯地说明他没有翻译全稿的原因，因为他对大部分内容，尤其是关于哼部落的考证，并不同意，甚至认为近乎荒谬，而其中用鼻子说话的猜测，更是近乎希腊神话的传说，依现有认知水平，百分之百难以印证，当然也不能令人相信。

《泰晤士报》头版发表了这个章节，特丽特给但丁神父寄来丰厚的稿费，鼓励他翻译最有趣味的部分，比如他认为荒诞的关于用鼻子说话的哼部落传说。因为伦敦，包括英国，整个欧洲，整个世界都会表现出浓厚的兴趣，从而让代表东方文明的下谷水渚文化撩开全部面纱。

特丽特发来了一封长长的、字里行间充满情感的电报，并表达要亲自来中国的意愿，声称要搭乘飞机，经大马士革到印度到缅甸再到中国重庆，再到瓯越。但丁神父虽然表示拒绝，但内心感到纠结和苦恼，橘子姑娘安慰他，保证自己可以安排好一切，不让伦敦来的女人喝醉酒，不让她在公开场合露面，不让她胡说八道，但丁神父仍然提心吊胆，心神不宁，并且做好了最坏的打算。最后特丽特没有来中国，因为此时内战爆发，她被迫从印度折返，回到英国。

沈铁铲子被关进江心屿模范监狱，生死难卜。之前瓯越督察区顶不住上下各方的压力，加大了整肃汉奸的力度，原本得到宽大处理的一批文教人员重新受到追诉，沈铁铲子名列首位，遭到逮捕。

哼四少爷并没有感到太突然，想起沈铁铲子告诉过自己，他被诬陷为汉奸，搞不好有一天会被抓进去。他与沈铁铲子刚交往不久时，已经出面摆平过一次。那是沈铁铲子第一次被收押，他借了蓝大首领的美式吉普到模范监狱去接人，其时刚好大门打开，瓯越惩治汉奸委员会的几个陌生人押着人犯要到某个地方去。

他上前拦住，说："他是我朋友，我要带他离开。"

那几个人多半知道他是哼四少爷，因此礼貌地做了解释："沈犯是汉奸。"

哼四少爷哼了一声，上前一步，要把沈铁铲子带走，那几个人当然不肯，一齐将他挡下，并发出口头警告。

但丁神父出现的时候，刚好看到哼四少爷即将与那几个人发生冲突，他急步走过去，试图阻拦双方，但被绊了一跤，摔倒在地上，哼四少爷连忙去扶他时，那几个人趁机将沈铁铲子带上了一辆车。哼四少爷放开但丁神父，一步跳到吉普车上，加足马力追过去，一头撞到车身上，两辆车同时冒起了青烟。车上为首那个人终于火了，掏出枪来指着他。他回过身，从袖口里滑出一柄看上去比较简陋的小刀。刀虽小，如刮胡子所用的剃须刀，却很锋利，轻轻一道线飞过去，直直地插在为首那个人的手臂上，枪马上从他手上掉落。

事情没有如围观者所期望的那样闹得很大，闹得不可收拾，因为匆匆赶到的蓝大首领出面收了场，沈铁铲子最后被取保候审。

但丁神父不相信沈铁铲子会是罪犯，希望哼四少爷想办法为他脱罪。哼四少爷多次交涉，瓯越惩治汉奸委员会存心让他难堪，推到上头，国民政府肃奸委员会明文驳回，严厉斥责瓯越地方为之说情，是置民族大义于不顾，沈铁铲子早年留学日本，国难期间私自贩卖文物给日本侵略者，犯的是汉奸通敌重罪，杀之方能慰祖宗、平民愤。最后蓝大首领出面疏通，才同意经法律程序定夺生死。沈铁铲子在模范监狱关了一个多月，才递解法院审判。法官也姓蓝，与蓝大首领是同宗，知道沈铁铲子不是什么汉奸，因此有心开脱。于是费了一点心思请来了几位文教界名人，希望他们说说好话，求求情。一是证明沈铁铲子是为了学术研究而不是帮日本人盗挖遗址，毁我上古文明；二来替他的学术成果《上古百山谷口哼人城池遗址考》做些宣扬，其人才难得，纵然有过失，也应该予以宽宥，从轻处罚。

但情况出乎蓝法官的意料，请来的三位文教界名人，竟然一律主张惩办沈铁铲子。其中饶舌师尊抨击最为严厉，因为知道哼四少爷从中营救，这位兼任过文物专员的前文教局督导长义愤填膺，厉声大骂：我古瓯文明，同行于华夏文明，伴随三皇五帝，经历春秋战国，秦汉唐宋，早已定论，百山谷茹毛饮血，承蒙开化，方得生存，遍查瓯越神话传说，所谓谷口哼族纯属子虚乌有，从无记载，即便原住山民也是外迁而入，凭锄头捞获坛坛罐罐，岂能佐证，分明杜撰，欺骗世人，其罪比通敌更加可恶。

同时，他还拿出一些证据，指控沈铁铲子与盗墓帮勾结作案。

第二位留过洋的博古学泰斗纪学究时而梵文，时而英语，对事也对人，鸿篇大论，认为所谓的谷口文物考据不过是乡村知识分子作为，沽名钓誉，行为苟且，形同江湖术士，是对考古科学的严重玷污，沈氏形象猥琐、人品卑劣，宣称自己将写长文批驳，以捍卫学术尊严。

第三位跟沈铁铲子算作同事的博物馆筹建处田主任并不否认谷口遗址的发现，但重点揭露其《上古百山谷口哼人城池遗址考》抄袭了他的早期研究，贪天功为己有，但同时还为他求情，至少不要以通敌罪枪毙，相信他绝不承想要当汉奸的，多少有几分被迫。言下之意，沈铁铲子死罪可免，鉴于其监守自盗，窃取文物，重刑难逃。

蓝法官后悔不该请他们当证人，后悔既然请了他们，自己却没有向他们说明意图，从而使自己陷入困境，在暂时休庭时，听到外面声音嘈杂，原来以前受过沈铁铲子救济，参加过谷口考察的一群学生和原来加入过盗墓帮的市民，到法院门口声援，要求无罪释放沈铁铲子。蓝法官没有叫人驱赶，而是请他们进来旁听，还嘱咐他们务必辩护几句，以形成声势。

果然他们在法庭上抱打不平，群情激愤，甚至做出殴人之状，气势上完全压倒了那三位名人，局面有了好转，庭审处于和缓，不想形势又突然发生变化，原来这时候南京特别法庭经过公审，处决了一大批名气较大的汉奸，得到了民众的好评，国民政府要求各地要有所动作，从严不从宽，抓紧解决一批罪恶滔天、民愤较大的在押犯，尤其是瓯城等地务必积极响应中央意图，回应大众关切。

如此，蓝法官顶不住压力，只有每天给监牢中的沈铁铲子送去吃喝，以求心安了。

情急之下，但丁神父只得求助多年没有联系的老朋友，此时出任美国驻华大使的司徒雷登。司徒雷登给国民政府的相关官员打了电话，虽然只说了希望酌情处理之类的话，但他有九分把握，他告诉但丁神父，以他的经验，他知道中国的官员，他们不会拿他的话当耳旁风，以前不会，现在更加不会，他保证他的这个电话会有效果。

结果等来的是何副长官的电令，而且蓝大首领也马上签发了处决命令。1949 年元旦到来之前，不等谋划劫狱的哼四少爷开始动作，荷枪实弹的宪兵打开了牢门。酒足饭饱的沈铁铲子知道自己大限已到，又哭又笑，情绪极其混乱，怎么也不肯自己走，后来一旁的秋思虹不断劝慰他，他才突然横下心来，说："有你这样的美人陪伴上路，死则死耳。"

早许多天，但丁神父就似乎知道蓝大首领可能食言，可能屈服，而且也可能签署秋思虹和沈铁铲子的死刑命令，几乎是在绝望之中，他向哼四少爷讲述了1928年年末那场赤色风暴的所见所闻，讲到许多孩子的父母是如何被杀害的，而且还给他看了许多照片。

"你总有一天会想起你六岁之前印象最深的事。"只是鉴于橘子姑娘，但丁神父没有说得更多。

迟了很多天，但丁神父才对蓝大首领表达了哀悼之情。他责怪自己，在元旦早晨为他敲响了丧钟。

七　乱弹名旦的酒胆真言

没有谁愿意相信，坊间传言对蓝大首领用情至深、款曲暗度的乱弹名旦百里香，会成为刺杀蓝大首领的教唆犯。

1949年元旦前夜，蓝大首领在天主堂广场一边检查喷水池，一边听着热情洋溢的雷三瞎子报告一件刚刚发生的趣闻，因为事关百里香，他不断发笑，情绪饱满。事情发生在当晚，也就是1948年的最后一天，地点是瓯城最繁华的五马街。著名的五马楼上进行了一场斗酒豪赌，输家瓯越乱弹名角九龄童酒量不敌花旦百里香，按照赌约，脱光衣服在五马街走一个来回。其时瓯城霜冷夜白，寒风萧瑟，但以此引起围观，带来喧闹，带来热闹，带来暖意。

雷三瞎子不怀好意地笑了起来，说大家都在免费看戏，比戏好看。

蓝大首领脸色一沉，不免担心九龄童，说："他不会生病吧?"

雷三瞎子马上收起了过于愉快的表情，说不会，有人不忍心，走到一半就给他披上衣裳了，是一件厚厚的纯白色貂皮大衣。

蓝大首领一向关心九龄童，因此感到有些不安。九龄童是瓯越地区的宝贝，怎么能这样作践自己的身体呢? 百里香也够胆大，如果是她输了，那光着身子在五马街行走的就是她，九龄童会不会给她披上衣服难说了，那将是何等不堪的一幕！百里香心肠又够硬，非得要与九龄童拼酒，不肯有半点妥协，非要看着自己的台上情侣当众出丑受冻。

蓝大首领神情不太好看，又问："他们喝的是什么酒？"

雷三瞎子先竖起一只手五个指头，另一只手又加出一个指头，说："老酒汗。"

六十度瓯城烈性老酒汗，整个南中国度数最高的白酒。

蓝大首领顿时火了，额头上冒出汗来，说："不要命了。"

雷三瞎子仍旧像是一个口若悬河的算命先生，绘声绘色地讲述了当时的情景，好像他就在现场。两人每人一个碗，每碗半斤，喝到第四碗的时候，九龄童脸色发白，冷汗如雨，开始脱衣服投降了。其实此时百里香也已经兴奋，又哭又笑，喝到眼神呆滞，貂皮大衣敞开着，露出红红的胸兜，显然已经九分醉意，只是强撑着身体不肯倒下，还得意地盯着九龄童，说再来四碗怎么样。

九龄童用力摆了摆手，说："我不喝了。"

听到此处，蓝大首领也急了，说："是不能喝了。"

雷三瞎子口气轻蔑，说："他认输了。"

蓝大首领眼睛一瞪，什么认输，他这是风度，绅士风度。蓝大首领看起来完全站在九龄童这边，言语中不无佩服地称赞，认为最后关头他仍然是十分清醒，显出男人风范，知道自己必须得让她，毕竟同台演了几十年了，情义胜过夫妻。

听到蓝大首领这番话，雷三瞎子翻动着明亮的大眼睛，显出颇感惊异的样子，原来他以为百里香赢了酒，让九龄童出了洋相，蓝大首领会高兴。瓯城百姓谁不知道，百里香明里与九龄童小生花旦，金童玉女，台上台下，出双入对，但真正心仪的人还不是他蓝大首领。

但想不到蓝大首领是这个态度。雷三瞎子马上跟着叹了口气，暗中掠过一丝笑容。这场拿命斗酒的戏码之所以会隆重上演，还不都是因为蓝大首领。

事情的起因是九龄童把酝酿已久的计划告诉百里香，在元旦晚上白送一本《龙凤呈祥》，作为向瓯城观众告别的最后一场演出，随后就离开瓯城，离开大陆，到香港或者台湾，甚至到有很多瓯越侨民的欧洲。

九龄童希望百里香跟自己一起走，说："瓯越乱弹的好日子到头了，我们也应该走了。"

百里香本想说几句宽慰的话，一听这话来了气，说："瓯越乱弹怎么好日子到头了，不是还有你，还有我吗？"

瓯越乱弹作为地方戏，已有三百多年历史。除乱弹外，还有高腔、昆曲、徽戏、皮黄等剧种的唱腔曲调，可谓丰富多彩。但抗战期间，瓯越地区有一年时间沦陷外，其余几年都是一个大后方，期间外来人口迁入，盛行北方和南方少数几个都市的京剧随之进入瓯越一带，很快就吸引了当地人，瓯越乱弹的观众开始流失。抗战一胜利，贤者器人首倡，各界响应，专门成立了瓯越乱弹振兴委员会，由蓝大首领挂名委员会主席，饶舌师尊任常务副主席，具体推动计划。一是修建瓯越大礼堂，免费提供给乱弹名角定期演出；二是举办青年乱弹传承培训班，招徒学艺，使之后继有人；三是设立专门费用，用于保障乱弹艺人生老病死，以解后顾之忧。

有此三举，瓯越乱弹一时间似乎恢复了不少元气。

而九龄童此时却向百里香摊牌，要她一起丢下瓯越乱弹，丢下瓯越的观众，远走高飞。

百里香不想马上走，或者根本不想走。因为瓯越是他们的家，他们的衣食父母，离开了瓯越这块土地，离开了赖以生存的根，作为一个乱弹名角还有什么价值，生活还有什么意义，怎么对得起热爱乱弹的瓯越百姓，怎么对得起为此倾注心血的蓝大首领？

九龄童心里清楚，百里香割舍不下的岂止瓯越乱弹，还有对瓯越这块蓝大首领的一统天下抱着希望，对蓝大首领本人抱着希望。

为此，他给九里香看了许多他私自拿到的报纸，对上面消息一一讲解，告诉她，共产党的几百万军队要打过来，瓯越地势再险要，也守不住，蓝大首领兵马再多，再厉害，也无济于事。

九龄童劝得不能再劝，蓝大首领靠不住，共产党来了，他连南唐李后主都做不了。

百里香还是听不进去，说："日本人不就是被他赶出瓯越的?"

九龄童焦急得几乎要哭了出来，说："你怎么不听劝呀，日本人怎么能和共产党比呢?"

当晚，两人这些谈话被雷三瞎子安排的探子们听到，而且被记录下来。

最后呈现在人们面前的是五马街五马饭店赌酒的这幕好戏。

蓝大首领听完雷三瞎子的汇报，满心喜欢，神情充满了美好，充满了自信，更充满了感动。好一个百里香，她怎么会离开瓯城，怎么会离开自己呢?

雷三瞎子配合蓝大首领高昂的情绪，心领神会地大笑起来，久久没有停下来，直到橘子姑娘出现，直到她不知从哪里找到一块冰凌，塞进他的嘴里，他停住了笑。

橘子姑娘拿着一张《瓯越日报》的清样，是上海丽人送给她的，明天即将见报的头条就是百里香和九龄童斗酒的新闻，还配了一张图片，看上去像是桃色新闻。

蓝大首领并没有计较，说："天主堂新年钟声就要敲响了，我们多听听好消息。"这些年每次新年钟声敲响，都有喜讯。上上一年的1947年新年刚到，先是中央社发布电讯稿，鉴于抗战中的突出贡献，蓝大首领擢升为瓯越督察区主任，统领党政军一切事务，而且获蒋介石亲笔题有"山海瓯越谁柱国，蓝大首领惟一人"的锦旗一面，自此人们当面背后都尊称他为蓝大首领，尽管他再次婉拒晋升。瓯越地区所辖军政各部主管均官升一级，少数特别功勋人士，则额外册封加级，如二十几岁的哼四少爷，也是在这时候晋升为督察区书记长。

上一年的1948年新年钟声里，蓝大首领收获了人生真正的爱情。之前的好消息是，橘子姑娘第一时间披露，但丁神父获罗马教廷通知，教皇深夜默念之中，已认可他成为中国区大主教之一，并恩准他参加下一任红衣枢机主教职位递补的竞选。消息一传开，瓯城信众欢腾，但丁神父在教堂前新建成的市中心瓯越广场，亲自主持了瓯城有史以来最隆重的弥撒。就是这次弥撒活动中，百里香正式向他蓝大首领表达了爱情，让他感到震惊，感到欣喜，感到自己赢得了美人心，交了传说中的桃花运。

　　由于时间久远，瓯越乱弹观众很少有人知道百里香叫什么，更不知道她其实是一个二十多年前从山谷之城走出来的山家女儿。

　　发现百里香的其实并非乱弹先辈，而是一个由洋人组成的采风团。其中一个名叫清津三郎的日本音乐家脱离团体，独自进入水渚之野的谷口，研究观光，结果在泥沙里挖到了几件小玉饰。回来时已夕阳西下，他远远地看到山坡上一个一边赶牛一边唱着山歌的小女孩，被其吸引，沿着山道攀登，跟着也迷了路，不死巫娘发现，就让他在洞屋里过了一晚。次日天明，歌声传来，一听就是那个小女孩唱的。于是他奔出山洞，循着歌声找去，看到一棵千年古樟后面，小女孩立在小溪边，正洗着脸，洗着小胳膊，还洗着略长的头发。

　　清津三郎站在小溪对面，看清了这个小女孩，发现她清洗后的面容甜美而灿烂，犹如初升的朝阳。

　　小女孩好像没有看到他，轻轻地撩着湍流，继续唱着歌。

　　清津三郎被其深深感染，蹲下身体，隔着窄窄的溪流，用带有东三省口音的中文问她的年龄。小女孩停下了歌唱，但没有马上回答他，而是站直了身体，后退了几步，靠着千年古樟，看着他，说："我十岁了。"

　　"啊，十岁的女孩子。"清津三郎眼睛湿润了，拿出一件小玉饰送给她，说，"我想听你唱歌，你昨天唱的歌。"

　　更令人意外的是小女孩的开朗和大胆，她居然邀请他到她那边去，千年古樟下有石凳子可以坐一坐。溪不宽，轻轻一跳就能过去，但清津三郎和善地摆了摆手，他就想隔着溪流听她唱歌，就好像自己是台下的观众。

小女孩没有迟疑，就唱起了一支山歌。

此时，清津三郎身后聚集了采风团的人，小女孩也没有在意这群长相怪异的洋人，继续唱着，重复唱着，久久没有停下来，仿佛在唱一首永远不会唱完的歌。

清津三郎急切而诚恳，希望小女孩到更大的、人更多的地方去展现自己。

小女孩笑了，点点头，说："我想去瓯城。"

后来，同样年轻的不死巫娘给他们送来米酒，同时请求清津三郎，说："她想去唱戏，你们带她去瓯城吧。"

一年前，瓯越乱弹新任年轻班主、名角九龄童带着戏班到驻扎在山谷之城的兵营慰问，中间留宿山寨，为答谢招待，用乱弹仿唱了南戏古音《琵琶记·宦邸忧思》曲牌《喜迁莺》：

> 终朝思想，但恨在眉头，人在心上。
> 凤侣添愁，鱼书绝寄，空劳两处相望。
> 青镜瘦颜羞照，宝瑟清音绝响。
> 归梦杳，绕屏山烟树，那是家乡。

唱到后面几句，连哨兵也跑过来听，听着听着，大家就跟着山人男女老少一齐叫起好来。晚宴山寨美食尽出，丰盛无比，其中不死巫娘送来的绿曲仙酿更是以前从未喝到过的可口，乘着酒兴，九龄童又唱了一曲《雁渔序》：

> 悲伤，鹭序鸳行，怎如那慈乌反哺能终养？
> 谩把金章，绾着紫绶；试问斑衣，今在何方？
> 斑衣罢想，纵然归去，又怕带麻执杖。

天那，只为那云梯月殿多劳攘，落得泪雨如珠两鬓霜。

不死巫娘以前原是去过几次瓯城的，听过全本《琵琶记》，知道乱弹原本就是古代瓯越南戏变化来的。她除了称道九龄童唱得好，还拉过旁边的小女孩，悄声向他说出了所求。九龄童正在兴头上，当时许下诺言，如今女人也可以唱戏了，让女孩子跟他学，有口好饭吃，就像自己，九岁登台，已经唱了一十二载，只要唱出名了，照样能和官宦商贾一样过上富贵日子。

小女孩抢在不死巫娘之前表达了意愿，说："我想去唱。"

醉酒的九龄童怔了一怔，频频点头，当场就教了一段旦角唱的，说如果学会了，一年以后叫人来接她。

刚好过去一年时间，不死巫娘满心以为清津三郎就是九龄童派来接小女孩的人，一开始小女孩也是这样认为的，直至到了瓯城，看到九龄童见到她时错愕的神情，才知道不死巫娘和自己都误会了清津三郎。

九龄童见到小女孩甚是难堪，因为他根本就忘记了这件事，为此清津三郎虽然责怪了他，但马上为他打了圆场：给了他一大笔钱，作为女孩子的学费和生活开支，并许愿若干年后，邀请他们到日本国演出，所需资费由日方承担。

九龄童无奈，收下了女孩子。

清津三郎临走前让小女孩脱下了山人的族装，换上一身红红的小旗袍，到照相馆照了相，后来相片放大，被放到柜窗里陈列，看到的人无不称赞她是活脱脱的一个小美人，九龄童也去看了看，简直不敢相信，于是对小女孩仔细考察，暗暗吃惊日本人的眼力不俗啊，自己差点错过了一棵好苗。

后来的表现，完全显示出小女孩日后必然会成为一代瓯越乱弹名伶的天赋。

几天后，北伐军东路军光复瓯城，在瓯城各界欢迎瓯城籍先锋官蓝大首领的集会上——其时蓝大首领只是一个先锋队的长官，攻占瓯城当天，即擢升瓯城警备司令——他拒绝了隆重的欢迎仪式和宴请，唯一的要求就是听一曲瓯越乱弹。

几位名角都来了，唱得也很卖力，但因为都有些年纪，中气不足，声音走样，于是蓝大首领平添出几分伤感，希望培育新人，使之后续传承，发扬光大。

九龄童其时风华正茂，也多唱了几曲，跟他配戏的花旦虽然唱得也好，但身体臃肿，步态迟缓，蓝大首领不禁更加感叹。在此情形下，九龄童没有阻止小女孩登台，因为蓝大首领是山人，于是建议说："唱首山人的歌吧。"

穿着红色小旗袍的小女孩主动要求登台献唱，正是《琵琶记》最让人掉泪的《糟糠相餍》中的一段：

糠和米，本是相倚依，谁人簸扬作两处飞？

一贱与一贵，好似奴家与夫婿，终无见期。

（白）丈夫，你便是米么？

米在他方没寻处。

（白）奴便是糠么？

怎的把糠来救得人饥馁？

好似儿夫出去，怎的教奴，供膳得公婆甘旨？

声音一出，有如天籁，举座为之屏气凝神。最感到震惊的当然是九龄童，想不到一年前路过山谷之城，为了应付不死巫娘偶尔一唱的这曲《琵琶记·糟糠相餍》，当时小女孩子居然听到了，记住了，学会了，而且学得如此惟妙惟肖，如此韵味无穷。

《琵琶记》是南戏名剧，南戏是百剧之先，南戏的源头正是在瓯越，南戏也是瓯越人的骄傲，瓯越乱弹则是南戏的主要继承者。由瓯越籍将领蓝大首领带头，大家都起立为小女孩鼓掌，同时也恭贺瓯城名角九龄童收下一个天才女弟子。

九龄童得意扬扬，而且反应迅速，请求蓝大首领给小女孩起一个好听的艺名。

在场的只有蓝大首领眼睛雪亮，与女孩子对视片刻，就断定她来自山谷之城，来自山乡，但他没有说破，也没有多问，就说我看她来自百里之外，以后唱红了，香飘百里，就叫百里香吧。

从此小女孩就以百里香闻名，几乎没有人知道她原来叫什么名字。

蓝大首领一年以后主政瓯越，在无人知晓的情况下，请九龄童带着百里香到五马饭店包房吃饭，特意交代让百里香一边学戏，一边到瓯城最好的教会学校读书，所需全部开销由他个人支出，一直达到中学文化程度，还特别要求不许对任何人提起。

为了不引人注目，蓝大首领还资助各界人士送年龄相当的子女和百里香一起上学。但丁神父给百里香上过英文课，称赞她是同批学生中最有语言天赋的，她离开学校的时候，已经能用英文唱完那段《糟糠相厌》了。

等了几年，九龄童终于等到了一个心目中与自己天造地设的旦角。然而，直到最近，百里香在乱弹振兴委员会开会的间歇，特别与蓝大首领交流她是走是留的纠结，看到他并没有坚决地予以挽留，在激动的情况下，认为他已有新欢。她甚至追溯了一些往事，尤其是两年多前上海丽人初到瓯城，水土不服住进医院，蓝大首领多次前去探望的情形，说："我亲眼看到你坐在床沿，拉着她的手。"

蓝大首领马上作了辩解："当时我谈的都是你。"

当时，许多瓯城的名人来看望上海丽人，一拨接着一拨的人，百里香也是其中之一。事后上海丽人说自己恍恍惚惚之中，看到她一进门，就不一样，不仅体态和五官特别吸引人，神情虽然特别恬淡，却是自带气场，风采自如。百里香坐到床前，拉过她的手，左右端详，称赞个不停，说："瓯越哪里见过这样有风度、有气度的女孩子。"

百里香话多了起来，她是蓝大首领动员来的，原本不肯来，怕让上海来的年轻女子笑话。但蓝大首领让她来，就是让别人见识见识瓯越女人的风韵，见识见识他喜欢的女人的模样。

上海丽人不禁赞同，说："他眼光真好。"

百里香临走时问她是不是真的为了哼四少爷来瓯城的。上海丽人沉默了一会儿，没有马上说话，百里香又接着提出疑问："你不会真的和那个照片上的人结婚吧？你们的合照是真是假？"

然而上海丽人没有说话，也没有做点什么，包括让百里香看看给蓝大首领看过的合照，反而说，自己是蓝大首领动员来瓯越的。

上海丽人刚来瓯城就生了一场病。人在病中，那种身处异乡的陌生感和孤独感难以抵挡。她想给什么人打电话，又犹豫着要打给谁，等到接线员刚接出一个电话，她又连忙放下，随后又拨又放下，等到她真要打的时候，人一晕，就倒下了。醒来的时候，人已经躺在教会医院那间最好的病床上了，头依然有些昏沉沉，模糊中看到一个人坐在床前，她连忙喘着气说："我想给你打电话的。"

"为什么不打？"说话的是蓝大首领。他接着发了脾气，批评哼四少爷不知道尽地主的责任，不知道怜香惜玉，何况是从上海来的女孩子。蓝大首领说这话的时候，声音颤抖，确实是真正充满了怨气，这股怨气积累已久，此刻有所爆发，与其说他是替上海丽人抱怨，倒不如说是替女儿橘子姑娘发泄愤怒。

他告诉上海丽人，原来一心一意要哼四少爷当女婿，当半个儿子，结果这个本来人人看好，必然可以实现的愿望，在没有来由，都不给明原因的情形下，无声无息，化为泡影，连挽回的机会都没有。他说："他总是这样对不起本应该爱的人。"

上海丽人也许感受到了蓝大首领此刻的激动是发自内心的，虽然突兀，却是打动人心，于是一股热流涌上心头，眼泪也不受控制地流了出来，模糊了镜片。她不得不摘下来，用丝帕轻轻地擦拭了一下。那一刻，蓝大首领猛然一愣，神情像一个吃惊的小男孩。上海丽人也许察觉到他的变化，马上戴上眼镜，恢复了平静，当然也不再流泪。

此刻，蓝大首领感到了她的高明之处。首先是让人发现她的聪明智慧、才华横溢的一面，随后是时髦得体的大报记者身份，然而她把最重要的部分巧妙掩藏了，而且想掩藏多久就掩藏多久，不到万不得已，不到关键时刻，不到迫切需要，不到主动为之，绝不示于他人。刚才她被他的激情一逼迫，意想不到地把眼镜摘了，暴露了她从未在人前暴露过的东西，显然收到了意想不到的效果。

蓝大首领的确是第一次看到上海丽人摘下眼镜的模样。1946年秋，在五马旅社，他认真地找她谈了一次话，意图给哼四少爷当媒人，不想谈话并不顺利，也不愉快，他的提议遭到她婉言拒绝。他当时看着她脸上的宽边大眼镜，惊愕和不满油然而生，以至于心生轻蔑，比起自己的女儿橘子姑娘，她怎么配得上哼四少爷。出于威严，蓝大首领一边说了一通毫不客气的话，一边想着，哼四少爷怎么会喜欢一个戴着大眼镜的女人呢？

蓝大首领此时把目光从上海丽人脸上移开的瞬间，顿时明白哼四少爷当时一定也见到了这意想不到的一幕，然后意想不到地被吸引，意想不到地爱上了她。这种有意无意，前后翻转，淡然而至，突然而去的诱惑，任何一个铮铮男子自然毫无防备，自然仿佛被雷电击中。

就凭着一副眼镜，一副怪异甚至丑陋的眼镜就掩盖了一切，然后也轻易地改变了一切。这真是太妙了，太绝了。但蓝大首领到底是蓝大首领，他以意志的力量，以沉稳的态度，竭力压制心思激荡的联想，压制可能的手足无措，但压制的结果却造成了另一种情形，他的表情有些凝固，有些呆滞，有些不安，与他将军的装束形成了反差，与他的地位身份形成了反差，也与他的年龄形成了反差。但蓝大首领到底久经沙场，到底是瓯越的主宰，等他看到上海丽人戴回眼镜，恢复了原貌，一副若无其事躺在病床上的样子，也不得不停止遐想，恢复原有威严，也继续扮演一个探视者应该以关心病人为目的，以病人为主的辅助角色。他小心地握了握她的手，有礼貌地略加寒暄，劝她尽管安心养病，这里的医疗条件比得了上海，会让她尽快恢复健康。

上海丽人温和地点了点头，在虚弱中仍然保持几分生气，话语间带有一丝淡笑。说这里有德国医生，还有日本护士，感觉就在上海。她还撑起身体，坐起来，以便目送蓝大首领离开病房。

蓝大首领很快就放了手，轻轻按回她的身体，叫她不要坐起来，但一时挪不动脚步，说："我明天再来看你。"

上海丽人希望让百里香或者橘子姑娘一起来。她在上海就听说了，她们的美丽在瓯城、在瓯越是出了名的。

提起到百里香，蓝大首领自信心一下子上来了，大声说："让人在台上还看不够呀。"他是故意说这话的，他想趁机炫耀炫耀瓯城最有风采的女人。上海丽人产生的不是醋意而是歉意，小心地问道："您不会生气吧？"蓝大首领表现有些故意，故意抬高一个女人刺激另一个女人，故意用百里香来贬低她，以挽回面子，其实可能因为心里对她不高兴了。

蓝大首领被问得不好意思，脸上肌肉有些僵硬，摇摇头，说："我生什么气。"

上海丽人好像觉得自己问错了问题，让蓝大首领觉得莫名其妙，于是及时还了一个颜面，说："我怎么比得了百里香，我知道她是万人迷。"

蓝大首领神情顿时自然许多，得意地笑了笑，然而压低声音，像是悄悄地告诉一个什么秘密，说："她是万人迷，但她只迷我一人。"

接下去的话题又很快发生变化，蓝大首领的脑子突然又完全清醒过来，完全意识到他们的谈话并不十分得体，完全恢复了常态，摆了摆手，说见她们以后有机会，叫哼四少爷来看你的，他会来的，他不来没有道理，他是讲情义的人。

听到蓝大首领为哼四少爷说好话，上海丽人笑了，笑得有些甜蜜，也不忘对蓝大首领表达感激，总是为别人着想，为我们着想。其实我知道他也忙，只要今天来，晚点来也没关系，反正这会儿辰光还早着呢。蓝大首领安慰她，保证哼四少爷马上来看她，会好好陪她，直到她完全恢复健康。围绕着哼四少爷来看不看她，蓝大首领又多坐了一会儿，又跟她多说了一会儿话。

蓝大首领的行为，一度连百里香都误会了。她认为蓝大首领后来一心一意想成全哼四少爷和上海丽人，希望他们能够成为一对，其用心是让哼四少爷感受到恩宠依旧，不会因为成不了自己的女婿而疏远他，甚至让他感受到关心他甚于关心自己的女儿，从而使原有的关系不仅没有损害，而且更加牢固。此外还有一个收获，就是可以把上海丽人牢牢拴在瓯越，拴在自己身边，生生多了一位对自己心存感激的人。一举两得，岂能不为，哪怕最后会给自己的女儿带来可能的伤害，但他相信这种伤害是暂时的。

这次见面的情景，蓝大首领后来向百里香提起过多次，她从中品出了一些不一样的滋味，一直积压在心里，至今仍然感到酸楚，只怕以后还有自己不知道的事情发生。

"你们大谈我百里香做甚，你不就是想让她吃醋吗？"

然而蓝大首领总是眼睛发光，说自己清楚地记得上海丽人爽朗的笑声，还真心实意替他们高兴，劝他要好好珍惜他们的关系，自己怎么会吃醋呢，说："那是天上人间最美好的，那是专情。"

蓝大首领回忆自己当时沉浸在美好和幸福中，同样表达自己绝对不为难她，不束缚她，说："让你十分自由。"

百里香顿时落泪，说："好呀，我离开，我自由了，你也自由了。"

情绪恶劣的百里香与九龄童斗酒，当时虽然赢了，然而心中怨气难消，趁着醉酒，冲进了哼四少爷的住所，又哭又笑地倾诉种种往事。重复最多的是，她在不死巫娘洞屋里见到他的时候，他骑着小牛犊涉水过路的时候，他还是一个不会说话的哑巴，说："你应该记得我。"

同时百里香认为蓝大首领替上海丽人做媒的行为伤害了橘子姑娘，令人不解，不能原谅。她借着酒胆，说："他哪里是给你做媒呀！他明里给你做媒，其实自己想留下年轻的上海女人。"

接着，她说到了一个秘密，她知道哼四少爷的父亲被新军阀杀害了，她还见到过他的生身母亲，新军阀不让医治，病死在床上。

"你知道新军阀是谁，该知道找谁报仇申冤。"

哼四少爷似乎认为她说的都是醉话，哼了一声，说："我送你回去。"

"那是二十年前的事。"百里香艳红的嘴唇贴近他的耳朵，语无伦次地诉说着往事，说，"你是我生的就好了，我求之不得，高兴死了。"

卷二

民国三十八年，即公历1949年，1月28日，阴历戊子鼠年腊月三十，礼拜五，星座上是水瓶座。人们对瓯越外海太平轮沉没的灾难予以了关心，瓯城数千名天主教徒聚集海边，点燃蜡烛，祈祷亡灵。

有关瓯越命运的以绝密文件形式下达的电文，不知是什么人签发的，是台前的国民政府代总统，还是已经下野却仍然大权在握的国民党总裁；不知是什么体裁，是法律条文式的严谨官文，还是措辞强烈的戡乱动员令；不知是什么范围，是限于首府瓯城，还是包括整个瓯越地区，种种具体情况，无从得知。

贤者嚣人在关于建立瓯越新秩序的广播讲话中，居然借用了中共领袖《新年献词》讲的一句话：

几千年以来的封建压迫，一百年以来的帝国主义压迫，将在我们的奋斗中彻底地推翻掉。1949年是极其重要的一年，瓯越全体官民应当加紧努力。

一　贤者器人的王者归来

除夕到来二十几天之前、元旦之后的一个清晨，有人抬头数了数，至少有三到五架飞机在瓯越上空盘旋之后，不停地在瓯城机场降落起飞；从天主堂的塔楼瞭望，临港的广阔海面上，兀然停泊着一艘庞大的炮舰，炮口悉数对着晨曦中的瓯城；早起的清扫工们还看到，一直停留在江心屿的属于宪兵司令部的美式坦克居然横亘在五马大街的东西路口，宪兵司令叫花子手提汤姆逊冲锋枪，与平时判若两人。

等瓯城完全醒来，一队队荷枪实弹、精神抖擞地从外地增援的宪兵，突然出现在瓯城的每一个重要区域，包括封锁哼四少爷上班的督察区旧将军衙门，接管雷三瞎子担任侦探长的警察局，等等。他们一个个面孔生疏，但操着有本地口音的官话，头顶铮亮钢盔，身穿呢制军服。在他们的严密监视下，原来听从副官长蓝长个头指挥的警卫武装还被要求立刻交出武器，撤往城外，到指定地点集中，然后打乱建制即刻整顿改编。

后来又知道，他们是从徐沣战场撤回来的一批离开多年的瓯城籍官兵，总共人数也只有几百人，用的是贤者器人担任过长官的部队番号，暂时编入叫花子的宪兵司令部，有人发问，为什么能不放一枪，轻轻松松接管瓯城，雄视整个瓯越？

因为没有了蓝大首领。

因为最重要的，同时空降瓯城的，与蓝大首领既是兄长，也是宿敌的贤者器人，此时他作为国民政府国防部特别参议编制，以瓯越地区国大代表身份，出任瓯越反共救国委员会主席。鉴于瓯越地区对未来战局的重要性，早一年或者更早以前，主持国民政府日常事务的何副长官专程到上海找他面议，希望他早日接替蓝大首领，坐镇瓯城，管治瓯越，并交代他即刻制订一个详尽计划，说："相信你早有谋划，不负重托。"

其实贤者器人无时无刻不心系瓯越，暗地里一门心思沉迷于《古瓯国复兴计划》。诸役国军大败，统兵的军事长官沦为党国罪人，溃退江南的许多将领被革职查办，而贤者器人在这关键时期被委以重任，授以瓯越反共救国委员会最高长官，随时接替蓝大首领。

实际上他胸中早有成竹，只是等待时机。

中间，还在何副长官的主持下，他向最高决策层做了一个冗长的口头报告，详细介绍了他的关于生聚东南战略的报告。会议由他一个人说了大半天，不见一点疲惫之色，而且茶水都没有喝过一口，引得倾听者既惊诧又服膺。细心者还观察到，他说话时两唇极少张动，只有下牙槽稍稍露出，不由得称道他："舌动如簧，而唇如闭户，如此种形状，多言善语之人。"又知道其祖先原来是古瓯国器人部落，不禁恍然，说："难怪。"

最后，贤者器人意犹未尽，感慨陈词："党国虽然暂时失利，但力量犹在，希望犹在，瓯越险要之地，山海屏障之中，阡陌交通，豁然开朗，沃野千里，生民千万，足以养蓄撤离于此的各路精锐，十年生聚，十年教训，如吞吴之越，亡秦之楚，置之死地而后生，反败为胜，再造民国。"

最后还是何副长官中断了他的演讲，勉励他做好准备，一年半载后就将计划付诸实施，又提醒他，瓯越地方利益要服从党国利益，乡土宗族利益要服从中华民族利益，然后提笔赠写十二字箴言："党国存，瓯越存；中华兴，古瓯兴。"

这一天提前到来了，而且是新年元旦，他紧急赶往瓯城，如同二十年前的1928年，仓促中出任瓯越剿匪总指挥。从古以来，瓯越大多数时间是一个相对独立，长期由善于辞令的器人统治的王国，军事上易守难攻，地利上水草丰沛，经济上宽裕富足，尤其在文化上自成体系，虽然没有自己的文字，但讲话发音外人难以听懂十分之九。作为瓯越中心的瓯城，是上古瓯国都城，山海互市，车水马龙，治水大禹到此，感其温暖湿润，能养人精神；春秋霸主到此，听闻土美水肥，只恨遥远难及；汉晋迁客到此，忘记中原雅语，只求早日归化；唐宋文人到此，带回佳句绝唱，魂魄却已留下；元明宿儒到此，只求著作立说，不觉老之将至；清代旗人到此，叹其无异京城，不思北归；民初苏淞客商到此，赞其赛过上海，索性住下不走；日军以惨重代价，飞机掩护，劈山架桥，占领这里，日子一久，把它当作了东京，强赖着不肯离开。中间更有海上贸易的荷兰人、犹太人、波斯人、南洋人因为躲避台风，冒险上岸，寓居下来，融入当地，娶妻生子，繁衍后代。

在贤者器人眼里，瓯越犹如一个别样的、独立的世界，兼容并包但自成体系，结交外界却秉性独立，好比四川，而瓯越有器人精华引领，山海皆可化为神奇，生民人人可比尧舜，美好前景，远胜四川。群山之内，地肥人众，物阜民丰，不大不小的容积中，自给自足，自强不息，与世无争，生生不灭，只要没有内乱，外力很难将其占据或是吞没，如此优势，不单独建邦立国实在可惜。

表面上来看，蓝大首领被刺杀的前因后果，仍然需要详细而严密的调查，事件的真相一时还难以公开。

贤者器人以现任瓯越反共救国委员会主席身份主持瓯越党、军、政、特、宪主要负责人联席会议，会上他首先宣布撤销原来由督察区长官当召集人，驻军长官、党部书记长、文教局局长、民政局局长、法院院长、警察局局长组成的汇报制度，要求暂时不要对外谈论蓝大首领的死讯，只有查出铁证，缉拿元凶，才可以向瓯越百姓，向全国人民公开案情。

显然是内部人员擅自发表不当议论，或是居心叵测之人故意制造混乱，不等到第二天，流言随即传开，恐慌顿时造成。为此，贤者器人再次召开紧急会议，原驻军营以上军官，区、市政府各部门正副首长，司法单位科、所、股长以上人员及交通警察、税务警察、渔业、盐业、水政、林政警察部门正副长官，加上各县县长、县党部书记，共计二百余人，紧急与会。会场氛围严峻，荷枪实弹，刀光剑影。贤者器人训话之后，就发布命令，责成与会人员分别到瓯越女子学堂、甲种渔工学校和乙等蚕桑学校集中，接受为期一个月的隔离甄别，说："要人人过关，因为共产党可能就在你们中间，因为你们可能受到共产党蛊惑。"

一开始，人们还没有注意到，另一个瓯城的熟人，神情冷漠，少言寡语，站在贤者器人身边，一步不离，让人以为是保镖。令人注目的是，他不仅别着枪，背后腰带上还插着一把精致的小斧子，油光铮亮，显然是一把利斧。起初有人还嘀咕，以为贤者器人带来一个上海斧头帮的高手。多年以来，一直有瓯越籍贯人士与上海帮派来往，有的还加入了青洪帮、斧头帮等帮派组织，知道其装扮行头。但也有人认为他可能是一个法西斯主义者，有人听但丁神父说起过，法西斯的拉丁语叫 fasces，意指中间插着一把斧头的束棒，为古罗马执法官吏的权力标志，象征强权、暴力、恐怖统治的独裁形式，之前奉行独裁统治的意大利法西斯党用来作为该党的标志。但丁神父还预言，法西斯逐渐成为一种国家民族主义的政治运动，将蔓延到大半个欧洲。一些旅欧瓯侨回到瓯城，证实他们确实见到过一些青年法西斯分子是带着斧头的。

人们对贤者器人身边有这样一个人颇觉困惑，深感不安。

其实此人不是别人，正是担任过临瓯区公所文书的麻生。1942年瓯城沦陷后他就跟着贤者器人离开，再也没有回来过，因此在座这么多人对他印象极其模糊。多年不见，麻生看上去老成了许多，身体也健硕了许多。他此时是贤者器人的亲信，刚刚接替蓝长个头担任副官长，表情严厉，眼含杀气。贤者器人显然非常器重他，在这样的场合，还让他补充宣读了极其重要的文字：

"即日起你们都要无条件服从命令，我们既代表李代总统，也代表蒋总裁，瓯城及瓯越地区将处于紧急状态，如发现与共产党有私通勾结者，与中国国民党立场相左者，与瓯越督察区反共救国委员会阳奉阴违者，一律严惩不贷。"

看到蓝长个头、雷三瞎子等人脸上不服气，麻生还威胁道："如果你们有任何违抗行为，就会知道斧头的无情和锋利。"说着，迅速从后腰抽出小斧子，扬手一扔，实木做成的大门被劈裂数道伤痕，仿佛一张破碎的渔网。

等会场鸦雀无声，深知瓯越人文化脾性的贤者器人，则温文尔雅地用通俗易懂的词语，解释了自己的权威性和重要性，说："我这个紧急委员会主任好比封建王朝的钦差，只是替天行事，站在这里盯着你们，事情还得你们做。"又说明自己不过用"钦差"这个词作比喻，自己的权力来自最高领导人，同时也来自瓯越人民，因而他们在瓯越至高无上，生死予夺。他跟钦差大臣不同的是，不是来了又走，而是会与瓯越共存亡，绝不做贰臣，也绝不允许大家做贰臣。

言语如此之重，动静如此之大，致使与会的许多人突然想念起蓝大首领，因为没有公布确切的消息，致使流言在瓯越全境很快蔓延。更多的人确信他不在人世，因为有人亲眼看到他的尸体被送到教会医院太平间存放，周围布满杀气腾腾的宪兵。人们一时间突然觉得，蓝大首领原来仇人很多，想他死的人很多，他被杀的理由也很多。有人说是被潜伏下来的日本特务杀死，也有人说是国民政府何副长官指令宪兵司令部秘密制裁，甚至有人说是因为争风吃醋，被九龄童雇凶谋杀，但也有人有凭有据猜断他是被本族山人毒死。有人说是被共产党杀死的。虽经多次辟谣，流言从不停止。

阳历1949年1月28日，阴历戊子年最后一天，时为除夕。为体现年节气氛，瓯城文教局以贤者器人的名义，于晨九时至午十二时，在江心屿佛寺召开各界知名人士参加的上古瓯国器文化复兴研讨会。由再度出任文教局局长的饶舌师尊主持，贤者器人出席并发表了数小时的主旨讲话，把上古瓯国复兴计划详细介绍了一遍，牵涉到政治、经济、社会、历史、文学、美术等几大方面，引经据典，回顾展望，细细说来，侃侃而谈。雷鸣般的掌声响了无数次，贤者器人站起来致谢无数次，中间也掏了几次耳朵，神情愉悦。饶舌师尊作为主持人又补充讲了几个小时，一直到天黑，寺内暮鼓、对岸天主堂的钟声各响了二十下。

余兴未消的贤者器人又讲解了中华民国李代总统的新政概要，鼓励与会者携手全体同仁，竭诚为建设民主社会服务。是日，全城十余所小学、八所中学、六所专科学校，共五千五百余名学生停课放学，就近到会堂或者有收音机的邻居家集聚，聆听现场广播。

当日，民政局以贤者器人名义，下发通知，云：

> 兹决定旧历新年，党政军民各级机关，每人（限离开家庭参加工作者）于除夕与元旦（初一）各加菜一餐，即每餐加菜五两，鱼半斤，鸡半斤，并放假三天（即除夕与元旦、初二）。如环境允许，可举行娱乐，山汉各族共享，以增热闹。

接着，广播里还放了一段贤者器人勉励广大军民在新的一年为建设新瓯越努力，同时祝贺官民新春快乐的录音讲话。

一般民众由此心里踏实，安心筹备除夕。只是在上层，严格地说只是政界军界警界，气氛却越来越严峻。传言贤者器人还召开了一个秘密会议，参加者除了饶舌师尊等本宗本家官员，麻生等亲信，加上担任海岸防务、沿山谷之域外围驻防的旧部属，此外就是叫花子，还有刚到达瓯城的内政部专员、新任瓯越警察局代局长邹大维。

算盘老二没有得到与会通知。他听到消息，税警团将被整顿，自己可能被戴上通共嫌疑的帽子遭到秘密逮捕，接受最严厉的审查。虽然只是传言，但算盘老二认为这关乎性命，于是准备换上一身山人装扮，悄悄回到山谷之城，辗转于深洞奇穴，昼伏夜出。

蓝长个头得到的也是坏消息，除了被免去副官长，可能还要接受军事法庭审判。摆在他面前的只有三种可能：如果只是失职，还可能像他自己所说的，回到山谷之城渔猎为生；如果被扣上同谋犯的罪名，难逃牢狱之灾；如果被扣上共产党的红帽子，那就死路一条了。

至于雷三瞎子，邹大维代理局长已经把他降为副侦探长，但警察局上下侦探们并不肯承认，依旧唯他的命令是从。贤者嚣人为此专门传话，以警告雷三瞎子，如果积极配合，效忠中央，不仅不会追究责任，还可能考虑让他官复原职，希望关键时刻，协助邹大维稳定好局面，维护好治安，让瓯越民众过好农历新年。作为权宜之计，邹大维仍然让他同时签署情报侦探方面的重要公文，希望他为大局考虑，予以配合。

所有的正式通知仍然将正月初一称为元旦，这也是瓯越地区的习惯。辛亥革命后，中华民国采用公历，把农历正月初一称作春节，后来内务部作为政令颁布，全国统一施行，但瓯越人仍然我行我素，只呼元旦，不提春节。

饶舌师尊为了表示欢迎之意，在五马酒楼安排了午宴。席间儿媳饶柳氏要求担任瓯城妇女会主席，而贤者嚣人看到她口阔面方，双眼夹中，并非和善女子，之前已知道翁媳绯闻，顿时不快，当面批评饶舌师尊没有礼义廉耻，再不收敛，堵不了众人之口不说，也是辱没嚣人先祖颜面。饶舌师尊自然矢口否认，发誓与儿媳没有半点越礼，关系是绝对清白，自己内举至亲，是出于公心，饶柳氏虽为女儿之身，但才情不输给任何一个瓯城名士，说着还把一篇关于破解古瓯国文字的文章给他看。

贤者嚣人也不瞄上一眼，就说："这是你的手笔，却说是她写的。"

饶舌师尊再三解释，自己不过润色了几个字，全篇都是由饶柳氏一个人独立完成，说："她嫁给我们饶姓，初衷就是喜欢我们嚣人文化。"贤者嚣人听到这话，似有所动，先是义正词严地讲了一番有关道德的理论，然后改口表示，妇女会主席不是不可以担任，但要拿出实际成果。

饭后回来，饶舌师尊与儿媳商量，不想饶柳氏大笑他愚笨，说："不就是抓共产党，这次替他们铲除秋思虹就是实际成果。"天黑前，饶柳氏又叫饶舌师尊陪自己去见贤者嚣人，交上了两份东西，一份是秋思虹名下资产清单，宅屋三处共二十七间，店铺八家，渔船十二条，桑一千株，橘林三百亩等；还有一份上百人的名单。贤者嚣人看了，主张财产可交回秋氏亲族，说："秋氏数代积累，不能因此都剥夺了。"如果无人愿意认领，则充公入库。贤者嚣人感兴趣的是那份名单，说："这些人既然都是读书社的成员，其实就是共产党。"一看，上面还有橘子姑娘，不禁疑问。

饶柳氏此时胸有成竹，说："她是读书社骨干成员。秋思虹虽然被枪毙了，共产党讲的是后继有人，她一定接了班继任社长，说不定与什么人同谋，大义灭亲，革了自己父亲的命。"

贤者嚣人频频点头，认为有点道理，说："这像是共产党的行为。"

饶舌师尊得意，忍不住要称赞饶柳氏，贤者嚣人又先一步表明了态度，说："先调查清楚，取得证据才好。"

饶柳氏急了脸，说："调查什么，把人抓起来审问，手铐脚镣，打板子，夹拶子，剃光她头发，她能不承认？"

贤者嚣人不快，表面严肃起来，警告饶舌师尊："政治上的事情，你让她少议论，少插手。"

饶柳氏一愣，白了一眼饶舌师尊，气呼呼地要走，贤者嚣人又叫住她，指着名单上的人问："《瓯越日报》的主编也是？"

饶柳氏愕然片刻，突然声泪俱下，控诉上海丽人不仅是一个十足的花癫，而且可能是共产党派到《瓯越日报》，一直压制她，还鼓动造反，而且脸皮也厚，一个人煎熬不过，公开拆散别人，跟凶手打得火热，他们八成已经姘居，说："一块私奔了。"

贤者嚣人显然不想听她说下去，脸一沉，挥挥手，叫他们离开。看了一会儿名单之后，他决定马上成立调查专案组，自任组长，成员有叫花子、邹大维等，之后又想到饶柳氏说话尖刻恶毒，蛇蝎心肠，令人讨厌，但斗志高昂，似乎可利用，于是加上了她的名字。同时设缉拿组，由麻生任组长。

次日上午各界欢迎大会上，贤者嚣人做了一个长篇报告，重点讲到了自己与蓝大首领是人生知己，一起投身革命，互相赏识，共过患难，并无嫌隙，也无怨结，最后再次声明，民国十七年，也就是1928年，蓝大首领在摧毁苏维埃政权剿灭赤匪上功劳不小，尤其他坚决执行了"宁可错杀一千，也不放过一个"的政策，而自己却时不时还心软，还犹豫，还想放过他们的弱妻幼子，毕竟同是瓯越人民，让他们有后人传承香火，但蓝大首领主张斩尽杀绝，防止后患无穷。

说到此处，贤者嚣人猛然垂泪，哽咽难语，一时全场震惊，纷纷猜测是为蓝大首领一哭。之后有人跟着放声大哭，自此蓝大首领之死算是公开。也有人对贤者嚣人的话不满，趁机起哄，但起哄者很快被清除出场，查明原来大多是山谷之城籍的公职人员，包括几个教师、医生等体面职业的人，当即予以扣押。稍晚发现有少部分人在天主堂广场集会，批评贤者嚣人颠倒黑白，扭曲历史，给自己贴金，给蓝大首领抹黑。对于这样公开的诋毁，紧急召集的联席会议一致认为，这里面不排除是共产党暗中操纵，必须严办所有参与者。如此，贤者嚣人甫一履瓯，就通过蓝大首领被刺案，抓了不少人，还不顾情面，扣押了多位秋氏亲族，加上之前饶柳氏提供的名单，一共有数百人遭到逮捕并关押在江心屿模范监狱。

本来饶舌师尊以为秋七姑会回到瓯城，与贤者嚣人共度除夕，特地叫五马饭店大厨做了一桌美味佳肴送过去，但被退了回来。

尽管诸事繁忙，贤者嚣人最关注的，还是与蓝大首领同时消失的哼四少爷。

　　哼四少爷和蓝大首领的关系，瓯城谁人不知，谁人不晓？如果说他是刺客，没有目击者，或者没有人愿意成为目击者，仅凭一把短柄鸟铳就即刻毙人性命，没有人相信，或者没有人愿意相信。

　　哼四少爷为何要杀死蓝大首领？贤者嚣人在公开场合，表现出满腹狐疑，似乎跟其他人那样，也一时找不到答案，他私下质询过一些相关的人，不是一脸茫然，就是摇头不停，一问三不知。相信就是哼四少爷杀的，不外乎几种猜测。一是为泄私愤。蓝大首领开始欠审慎，有意把女儿许给他，后来又反悔，哼四少爷于是怀恨在心。不过这些都为坊间议论。二是受人唆使。山谷之城籍的山人长期因为在督察区、在各县区得不到一官半职，对蓝大首领素怀不满，于是从中作梗，挑拨离间，以至幕后密谋。三是为人报仇。秋思虹，还有沈铁铲子，一个有才情姿色，一个有过人学问，皆不可多得，皆冤魂怨灵，出于报复，索取蓝大首领性命。赞同这个说法的一时比较汹涌。饶柳氏以妇女会名义散发传单，谴责哼四少爷是杀人不眨眼的危险凶徒，一天不落网，就多一天祸患。而饶舌师尊在《瓯越日报》发表署名文章，呼吁尽快将凶手捉拿归案，给予严厉惩罚，认为当务之急要防止哼四少爷被共产党利用，存鱼死网破之心，动伺机再杀之机，为害党国要员。文章进一步分析，鉴于其行踪消失，匿迹逃亡，或者他本身就是由秋思虹领导的地下党成员，此时可能利用其组织和同情分子，以原有身份潜伏瓯城某地，等待局势有变，里应外合。对此，只有通告天下，发动所有正义之士，织起天罗地网，令其插翅难飞。

　　"他不可能是共产党。"不过，叫花子一口否定。

　　瓯城女子读书社中共地下组织要案破获后，所有读书社成员的供词里面，都没有指向哼四少爷。

　　"蛛丝马迹都没有。"叫花子神情轻松但不无遗憾。

　　当然，持不同意见的人很多。财政局会计主任算盘老二逃回山谷之城之前，居然在年终公务人员奖金分配核算会上，一边噼里啪啦打着算盘，声称要为哼四少爷保留薪水户头，一边口不择言，怀疑杀害蓝大首领的另有杀手，而且所指具体，认为在同一时间突然消失的上海丽人最为可疑，至于背后是否有人指使，还给认真听取意见的邹大维提供了一个思路："人死了，对谁有利，谁就是凶嫌。"

比起后来潜逃消失的算盘老二，甚至比起似乎忠诚可靠的叫花子，贤者器人反而对雷三瞎子更有底，作为侦探长，如此失职，本应撤职查办，现在暂时降职为副侦探长，继续留用，其原因是发现他对蓝大首领心存怨念。雷三瞎子回忆蓝大首领对哼四少爷种种偏爱之时，难掩委屈，泪如雨下，不像是装出来的。"他们比真正的父子还亲。只有把他当亲儿子养育。"但同时雷三瞎子又很有分寸地认为，恩大固然也会成仇，别的养子都可能背叛，包括自己，都很难保证，说："唯独他肯定不会。"

"何以见得？"贤者器人质疑，要求他举例说明。

于是雷三瞎子提到了贤者器人特别感兴趣的一件往事，民国三十四年，即1945年秋天，有人逼迫蓝大首领下台的阴谋之所以失败，中间哼四少爷功劳最大，说："他是挽狂澜于既倒。"

对雷三瞎子提供的公文密函抄件细细研究，可以看出蓝大首领对哼四少爷确实器重。1945年国民政府回都南京之际，贤者器人认为正是重掌瓯越的大好机会，向何副长官呈送了一个密件，针对近二十年来，瓯越地区始终没有报告共产党活动情况，提出怀疑。重点提到，最危险的还在于隐藏在瓯越党政军内部的众多心怀不轨者，这批人数目不详，面目不清，行踪不明，或独行者，或小团伙，或在核心部门，甚至在党国大员身边，或在基层，掌握实权，盘根错节。对此，中央驻瓯城各单位不是没有察觉，军事和党务调查机构，不是没有警示，但蓝大首领对此种种警告，投鼠忌器，畏首畏尾，一味迁就，迟迟没有采取行动。他认为原因有二，一是当年共产党残余可能归化本籍，隐匿于百姓中，栖息于山谷之城，乡里乡亲，乡音乡语，难以辨别，难以发现。二是抗战时期以抗日统一战线为名，获取另外身份，明拿政府资源，实做异党之事，甚至发展众多被蒙蔽者，甘愿为共产党掩护，给侦缉清除工作带来极大困难。瓯越各有关部门没有发现也没有报告，并不能证明瓯越就没有共产党，有可能根本不加警惕，或者故意不报告。更加严重的是，蓝大首领站在山谷之城山人立场，袒护那些参加过共产党、苏维埃政权、赤卫队、农民协会、妇女协会等各类组织的成员，以及亲朋好友和同情者，对他们的去向始终没有持续地深入地追究，尤其对其后人网开一面，养虎为患，每每想起，心忧如焚，一旦时势有变，瓯越将是谁人之天下！

报告最后还对当时瓯城发生瘟疫提上一笔，列出病亡人数，强烈批评蓝大首领蔑视国民卫生，停滞医疗事业。鉴于瓯越的重要战略地位和党国利益，以及百姓健康，人民福祉，建议立即换人。

受何副长官暗中委派，一个身穿皮夹克的青年男子，以采访经济建设的报馆记者名义，到瓯城核查。因为在下轮船时把吃剩的果壳用报纸一包，随便就扔在码头上，被值巡的雷三瞎子发现，以其违反《公共场所保生条例》，予以罚款。皮夹克男子不服，拒绝交纳罚款，还大声辱骂《条例》的签署人蓝大首领，指责他是在搞独立王国，滥用防疫措施，说："区区一个瓯越，没有资格颁布法令。"争吵不够，还与雷三瞎子扭打起来。

正好从英国经香港回来的但丁神父和橘子姑娘，坐的是同一条轮船，在码头接他们的哼四少爷看到此种情景，当场冲了上去，与雷三瞎子合力，将皮夹克男子制服。对方觉得吃亏，更加不肯配合，扬言要将他们的行为见诸报端，情急之下亮明自己身份，原来他是何副长官视如儿子的亲侄子。哼四少爷认为他假名记者，已觉讨厌，又听他敢冒党国领导至亲，更觉可恶，正要叫他吃苦头，不想驻瓯城宪兵司令部筹备处临时负责人叫花子匆匆赶到，连劝带哄，叫他们立刻放过自己的客人，并且证实此人确实是记者，也确实是何副长官秘密派来瓯越的，负有使命，不便得罪。同时透露了一个秘辛，贤者嚣人亲笔写了介绍信，要求瓯城党政军予以方便。

贤者嚣人在瓯城尽人皆知，何副长官其时因为在南京主持过日军受降仪式，声望如日中天，没有人不敬畏的。雷三瞎子也觉得闯祸，连忙答应退还罚款，劝哼四少爷："不管他是什么人，犯不着为这点小事得罪他。"

皮夹克男子仍然气冲冲，口中骂骂咧咧，还搬出了贤者嚣人，举着手中的文件，说："他就要回来了，到时候他才是说一不二的瓯越领袖。"

听到他咒骂蓝大首领，哼四少爷哼了一声，脸色一变，顾不得去迎接已经下船的但丁神父和橘子姑娘，一脚跳到前面，突然一把夺过他手中的文件，又突然一推，将皮夹克男子推到汹涌的海浪里了。

哼四少爷还从叫花子那里知道皮夹克男子在瓯城期间的所作所为，提醒蓝大首领不可大意。国民政府还都南京后，对各方长官奖励惩戒事宜提上日程，军委会接到一份针对蓝大首领的秘密报告，何副长官呈请委员长批示，要求核实，如果所列问题属实，就将蓝大首领调离瓯城，出任虚职，然后接受调查，另派大员取而代之。至于这个大员是谁，相信已有人选。先是贤者嚣人提出报告进行质疑，再有何副长官批转严查，居然是派了至亲皮夹克男子到瓯城秘密核实，蓝大首领如果有什么过失，岂能不一一坐实。

蓝大首领看到了哼四少爷抢夺的文件，不敢肯定是贤者嚣人在算计自己，猜了一猜，只是将信将疑，随后立即主动作为，抢先一步召集了瓯越党军政联席会议，形成纪要，以督察区名义颁布公告，六条实质性内容，条条都针对自己的秘密报告：一曰加强相关机构，特别是军、宪、警、特等部门的经费；二曰公布民国二十七年被处置的各类人员名单，并注明其是否有子女及其现况；三曰对所有嫌疑人员进行监控；四曰督察区和保安司令部增强职能，集中力量，以治安为由，遏制民间团体的各种活动；五曰在山谷之城强化保甲制基础上，实现户长制，将连坐制度推行到各家各户；六曰邀请天主堂医院出面宣传防疫卫生和战胜瘟病成果，对治愈者一一列出姓名，而因病而死的只有寥寥数人，不足为怪。

公告以督察区名义发布，表明了反共的决心，彰显了治下的繁荣，公开了用人的程序，列举了防疫的成就等多个方面。此举经叫花子详细报告，受到国民政府军委会和蒋委员长本人的表扬，尤其是蒋夫人在接受美国记者专访时，举例赞扬了瓯城官民培养讲卫生的举措，希望所有地方官员都要向蓝大首领学习。贤者器人痛感错过一个时机，审慎考虑之后，安抚了皮夹克男子，不仅主动压下何副长官批转的核实报告，而且请求继续任命蓝大首领为瓯越保安司令、督察区主席、党部书记长。

那个受何副长官委派，又有贤者器人亲笔介绍的皮夹克男子，被推入海里的当晚，就匆匆坐轮船离开了。叫花子透露，皮夹克男子之所以如此巴结，是因为正在追求贤者器人的女儿，说："何副长官欲与其结秦晋之好。"

蓝大首领疑惑了半天，自己从未听说贤者器人有女儿，说："难道秋七姑暗中生养?"

国民政府发布命令，蓝大首领党政军合一，成为名副其实的瓯越最高长官。为此，瓯越各界纷纷庆祝，各种活动花样百出。五马街店铺装饰一新，沿街夜市重新开张，各县区组织特产进城专场交易，冠其名曰瓯越博览会，青年会在天主堂广场举办烛光Carni-val，橘子姑娘组织广场舞会。一时间，火树银花，万众欢腾。但丁神父亲自掌机，将这些活动拍成电影，在瓯城首映后，就送往南京、上海各大影院放映，当地观众看到蓝大首领治下的瓯越如此美好、幸福、时尚，不禁人人羡慕，个个称颂。

后来上海丽人曾经说过，与许多年轻人一样，她当时就是看了这部纪录电影，产生了对瓯越的向往之心。影片还在美国和欧洲上映，但丁神父看到《泰晤士报》刊登了长篇影评，题目就叫《瓯城：东方的伦敦》，上面的配图明显都是从他的影片里截取的。为此，但丁神父专门去电伦敦舰队街，要求《泰晤士报》尊重影片著作权，将补偿的稿酬捐赠给当地天主教会。

据说，还都南京的蒋委员长携夫人宋美龄看了电影之后，十分高兴，在电邀蓝大首领到南京出席还都典礼的同时，发布训示，要求各地军政长官向蓝大首领学习，把地方治理好，使之歌舞升平，繁荣昌盛，有如欧洲美国，让全世界对我中华刮目相看。

蓝大首领对南京之行做了周密安排，阴历七月初七从瓯城出发，并没有按惯例从海路走，而是选择从天台山折回西边，翻越括苍山，沿着苍岭古道过壶城，再坐船入金华，然后坐火车直达南京。

不想还没有离开瓯境就被打了冷枪。

蓝大首领判断，要杀他的人并不是日本人，因为驻守瓯越境内外的所有日伪军人都已经放下武器，其中日本人作为平民已全部乘船离开；也不可能是重庆派遣的潜伏人员，之前蓝大首领早已电告国民政府军委会委员长蒋介石，呈报瓯越军民率先光复国土，取得抗战胜利的喜讯。对此蒋介石高兴得流下了眼泪，通令嘉奖蓝大首领之功，承诺还都南京之后，就任命他更高的职务；当然更不会是山谷之城的游击队，因为抗战期间，他与这些抗日组织和领导人友好交往，与他们配合作战，共过生死，没有过什么摩擦和别的不愉快，更没有翻过脸，即便是"皖南事变"之后，也允许他们在瓯境照常活动，总之，他们没有吃过自己一点亏，反而时时得到钱粮补给，如今虽然形势可能生变，他们也绝对不会用刺杀手段对付他。

同行的饶舌师尊认为，是瓯越地区最大的地下帮派盗墓帮所为。自从蓝大首领主政瓯越以来，强力打击盗墓犯罪，几乎每年都有首要分子被处以重刑，特别是抗战期间，对于勾结日本人的盗墓团伙，意图盗挖谷口遗址，更是绝不宽恕，抓到一个就枪决一个，所以他们最恨蓝大首领。但哼四少爷不同意饶舌师尊的说法。他自己按照蓝大首领要求，正在就招安盗墓帮进行秘密谈判，因为条件优惠，目前进展顺利，没有听说过他们要反悔，更不相信他们会刺杀蓝大首领。

对此，饶舌师尊十分愤怒，说："招安盗墓帮？我怎么不知道？"

哼四少爷没有多做解释，只是告诉一旁的雷三瞎子，以后招安了，挑一些人充实警察局侦探队伍，专门负责侦破盗墓的案件，但主要让他们为保护谷口遗址出力。

欣喜之时，蓝大首领不忘犒赏有功之臣，首先挽留了原想一门心思加入谷口遗址挖掘和保护工作的哼四少爷，提拔他担任督察区书记长，并不容他推辞。在外人看来，当时蓝大首领有意招哼四少爷为婿，如此，他在瓯越就有了真正可以信赖的人。

假以时日，有一天哼四少爷或许能成为蓝大首领的接班人。

这中间，秋思虹写了一篇东西，把哼四少爷如何无畏无惧，独闯龙潭虎穴，以大义说服盗墓帮首领改邪归正的详情作了生动描述，记述发表于《瓯越日报》，很快被上海、南京、北平的报纸转载，又一次扬名全国。哼四少爷看了报纸，显得淡然。秋思虹意犹未尽，又编话剧，组织师生排练演出，自己女扮男装，饰演主角。哼四少爷抗议，气得秋思虹花容失色，哭了一顿。最后，蓝大首领力主上演，之后，在各校内部演出一月之久。哼四少爷一时成为中小学生的偶像。

贤者器人以前知道这些情况，如今听来只是微微一笑，当然也不忘斥责盗墓帮肆意破坏器人祖地遗迹和文脉，因此要了一份加入过盗墓帮的人员名单，凡是招安在警察局的，一律开除法办，说："叫他们向我们祖先认罪。"雷三瞎子细看，名单没有一个遗漏，字迹是饶舌师尊的，看来早有预谋。其实盗墓帮盗挖了一些被认为是器人的祖地，但没有找到有价值的东西，反而是谷口，尽是玉器宝物，却由蓝大首领一直叫沈铁铲子看着，盗墓帮没敢动过一铲，没有拿走一件，历次出土的物件，大多数放到了筹备中的博物馆，少数被饶舌师尊以文教局名义顺走，不知去向。

除夕将至，领了年终奖的警察局侦探有一半被关进了模范监狱，罪名也不是盗墓前科，而是共产党嫌疑。

二 哼四少爷的死刑判决

贤者嚣人归来之后，瓯城的气氛变得完全不同。每天的凌晨到中午，瓯城都笼罩在浓雾里。特别法庭在没有开庭，嫌犯没有到场的情况下，就准备下达第一张判决书。

首先被判决的是哼四少爷，罪名是受共产党指派，刺杀地方党国军政大员，罪大恶极，身负命案，畏罪潜逃，极度危险，故此缺席审判，处以极刑。布告云：

> 该犯受共党高层指使，潜伏瓯越军政要冲，伺机实施谋杀，其所作所为，妄图破坏戡乱救国大计，扰乱瓯越地方安全，策应共党势力渗透，所犯罪行穷凶极恶，千夫所指。于情于理，杀人偿命，于法于公，应予严惩，经特别法庭审结，罪证确凿，判处死刑。

> 然该犯尚未归案，执法如山，非常时期，共党分子，时时可以追究，身负血案，铤而走险，人人得而诛之，有功者，必以重奖，此令，于1949年12月30日止有效。累累重罪，系于一首，并无从犯，亲友故旧，不予追究，然大义灭亲者，予以奖励，私自窝藏者，列为共犯，同刑处置。

贤者器人签发布告时，看着哼四少爷的照片，不免想起二十年前自己签发过的一份判决书，上面人犯的照片与他何其相似。

1928年农历年前剿灭的赤色暴动，火种仍在，其残存的遗属后代为数不少，例如当时的匪首之子或被人藏匿，是生是死，去向不明，至今已二十年，如其生存至今，如何不仿效赵氏孤儿？他们复仇心切，如遇风吹草动，死灰复燃，如果蓝大首领一味妥协，任其发展，势必重现燎原之势，其时不仅当年曾经跟从的山谷之城野蛮山人，瓯城冒进青年，都有可能响应，再加上共产党从外部支援，其时瓯越将是何人天下？党国东南退路如何不绝？

邹大维身兼警察局局长，作为内务部刑侦专家，也是代表中央部门，对判决提出了反对意见。主要疑点有，一是动机不能完全成立，蓝大首领是其恩公，为何杀他，而且不惜以命犯险；二是作案工具难以完全确定，一把目前认定的作案工具不足以致命，明明有利刃枪械炸弹等等太多选择，为何挑用了一把类似道具的古董鸟铳；三是案发后还没有一个目击证人提供明确证据，虽然事后有人证言，仔细研究后都属于主观猜测；四是嫌犯没有归案，未经审问，就作出结论，一旦另有隐情，所谓的判决就会被推翻；五是同时失踪的相关可疑人员，存在同谋甚至主嫌的可能，因此太快下达判决布告，或致真凶逍遥法外。

鉴于这五点理由，邹大维不肯在布告上副署。

其实私下里，贤者器人也是疑问难消。哼四少爷到底是什么人，查阅档案，没有来历，没有出处，询问曾经教过其学问的饶舌师尊，也不知道更多。"但绝不是我们器人之后。"贤者器人确定了这一点，说，"十年前，我看他栗色的头发，还有唇上将浓未浓的黑须，早有怀疑。"

贤者器人看着判决书，仔细端详哼四少爷的照片，想着二十年前判决布告上的人，不禁后悔自己的仁慈，如果二十年前的那次犹豫因为是难以确定，似乎情有可原，那十年前的那次就难以原谅了。

1938年，日军前锋清津联队首次登陆，意图攻占瓯城。也是一个冬天的日子，也是一个晴朗的天气。当时瓯城军民对此毫无预警，毫无防备，看上去像一个不设防的城市。最新的零式飞机，岛屿般移动的巡洋舰，轰鸣如雷的装甲车，突然间从海陆空几个方向一起朝瓯城压过来。《瓯越日报》描述道：气氛肃杀如末日降临，黑云压城危如累卵。日本的精锐之师并没有像占领上海、南京那样，轻易地攻陷瓯城及瓯越的哪个县哪个区。贤者器人指挥瓯音瓯腔的子弟兵，军民如同一人，占尽地利人和，准备争一城一地得失，誓言与日寇血战到底。

那一刻，瓯城人问了一句话：蓝大首领安在？

1938年冬末的蓝大首领不知被何人下毒，躺在天主堂医院里昏迷不醒，中间由夫人陪伴照料了几天。适时回到瓯城的贤者器人取代了他的位置，此时胸有成竹，运筹帷幄，站在天主堂钟楼上，举着青天白日旗，发表了后来见诸全球各大报纸的"钟楼演讲"。看到现场浓烈的气氛，他引经据典，大放豪言，列举了许多事例，包括一百多年前，不可一世的拿破仑遭遇滑铁卢惨败的例子，以鼓舞士气。当时，广场上的军民屏气凝神，聆听他的讲述。贤者器人显然把自己比作指挥反法联军的英国将军威灵顿，把即将发动进攻的日军比作拿破仑，把瓯城比作比利时布鲁塞尔近郊的滑铁卢村。他神情轻蔑，直奔结局，不到黄昏，反法联军赢得了战场主动权，拿破仑的军队惨遭败局。他像一个历史教员，得出一个重大结论：滑铁卢战役结果的意义重大，如果拿破仑大军胜利，则法国就会成为欧洲主宰，相反，如果拿破仑大败，则英国主导欧洲。

"今日之战，事关抗战大局，事关由我中华，还是日本主宰亚洲，主宰世界。"

贤者器人振臂一呼，发誓要当一个让古瓯祖先骄傲的中国威灵顿将军。

全场响应，一律的瓯越乡音，声高，整齐，硬朗，传得很远，西至百山诸谷，东到大洋各岛。

志在必得的日军发出了进攻令，巡洋舰的炮口即将扬起，空中的零式飞机即将向城内俯冲，蓄势待发的装甲车即将开动，看到这个阵势，从贤者嚣人开始，上上下下，其实已经做好最坏的准备，瓯城即将沦陷，下一刻是勇敢牺牲，还是坐以待毙，谁都没有去想过，谁都不会相信，等待日本军队的是当年拿破仑遭遇的滑铁卢。

谁都没有想到，首先是上天的保佑。原本吹往北太平洋的台风突然转头，朝向瓯越。

这场突然而至的冬季台风在瓯城上空形成风暴中心，以雷霆万钧之势，对一切外来的、一切不属于瓯越的事物，摧枯拉朽，极尽破坏。瞬息之间，加足马力冲锋陷阵的装甲车被卷入海中，试图从风暴眼中穿梭突袭的战机折翼坠落，正要发动攻击的日寇前锋望而却步，晕头转向。

但是在上天保佑之前，一心以为能够遏止，能够打败日军精锐的，是小小年纪的督察区见习文书哼四少爷。

他没有听贤者嚣人的钟楼演讲，没有参加决战之前的誓师酒宴，没有知会层层上级，当然也没有向兄长亲友话别。他亲率十数名同样年龄的初生牛犊，奔赴火线。出城门的时候，遇到了雷三瞎子和蓝长个头的阻拦。他们对他的贸然行动深表怀疑，讽刺他以少年之躯，逞一时之勇，小狗吠日，白白送死，纵然是诸葛亮在世，也不可能在红日高照的冬季借来台风，纵然是哪吒现身，也不可能赤手空拳击沉巨大的巡洋舰。

哼四少爷此时已看到天上有乌云遮日，知道情势急迫，也不跟他们啰嗦，率领众人夺门而出。值得一提的是，愿意同行的还有国民政府军委会军事统计局瓯越办事处总务叫花子。他此刻摘下老式眼镜，换下乞丐服，穿上中山装，单手握枪，一身短打，没有豪言壮语，但赴死决心已下。

突然狂风暴雨，哼四少爷他们乘渔舟而出，劈波斩浪，对巨浪中几近倾覆却仍要向瓯城开炮的巡洋舰发动突袭。巡洋舰转身欲避，却在礁石群中搁浅，船体撕开一个豁口。哼四少爷每人对豁口投出数枚手榴弹，将巡洋船击伤。当然，他们乘坐的渔船被恼怒的巡洋舰炸得粉碎，其他少年死士当即牺牲。

至于哼四少爷，从一个落水的敌舰水手长那里抢到救生衣，拖着叫花子，奋力靠岸没有成功，力竭之后被倒灌的海浪冲入江口。之后又回溯了十数公里，冲到临瓯区江段，上岸时已经无法站立，被巡逻的自卫队员围捕。

哼四少爷已经口不能言，只是迷迷糊糊地哼哼了几声，被当作日本间谍饱受毒打，奄奄一息之中被拖送到区公所，沿途又被乱石投击，终于昏厥过去，一脸血污，生死不知。

留守区公所的是一个叫麻生的文书，原是东北流亡学生，认得救生衣上的日本字，因此断定脸上已血肉模糊的哼四少爷是日本海军，于是想起国恨家仇，仿佛遇到前世仇人，自然深恶痛绝，恨不得当时就对他千刀万剐，不等看清他的脸容，不等他醒来细细审问，也不去请示就在附近学校操场训练民兵的区长，就擅自决定在第二天的市集上召开大会，公审日谍并予以枪决。

1938年冬末这场史上罕见的台风过后，瓯城温暖如春，天空晴朗。《瓯越日报》号外的社论赞曰：此役可与平型关、台儿庄等大捷媲美。瓯城作为东南门户，众志成城，固若金汤，贤者嚣人如大败法国拿破仑的英国之威灵顿，为抗日第一英雄，鼓舞中国人民，名垂中华历史。

天主堂广场上，贤者嚣人扶着病中的蓝大首领一起站在钟楼上，以瓯越官话发表动情演讲，誓言绝不容许日本侵略者踏上瓯越半步，因为瓯城就是他们的滑铁卢。话音刚落，钟声响起，万众欢腾。

然后共同社报道，参加此役的巡洋舰、飞机和装甲车外，日军号称中野师团，实际上出动的步兵只有一个清津联队约一千人。而瓯越方面，防守瓯城的官兵有四万余名，警察、盐兵、各县自卫队、乡勇、保丁等不计其数，形成十面埋伏之势。如果没有台风，中野师团按照原计划全部参加进攻瓯城，如此，遭遇拿破仑之滑铁卢命运也未可知。

当天，还在天主堂广场举行公祭大会，追悼伤沉敌寇巡洋舰的十二位少年死士，主祭是贤者嚣人，副祭是蓝大首领。但丁神父还为他们举办了大型弥撒，橘子姑娘领唱颂歌时，一直流泪不止。当天贤者嚣人读完祭文，就接到电报，要求他离开瓯城，经山谷之城翻过仙霞岭到陪都重庆复命。蓝大首领不干了，贤者嚣人离开瓯越多年，此番回来停留一天不到，连哼四少爷的嘉奖令都没有宣读，就要匆匆赶到别处，是何情理。

贤者嚣人临走时，又有情报传来，重整旗鼓的日军可能再犯瓯越，中野师团将全员出动，其阵势更强大，火力更凶猛。战事在即，大敌当前，蓝大首领原想再组织勇敢之士发动突袭，但遭到蓝长个头和雷三瞎子等人反对。他们认为日寇上次吃了亏，应该早有防范，如果故伎重演，再以奇兵制胜的成功率不高。

蓝大首领大怒，骂他们胆小，骂他们都不如哼四少爷，要是哼四少爷还在，他一定自告奋勇，视死如归，出奇制胜。

想起哼四少爷，蓝大首领潸然泪下，大军压境之下，仍然安排人力为哼四少爷等人修建义冢，一来以示表彰，二来鼓舞士气。坟茔落成当日，当众宣读军委会表彰令，追认他为抗日烈士。而军委会统计局方面得到消息，也在第一时间发来电报，追授叫花子为中校总务科长。

正当此时，在临瓯区市集，麻生决定当着大家的面亲自执行死刑。他站到一张肉案上，对着半躺着的哼四少爷，居高临下，举枪的时候，手颤抖不停，第一颗子弹飞到了天上，引起众人大笑，评论他唱歌行，打枪不行，此时摊主郑屠户递过一把斧头，建议就着他这副肉案，把这个年轻日本佬的头颅砍下来，送到瓯城报功。

郑屠户多少有些妒忌地抓过哼四少爷的一头栗色美发，使劲摇晃，说："挂在天主堂钟楼上，让瓯城人都看一看，倭寇的头颅长什么样的。"

对此，看上去要撤到山谷之城的人群中，一位长者看了看被抬上肉案的哼四少爷，一时辨认不清，又盯着头发看，认为倭寇不是这样的头发。颇有学问的长者提起了几百年前，倭寇侵犯瓯越，横行无忌，最后遭遇大败，无数的首级被悬挂在城楼上，据记载，发质都是粗直且墨黑的。

麻生不快，说："那是明朝的事，你看到过？"

长者沉住气，仍然平和，告诉他们，如果这次大败日寇，可以到瓯城看看日寇的首级，一比较，自然就清楚了。

外地人如果能听懂很难听懂的瓯越话，都是因为瓯越人平时说话中夹带不少书面语，比如头颅，通常其他地方的人日常生活中都叫脑袋、头、脑壳什么的，而很少讲头颅的，讲首级的可以说没有，外地人初一听，觉得不习惯，甚至有些刺耳。

果然麻生马上讽刺道："脑袋瓜子就是脑袋瓜子，什么头颅，还什么首级，文绉绉的，没点脾气，没点血性，怎么杀得了日本鬼子啊？"

那位长者反唇相讥，说："你有胆识就拿起斧头砍他脑袋瓜子。"

麻生掂量了斧头，说："砍就砍！"

郑屠户真的递过斧头，麻生却不知所措了，看着肉案上面挂着的猪头，问："往哪里砍？"

郑屠户得意，说："当然是咽喉。"

麻生一愣，又是什么书面语，脖子就是脖子，还什么咽喉。

郑屠户继续指导，猪和人一样，咽喉是最致命的地方，而且见效最快，一刀结果。

那位长者又上前一步，似乎有意阻止麻生，认为此人昏迷不醒，如果真是日寇，砍一个半死的人算什么本事，有胆量等他醒来，问清楚了，不妨砍一个活人。

肉案上的哼四少爷眼皮动了动，但说不出话来。

眼尖的人叫起来："他醒了！"

郑屠户担心哼四少爷滚下肉案，因此摔死，伸出双手猛力一

129

撅，催促麻生："你还不快砍啊！"

麻生又举起了斧头，"我砍！"说着，头上却冒出汗来，又砍不下去，埋怨斧头柄太滑，上面都是猪油。

那位长者似乎急了，认真起来，说要砍也要把他送到瓯城，请长官定夺。你们不想想，瓯城那边仗还没有打，怎么这里有一个日本人被你们这么容易就抓了。

麻生一股怒气正好迁怒过来，猛地连连推了那位长者，说："你什么意思，我看瞧你这样儿就是汉奸。"

混迹在人群中的叫花子目睹了这一切。

当时临瓯区市集上公审哼四少爷，拿着斧头的麻生一直没有砍下去，后来斧头又在手中滑落，引起了围观者的不断嘲笑。麻生不甘心，半闭着眼，抓起哼四少爷的美发，就是一斧头。

全场哄然大笑。

麻生睁眼一看，自己手上抓着的不是脑袋瓜子，而是一绺发着光的栗色头发。

笑声中哼四少爷清醒过来，看到自己躺在肉案上，正要被宰杀，又看到麻生手上抓着自己的头发，大喊了一声瓯城话："你为何要砍我的首级啊？"

在瓯海地区，叫脑袋为头颅的都是下属各县的人，就是相对瓯城的乡下人，包括已经算是远郊的临瓯区。然而将脑袋叫作首级的，一定是地道的瓯城人，也就是老城墙之内的人，而且一定是自认为嚣人之后的人。那位长者不是别人，正是准备假道山谷之城，翻过仙霞岭去重庆的贤者嚣人。原来，誓师大会后，他趁日本前锋还没有发起进攻，乔装离开，路过临瓯集市，刚好看到这一幕，发现临瓯区这位书记员行事冲动鲁莽，很可能滥杀无辜，不禁有心干涉，于是与麻生起了冲突。

此时哼四少爷苏醒过来，尽管脸上都是血，贤者嚣人已经觉得眼熟，这时后面负责撤离学校的饶舌师尊赶到，挤进来一看，一时觉得似曾相识，但哪里知道是哼四少爷，看到麻生手上的头发，不由得笑话他，今天看到的，岂不是割发代首。

饶舌师尊当众背诵曰：

操留荀彧在许都调遣兵将，自统大军进发。行军之次，见一路麦已熟，民因兵至逃避在外，不敢刈麦。操使人远近遍谕村人父老及各处守境官吏曰："吾奉天子明诏，出兵讨逆，与民除害。方今麦熟之时，不得已而起兵，大小将校，凡过麦田，但有践踏者，并皆斩首。军法甚严，尔民勿得惊疑。"百姓闻谕，无不欢喜称颂，望尘遮道而拜。官军经过麦田，皆下马以手扶麦，递相传送而过，并不敢践踏。操乘马正行，忽田中惊起一鸠。那马眼生，窜入麦中，践坏了一大块麦田。操随呼行军主簿，拟议自己践麦之罪。主簿曰："丞相岂可议罪？"操曰："吾自制法，吾自犯之，何以服众？"即掣所佩之剑欲自刎。众急救住。郭嘉曰："古者《春秋》之义：法不加于尊。丞相总统大军，岂可自戕？"操沉吟良久，乃曰："既《春秋》有'法不加于尊'之义，吾姑免死。"乃以剑割自己之发，掷于地曰："割发权代首。"使人以发传示三军，曰："丞相践麦，本当斩首号令，今割发以代。"于是三军悚然，无不凛遵军令。

听到饶舌师尊说话，肉案上的哼四少爷一边努力挪了挪头，一边想到了一件往事。民国二十二年，公历1933年，哼四少爷升学瓯城中学一年级，校长饶舌师尊亲自教授国文，每次课余必讲一成语，因推崇曹操，某日继"望梅止渴"后解"割发代首"。当时就指名哼四少爷读了《三国演义》第十七回上这段内容。哼四少爷想到此事，似乎发出了难以察觉的笑声。但麻生可能感觉到了，勃然大怒，拿起斧子要砍。

贤者器人上前劝阻，说："他活不长了，给他一个全尸。"

"如果他活下来呢?"

"因为他已经奄奄一息,马上要死了。你何必多此一举呢,落个凶残的形象,于你名声不利。"

麻生显然对居高临下、哗众取宠的论调不中听,同时还感觉到哼四少爷必定会活下来,而且活得很长,于是又一次举起斧头,说:"我送他早一点回日本国。"

贤者器人从腰间取出手枪,对着他:"斧子敢要落下,我现在就将你正法。"

这时临瓯区长正好出现,先看到饶舌师尊,再看到贤者器人拿着枪,连忙道:"息怒息怒!"

麻生情知不妙,但仍然强辩道:"我不过砍了他的头发。"

饶舌师尊趁机笑他,说:"头发也是头,也是首级。"

此时,哼四少爷脸朝上,看了看贤者器人,而贤者器人也看了看他,突然走近,细细地观察他的脸,而且伸手在他嘴唇上触摸了一下,神情变得严肃,说:"他不是日本人。"

饶舌师尊这时认出了哼四少爷,说:"他怎么还活着?"

叫花子终于站了出来,说:"你们差点铸成大错!"

当时没有人会知道,那一瞬间,贤者器人内心发生了急剧变化,在他看清楚哼四少爷的脸,触摸到嘴唇上男孩子初长的黑须,回头又看了看麻生手上还抓着的那绺栗色头发时,他猛然想到什么,尽管有多么地不确定,尽管他还没有真正相信,但一丝含糊而强烈的后悔已经猛然占据了他的头脑。

"当时真不应该阻止麻生落下斧头。"几年以后,后悔得到印证,一旦看到了后果,后悔也就成为真正的后悔。

瓯城悼念哼四少爷的种种仪式还在举行之中,临瓯区长等一干人披荆肉袒,押着五花大绑的麻生和郑屠户,抬着一顶雕花大轿,到瓯城请罪来了。

负责维护秩序的雷三瞎子一开始还阻拦,听完临瓯区长的哭求,亲自领着他们去见病中虚弱的蓝大首领,蓝大首领正要动怒,胸口系着小白花的橘子姑娘先看到后面的雕花大轿，奔上去发现里面躺着哼四少爷，霎时哭了出来："他活着！他活着！"

临瓯区长被解除了职务，与新训练的民兵一起，编入前线部队效力。郑屠户当场释放，责令其回到临瓯区组织屠行，奋勇投身抗日战场。至于如何处置麻生，蓝大首领征求哼四少爷意见，怕他心软，提醒说不能就这么把人放了，不然瓯城百姓会借机闹事。

哼四少爷仍然全身伤痛，有气无力，建议让麻生与自己一起参加敢死队，说："他对日本人满怀仇恨，正好给他机会英勇杀敌。"

后来的说法是，贤者器人知道日本人并没有大举进攻瓯城，复电重庆，要求留下来领导抗战，于是亲自送哼四少爷回到瓯城，顺便把麻生收罗于自己麾下。

看到周围愤怒的目光，贤者器人自有格局，他解开麻生的绳索，还表扬麻生警惕性高，东三省学生流亡到瓯越，应当以礼待之，悉心培养，格外关照，怎么能五花大绑，游街过市，这不是污辱人格嘛。一番话说得麻生感动落泪，当场唱起《松花江上》，唱着唱着，抱着贤者器人大哭了一顿。

贤者器人离开瓯城那天，把麻生带走了。然而就是从那次开始，他回到重庆就向国民政府军委会委员长呈交了一份秘密报告。报告首先肯定蓝大首领长期执政瓯越，多有建树，尤其对日作战上堪称积极，赢得一定民心。但他看到了背后的问题，以及问题的严重性。接着开门见山批评道，蓝大首领主义不明，立场不清，在许多重大事项上对中央、对党国存有歧见，导致内部思想混乱，行为松散，管治松动，几与党国离心离德之虞也。特别令人担心的是，当年他保护的赤匪暴乱后人，目前可能都得到重用，如此将后患无穷。建议及早派遣精干忠诚分子入驻瓯境，帮他遏制反对力量和异见人士，彻底阻止共产党死灰复燃。促使他坚定对党国信心，如若不能，削其权力，委其虚职，一俟时机成熟，果断取而代之，终结其统治和影响。

不安一直伴随着他。

瓯越的抗战局势僵持一个月之后，1939年的新年，蓝大首领接到国民政府军委密电：为保全力量，凡我武装人员主动撤出瓯城，退至山谷之城山人地区，于群山之中修筑基地，与各方爱国力量会合，游击日寇，俟机反攻。

　　直到四年之后的1942年冬天，升为日本陆军少将的清津三郎旅团才得以仓皇进入寂静无人的瓯城。雷三瞎子要求留下来配合仍然假扮乞丐的叫花子，与日寇暗中周旋，搜集情报，袭扰破坏，蓝大首领交代他悉心潜伏，行动不要太过积极从而暴露自己，如果有危险，立即离开，撤退到山谷之城。蓝夫人坚持留守天主堂育婴所不愿离开，蓝大首领命令哼四少爷去瓯城接她到山谷之城，但一直不见他们人影，几经查问，原来哼四少爷自己也擅自留在瓯城了。

三　但丁神父的世俗逻辑

接下来出现的反弹让贤者嚣人多少感到意外。首先是邹大维致电内政部，要求下令撤销特别法庭，按照正常司法程序办案，坐实犯罪证据，凶嫌缉捕归案后确定是刑事犯还是政治犯，或者二罪相加，经过审判后才能作出裁决。内政部鉴于国际国内局势和社会大众观感，赞同邹大维的意见。贤者嚣人也没有妥协，作出有力反驳，但压力之下，致电何副长官一通牢骚，陈述理由。再就是瓯城党政军学高层有人公开批评。除了山谷之城籍的官员出于自身动机表示异议外，连原来义愤填膺、一心报仇的蓝长个头和雷三瞎子等人也突然改口为哼四少爷辩护。同时舆论也质疑多过拥护。街谈巷议暂且不管，已经叫饶舌师尊代管的《瓯越日报》，由于一时疏忽，竟然任由编辑钻了空子，发表一连串自由来稿，声讨贤者嚣人的特别法庭违背法制精神，是制造白色恐怖。

贤者嚣人除了召集相关会议，发表公开讲话，维护自己权威，同时，有这么多人关注甚至袒护哼四少爷，使他加重了原来的怀疑，怀疑此人没有离开瓯越，甚至有可能被窝藏在瓯城某个地方，伺机实施新的更危险的行动。行为偏激，血性冲动，是这个年纪最明显的特质。如果背后没有政治动机，是纯粹个人恩怨，从现有的情况判断，饶舌师尊翁媳应该是他最厌恨的，是他心目中的仇人，必然想方设法杀之以泄愤图快。怕就怕背后是共产党，就像杀蓝大首领，报私仇又除公敌，两头兼顾。如此，下一步一定就会对着自己来，就一定有组织协助。破获组织，才能抓住他，才能解除威胁，抓到背后的那些人。因此，他的方针是让他们充分表现，诱使暗中的敌人，也就是幕后指使暴露无遗，然后抓住时机，痛下杀手，一个都不放过，就像二十年前那样，取得完胜。

正当贤者器人思考如何实施下一步计划时，注意到饶柳氏轰轰烈烈投入到有怨报怨的冲动当中，顿时有了主意。饶柳氏的所作所为，对哼四少爷不正是最好的刺激吗？因此，后来他看到她再过激再无耻的行为，也没有加以制止。因为他相信哼四少爷会忍无可忍，会按捺不住，会跳到明处再次出手伤人。那时候法网恢恢，疏而不漏，证据确凿面前，悠悠众口自然堵住。

谁都没有想到，饶柳氏做的头一件事情却是对着死人。这天她趁着天没有放亮，高价雇了几个流浪到瓯城的外乡乞丐，偷偷摸进女子学堂，要把秋思虹的灵柩打开，开棺示众。学校师生闻讯前往阻挡，秋氏家人听到后更是举族出动，最终把棺木迁往秘密之所。

第二件事就是对着活人。

怒气难消，恨意愈甚之际，饶柳氏看到《瓯越日报》发表谴责文章，咬定是上海丽人暗中指使。

之前饶柳氏本不甘心，担任专案组成员后，早就一心要在上海丽人和橘子姑娘两个人身上建立功劳，趁着现在非常局面，正好出一口恶气。至于这口恶气如何出得，却要费一番脑筋。她心里焦急，与饶舌师尊商量，他少不得又支走儿子，对她任意一番，才肯出主意，叫她先做上海丽人的文章。先是放话说，橘子姑娘因为父亲竟然被自己的恋人所杀，沦为苦主，痛不欲生。她没有了依靠，以后对付她也方便，除非跟着但丁神父流落到外国什么苏格兰永远不回来。

然后指责上海丽人同时失踪，明显是与哼四少爷一块逃走的。

如果能寻得罪证，就可以一并通缉，从此也就没有活路了。饶柳氏想起《瓯越日报》为了把自己搞臭，不惜美化秋思虹，不惜讨好哼四少爷，如今又借开棺的事情，颂扬死人，大骂自己，分明是为共产党宣传造势，与杀人凶手沆瀣一气。饶柳氏想象上海丽人的下场，不禁心花怒放，说："就这么让她逃了也便宜她了，抓回来枪毙才对。"之后，饶柳氏怕呆头丈夫回来不好看，催促饶舌师尊穿上衣服，她急着召集几个关系好的姐妹，去一趟古城堡，说："我现在就要去报馆搜一搜。"

饶柳氏率领一帮女人，浩浩荡荡开进古城堡，径直冲进上海丽人的办公室。胡乱翻箱倒柜，找不到有价值的东西，又在壁炉里翻出烧成边边角角的灰纸，一片一片地看，不见有什么文字，最后费工夫拼了碎屑，终于看出一行字，却都是同一个，连着七个都是哼字。饶柳氏不免泄气，但仍不甘心，四下翻找，最后居然发现落在桌底下一张上海丽人与哼四少爷的合照，说："这不是证据是什么？"随后赶到的饶舌师尊看了看照片上的背景，发现隐约还有旁人在照片中，说："这是野外，不是室内。"

"壮男浪女，哪里不能苟且。"饶柳氏恨饶舌师尊帮衬别人说话，啐了他一口，说，"以为都是你这般空心朽木的死了一样。"又指着那堆碎屑，说："写的都是同一个字，正害相思病，见到了，还不是一头扑上去！"

一伙人离开古城堡又直奔五马旅社，非得要进入上海丽人包住的房间。经理因为客人没有退房，当然还要回来住的，不敢开门，饶柳氏顿时来了气，亮出专案组专门的名片交涉，才让开了门。饶柳氏进去，先掀开床单细细看了看，有没有不像样的痕迹，再打开衣柜，一件一件地摸索，说："这些衣服哪里来的，还不都是不三不四的男人们送的。"

饶柳氏其实眼热，决定充公几件好的占为己有，说："这都是通共的赃物。"妇女会的其他人也要拿衣服，经理哪里肯让她们拿走，两边吵了起来，引来五六个房客，知道是上海丽人的房间，也纷纷谴责阻止，有的还出去报了警，又引来一群警察和宪兵。加上围观的人越来越多，场面也混乱起来。等雷三瞎子赶到时，看到饶舌师尊不顾斯文，竟然拿出枪保护饶柳氏暂且离开了。

别人将此事告诉贤者嚣人，但他王顾左右而言他，明显是在默许。但去电吩咐饶舌师尊多花心思管好报纸，还叫他传话给饶柳氏，劝她不要树敌过多，尤其不得冤枉无辜，说："人都已经回上海了。"

贤者嚣人指的是上海丽人，显然知道上海丽人在元旦清晨，趁着浓雾，坐海轮回上海了。

但可以确定的是，橘子姑娘还在瓯城，贤者嚣人说："我要亲自慰问。"

时近黄昏，地平线上一轮落日还没有消失，耀眼的霞光把整个瓯城照映得通红。天主堂广场此时出现了短暂的寂静，树木静止，行人稀疏，只有天主堂的影子倾斜下来，在地面上抖动。贤者嚣人选择人们回家吃饭的时间，独自一人叩开天主堂大门，专程向但丁神父道喜，祝贺他即将荣升红衣主教。之前，他在相关报告中提道：

> 瓯越与别处不同的是，信奉天主教的教民人数众多，传统深广，几乎家家户户都有虔诚的天主教徒，有的全家都是，全村都是，全乡都是信众。身为一方诸侯的蓝大首领与天主堂教区主教但丁神父关系密切，为其所惑有年矣，只要但丁神父教旨一下，瓯城百姓就会万众应呼，或者抗拒国民政府，其时，蓝大首领将何以选择，何以作为？

早几年，但丁神父带着橘子姑娘刚从欧洲回到瓯城，罗马教廷即将册封他为红衣主教的消息就已经广为传播，前来欢迎的信徒从码头延伸到天主堂广场，虔诚地等待但丁神父摸顶赐福。当天瓯城警察局出动了全部警力维持秩序，勉强把各县区赶来的人潮挡在城外。据当时党务和军事部门统计，当天聚集到瓯城的信徒足有数万之众，几乎占到瓯越总人口的五分之一。贤者嚣人在报告中充分运用了这些数据，他心情沉重地写道，以前教徒们信奉的天主，看不见摸不着，虚无缥缈，对政权并无直接的威胁。以前大部分家庭同时挂耶稣和蒋委员长的像，但如今但丁神父这个活生生的人，就是他们心目中的上帝，以致把蒋委员长黑白图像换成了但丁神父的大幅彩照。他对此深感不安，担心一旦但丁神父与某种势力合作，譬如被共产党利用，那么瓯越民众就会信任他，跟从他，以上帝的名义，反对国民政府，反对国民党。所谓民意所向，对民众的主导权落入但丁神父之手，党国在瓯越岂得人心？

据他研判，鉴于但丁神父所持的立场和社会交际，要让他真正站到党国这一边，是相当困难的事，建议在他取得红衣主教之前，要拿出明确果断的解决办法，至于具体什么办法，报告中并没有提及。

但对但丁神父可能被共产党利用的提法，遭到了何副长官的质疑，后来有知情者看到上面长长的一段眉批：共产党是无神论者，不信上帝，信奉马列，神父是他们要消灭的敌人，水火不容，岂能利用！

他的建议被搁置，又是没有下文，又是不了了之。唯有他自己重视此事，专注应对，或许有一天，他应该把但丁神父当作一个真正的对手，或许有一天，上古嚣人的后代要与天主教徒们在瓯越一争高下。

落日余晖，天主堂巍峨如故。瓯城天主教堂本名圣人教堂，圣人是谁，他从来没有去关心过，了解过。甚至时时有一闪而过的想象，天主堂改名嚣人堂，穹顶之下供奉的是四翼鸟图腾。现在看来，想法虽然不切实际，但有朝一日，他或许能在天主堂旁边的空地上，建起一座属于瓯城人自己的庙宇，供奉嚣人先祖，万人敬仰，香火不绝，有朝一日，瓯人诸贤，也共祭其间，甚至自己的塑像也能立在堂上，如此，上古瓯国辉煌得以传扬，器人的优越血脉得以光大，那是何等的美事，何等的荣耀。

此刻，难得的如梦闲境，难得的放纵思绪，贤者器人想象着，好好打量了这座瓯城最高最气派的建筑。这座哥特式和罗马式建筑风格兼有的天主堂，由但丁神父的前任，同时又是设计师的德国人恩特尔神父设计。教堂以灰色花岗岩和钢筋混凝土砌成，表面雕以精致华美的纹案。窗户为半圆拱形，线条流畅，显得庄重而朴素。大门上方设一个巨大玫瑰窗，一侧耸立钟塔，红瓦覆盖的锥形塔尖上竖立一个几人高的巨大十字架，塔内大钟悬起，钟声传彻瓯城，传到海上，传到很远的城外。

按照图纸，教堂应高于百米，但建到一半，"一战"爆发，各国严禁本土资金外流，教堂不得不修改图纸，降低了高度，但塔楼还是建成了原有的高度，因此仍然雄居瓯越最高建筑。后来教堂又出让了部分土地，辟出原来规划中花园的一半面积，用于天主堂广场建设。由此，天主堂成为瓯城地标，成为热闹的市中心。

但丁神父亲自开了门，贤者器人进入教堂，一个高达几十米，估计可容千人的大厅呈现眼前，色彩斑斓的玻璃花窗透射出柔和的光线，大厅东西两侧设有走廊，后面设有两个大祭台和数个小祭台，仰头望去，穹顶上的圣像壁画，炫人眼目，不觉身处另一个世界。

"不用说南京，就是上海也没有这样的教堂。"贤者器人不禁称赞。

但丁神父的回答也仍然友好，说："由于您的光临，蓬荜生辉。"

知道但丁神父对自己签发的判决书不满意，透过多个渠道表达过反对意见，贤者器人不想他有误会，以为自己上门来，是为此事说明，甚至表达致歉的，连忙表示自己不过是来看看就走，主要的目的，一是祝贺他即将到罗马教廷任职，到时怎么为他送行；二是顺便看望蓝大首领的夫人和女儿。但丁神父表示了感谢，接着马上澄清他出任新教职一事还没有最后确定，其实自己也不想离开瓯城，不忍放弃瓯越的全体信众。如果教廷旨意难违，自己人去了，心还是不会离开的。至于蓝大首领夫人，虽然还在育婴所，但已经几年没有会客了，她知道丈夫升天后，一直在房间里祈祷，连他也没有机会跟她交流。

贤者器人沉吟了一会儿，坚持要去育婴所看看，说："多年不见，总是挂怀，现在又遇到大不幸，再不去看看，说不过去了。"

育婴所与教堂虽然同属一个建筑群，也只有一墙之隔，但互不连通，要绕行很远才能过去。但丁神父看到贤者器人态度坚决，坚持陪他过去，到门口时，天已经黑了下来。高墙里面是一排青砖木房，只亮着一盏灯。敲了敲门，没有人应声。

"她真在里面？"

"可能听不到，几十个大大小小的幼儿，晚上她一个人管。"

门开了，跛脚的看门人看到是但丁神父，愣了愣，好像奇怪他这时候来。说明来意后，看门人引着他们进入走廊，到了亮着灯光的房间，怎么敲门，门没有开，一听，里面是诵经的声音，轻得像蚊子叫一样。

但丁神父贴着门，说明是贤者器人。不想，诵经声停了下来，亮光也没有了，房间里一片黑暗，随后传来"哼"的一声。

贤者器人听到，差点后退一步。此时，他相信在里面的确实就是蓝大首领夫人。

最早见到她，是他们新婚时，一个山谷之城山人娶了上古器人的后代，一个正宗的瓯城女子，是何等地令人惊羡。让人印象最深的是，她不像其他器人后代那样多言，她很沉默，别人说了许多话，尤其是自己作为证婚人，可以说巧舌如簧，不吝赞美，而新娘子自始至终一句话也没有，只是轻轻地哼了哼。后面仅有的几次见面，也是一言不发，最多也哼哼一下，最终自己忍不住，告诉蓝大首领："你的太太真不像是我们族人的后代。"

一晃二十多年过去了，蓝大首领的夫人还是这般沉默，除了哼哼，什么语言表示都没有。

其时四周一片黑暗，贤者器人正要表达节哀顺变之类慰问，忽然传出幼儿们的哭声。

但丁神父连忙催促他离开，说："把他们惊醒了。"

贤者器人甚感无趣，从育婴所出来，又提出到塔楼看看瓯城夜景，说："一直想上去看看。"但丁神父前面引路，登上去之后，只见眼下万家灯火，闪闪烁烁，码头城堡，接天连海，远处渔灯，星动荧移，带着咸味的风吹过来，阵阵呼啸，扑面刺骨，连那口大钟也微微摇晃，闷声低气，寒光映射。

贤者器人感慨，说："做一个敲钟人不容易。"又指着下面天主堂广场的司令台，说："一目了然，尽收眼底。"

但丁神父知道他讲这话的用意，说："当时雾太大，什么也看不清，自己专心敲钟，什么也听不见。"

贤者器人趁机话锋一出，希望他不要因为哼四少爷的私人关系，不愿意提供证据。但丁神父一听，脸色严肃起来，语气正式而坚定地声明自己的看法，批评当局缺乏见识，不讲法律，不讲证据，因为他失踪了，就认定他是凶手，说："你们无法证明。"

看到但丁神父如此激动，贤者器人反而显得沉静，挂了免战牌，说："我们的观念不同，我不跟你私下讨论。"

其实贤者器人并不是要真正退让，下了钟楼，提出要看望橘子姑娘，致以沉痛哀悼之意。但丁神父知道他的用意，说："她不是证人，提供不了你感兴趣的东西。"

转到教堂后厅，恰好橘子姑娘在整理圣物，知道贤者器人是来看望自己的，并不热情，只管自己回过头去，继续清理烛台，背对着他，悄声告诉但丁神父，她对这位贤者器人很陌生。

严格地说，橘子姑娘最早是在照片上见到他的。照片上贤者器人坐在中间，由于好奇心，她对跟父亲合影的人产生兴趣，要求父亲给她讲一讲。后来是她记事之后，看到照片上的这个人，骑着高头大马经过城门，向欢迎的人群招手。他率领大军剿灭暴动的赤匪，得胜归来，在人流中，他还让父亲把她抱起来，递给他，与他骑着同一匹马，接受人群的祝贺，当时她连看都没敢看他一眼。

后面押着很多赤匪俘虏，他们一个个光着脚板，衣衫破烂，遍体鳞伤。她隐约记得，自己看到一位有些年纪的女赤匪，抱着一个戴着一顶有红五星的布帽的幼小男孩，缓慢地走在后面。这个小男孩其实应该是比她大，却让母亲抱着，让她感到奇怪。再看时，怎么也看不清他的脸，双手和双脚都是无力地耷拉着，她心想，他可能是死了。

橘子姑娘隐约记得，自己当时还以为，小男孩是因为死了，才感到害怕，需要他妈妈抱着他。

贤者器人察觉到了她的恐惧，用温暖的双臂抱紧她，不停地重复同样的话，说过一会儿他们的头会被砍下来，叫她不要看，太残忍了，太恐怖了，早点回家。他还说，他也不想看，想早点离开瓯城，砍头的事情由她父亲来做了。

但她还是看到了。

她隐约记得，城门上挂满了数不清的赤匪首级，但隐约记得，没有那个小男孩的，没有那个抱他的妈妈的，他们怎么样了，是死是活，她都不记得了。

在这中间，贤者器人为了那个女赤匪的下落与蓝大首领发生了争吵。贤者器人怀疑他把人放走了，但蓝大首领矢口否认，人已经死了，是病死的，而且让但丁神父作证。当然，教会医院停尸房里确实停放着一具女性，但已经火化了。

她隐约记得那个争吵的画面，慈祥的贤者器人变成另外一个人，愤怒而狰狞，充满怀疑，充满杀气。

回想起来，她对这位笑容可掬、神态儒雅的贤者器人由原来的疑惑变成了害怕。因此后来还有一次见面，就是她参加的橘子节上，因为害怕，始终没有抬头正眼看一看他，就连送她一盒巧克力的时候，她也是低着头接过来，连声谢谢都忘了说了。巧克力的味道至今难忘，而这位贤者器人的脸容却越来越模糊了。

看到橘子姑娘穿着一身黑袍出现在面前，贤者器人显得激动，

143

但保持了克制，轻轻地抚了抚她的手臂，拉着她在应该是但丁神父坐的椅子上坐下，然后和蔼地打量着她，神情柔和，絮絮叨叨，充满欣赏。

橘子姑娘礼貌地看着贤者器人，目光中略带惊讶，因为这么多年没有见到，她只能认为他没有什么变化，依旧是照片上的模样，依旧是幼年时见过的模样，依旧是送给她巧克力时的模样，依旧是他跟父亲并肩抗日时的模样，容颜不衰，整洁素雅，慈眉善目。为了掩饰内心的不安，她低下头，抚摸着胸前的十字架，犹豫着自己应该说些什么。

她的思绪回到十年前，记得贤者器人居然打开一盒比利时进口的巧克力，让她挑选吃哪一块，见她迟疑，就帮她挑了一块夹心巧克力，还细细地介绍各种形状的，杏仁的比松仁的好吃，先吃杏仁的，再吃别的果仁的，说："你带回去吃。"

橘子姑娘看着父亲蓝大首领，不知道是否表示拒绝，但父亲鼓励她收下那盒巧克力，于是她低着头，挑了一块杏仁的，很快塞进嘴里。

她还记得当时贤者器人欣赏着她吃巧克力的样子，仁厚地笑了笑，叫她再吃一块，她摆摆手，说我明天再吃。她不记得那盒巧克力是什么时候吃完的，但那味道一直没有忘记，只有吃巧克力的时候，才会想起父亲的这位兄长般的友人。在英国期间，但丁神父给她吃过专供军队的那种简装巧克力，她清楚地记得，他还说了一句比较突兀的话，贤者器人送她巧克力，是在赎罪，说："因为他是个刽子手。"

"为什么?"她感到吃惊，但当时但丁神父没有回答她的问题。

此刻，她想，这个答案恐怕要自己去寻找了。

贤者器人叫其他人都离开，包括但丁神父也回避一下。客厅里只有她和他两个人时，贤者器人收起了笑容，神情突然显得认真，问道："你应该知道谁杀害了你阿爸。"

橘子姑娘的表现显然出乎贤者器人预料。

144

她沉默了很久，摇摇头，就要离开去找但丁神父。

贤者嚣人站起来，一脸威严，说："你的阿爸不能不明不白就这么死了。"

橘子姑娘突然走回来，说："我没有看见他杀人。"贤者嚣人看到她如此态度，有些失望，但他恢复了仁慈的神情，表明了自己的态度，认为此事她多少应该知情，如果想不起来了，叫人帮她想，说："你阿爸还想把你嫁给他。"

这时但丁神父走进来，说橘子姑娘心思安宁，正靠近天主，希望不会受到干扰。

"怎么真的要出家了？"贤者嚣人早就听说过，当时橘子姑娘对取得瓯越橘子节桂冠这样的事并不怎么兴奋，反而对自己怎么能成为一位修女，能够为上帝服务更有兴趣。

橘子姑娘没有回答贤者嚣人的问题，此时她想到了哼四少爷。

面对橘子姑娘的心意，但丁神父虽然深受感动，但认为不切合实际，劝她必须冷静。因为当修女是件严肃的事，首先要发愿。

当时哼四少爷替沉默不语的橘子姑娘问道："什么是发愿？"

但丁神父语调沉重地作了讲解，所谓发愿就是发贞洁、神贫、服从三圣愿，中间有暂愿，就是暂时的，也叫初愿，有一限定时期，如一年的或三年的；终身愿，就是终生的，一辈子的。首次发愿叫发初愿，也就是暂愿，暂愿期满后，如要再续愿、叫复愿，直到最后发终身愿，发终身愿意味着失去一个女性的一切。但丁神父看了看橘子姑娘，又意味深长地注视着哼四少爷，强调了一句，说："修女是不能结婚的。"

橘子姑娘背朝着哼四少爷，说："我就是不想结婚。"

但丁神父看着哼四少爷，有些幸灾乐祸，笑了起来，说："你不结婚，爱你的人会失望了。"

橘子姑娘又转过身来，朝着哼四少爷哼了一声，说："我就是让有人不高兴。"

瓯城并没有修道院，这事后来没有再提起，似乎不了了之，然而在橘子姑娘从英国回来之后，在蓝大首领被杀之前，又突然再次询问有关修女的问题。对此，但丁神父解释得更加详细也更加复杂，描绘得也十分可怕。要成为一个修女，必须是五年以上的教友，先写申请书交到初学院，经过面试，在初学院上六年，在此期间，每年都要发一次愿，六年后发永愿。修女之间互称某某修女，等变成老修女，会被称为老姑奶奶。她们过着集体生活，也会去社会上工作，但工资会交给修道院，说："将清苦一生。"

但丁神父试图努力打消她的这个念头，希望她知难而退。

橘子姑娘并不气馁，说："我二十年前就已经洗礼了。"她指的是1928年，她母亲离开家搬到育婴所的时候，带着她一起洗礼的往事。

"她把自己献给主，但也不是修女。"但丁神父其实知道她积极参加瓯城读书社的活动，劝她安心做自己的事业，说，"中国没有初学院，连个像样的修道院都没有。"她没有条件当修女，虽不当修女，但仍然是天使，天主会喜欢她的，不当修女，照样可以为人民大众造福。

橘子姑娘会心地露出笑容，但当着哼四少爷的面，仍然坚持，指着西北方向，说："您说过离瓯越不远，就有一个修道院。"

但丁神父变得不那么愉快了，他想说什么，看了看哼四少爷，点点头又摇摇头，说那间修道院已经不存在了，然后一连串英语夹着意大利话，急切地阻止橘子姑娘继续追问下去，仿佛生怕她真的会寻找过去。

橘子姑娘陷入沉思，然后就开始一根根点燃蜡烛，烛光之下，神情专注，再也没有说话。

贤者嚣人悻悻然离开了。他见到蓝大首领夫人，本来想看看育婴所现状，询问一些往事，比如1928年收养的孤儿，都去哪里了，如今怎么样，比如得了白喉的那个男孩，当时是不是真的死了，埋葬在哪里。本来还想从但丁神父那里，问一问那个男孩的母亲，当时是不是他亲自送去火化了。见到橘子姑娘，还想问得更多，不想

146

她竟然维护可能杀害父亲的凶手，也让他大失所望。

但丁神父送他出来的时候，说了一番感谢的话，感谢他对自己的祝贺，感谢他慰问蓝大首领夫人和橘子姑娘，但希望他没有别的什么目的，希望他公正对待哼四少爷，必要的时候还他清白，彰显法律，希望他给瓯越人民和平安宁的生活。贤者嚣人深以为然，表达了相同的愿望，但回来之后，对但丁神父的敌意难消。想了一夜，所谓先礼后兵，自己礼到了，接下去就是兵了，一早就嘱咐麻生再去天主堂看看，最好检查出什么问题，说："仍然要注意分寸。"

当天麻生去天主堂拜见但丁神父，一身武装，前面是佩枪，后面别着斧头，结果被看成不受欢迎的人，但丁神父把他请出教堂，并用苏格兰方言，或者意大利语警告他，希望他不要再来。因为让他想起了墨索里尼的意大利法西斯，想起了希特勒的纳粹德国法西斯，想起了日本法西斯的军国主义者。

麻生没有听懂但丁神父所说的，看到他情绪如此恶劣，感到他发出的言语也可能极其恶毒，顿时一股恶气涌上心头，吐不出来，要求但丁神父用中国话再说一遍刚才说过的话。

陪同他的郑屠户是一个虔诚的天主教徒，担心麻生面子上过不去，跟但丁神父翻脸，连忙劝他不要得罪天主堂，更不可以得罪但丁神父。郑屠户与麻生算是故交，此前刚由临瓯区派出所所长调任瓯城警察局副局长。当年他被派回临瓯，组织屠行义勇队，杀死杀伤了一些日本人和汉奸，威震一方，抗战胜利，论功行赏，郑屠户当上了区派出所所长。这次麻生回到瓯城第二天，就想到了他，经请示贤者嚣人同意，把他提拔到了瓯城警察局。

但丁神父说："好吧，我再说一遍。"但要先请他出去，到外面说，自己保证会一字不差地用中国话，或者瓯城土话向他重复一遍，也许他会愤怒，也许他会拿出他的斧头，说，"但我不会害怕。"

四　斧手麻生的情天恨海

麻生喜欢穿着笔挺的制服出现在需要出现和不需要出现的地方。

据说这身衣着是贤者嚣人赠送给他的，完全是将军服的面料，只不过是没有肩章和领花。因为麻生是东北满人，本是满族八大姓氏的费莫氏，后改成麻姓，人长得高大，一身簇新的呢质军服穿在他身上，显得笔挺、帅气。这自然引来一些青年女子的目光，性格开放的还跟他主动搭话，但他却不肯搭理她们。

原来他心里一直想着一个人。

其实麻生早就想去天主堂，而且非常着急，主要是想见见心里一直想见的橘子姑娘。

这些年，不知道麻生情有独钟的贤者嚣人，几次提到过蓝大首领美貌聪明的女儿橘子姑娘，说如果以后有机会回到瓯城，会让他见见，说："怕是女大十八变。"

贤者嚣人似乎言者无心，麻生却怦然心动。

当年他离开美丽的东北，一路颠沛流离，辗转到了语言不通，水土不服，如同蛮夷之地的瓯越，衣食无着，形同乞丐，绝望之际，决定做蹈海之举，一死成名，震惊国人。幸好蓝大首领及时关注到他们的情况，指示民政局会同财税局、文教局收留这些流亡学生，拨付专项资金，组织培训班，愿意读书的读书，愿意工作的工作，愿意参军的参军。麻生参加的是青少年干部培训，拟定分配到瓯越所属县区公所担任文书或者财务。

民国二十七年，公元1938年，阳历十一月，阴历十月，又一届瓯越橘子节举办，麻生等流亡青年对国难当头竟然还举办选美活动的荒诞之举十分不满，相约抗议阻止。不想一到现场，就看到一位天生丽质的少女正在背诵屈原的《橘颂》，其声似歌，有如天籁，麻生的身体仿佛被雷电击中，颤动不已，全然忘记了自己来的目的。

当时他想了很多，想鼓起勇气走近她，与她说话，告诉她自己的名字，甚至给她送上路旁的菊花，然后引吭高歌，用自己的声音打动她，让她记住自己。最好，他们从此认识，从此交往，以待时日，男欢女爱。最好，有一天，带她回到东北，看看自己壮美的家乡，看看一望无尽的森林草原，看看漫天飘洒的大雪，看看炊烟在雪国里缭绕的美景。

正当他展开美好遐想的时候，正当他要靠近的时候，他和其他流亡青年就被不留情面的警察赶了出去，他因为手捧菊花，受到更为严厉的对待。雷三瞎子还把他的野菊花丢在地上，踩成一团，严正警告他，菊花是葬礼上用的，你不如索性送一个花圈诅咒我们。原来深秋时分，瓯越百花凋落，草叶荒疏，柑橘青涩，但唯独菊花开放，而依照风俗，菊花是献给死者的。他拿着一束菊花出现在现场，自然被视为一种挑衅，甚至是亵渎。因此，其他人接受完训话就被释放了，他却要被拘留，幸好嘉宾中有人出来替他说话。此人德高望重，不仅为他说情，还勉励他，说自己非常喜欢菊花，因为菊花是非常之花，野生处处，顽强开放，说着还吟诗一首赞扬：

　　　待到秋来九月八，我花开后百花杀。
　　　冲天香气透长安，满城尽带黄金甲。

麻生遇到了贵人。

幸运的是，其他人都被派遣到僻远的瓯南，或者贫困的山人地区，他却被分配到瓯城西郊的临瓯区。后来得知，为他说情的正是那个吟诗的嘉宾贤者器人，一个喜欢菊花的贵人，说："人还没有发育健全，还是一个孩子。"

后来麻生从《瓯越日报》上看到，那位少女拿到了本届瓯越橘子节橘子姑娘桂冠，还知道这位少女是瓯越最高长官蓝大首领的女儿。自己与她地位悬殊，可望而不可即。但他对她的情愫挥之不去，千方百计想再见她一次，向她道别。其时，野菊花遍地开放，他鼓起勇气，胸中豪情满怀，决定找到她，向她陈述自己的人生理想和努力方向，为了证明自己今后将成为一个顶天立地之人，用最响亮最纯正的国语向她朗诵那首唐朝黄巢的《不第后赋菊》。

然而美好的愿望被粉碎了。

他看到她与一个少年并肩谈笑，从他身边经过，走进挂满金灿灿果实的橘林深处，久久没有出来。那一刻，他明白了自己的身份，自己的境地，不用说走近她，亲近她，就是仰而视之，远而观之，都不可能了。他整个人顿时凉了下来，如同童年时他有一次掉进冰窖里的那种感觉。

这一凉就是许多年。

这次他以完全不同的身份回到瓯城，快半个月了，没有看到橘子姑娘的影子，也怕看到她的影子。他没有问贤者器人，也没有向别人打听，却在雷三瞎子一次为算盘老二说情的时候，听到他提起橘子姑娘。

雷三瞎子极力主张不能追究算盘老二，认为他绝不可能是共产党，他的所作所为是在帮橘子姑娘，而橘子姑娘怎么会是共产党呢？

尽管宪兵司令部的叫花子也赞同雷三瞎子的说法，但刚兼任警察局局长的邹大维是个认真之人，他查到税警团闯入模范监狱企图带走的在押犯，都是读书社骨干成员，是贤者器人亲自确定的政治犯，橘子姑娘只是迟了一步，没有成功。最后居然冲到海边，阻止了行刑，明目张胆地把本来可能被枪毙的几十个死囚救走，一路送进了大山里。作为税警团的兼职团长，算盘老二难逃其责。现在雷三瞎子为他开脱，却说到了橘子姑娘，不由得警觉，说："如果有关联，那就谁都不能放过，古今中外，劫法场谁都不行，谁都不能够被饶恕。"

麻生听到橘子姑娘的名字，眼睛一亮，压制已久的欲望猛然升腾，此刻他想马上知道她的去向，问雷三瞎子："哪里去找人？怕是早就不在瓯城了。"

雷三瞎子也不怕那位邹大维，瞪大眼睛，撩着袖子，一副要与人较量的模样，说："她人就在天主堂，帮但丁神父料理事务，你们谁敢骚扰她试试？"

邹大维初来乍到，一心只想着抓人，也不示弱，说："如果有劫狱嫌疑，她就是天主的女儿，也要抓，也要审问清楚。"

说虽然这么说，但一直都没有动作。

真是天赐良机，贤者嚣人从教堂回来以后，不停地感叹橘子姑娘父亲不在了，自己就是父亲，会安慰她，关照她，然后马上交代麻生专门去天主堂检查，明确叫他去把橘子姑娘请来，说："不得耽误。"

麻生在十分意外的情况下得到这个差事，激动得目瞪口呆，为了壮胆，也怕有什么闪失，特意叫上天主教徒的郑屠户一块去。

面对但丁神父毫不留情的逐客令，他并没有恼怒，更没有抽出斧头，而是出奇地平和，保持着和颜悦色，连郑屠户都感到吃惊。此时，麻生内心已经完全被喜悦笼罩，这种喜悦来自他的一种美好感觉。可以断定，瓯越橘子节桂冠获得者橘子姑娘到现在为止，没有成为什么人的妻子，而今身处教堂，必定心如静水，必定不会是什么人的恋人。

原来，机会之神一直等着自己。

不管但丁神父怎么想赶走自己，麻生显得有礼有节，一再坚持要跟忙着清理烛台的橘子姑娘说上几句话，把贤者嚣人的意思转达到，然后再离开，说："不然我回去无法交代。"

他刚刚进来时，就看到一个人从头到脚裹着长袍，一直背对着他，一直不厌其烦地擦着烛台，他就感觉到她就是橘子姑娘，但又不敢断定是她，但丁神父说话时，她回了回头。

橘子姑娘只露出了两只眼睛，眼神溢着寒意，目光投过来，冰冷冰冷的。麻生浑身一凛，身体仿佛冻住了，一动不动。这就是当年的那个眼睛热烈、清纯、深邃的少女橘子姑娘吗？他愣愣地看着她，橘子姑娘献身教会的情形，清心寡欲的模样，依然如天使般的神情，更证实了自己的判断，他心目中的橘子姑娘依然是纯洁的，神圣的，是不容他人染指的。

但丁神父还想阻止，用英语说道："别理他，他是法西斯。"

橘子姑娘语调平静，说："你找我？"

麻生侧了侧身，努力克制自己的激动，连连解释，是贤者嚣人叫他来找她的。

橘子姑娘似乎没有认出他就是当年手捧野菊花，被赶离橘子节比赛现场的流亡青年。

橘子姑娘忽然哼了一声，想说什么，但她又冷静下来，又什么也不说了，脱下长袍，坐上麻生开来的吉普车，离开了天主堂。

但丁神父送她到门口，拍了拍车顶，警告麻生，说："如果二十四小时不让她回来，我就到旧将军衙门找她。"

贤者嚣人安排帮助橘子姑娘恢复记忆和开口说话的那个人，不是主动请缨的麻生，也不是宪兵司令部的叫花子，而是邹大维。贤者嚣人如此介绍他，当年邹专员在何副长官的资助下到奥地利留学深造，天资过人，品学兼优，那些导师都很赏识他，特别值得一提的是，他听过精神心理学家弗洛伊德的课，因而是师出名门，学成归来，服务祖国，其特点是善读人心，懂得科学，讲究法制，推崇事实，尊重人权，绝对不会搞严刑逼供那一套。他一定会好好帮助橘子姑娘，抽茧剥丝，厘清案情，以事实为依据，以法律为准绳，最后铁证如山，找出罪魁祸首。

橘子姑娘的反应却是令人意外。她平静地等待贤者嚣人说完之后，才十分有礼貌地开了腔。首先对此深表感谢，表示自己会配合调查，随后表明了自己的态度，甚至有些像事不关己地解释说，因为但丁神父升任大区主教就职典礼欢送仪式几天后要举行，她这段日子不能离开天主堂，也没有更多的时间和精力配合他们，希望能让她尽快离开。

贤者嚣人坚持要挽留她在旧将军衙门，这里原来就是她父亲的官邸，叫她尽管安心，但丁神父那里，他会说明，说："瓯城这么多信徒，不缺帮忙的人。"

当天，橘子姑娘留在旧将军衙门的楼院里，住的是父亲办公的那间房子，正面朝南，玻璃花门窗，地毯沙发，除了中式雕花大床，其他的摆设都是西式的。墙壁上还挂着父亲的各种照片，其中还有跟自己的合影。住进这个房间，自然要想起父亲，橘子姑娘关好门，拉上窗帘，瘫坐在地板上，无声地哭了起来。

这显然是邹大维的精心安排，是对橘子姑娘心理战的一部分。麻生发觉后，与他有过争论。认为这个办法过于残酷，会严重折磨人的精神，如果这样对待她，他会跑到天主堂，告诉但丁神父，让他出面把橘子姑娘带回去。但邹大维表示自己会做得很文明，希望麻生不需要有什么顾虑，更不要在旁边添乱。

麻生看到说服不了邹大维，果然就去了天主堂。但丁神父感到麻生是好意，也就忍住没有冲他动怒，也没有马上跟他过来，但提醒他，橘子姑娘谁都伤害不起的，如果说好的二十四小时不让她回来，他会控告他们。

麻生赶回来时，邹大维刚刚与橘子姑娘见面，他的催眠术刚刚开始起作用。

神情迷乱的橘子姑娘提供的信息仍然比较模糊，连当时在场到底有几个人，每个人到底都站在什么位置，当时都在干什么，等等，说法含糊，前后矛盾。邹大维也及时提示，不断质疑。

说到浓雾，邹大维表示了怀疑，说："外面的雾气怎么会弥漫在营帐里面？"橘子姑娘解释，冬天的迷雾被海风吹来吹去，还会渗进每一座房子，到处弥漫，无缝不入，说："你在这里待上一个冬天，应该能感受到的。"

说到枪声，邹大维认为清晨万物寂静之时，一声枪响，由鸟铳发出，虽然微弱，也会惊天动地。橘子姑娘随即解释，因为当时教堂的钟声刚好响起，那可是洪钟巨响，钟声自然掩盖枪声，充满人的耳朵，再说只是一把古董砂子枪。

说到刺客的行踪去向，邹大维质疑橘子姑娘，为何没有看视受重伤的父亲，而是匆匆离开，跑出很远，到底干什么去了？

橘子姑娘没有迟疑，一口咬定，自己作为一个女儿，对凶手仇恨心切，跟着一个人追刺客去了。

"一个人？一个什么人？"

橘子姑娘没有立即回答，想了想才说："雾太大，看不清。"况且，她当时穿着高跟鞋，怎么跑得过别人，说着，突然显得肯定，提到哼四少爷，他也是去追凶手的，说："就是他吧。"

橘子姑娘的这句话，让邹大维一时说不出话来，顿时出现令人难堪的安静。

分别在左右隔壁房间里监听的是麻生和叫花子。麻生时刻感受到橘子姑娘被逼问时的心情，担心在催眠的情况下她会吃亏，如果不是忌惮贤者器人，他早就想进去，把橘子姑娘从催眠术中唤醒了。

而叫花子第一时间在贤者器人面前发出讥笑："邹大维的心理战失败了。"

贤者器人知道情况，也觉得邹大维的那一套没有什么作用，踌躇之际，不禁想到饶柳氏，于是很快就叫来饶柳氏，叫她和叫花子同时准备好各自的审问方案。叫花子倾向于相信橘子姑娘的回忆，哼四少爷有可能也是追人去的。饶柳氏对邹大维的方法嗤之以鼻，也怀疑叫花子别有用心，主张把橘子姑娘转移到阴暗森严的专门审讯室，动员一些最新的刑具，调配最凶恶的打手，当然除非万不得已也不一定要动真格的，主要是起到吓唬作用，一个千金小姐，若非共产党，若非有坚强的信念，绝对受不了这样的苦，经受不起如此的恐吓。

贤者嚣人不完全赞同饶柳氏的方案，说要论信念，橘子姑娘是虔诚的天主教信徒，天主在她心中，自然不会惊慌。严刑拷打是最后的办法，是没有办法的办法，说："而且丧父之痛犹在。"

而麻生的内心有自己的挣扎。他之所以想迫切加入审问，是因为他想知道一些别的事情，想在温和自如的交流中，听到橘子姑娘对这些事情做出合理的解释，从而打消自己的疑虑，解开多年的心结，以便让自己敞开心扉，重燃激情，用全部的爱，追求橘子姑娘。

然而一开始邹大维的审问是那么费时，那么私密，因此他比别人都要心焦，估计但丁神父给出的二十四小时，都被邹大维占用了还不够，与其让他和橘子姑娘整个晚上都待在一个有床铺的房间里，不如让但丁神父把她带回教堂。面对着一个年轻美丽，又处于痛苦和寂寞中的女性，如果谁动了歪心思，利用什么催眠术搞什么下流勾当，岂不危险。所幸，邹大维到底是留学生，虽然没有什么进展，但最终像个谦谦君子，没有什么无端迁怒的行为。邹大维刚刚出局，没有想到来了一个一肚子坏水的饶柳氏，一门心思要加害橘子姑娘，麻生不禁越想越恐惧，顾不得请示贤者嚣人，再次跑到天主堂找但丁神父。但丁神父还是没有马上来接橘了姑娘，只给贤者嚣人打了一个措辞强烈的电话，贤者嚣人则心平气和地说明自己的用心。他希望把橘子姑娘再留一个晚上，明天一早送她回来。因为他不想让别人插手，如果有人把她当成共产党嫌疑，把她送到南京或者台湾什么地方，就被动了。

贤者嚣人也看出了麻生的态度，有心关照他的情绪，说："你去交流交流吧。"

麻生在饶柳氏后面，得到了审问机会。一开始，麻生像一个滔滔不绝的倾诉者，更多是在说自己，介绍自己家乡东北抚顺，地名是明代开国皇帝朱元璋起的，有瓯越溪流一样湍急的红河峡谷，有世界上最大的露天煤矿，有漫山遍野的木兰花，还盛产珍贵的琥珀宝石等一些美好的情景和事物。

"琥珀?"

听到橘子姑娘自言自语的发问，麻生两眼发光，抓住时机，滔滔不绝谈论起琥珀。琥珀分为海珀和矿珀，海珀以波罗的海沿岸国家出产的琥珀最著名，而矿珀主要在抚顺，产于煤层中，与煤精伴生，说："最美丽的女孩应该配最珍贵的宝石。"

说完又看到橘子姑娘其实对琥珀兴趣并不大，麻生脑子一转，马上言归正传，诉说自己如何在关内流浪，最后如何到瓯城才安定下来，其中特别感谢蓝大首领的收容，他才没有饿死，才有后来的投身革命，参加抗日。他还特别提到跟着贤者器人的八年里，自己如何得到锻炼，如何见多识广，如何成长为一个忠实的三民主义信徒，以后将如何前程光明。

似乎催眠术对橘子姑娘的作用还没有完全消失，她半垂着眼睛，迷迷糊糊地嗯嗯着。麻生停止说话，安静片刻之后，咽咽喉咙，说："我一直想问一个问题。"

开始打盹的橘子姑娘抬了抬头，吸了吸鼻子，原来她闻到一股香味，睁开眼睛看到麻生递过一杯早已准备好的咖啡，放在她面前，说："等你喝几口，再问吧。"

橘子姑娘关注着咖啡杯子，伸手碰了碰，但神情显得警觉，说："问吧。"

麻生看着她，有些局促，说："你一边喝，我一边问。"

橘子姑娘端起杯子，喝了一口，又喝了一口，说："好吧。"

麻生放松了许多，压低声音，像一个单纯的、充满好奇的孩子，问她是不是记得，他们第一次见面，是什么时候，是在哪里，说："我想知道。"

橘子姑娘又喝了一口咖啡，然后看了看麻生，努力回忆着，点了点头。

麻生精神一振，说："想起来了？"

橘子姑娘又喝了一口，说："昨天你到天主堂来找我，我们见过。"

麻生连忙摇头，说："我说的是以前。"

橘子姑娘有些诧异，她不知道以前是什么时候。自己于1942年深秋离开瓯城，离开中国，去了英国，于1945年深秋回来。这中间好像再没有见过，至少没有像样地见到过。于是她很确定地告诉麻生，自己没有见过他，但她知道有许多流亡学生在瓯越工作，显然，他是其中之一。

麻生神态急切地提示她，自己知道，她是瓯越橘子节的橘子姑娘。

橘子姑娘恍然，说："我知道了。"当时他们到天主堂现场举行抗议活动，说："当时我就想，你们真勇敢，你们做得对。"

麻生有些兴奋，说："我是其中的一员。"

橘子姑娘醒悟过来，哦了一声，说："那我们算见过了。"

麻生充满期望，问："你看到我了吗？"

橘子姑娘努力搜寻记忆，摇摇头，感到抱歉，自己没有对哪个人有特别的印象，她当时看他们都一样，一个个都是个头高高的，一个个说话都很顺畅，一个个都很激动，说："我为你们骄傲。"

麻生对橘子姑娘的这番话有所感触，却不太满意，但极力保持风度，说："你自然不该对我有印象，一个外来人，一个穷学生，何况你当时还小，才十六岁吧？"

"十三岁不到。"橘子姑娘纠正道。

麻生感到惊诧，叹了一声，十三岁。沉默了一会儿，他忽然又激动起来。自己对她有印象，亲眼看到她走进了橘林，走进深处，时间很久。

"我？"

麻生终于拿出勇气，说："还有一个人，他是谁？"

当时，橘子姑娘手中的杯子摇晃了一下，有少许咖啡溢出来，湿了她的手指，麻生拿出手帕想帮她擦干净，但被拒绝了。

她把杯子放回桌上，说："你想问什么？"

麻生涨红了脸，他没想到自己这么一问，把她吓住了，而且可能让她生气了，但他想自己既然问出口了，理应得到一个回答，于是又提示她："是一个男人。"

听到了这个关键词之后，橘子姑娘再也没有回答他的问题，她站起来，准备离开。这时贤者器人进来，可能又接到了但丁神父的抗议电话，吩咐麻生："你送她回去吧。"

于是，麻生想了多少年想问的问题戛然而止，没有得到最终的答案。他把问题暂时憋了回去，按照贤者器人的要求，送她回教堂。

快到天主堂广场的时候，他停了车，送给她一盒德芙牌巧克力。这件礼物是他几天前用祖传的琥珀串换来的。光绪二十七年，也就是公元1901年，抚顺露天煤矿开采，琥珀伴随着煤精，被开采出来。他的祖父与人合伙开设琥珀雕刻、销售的商号，生意兴隆，传到父亲时，遭遇九一八事变，商号被占，家破人亡，逃到关内。他一直珍藏着这串祖父亲手雕刻的琥珀，哪怕沿街乞讨，他也没有把这串琥珀变卖。

看到橘子姑娘心不在焉、神情游离的样子，麻生愣了大半天，只好收回巧克力，又提出请她看电影，然而橘子姑娘也谢绝了。她已经看过了，不想再看第二遍。麻生本来想追问，你跟谁一起看的，但他明智地保持了沉默，当场把好不容易买到的电影票送给了别人。

如同最早送她德芙牌巧克力，哼四少爷也是最早请她看这部电影的人。

这是一部美国电影，叫《卡萨布兰卡》，几年前就在瓯城上映过，不过当时是英语对白，这次重新上映，配上了中文字幕。她不是自己一个人去看的，陪她去看的人是哼四少爷。当时她已经加入瓯城女子读书社，那天听了秋思虹讲解《红楼梦》，免不了推及自己，感伤宝黛之悲，情绪低落，心生悲观，担心会不会如宝黛那样，无果而终，不会成立家庭，不会结婚生子，担心哼四少爷有一天会真的云游上古谷口哼人祖先城池不再回来，永难相见。

她想把心里的话，在看完电影之前或者之后，跟哼四少爷说一说。

结果哼四少爷迟到了，电影院的黑暗中，谁都没有跟谁说话，看完电影之后，两个人走了一段路，哼四少爷不断地哼哼着，哼着电影的主题曲《星夜兼程》，她想说的那番话，最后还是没有说。走着走着，教堂钟声响起，只见满天的繁星一层一层，明亮遥远，数不胜数。

今天麻生提起这部电影，她的耳畔响起哼哼声，仿佛就是《卡萨布兰卡》的主题曲《星夜兼程》。

橘子姑娘同时拒绝了德芙牌巧克力和《卡萨布兰卡》电影，使麻生感到很失败，长吁短叹了一个晚上。贤者嚣人看在眼里，专门找了一个时间，叫他一起吃饭，并叫邹大维、叫花子和饶柳氏等人作陪，席间，赞扬他工作卓有成效，特别是对橘子姑娘的审问取得了突破。

连麻生自己都不解如何取得突破，面对敬酒，端着酒杯不敢喝下去。

贤者嚣人一笑，说："你问到了一个人。"

"谁？"麻生愕然。

"你追问之后，问到此人，以后心思用在此人上。"贤者嚣人不喝酒，但喝茶，他喝了一口茶，说，"黑须栗发，狭路相逢。"

次日，贤者嚣人叫麻生陪同，到当年的那片橘林转了几转，提示他回忆当时看到的情景：橘子姑娘与一个栗发微卷、唇须初浓的少年进了橘林，走进深处，时间很久。

回忆不想回忆的人和事是痛苦的，麻生没有辜负贤者嚣人的期望，他克服了痛苦，说出了这个人可能是谁，说出了他为什么会拿斧头去砍死一个人，说出了他此次回到瓯城却始终没有见到这个人的心中困惑。麻生摸着背后的斧头，说："是他，就是他。黑须，栗色，我都没有忘记。"

这其实正好解开了贤者嚣人的满心疑惑，这种疑惑一直找不到原因，不知道为什么，几乎使他失去方向，陷入困境，贻误大事。他相信，自始至终，或许就是这个人，本来应该死于二十年前的那个男孩。

五　哼四少爷的苍岭古道

1938年命不该绝，一活，活到1949年新年，被判处死刑的哼四少爷，独自进入了宁静的天台山麓。

他爬到半山腰时，突然看见天台寺的山门打开，从里面走出一队巡山的僧侣和乡丁，吵闹声和香客们的唱佛声，打破了周围的宁静。哼四少爷停下来，在碧绿的茶田里驻足了许久，然而他并没有进入寺庙，想到遇见认识自己的和尚，而且一定会热情邀请他到方丈那里用斋饭，他趁他们没有注意到他，转身下了山，原路折返，往西而下，直到夕阳西下，才停了下来。

到了第二天，他依然在迷雾中摸索前行。太阳悬在头顶时，但见奇峰怪峦，风景峥嵘，似乎神仙居住之地。细看之下，果然就是仙居境内。人们猜想，他没有在此停留，而是一路蜿蜒向南，再翻越几道雄岭，已经是括苍山麓，此地天风正劲，烟雾尽散，此时晨曦初露，已经又过去一天了。他在峰顶蜷缩了许久，接着用了一整天工夫，翻过了山峰，一番笑对崎岖，顺坡而下，这群山的北面，却是另外的风景。

哼四少爷没有从海路离开，也没涉过水渚之野进入山谷之城。杀死蓝大首领的消息一定在那里广为传播，通缉布告一定已经在山谷之城的古樟上张贴。如果去那里，他将变成一个逃犯，一个敌人，百口莫辩，寸步难行，何况他只能哼上几声，不愿费任何口舌，解释来龙去脉，说明事发经过。最主要的是，他不能将祸水引向山谷之城，连累父老乡亲，就像发生在1928年冬天的那场惨痛悲剧，最终带来灭顶之灾。

一路遇到的人多了起来，口音语调已经大不一样，他并没有问路，经过驿站，也不作休息，连水都没有喝一口，就朝着苍岭古道，快步疾行。

元旦早晨，他与橘子姑娘分开之后，在浓雾中消失了很久，中间突然受到指引，而且随着一个人影，人影消失之后，他捡到了一样东西。这样东西从雾气中飞出来的瞬间，他断定自己看到的是一条抛物线，说明扔东西的人在很远的地方。奇怪的是，东西落在石块垒起的海堤上，没有太大动静。他起先以为是一条被海浪拍上岸的梭子鱼，后来又以为是一件投向自己的凶器，因此迅速地用脚一踩，然后才捡了起来，原来是一枚金光闪闪的十字架。

再细细一看，上面刻着一个奇怪的拉丁文字，他一时没有读出来，不免陡生疑惑，因此对着浓雾哼了一声。

"你让它物归原主。"

"但丁神父?"哼四少爷试图寻找迷雾中的身影，但没有得到回应。后来出现在他面前的是披着教袍、用围巾蒙着脸的蓝大首领夫人。她递给他一张保存完好的照片，说："里面有你的母亲，头发淡淡的那个。"说着，放下一样东西就消失了。此时，扑面而来的是更浓的浓雾，沉重而湿润，几乎把他的灰白长衫浸透了，水珠一颗比一颗大，流出他的发尖，落在地上，像一串串珍珠。他走了过去，发现地上叠放着一件黑色教袍，一看，正是平时但丁神父穿过的。心中一暖，不禁打了个战栗，于是连忙脱下湿冷的长衫，换上教袍，顿时没有了寒意。

就这样，几乎是纯金的十字架挂在胸前，他完全是一个年轻的神父打扮。如此，后来他在一个瓯境之外的地方，一个名叫壶城的修道院里，遇到了一个有关自己的重大秘密，这个秘密之所以重大，是因为其程度不亚于谷口哼人城池遗址考据给他带来的震撼。

那一刻，大海是平静的，没有风，没有浪。哼四少爷转过身，背朝着可以载着他顺利离开的古老帆船，怀里揣着金十字架再次进入浓雾之中，又在山海之间辗转了数天，等他看到云端终于露出正午的太阳，已经在一座巍峨的高山之下了。

此时眼前没有任何出路，除了山还是山，不知缺口夹缝在哪里，不知转路回峰在哪里，如果一直朝前，只能一头撞在山上，然后把他重重地弹回去，一直弹回瓯城，弹入大海。

他必须走进最危险的苍岭古道。由于年久荒芜，林深草长，人迹罕见，一时间找不到路，只有努力拨开乱树棘丛，才可能在泥石青苔中，坑坑洼洼下一块块石板隐约可见，只有不停地上下探索，才能找到古道的入口，进入山阴道上应接不暇的意境。

在此过程中，在古道的入口处，哼四少爷在荆棘之中终于看到了之前见过的一个潮湿的墓碑，墓主是秋高古。

九一八事变之后，日本关东军为掩护炮制伪满洲国傀儡政府阴谋，由高级参谋板垣征四郎串通日本驻沪公使馆助理武官田中隆吉、女间谍川岛芳子，策划在上海制造事端。公历1932年1月18日，一千多个日侨集会游行，强烈要求日本总领事和海军陆战队出面干涉。秋高古早已察觉危机即将发生，力主停止瓯越剿共，全力抗日，蓝大首领虽有同感，但迫于掣肘，只得对他冷遇。无奈之下，秋高古以花甲之年应路过瓯境的十九路军之邀，以一尊鸿儒，担任随军训导顾问，以古今大义、气节精神鼓动官兵为国家而战，为民族而战，直至牺牲。

然而正如当时饶舌师尊预料的那样，秋高古不识时务，太过迂腐，未必有好结果。

国民党政府为集中兵力剿共，对日继续执行不抵抗政策。何副长官急电担负沪宁地区卫戍任务的第十九路军务必忍辱求全，命令上海市长暂且全部接受日方提出的无理要求。暂时下野的蒋介石也委托国民党诸位元老说服蔡廷锴努力避免与日军冲突，并急调宪兵接替上海第十九路军防务。正在退让与不退让之时，驻上海日军海军陆战队已经分三路突袭闸北，攻占上海火车北站。第十九路军奋起抗战，日军遭受重创，由全线进攻转为重点进攻，再由重点进攻被迫中止进攻。

然而，国民党政府为防止事态扩大，将英勇抗战的第十九路军调往东南剿共，而一直鼓吹呼吁上海抗战的秋高古被扣上共产党帽子，被判死罪，所幸社会名流共同担保，苟且性命，亡奔瓯越，在苍岭之中，当起隐士。至1937年七七事变后，蒋介石动员全面抗战，秋高古上书国民政府，要求率领瓯越子弟，奔赴抗日前线，当时刚刚从上海去南京的贤者器人给蓝大首领发去密电，希望派人送秋高古到南京，当面向最高领导人请愿。不想秋高古一下轮船，立即遭到拘押，年轻的秋夫人得知，只身前往南京，向贤者器人求救。贤者器人对此变故似乎并不知情，愤怒之下，秋夫人扬言陪秋高古坐穿牢底。

惊愕的蓝大首领赶到南京营救，但秋高古已被秘密枪决于雨花台，而秋夫人为夫殉情，投溺秦淮河，连尸体也没有找到。对此，各大报纸纷纷发表文章谴责，在一片声讨中，蓝大首领亲扶灵柩回殡瓯城。据当时报载：

> 秋氏就刑，忽以瓯音高唱《国际歌》词句，行刑者皆为江北人士，不懂其词，不明其义，以为吟古唐诗也。其绝笔遗言，求葬生前苍岭古道结庐之阳。谓将尸身埋于彼处高地，可俯视山海瓯越，可期待天下巨变。碑立，其女一身白衣，抚琴而歌曰：
>
> 世传满子是人名，临就刑时曲始成。
> 一曲四词歌八叠，从头便是断肠声。
>
> 歌罢，立志今后为革命牺牲，愿殉葬于右，于阴间永

续父女。

报纸上登有照片，秋高古墓旁留有空穴，为秋夫人义冢。

瓯城各界舆论沸腾，秋氏族人集会抗议，沦为孤女的秋思虹三番五次上门要求为父昭雪。还是童子军的哼四少爷记得，当时蓝大首领满腹委屈，把一封密电扬了扬，说："你看了也不懂。"哼四少爷瞄到一眼，却把电文记了下来，写给橘子姑娘，橘子姑娘又读给秋思虹听。

秋思虹了解到贤者器人在中间扮演的角色，知道对蓝大首领有所错怪。蓝大首领还是自责不已，劝她不要记恨任何人，有怨气冲他来就好了，还说贤者器人也不是有意为之，也是迫于上面的压力不得已才这样做，希望不要因此再生嫌隙，妄加仇怨。

"我会继承父亲遗志。"豆蔻年华的秋思虹摘下墙上之剑，发誓道。

多少年后的1946年初夏，因为海路和陆路受阻，蓝大首领被迫从苍岭古道前往南京，就在秋高古墓祭扫时突遇伏击，差点殒命，究竟是何人所为，一直是个悬案。坊间也有传言是贤者器人背后操纵，饶舌师尊为了帮其开脱，公然宣称是秋高古鬼魂显灵，以报当年被蓝大首领出卖的仇冤。为此，叫花子曾偕同雷三瞎子侦查，得出结论，认为黄昏之时，刚好遇到盗墓者盗挖坟墓，双方突然遭遇，因而发生冲突。

贤者器人一直认为，由大小盗墓贼组成的盗墓帮，在瓯越存在的历史可以追溯到上千年前，大都是逃避战乱从中原迁居东南的中原后民。由于瓯越自古望族富户绵延，厚葬之风盛行，盗墓入室，偷棺取宝之徒借以为业，代代相传，自成脉络。民间深恶痛绝，官府缉讨不停，盗墓行为却难以绝迹，逢战乱凶年，专以为盗者，三五成群，各自成伙，为分割地盘，结帮拉派，建立武装，经数轮火并，一二大帮终成气候。与瓯越党政军各界，以及商人学者都关系密切，早前的走私鸦片、贩运私盐，后来的偷送枪弹、盗运古董，都与盗墓帮有关系。沈铁铲子死刑判决书里其中一项罪名就是监守自盗，与盗贼勾结，通过苍岭秘密通道将谷口遗址挖掘出的文物玉器高价贩售。抗战期间，盗墓帮竟也有与日军对抗事件，因而为瓯人糊涂者所称道。如今中华光复，国家统一，所谓盗墓帮是去是存，为瓯越当政者其中要务。对此，为政者如暗中与他们谈判，试图招安收编，看似有意扩充势力，但内中情由恐怕不简单，此举与共产党关联多少，不得不警惕。

贤者嚣人怀疑的是，1928 年盗墓帮曾协助共产党从苍岭古道秘密运送数百支汉阳造给山谷之城赤卫队，抗战期间与天台、括苍、仙霞岭诸山脉自卫队多有合作，目前时局动荡，异党趁机诱导，会成为一支反对党国的武装。因此，身为地方军政长官的蓝大首领应该果断处置，将盗墓帮悉数歼灭，以割除千年毒瘤，而不是谈判招安，姑息养奸，否则东南瓯越之地，神鬼不宁，党国难安，"任其坐大，到头来反受其害"。

在人们看来，贤者嚣人一言成谶，蓝大首领差点死在盗墓帮手里。

尽管有所怀疑，但哼四少爷一直主张招安盗墓帮。因为抗战期间，他与他们就有过合作，几位骨干盗墓者被捕时，他曾出面相救，因此有些交情。后来看到沈铁铲子对谷口遗址挖掘和保护力不从心，于是私自与盗墓帮进行谈判，对方邀请他加入盗墓行动，中间发生冲突，哼四少爷差点被他们活埋。尽管如此，他仍然坚持开出优厚条件予以招安，最后蓝大首领只好同意与盗墓帮达成协议，将其纳入督察区文物部门正式人员编制，和沈铁铲子共同开掘整理谷口遗址。

如今，他们可能再一次重操旧业，重新成为盗墓贼。

墓前放有柑橘、米糕等物，坟丘上插有香火，还铺着几页被雨水浸糊了的书，字迹难辨，其中有一扉页上面，依稀可见"瓯城女子读书社藏书"之印，想必是不久前秋思虹来此祭扫过。哼四少爷小心地拭去墓碑上的泥渍，发现上面镌刻的字体鲜红鲜红，似乎是用红漆刚刚描摹过的，"革命烈士秋高古之墓"九个大字显得极其夺目。墓侧秋夫人穴位至今空着，一块没有刻字的碑石也仍然放着。在旁边，又新辟了一方平地，仿佛要再开一处墓穴，这不由得让人想起秋思虹曾经有誓，要为革命牺牲，然后埋尸于父亲身边。仿佛她已有心赴死，而且时间将至，因而在她此次祭扫的时候，早早把属于自己的长眠之地平整好了。

"他日一定要让她归葬到这里。"哼四少爷想起一直还在女子学堂停放的灵柩，无声地站了很久，然后不再多想，腿一迈，踩着一片荆棘，往前走了。

或者是睡眠不够，或者是疲于奔命，或者是看到陡壁阻碍再难前行，他心头一松，不禁头重脚轻，靠在山下，迷迷糊糊睡了一会儿。接着就是一连串断断续续并不连贯的梦。

一开始，他并没有睡死，还能听到自己轻轻的打呼声，虚虚实实的不知为何，忍不住由着身体往回跑去。跑着跑着，才知道原来是想看看自己亲近熟悉的人此时此刻到底在干什么。就比如一个躺在棺材里的死者，总是想知道活着的人在干什么。没有意外的是，先看到的是橘子姑娘。她原来一直跟着自己，央求他带她一起离开。他呢，似乎不情愿，因为她骂自己是神经病，还取笑他的远祖，还非得要回她送给自己的铜鸟铳不可。当然，争吵难以避免，他十分生气，责备她，送他的礼物为什么要拿回去。

橘子姑娘还没有回答他，看上去像是麻生的那个人带领一群士兵把她抓走了。她哭着向他求救，他拿着短柄鸟铳冲过去，但双脚沉重，根本迈不开步。那群士兵围上来，抓住了他。接着看到蓝长个头、算盘老二、雷三瞎子一个个血肉模糊，在他面前晃过，在江心屿模范监狱的刑场停了下来，仿佛是贤者嚣人下令，自己首先被枪决了。

枪响的时候，一旁的人都冷冷地看着，说："他终于死了。"

他看到死了的自己，恍恍惚惚飘回山谷之城的洞屋里，僵硬的身体泡在滚烫的石池里，不死巫娘把他抱进热浪里，得意地夸耀他年轻强健的尸身，说："到了阴间，没有一个鬼能打得过你，你不会再受到伤害。"

蓝大首领突然从石池里冒了出来，面目狰狞，挺立尸体，狠狠抱住他，捏住他的鼻子，撬他的嘴巴。

不死巫娘为他说情："他没有四张嘴，不是噐人的后代。"

他努力挣开蓝大首领，却四肢无力，正要窒息而死之际，突然觉得春风扑面，"布谷布谷"的鸟叫声惊醒了他。他睁开眼睛，但见：中间石板片片青苔，两旁高树遮天蔽日，三岔藤蔓纠谷缠流，四五六只布谷腾跃。徜徉其间，恍如桃花源中，不禁步伐慢了下来，越来越慢，乃至夕阳余晖，魂魄散淡，索性就地一躺，呼呼睡了起来。

正当梦境舒适，忽见一虹拱桥兀现，上面隐约有什么影子，刚要分辨清楚，已有歌声传来，听到了一二句，却无疑是李白的《酬裴侍御对雨感时见赠》：

> 雨色秋来寒，风严清江爽。孤高绣衣人，潇洒青霞赏。
> 平生多感激，忠义非外奖。祸连积怨生，事与徂川往。
> 楚邦有壮士，鄢郢翻扫荡。申包哭秦庭，泣血将安仰。
> 鞭尸辱已及，堂上罗宿莽。颇似今之人，蟊贼陷忠谠。
> 渺然一水隔，何由税归鞅。日夕听猿怨，怀贤盈梦想。

哼四少爷多少有些惊诧，分明瓯音瓯歌，或许遇到故人，正要问，原来是一个蓬头垢面的男子仰躺在水牛背上，朝天而唱的。随着牛蹄声靠近，又见一个三五岁儿童挥着草鞭赶着牛，对他理也不理，便要经过。

哼四少爷这时有几分混沌，但勉强站起来，上前拦住，质疑水牛背上的人，说明明冬天时节，唱什么秋日景致，悲伤情怀，如阴风袭来，浑身飕寒。

"我告诉你，你在冬天，我们却在秋天。"儿童哼了一声，这是当年李白经过此地时唱的，说，"你已经死了，还问我什么。"

哼四少爷霎时清醒了许多，诗人李白确是经此道路云游瓯越，留下许多诗篇。传说许多古人，慕名瓯越之美，涉过万重山水，一路到达这里，然后身葬苍岭古道。盗墓帮多年在此经营，也是因为这里有无数古墓，其中许多历朝历代的名人贵人，陪葬之物令人想象无穷。虽然一直没有听说发现重大墓葬，更没有真的被盗，但一代代盗墓人也始终没有真的放弃。

李白的这首诗，却是很少听说。哼四少爷又辩论道："现在是公元1949年的一月，如何不是寒冷深冬。"

儿童挥了挥草鞭，自己只知道在公元1928年的九月，说："如何不是秋凉天气。"

哼四少爷看看儿童面熟，不得不纳闷，问："你叫什么名字？"

儿童摇摇头，哼了一声，似乎不满他居然有此一问，没有理他。

哼四少爷以为儿童实在还小，答不出他的话，就去问水牛背上的人，儿童阻拦道，他已经死了，叫他怎么说话，别吓到你了。

不想，水牛背上的人又唱了起来：

> 颜容饥苦掩面羞，眼眶泪滴深双眸。
> 思还本乡食牦牛，欲语不得指咽喉……

这几句诗出自王昌龄的《箜篌引》，哼四少爷年纪幼小时，曾听有人在耳边吟诵过，当时虽然懵懂不知其意，但对音节韵调印象深刻，以后曾听饶舌师尊辅导讲解，经多次熟读，也会背诵了。但此时听到的这四句，又不像是饶舌师尊的语调，仿佛更久远之前的那个声音，觉得耳熟，却又模糊，难以追忆。

唱着，水牛背上的人坐了起来，果然身上都是血，乱发遮盖，满面疮痍，令人森然的是，两个眼孔空空洞洞，显然是被挖去了眼珠子，显然人已经死了。哼四少爷惊愕，想起但丁神父说过，十字架是驱赶邪魔的圣器，于是拿起金十字架一晃，大声道："不要吓我，我不怕，奈何令我惧之。"

水牛背上的人伸出一指，对着十字架："这件东西你要还给原主。"说完马上又躺回水牛背，变成了鬼魂。

哼四少爷感到被一股气势逼迫，退了几步，问："还给谁？"

儿童替水牛背上的鬼魂做了回答。此去百里，苍岭古道面阳深处，有一个叫壶城的地方，有一座修道院，有一个上帝的使者，她会告诉你一切。儿童显然知道此刻他的心思，指着水牛背上的鬼魂，说："他要你带一句话。"

哼四少爷正要问是什么话，水牛背上的鬼魂突然张开无牙之口，大呼道："我虽死，我子哼不死。"

当时真实的情景是，要不是阵阵山风吹散的落叶盖住他的身体，也遮挡他的脸，哼四少爷差点做了梦中之鬼。难以分辨是睡梦里还是醒来时，是尾随而至的真人，还是从天而降神兵鬼影，麻生突然现身苍岭古道。他率领一队全副武装的宪兵从他身旁经过，然后又折回来，在紧邻的石板上坐了下来。他们听到呼呼声，发现一个人居然躺在石条上，像死人一样地睡着，一开始看到他穿着教袍，也就没有在乎他，理会他，或者清除他脸上的落叶看清楚他是不是活着，是不是真的是神父。直到清风又来，吹开了几片落叶，看到他一绺头发露在外面，才使麻生留意了他。

林中荫密，光线暗淡，而且忽隐忽现，麻生开始一看，分明是栗色，不由得抽出身后的斧子，凑上前去，忽然又是树影一闪，栗色反光，变成了白色。麻生的手又收了回来，怀疑是一个半死的老神父。看了半天，自己也觉得疑神疑鬼，颇不从容，怎么可能是他猛然间联想到的哼四少爷呢。

麻生不禁讥笑自己完全没有必要的心有余悸。

因为急着赶路，麻生也很快从不愉快的回想中回过神来，但起身之前，他多少有些自豪地对大家讲起了十年前的那件往事：他在临瓯区的市集上，他有机会把可能杀死蓝大首领的那个人，那个叫哼四少爷的人的头颅砍下来，挂在天主堂钟楼上，让瓯城人参观。

随行的宪兵都是徐沣战场上退下来的北方人，并不知道当年的真实情况，听麻生一说，不禁兴趣浓厚。麻生趁机嘲笑了瓯越人说话很难听懂，而且夹带混杂的词句，比如把脑袋非得说成头颅，说成首级，说："我把他的首级拎在手上，斧子一动，就要落地。"

"往哪里砍？是脖子前还是脖子后？"几个人问他。

麻生得意，说："当然是咽喉。"

几个人似乎不解："咽喉？"

麻生扬着手中的斧头，说："咽喉是最致命的地方，一斧子结果。"

几个人知道他并没有砍下斧子，问他："为什么不砍？"

麻生看了看旁边躺着之人的那堆树叶，说："留下他杀人，然后我再杀了他。"

又是一阵山风，吹醒了哼四少爷，他推开树叶，坐了起来，看到麻生远远的背影，以及背后斧头的锋芒间隔着闪出一道道亮光。

哼四少爷真正醒来已是深夜，想到梦境所遇，他又一次改变了原来的计划。他原本是从海路到上海，然而改成走山路，目标可能还是上海，尽管途中随时改变目的地，但大体方向并没有太大变化，但这个梦境让他停顿下来，这种停顿是暂时的，还是久远的，他自己也不知道了。

不等到天明，就按照梦中指引，路过一个废弃的驿铺，天蒙蒙亮时，找到一股泉流，走了一段，水声潺潺，奔腾湍急，断定就是听说过的好溪，他沿着岸边奔跑了几步，不想是谁留在那里的木排被回流的波浪来回推动，横漂不前，于是他一纵身就跳了上去，抓住一根竹竿一撑，木排就跟着落到溪涧，跳跃向前。经过一道又一道急滩，终于水势开阔平稳，一个小时后，看到了人家参差繁华之地，等上了岸，听口音已经明显变化，原来到了苍岭古道上的壶城了。

哼四少爷其实听说过眼前这个叫壶城的地方。

1946年初夏，蓝大首领本来要经过这里前往南京，因为刚绕过括苍山，进入苍岭古道，不想在古道入口的秋高古墓前遭遇埋伏，挨了冷枪，于是改变了行程路线，折回往西，从山谷之城出发翻越仙霞岭，经衢州浙赣铁路走了，让当地官员在壶城白白等了好几天。

哼四少爷研究过壶城，从地图上看，在丽水、金华、台州交界处，缙云、永康、东阳、仙居四县腹地，为瓯越通往吴越之地的要冲，无愧"浙南北窗"之称。以聚居姓氏为名，自古以来，比较普遍。壶城原叫胡陈，也因当时胡、陈两大氏族居此而名，先是胡氏，从宋高宗南渡，迁居此乡，有陈氏同迁，也杂居于此，因名其地曰胡陈。

如果1946年夏天就经过壶城，他一定会好好打量打量，他一定会注意到此地有别处极少见到的修道院，他一定会进去看一看，他自己去，或者跟蓝大首领一起去，那他一定会见到今天要见到的修女。整整迟了三年，他本该早就要见到却没有见到的修女应该还在这里，应该还活着。

修道院在山脚下，好溪的北岸，石头建筑，耸立的钟塔高出全镇所有的房宇，甚至高出最近的山峰，因此很显眼。远远一看，很像瓯城天主堂的缩小版。哼四少爷欣喜的是，此时钟声响起，塔楼上有人正在敲钟。阳光下看到她的侧影，应该是个修女，但无法判定她的年龄。就其修长的体态来看，似乎是一个年轻的修女，就其微曲的双臂来看，似乎又像一个上年纪的嬷嬷，而且戴着眼镜，显得文弱，但她一丝不苟的姿势很有节奏，与瓯城天主堂的雄健、浑重的钟声不同，这是一个雅致而庄重的女性敲击出来的钟声，既响亮，清脆，又隐含韵律和柔美。

钟声停了下来，随后传来唱诗声。哼四少爷从瓯城天主堂所获得的知识判断，修道院正在举行重要的活动，比如祈福弥撒或者为哪位身份显赫的信徒洗礼之类。

当天正好是礼拜天，教堂里挤满了男男女女，正在举行当地一位富家小姐的修女发愿仪式。哼四少爷看到，不由得心里一紧张，想起刚刚取得瓯越橘子节桂冠的橘子姑娘，与但丁神父讨论怎么成为一位修女的情景。但丁神父显然想劝退她的这种念头，讲了当修女并不是一件容易的事，有一整套复杂的程序，什么初愿、复愿，还有最后发终身愿，说："发终身愿意味着失去一个女性的一切。"记得但丁神父当着哼四少爷的面，特别说道："修女是不能结婚的。"

橘子姑娘是说给哼四少爷听的："我就是不想结婚。"但声音并不坚决。

几年后，橘子姑娘从英国回来，有过比较认真的一次谈话。对此，但丁神父依然没有表达出支持，试图用更加复杂的解释，更加可怕的描绘，打消她的念头，说："你将没有爱情，没有婚姻。"但丁神父希望她知难而退，说："瓯越没有修道院。"

哼四少爷清楚地记得，当时橘子姑娘指着西北方向，说："离瓯越不远，就有一个修道院。"现在想来，她提到的正是眼前壶城这家修道院。

然而当时但丁神父却否认了，他明确告诉橘子姑娘，那家修道院已经不存在了。

哼四少爷此时看到，但丁神父否认存在的修道院，其实是存在的。

六　山谷之城的恩怨情仇

　　蓝大首领被刺半个月后，以瓯越督察区党政军特别联席会议名义呈送的报告以及拟定的嫌疑人员侦办名单，就得到批复。何副长官电文中要求在非常时期，利用蓝大首领一案，重点整治山谷之城，消除乱源，解决隐患，在国民政府旗帜下，全心全意抵御共产党势力渗透，把瓯越建成反共救国的强大后方堡垒。

　　但这份名单很快就泄露了。

　　算盘老二知道自己排在名单第一位。为此，他在一些私下场合表达了不满，认定贤者器人急于加害自己，早在1942年秋天，他就想除掉自己。那场恶战中，贤者器人曾经逼算盘老二自尽，算盘老二因此怀恨在心，伺机谋杀，完全可能成为哼四少爷的同谋。

　　是役，清津三郎率军大举进攻瓯城大后方的山谷之城，以山人为主的新编税警团奉命守卫。一阵猛烈炮击后，敌人把从瓯城掳来的许多市民当盾牌，向山谷内发动密集攻势，算盘老二犹豫之际，日军贴近山门沟壕，架梯攀岩，潮水般地朝山谷内大道涌进。一天血战，税警团各级军官都已捐躯，士兵也大都牺牲，最后山人男女老少加入增援，暂时守住了谷口山门。算盘老二身负重伤，不死巫娘看到，跟跟跄跄地把他背了下来。负责督战的贤者器人不与蓝大首领商量，命令执行战区下达的战场连坐法。该法规定，战场上如团长阵亡，营长生还者，营长受军法处置，如三个营长全部阵亡，团长生还，团长枪毙。现在税警团相当于三个队长全部阵亡，算盘老二虽然伤重，但算是生还，依法也要被枪毙。

军法官设临时公案，宣读命令。税警团伤残官兵聚集求情，蓝大首领出面担保，最后仿佛理屈词穷，贤者嚣人只好取出自己的佩枪，叫算盘老二自尽。闻讯赶到的哼四少爷的表现近乎无理取闹，哼了一声，先是与贤者嚣人激烈争吵，接着要拉着他一起上前线冲锋陷阵。僵持之际，不死巫娘带着一班妇孺赶来，阻止了贤者嚣人。算盘老二虽然捡回性命，但已经羞愧难当，生不如死。

此役之后，日军数次出动精锐，由已经升任旅团长的清津三郎亲自指挥，试图攻陷山谷之城。蓝大首领带领官兵人人死战，山人暗中袭扰相助，清津三郎也被流弹击伤，日军进攻再次受挫。

想不到的是，在欢庆胜利的时候，发生了一起刺杀未遂事件。

刺杀的目标就是贤者嚣人。

算盘老二认为自己之所以列入同案嫌犯第一位，就是贤者嚣人当年无端猜疑在先，今天记恨报仇在后，意图趁机把蓝大首领的势力赶尽杀绝。

那次刺杀发生在阴历三月初三的中午，当地山人邀请贤者嚣人和蓝大首领为首的各路英雄参加隆重的乌饭节，不想流水宴席之中，觥筹交错之时，有人在贤者嚣人的酒食里下了无名毒药。

三月三是山人传统节日，每年农历三月初三举行，其时山谷之城青草萋萋，杜鹃开遍，人们在野外踏青，吃乌米饭，以缅怀祖先，所以也叫乌饭节。乌米饭就是用一种植物的汁液把糯米饭染成乌色。相传千年之前，山人受到瓯城贵族政权压迫，盘氏出头，带领山人造反，瓯城贵族派军队镇压，将山人残余围困山中。山人靠吃一种叫乌饭的野果充饥渡过难关，第二年三月三日冲出包围，反败为胜。为纪念他们，人们把三月三日作为节日，吃乌米饭表示纪念。节日期间，附近几十里，山人云集，对歌盘歌，祭奠牺牲的山人勇士，其时，整个山谷之城，沉浸在哀歌之中。

贤者器人当时正要翻过栖霞岭前往战区司令部，参加何副长官亲自主持的军事会议，因为山人盛情相邀，答应吃完中饭再走。

急于赶路的贤者器人在庆贺声中喝了一大杯不知道是谁送上来的米酒，又大口吃下了一大碗乌米饭，抹了一把嘴，刚要上马，突然眼珠一瞪，大吐起来，接着身体一软，晕倒在草地上。其时不死巫娘在旁，不由分说，就掀开他的上衣，伸出又长又黑的指甲，在他背上使劲划起来，很快出现五道血口，稠厚的浓血渗出来，缓慢地流了整个腰背。不死巫娘擦了又擦，满手的污血珠子，一颗颗掉落干净，然后才掐着贤者器人的人中，念着咒语催他苏醒过来。

人们正一齐围上前去，探视器人，不想旁边一黑一黄两条狗争先恐后吞吃地上的秽物，结果嚎叫了几声，双双口吐白沫，瘫倒在地。

还在养伤的算盘老二顿时又急又慌，不知如何是好，贤者器人的卫队已经抓住了他。

只有不死巫娘一直镇定，一直守着贤者器人，一直对他耳语，中间还不忘为算盘老二开脱："地浊草肥，潮湿闷热，烟笼瘴生，人难免受到侵蚀，中了乌痧，放了血就好了。"她喃喃了半天，贤者器人果然睁开了眼，活了过来，只是脸色青白，满脸虚汗，有气无力，半天起不来，自然耽误了去战区开会的行程。

军医检验，并没有发现贤者器人吃的东西中有什么毒性。

不死巫娘不顾别人阻止，带着贤者器人到她洞屋的石池里泡了温泉，又服了几碗汤药，第二天，人就好了许多。算盘老二不仅很快被释放，贤者器人还安慰他，说："或许是清津三郎派来的奸细对我下毒。"

"你们都应该死。"不死巫娘言语恶狠狠的，说，"都死了，把债还了。"

贤者器人笑得勉强，说："我岂能轻易死了。"

不过事后许多人觉得此事蹊跷，回顾当时的情形，有人亲眼看到山人衣着的算盘老二热情地挤到贤者器人身边，端上乌米饭，给竹筒里倒酒。要不是不死巫娘出面相救，贤者器人必死无疑。贤者器人活了过来，要不是不死巫娘说尽好话，算盘老二也必死无疑。

其实，在此之前，潜伏在瓯城的哼四少爷提供情报，清津三郎正与谍报部门秘密策划谋杀贤者器人。其手段是下毒，时间可能是农历三月初三山人狂欢节，地点可能是山谷之城千年古樟前的草场上。雷三瞎子为了求证情报虚实，耽搁了小半天。情报送到时，贤者器人已经喝下了米酒，吃下了乌米饭。因为不死巫娘断定贤者器人中了乌痧，并用土办法急救成功，因此有关清津三郎乔装混进山谷之城，在三月三谋害贤者器人的情报最终没有得到证实。

不过，哼四少爷确实获得了情报。

那天早上，哼四少爷照常登上天主堂钟楼观察动向，发现一个山人服饰的陌生汉子从旧将军衙门的伪瓯越政府离开，进入对面的五马街日军司令部，一直到中午才回到五马街旅社。哼四少爷随后到旅社门口监视，发现陌生汉子与另外几个同样山人打扮的男女同桌吃饭，于是他穿上偷来的日本海军军服，径直进入旅店，并坐到他们边上的桌子，点好饭菜，竖起耳朵，吃了起来。

那几个山人看着他嘴唇上的胡须，可能认出他是谁，倒也不害怕，但说话声音低了下来，并且改用难懂的山里话交谈。而且为了防止哼四少爷有诈，故意过来给他倒酒，同他搭话，试图进一步辨别他的身份。

哼四少爷哼了一声，看着窗外一直停靠在码头上的巡洋舰，没有再理睬他们。

那几个山人或许以为他是留胡须的日本军人，因为日本军人留胡须的人不少，于是毫无顾忌地大声交谈起来。然而哼四少爷记下了谈话，包括难懂的山里话，原汁原味地向叫花子和雷三瞎子复述了一遍，希望他们能和自己一起，将其中的意思翻译清楚。

雷三瞎子惊叹于哼四少爷的记忆力，能像录音机一字不漏地记下他们的话，包括语气和停顿的地方，但对内容表示怀疑。叫花子担心会不会是敌人的计策，比如他们其实识破了哼四少爷的身份，故意把假情报透露给他，引诱他中计，让他成为自作聪明的盗书蒋干。

哼四少爷没有认同他的分析，他们明明都是山人，为何要这样做？

雷三瞎子感叹，山人也有叛徒，也有汉奸，也会为了自己的私利与日本鬼子联手，参与阴谋，获得好处。

哼四少爷不禁恍然，显然日本人的目的，就是离间瓯城军民和山人的关系，使政府抗日武装难以在山谷之城立足，从而趁其混乱，发动进攻，占领山谷之城，掠夺矿产资源。

叫花子听了哼四少爷分析，不禁赞扬他有智慧，有眼光，难怪蓝大首领一心培养他。此时已经是中美合作所瓯越办事处副主任的叫花子结合其他情报，强烈建议雷三瞎子宁可信其有，不可信其无，不管是真是假，都应该赶快把情报及时送进山谷之城。

但有个别山人败类勾结日本人清津三郎在三月三这天谋害贤者嚣人的情报，还是晚到了。

而在贤者嚣人看来，就算有情报证明，也不能相信，也要坚决认为，算盘老二就是那个下毒谋害他的人。

贤者嚣人的名单上还有雷三瞎子。

报告提到，雷三瞎子其实与蓝大首领有不共戴天的辱母之恨，而蓝大首领用人不察，养虎为患。有关于此，不过只是传说，从来没有得到证实，也没有人想要证实过。雷氏族人对这样的无中生有的误解甚至诬蔑十分气愤，蓝大首领本人一笑了之，从不理睬。后来上海丽人到山谷之城采访，听到这则模糊的传言，稍加整理，变成一个颇有文学色彩的民间故事，在《瓯越日报》发表。其中人物，一个叫大眼睛，指蓝大首领，一个叫小眼睛，指的是雷三瞎子的生父。

> 　　山谷之城的山人对杜鹃情有独钟，凡是美丽的少女都
> 称之为红杜鹃，在当时，那朵最红最美的杜鹃，是山人长
> 老的女儿，女儿喜欢的是有一双细长小眼睛的青年，长老
> 却要把女儿许配给有一双大眼睛的青年做如夫人，最后，
> 大眼睛摘走了红杜鹃。
> 　　小眼睛认为受到欺骗和歧视的原因是自己的忠厚老
> 实，因为长老无奈地告诉他，山人的红杜鹃只能留给最英
> 俊最能干最聪明的人。被拒绝的小眼睛喝醉了酒，独自离
> 开了山寨，登上了山谷之城的山顶，然后纵身一跳。第二
> 天，大眼睛听信谣言，拒绝了红杜鹃，独自离开了山谷之
> 城。怀有身孕的红杜鹃发誓要生下孩子，永远不会再爱别
> 的男人。

　　其实小眼睛的生活原型，雷三瞎子的父亲始终没有得到山人长
老认可，其中原因，是他并非真正的山人，小眼睛的祖上居然是清
朝贵族的后代。其时，洪秀全攻陷南京，小眼睛的父亲作为驻防旗
营管带，拼死血战后负伤而逃，一路奔亡东南，潜入山谷之城，结
果水土不服，伤势加重，贫病交加之际，一个山人寡妇发现了他，
背着他住进半山腰一个通风开阳的洞穴，用巫术救了他，然后让他
浸泡在冒着热泉的石池里，恢复了健康。

　　后来太平天国失败，瓯越将军衙门的寻人布告张贴到山谷之
城，许诺重奖提供线索的人，但所有看到布告的山人都没有报告，
也没有告知小眼睛的父亲，来此寻访的官员都被蒙塞过去，他们甚
至做了一个埋着陈尸的假坟，让将军衙门相信他们救助过的满人大
官已经死了。将军衙门无奈，只好将坟中尸骨入殓，一路送回
北京。

　　双腿残废的雷三瞎子爷爷、小眼睛父亲栖身山寨洞穴，不知

道洪杨已败，也无从知晓瓯城官员和当年旧属曾经三番五次找寻。终于有一天他知道了外面发生的变化，决定到瓯城旧将军衙门说明自己身份。这个想法得到了他的妻子，也就是那个山人寡妇的支持。

她赶着一辆牛车送他到瓯城。这一天刚好是三月三，整个山谷沉浸在一片歌的海洋之中，他不禁被眼前的气氛深深吸引，一时流连忘返起来。山人长老再三挽留，作为欢送仪式的最后一个内容，请他必须吃一团乌米饭。此时，他已登上牛车，刚把乌米饭放到嘴边，他的山人妻子从牛背上跳下来，抢下了他手中的乌米饭，自己一口吞下去，长老一步扑上去，将她推倒在地，掐住她的咽喉，她挣扎了一番，将散成好几块的饭团吐了出来。

原来，这是掺进毒药的乌米饭团。

雷三瞎子的爷爷顷刻间明白了一切，他并没有因此责怪长老，怨恨山寨，而是做出了一个重要的决定，他不走了，他要留下来与他的山人寡妇厮守一生。

直到有一天，他看到男人们都剪了辫子，知道已经改朝换代了，对此，他心怀安静，闭上了双眼。随之那个山人寡妇，也就是雷三瞎子的奶奶，也安心地离开了这个世界，他们的儿子，也就是雷三瞎子的父亲小眼睛，按照遗嘱，入赘山家，并改为雷姓，从此做了山人。

长老做这一切都是为了保护雷三瞎子的奶奶，因为他们认为，一旦满人大官重新做官，一定会离开山寨，也一定会抛弃救助过他、陪伴过他的山人寡妇。

山人寡妇的巫术还是传了下来，女人传女人，传给不死巫娘时，炉火纯青，神奇有效，超过了上一代巫娘。那口温热的泉水曾经干枯，到她手里再次喷涌，而且更加灵验。但她像当年祖上山人寡妇那样，用情太深，居然把法器送给了爱的男人，比如那根黑得发亮、摄人魂魄的银耳匙。她发现自己怀有身孕的那天，曾经想通过法术，找回让她掏过耳朵，抱过她的人。虽然没有成功，但她确信那个人背着把龙泉剑回到过洞屋。她假装睡着，满心希望他像当年那个旗营管带，从此在她的洞屋里住下不走了。但她后来看到的是，那个人似乎想杀了她，那一刻，她还认为，他杀了她然后自杀殉情，可是一直到深夜都没有落下龙泉剑，也许他看到了她隆起的腹部，没有下手。那个人趁天还没有亮，离开了山谷之城，回到了他的瓯城，回到了更大的世界。

上海丽人的故事只写了一半。真实的情况是，雷小眼睛还活着，与红杜鹃同时死于数年后的1928年。红杜鹃把不知父亲是谁的儿子托付给不死巫娘，参加了苏维埃组织的歌唱队向瓯城进发，被炮火炸得粉碎。而雷小眼睛也于同年的山谷之城苏维埃政权的保卫战中，全身布满弹孔，高呼口号，坠涧而亡。

对上海丽人撰写的故事，饶舌师尊做过考证，认为山人多知其母，不知其父，但可以肯定的是，红杜鹃生下的，是所谓的孽种，说："一个赤匪的后代。"

贤者嚣人专门翻出《瓯越日报》，细看这则小故事，似乎有所触动，但表面上多有不屑，而且赞同饶舌师尊观点，山人古有婚俗是母系维持，女人独守一穴，不同男子皆可择时同居，可以一起孕育子女，说："这一点不同于嚣人文明社会。"

对于故事结局，又有几分惋惜，说："红杜鹃想不到会死在所爱之人的炮口下。"言下之意，暗示当年是大眼睛开的炮，同时也暗示雷三瞎子也可能是大眼睛的私生子。在瓯城，谁都知道蓝大首领是一个大眼睛。

日本裕仁天皇宣布投降以前约半年，瓯城就已经光复，瓯越地区已经率先将境内的日本军队全部赶走，经中美合作所瓯越办事处努力争取，剩下的敌伪军政警人员悉数放下武器，向当地坚持抗战七年之久的国民政府代表蓝大首领投降。

首府瓯城挂满了青天白日旗，一场接着一场的阅兵典礼在甲种渔工学校和中小学操场上轮番举行，连续不断；学生晨呼队和市民组成的三十六行游行在大街小巷，循环不息；商店和富户大放鞭炮的硝烟像浓雾一样弥漫，数日不散；长久没有在瓯城露面的山人身着盛装，从谷口出来，成群结队涌进城里，"中华民族万岁""蒋委员长万岁"等口号响彻全城。

只有雷三瞎子高兴不起来。原来清津三郎手下的一个小队坚决不肯投降，而且计划在受降仪式上发动袭击，杀死蓝大首领。当时瓯城的几个组织，包括中美合作所瓯越办事处都听到了风声，但都不知道具体实施者和详细计划，于是只好找到雷三瞎子，要求他进一步查明详情，马上报告。尽管后来刺杀事件没有发生，后来雷三瞎子非但没有什么作为，没有向蓝大首领呈报，而且还说什么发动袭击情报是子虚乌有，是这些机构凭空捏造，企图扰乱受降仪式。原来清津三郎只身进入山谷之城，意图在不死巫娘的洞屋躲藏，被雷大嘴巴发现，迅速将其送到瓯城，由雷三瞎子迅速将其送上回日本的船。

对此，贤者器人认为雷三瞎子表现十分可疑，可能想借清津三郎的手除掉蓝大首领，为受尽欺辱、最后尸骨难寻的母亲红杜鹃报仇雪恨。

其实蓝大首领询问过此事，雷三瞎子推得一干二净，认为自己只是负责情报核实，监视日军清津残部的，都是哼四少爷。

当时，疑似不肯投降，对蓝大首领发动自杀袭击的清津残部成员，早已被哼四少爷带到搁浅数年的巡洋舰上，逐个加以审问，但每个人都坚决否认，说都要回家与亲人团聚了，为什么还要做这样的蠢事？为什么还要白白死在偏僻而陌生，言语又难懂的瓯城？为首的清津三郎不时动情地表示，自己二十多年前就与瓯越这片大地，尤其是山谷之城产生了深厚感情，虽然因为义务和责任，参加了战争，现在和平到来，自己恨不得作为一介平民隐居在山谷之城，直到终老，直到入土。百里香也证实了清津三郎当年的所作所为，说："他是山谷之城的老朋友了。"哼四少爷相信了他的话，但拒绝了他到山谷之城与不死巫娘见面的请求，在受降仪式之前，就让他们登上一条货船回国了。

事后不死巫娘当着哼四少爷的面埋怨了几句，又难得地掉了眼泪。哼四少爷心中不安，要追回清津，不死巫娘又死活不让他去，说："回来就没有命了。"对不死巫娘这句话，哼四少爷似懂非懂，及至后来发现贤者器人派无情的执法人员四处查找清津去向，才明白不死巫娘的用意。

并非公职人员的九龄童没有想到，自己是除山人之外，唯一被列入贤者器人名单的瓯城人，而且紧紧排在蓝大首领几位养子之后。

为什么要把他列入名单，放在如此前面，贤者器人的说法是，九龄童的影响力绝不亚于任何一个部门首长。一则他是半个公职人员，担任瓯越乱弹振兴委员会副会长，不定期领取财政津贴，还享受政府提供的住房。二则他是名人，一言一行，普通百姓，尤其是广大戏迷，都会相信，都会关注。三则他骨子里同情共产党，至少是同路人，虽然共产党永远不会把他当自己人，但他被利用的可能性实在太大。况且，他与山人关系都很密切。最主要的，他跟蓝大首领都喜欢百里香，他们是情敌，九龄童是最希望蓝大首领死的人之一。

胸怀大义、爱国心切的九龄童，是抗战时期瓯城潜伏组外围成员之一。日军入侵瓯越，他仍然以公开身份在各地演出，借机与各县各区抗日人士接头，传送指示。一度还为了获取情报，接受清津三郎盛情邀请，参加了日军高级官员访问团的接待演出，因此被人指骂汉奸，一度在蓝大首领签发的除奸令中赫然有名。九龄童忍辱负重，不敢有半点声明。抗战胜利后，哼四少爷希望蓝大首领公开向九龄童道歉，遭到拒绝。为此，九龄童在五马街大舞台唱了一出《双枪陆文龙》，表现王佐不惜自断双臂，冒死潜入敌营，说服认贼作父的英雄少年陆文龙，知道身世，分清敌我，反戈一击，借此演出表明，自己忍辱负重为抗战做出的贡献。

蓝大首领依然不予认可，认为九龄童不是在编的正式情报员，没有具体贡献，事迹可疑，更没有王佐一样的壮烈之举，如今事到临头，为了给自己贴金，还演了这么一出，实在恬不知耻。

后来哼四少爷通过叫花子和中美合作所东南办事处方面取得的材料，证明九龄童给地下组织提供过有效情报，加上百里香从中调停，九龄童得以清白，并获得了一枚勋章，登上了《瓯越日报》抗日英雄光荣榜。

由此，九龄童与蓝大首领之间心结更死，仇怨更深。

后来人们追忆起来，认为九龄童一出《双枪陆文龙》，害了蓝大首领。激昂的主题，感人的故事，曲折的剧本，加上舆论添油加醋，哼四少爷很容易受到启发，对号入座，以为自己就是认贼作父的陆文龙，积蓄已久的杀心，在1949年来临之时，付诸实施。

1949年元旦之前，蓝大首领成为饶舌师尊、秋氏族人等瓯城名流嘲笑和批评的对象，例如通过演出《双枪陆文龙》，使诋毁达到高潮。其实蓝大首领怀疑九龄童是在威胁他，企图以这出戏，公开只有他和但丁神父才知道的一个秘密。

公元1928年年底，贤者器人亲自出马，取得"剿匪"大捷，得胜归来，围绕怎么处置俘虏，与蓝大首领发生了争执。蓝大首领要求释放山人，而贤者器人认为剿共必须无情，无论是谁，绝不能徇情枉法。蓝大首领只好退一步，主张宽宥妇孺，仍然遭到拒绝，要不是贤者器人认为他是受了但丁神父的影响，并以此理由在中央何副长官那里为他开脱，蓝大首领差点被当成同情共产党嫌疑受到追究。

由于仁慈的但丁神父坚持，蓝大首领还是冒险任由夫人把一些婴幼儿偷偷送到天主堂育婴所，包括那个在母亲怀中昏迷不醒、奄奄一息的男孩，一个礼拜后，那个男孩醒过来时，对过去的事情已经记不清了，他睁开眼睛看到的第一个人便是瞪着两只大眼的蓝大首领。

但此事在那些名流的口中变成另外一个故事。

小男孩竟然叫了一声爸爸。

智慧的但丁神父催促蓝大首领赶快答应,说:"这是天主赐给你一个儿子!"

蓝大首领仔细打量着小男孩,以便搞清楚,是不是一个将死之人,是不是一个痴呆儿。

但丁神父急促而低声地劝他不要犹豫,确定这是一个比常人更聪明更健康的孩子,只不过失去了记忆,说:"他把你当成他的父亲,这是好事。"

蓝大首领仍然犹豫,但丁神父急切地劝导他,自己问过医生了,由于昏迷时间过长,加上年纪幼小,以前的事情他不会再想起来了,也就是说不会再恢复记忆了。

但丁神父接着当场进行了实验,他抚摸着男孩的脸,问他:"你爸爸是谁?"

小男孩看了看蓝大首领,又叫了一声爸爸。

蓝大首领似乎热血涌上来,脸色顿时绯红,俯下身体,表情亲切,问道:"你叫什么名字?"

小男孩瞪大眼睛,哼了一声。

蓝大首领又问了一声:"你叫什么名字?"

小男孩仍然哼了一声。

但丁神父兴奋地叫了一声:"主啊,他就叫哼!"

按照医嘱,男孩被秘密送往山谷之城,在那里躲避凶险并呼吸新鲜空气,一年之后,当他健康活泼地出现在瓯城时,蓝大首领逢人便说,这是不死巫娘托他抚养的一个孤儿,但瓯城人都相信是蓝大首领与某个女子的私生子。

人们开始哄笑,舆论乘胜追击,更多的人应声附和。居心叵测的秋氏家族,张贴海报,在除夕之夜请九龄童露天演出《赵氏孤儿》,地点就在后来蓝大首领被杀的天主堂广场。

之前演出《赵氏孤儿》,尽管蓝大首领怀疑这出戏是在暗讽自己是屠岸贾,但又怕自己如果出面阻挠会弄巧成拙,引起更大麻烦,有气只好往肚子里咽。这出戏起到了推波助澜的作用,杀死他的人成为舆论盛赞的复仇者赵氏孤儿，而人人敬仰的但丁神父就是程婴，许多人会认为自己就是公孙杵臼。

蓝大首领既死，舆论转而又同情他，说："他绝不是屠岸贾。"

新一波民意源起于《瓯越日报》一篇社论。作者饶舌师尊煞有介事地抨击那些以秋氏家族为代表的名流，指责这些人在蓝大首领死后，极不负责任地把贤者嚣人比喻成杀了全国三百孤儿的屠岸贾，营造不安气氛，意图制造对立，伺机生乱，危害党国。

七　十字架上的拉丁镌文

　　多亏了那件厚厚的呢绒教袍，哼四少爷在寒冷的苍岭之中辗转露宿，而不被冻死；多亏了那一路上仍然被祭供的古墓，哼四少爷在饥饿之中得到食物，而不被饿死。他时时仰望天象，观察北斗，始终没有迷路。由于灰白长布衫难以抵住元旦早晨的风寒，他可能生了一场病，以致昏昏沉沉，噩梦连连，但很快他恢复过来了，神志也更加清醒，也更加确定，自己看到了麻生，那绝不是做梦，那一队荷枪实弹的宪兵绝对是为了缉捕他，才出现在古道上。为了暂时躲避他们，他有意在山峦之间不停地来回打转。不知经过了多少个日夜，他翻过分水岭，进入古道深处，已经进入新年正月，而且元宵将至。

　　这里作为茫茫苍岭的中心，如立于群峰之上，下望人寰，肥美平川，人间烟火，豁然开朗。

　　此刻哼四少爷身处壶城，站在好溪边，借着久违的阳光，他好好细看了蓝大首领夫人随同教袍送给他的照片。这是瓯城女子学堂首届毕业生在校的合影留念，他数了数，学生一共就七个或八个，前排坐着的是几位教师，中间是一位穿着教袍、神采奕奕的年轻洋人，看清了，应该就是但丁神父。女学生一律都是洋服，都是长

186

发，除了后排一位高个女生戴着布帽子，看不到头发，还有边上另一个高个女孩头发泛着淡光，似乎浅色的，其他女生都是黑发。

"难道就是她?"哼四少爷想了又想。

哼四少爷看到水中的自己，头发掩耳遮额，唇上黑须浓厚，仿佛一个不修边幅的老成中年，加上一身教袍，全然一个云游四方的苦修教士。眼前的壶城景象，与那一端瓯越情境，似乎是完全不同的时节，不同的世界，映入眼中的一片片红色，红彩灯，红旗幡，红条幅，还有穿着红袄的女人们；灌进耳朵的一阵阵脆响，欢笑声，爆竹声，喧闹声，还有飞鸟掠过云端的鸣叫声。面前呈现的，显然是年节的喜庆气氛，他久久感受着，精神为之一振，浑身的疲乏一扫而光，脸上的倦容和沉重变成云淡和风轻。

满目白墙青瓦之中，格外显眼的是一座高高的西式建筑，钟声回响，圣诗唱诵，夕阳照耀，彩云缭绕。哼四少爷相信，这一定就是但丁神父认为可能已经不存在的修道院。

他跨过石滩，走近修道院时，在修女们晾晒的衣物中拣了一块头巾，往头上一裹，跟随宁静的人流走了进去。此时里面正在举行弥撒圣道礼仪，有着栗中带白额发的院长嬷嬷即将读完福音，几个年轻女子，包括其中一位少女，眼含热泪，仰望圣像，双膝跪地，跟着诵读，随后就是她们成为修女的发愿仪式。哼四少爷不禁产生了联想，想起了橘子姑娘，想象她可能成为她们中的一个，他呢，就像现在，站在她旁边，跟她诀别，亲自送她到上帝那边。这种想象以前也曾出现过许多次，等今天真实见到时，却没有橘子姑娘，他禁不住感到欣慰，感到心安。

哼四少爷恍惚之中，观看了发愿仪式的全过程。四周悄无声息，发愿修女们悄然起立，神情平淡，那位少女作为她们的代表，走向院长嬷嬷，面对询问，朗声表示，愿意加入修会，并宣发圣愿，细听听，也不知道是哪里的口音。院长嬷嬷的讲话单调柔和纤细，向她们一一征求意见，是否愿意持守三愿。她们连短暂的沉默都没有，就一致表示愿意，并领受了十字架、《圣经》及徽章。接着在场所有人起立，院长嬷嬷念起祷词，为发愿者祈祷，并带领她们点燃了分别代表自己的那支蜡烛。

等仪式完成，天突然黑了，蜡烛变得更加通亮，仪式似乎还没有完全结束，一伙强壮的修女突然出现了，除了那几位刚刚成为修女的年轻女子和那位少女，哼四少爷和其他所有的人都被赶了出来。

回头一看，大门紧闭，密不透风，整座建筑在黑暗中发着白光，寂静肃穆，不容打扰。

钟声响起，打破夜空，钟塔变得模糊，最后好像被上帝之手轻轻抹去，只剩下敲钟修女的身影，犹如一个神灵，半悬在空中。

这天晚上，哼四少爷在好溪边一家阴森可怖的旅店住下，准备第二天一早再去修道院找人。由于疲倦，他没有吃任何东西，就睡着了。到了半夜，发生了两件可怕的事。

其中一件事幸好不是真的，幸好是他这段日子接二连三噩梦中的一个梦。这是一个与白天在修道院所见所闻有关、几乎让他绝望的噩梦。仪式结束，哼四少爷低着头四处寻找要找的人。那位少女经过他的身边时，突然对他笑了笑。

哼四少爷愣了愣，走过去要跟她说什么。院长嬷嬷过来，不怀好意地说："她是笑你的衣服和头巾都是偷来的。"

哼四少爷脱下教袍，说："这是别人赠送的。"

"难道是但丁神父怕你冻死才送你的？"院长嬷嬷盯着哼四少爷，声音冷冷地问，"是谁送你的？"

院长嬷嬷居然知道但丁神父，哼四少爷一阵紧张，承认是蓝大首领夫人送的。

"最好让你冻死。"那位少女态度仍然生硬。

哼四少爷急了，对那位少女说："你不认识我了？"

那位少女毫不迟疑地摇着头，语调冷酷，说："那是以前，从今往后，我不会再认得你了。"

哼四少爷一把拉住她，说："你不能当修女。"

那位少女挣脱了他，说："你以后不会再见到我，我要发终身愿。"

哼四少爷还要阻拦，主礼的院长嬷嬷开始念起诸圣祷文，那位少女跪下，跟着宣读誓词，读完誓词，似乎怕那位少女变卦，怕哼四少爷阻拦，急急忙忙指挥修女们唱起了《奉献净配歌》，歌声中，生米已经做成熟饭。

哼四少爷拼命靠近时，院长嬷嬷已经念完经文并伸手祝福少女。那位少女从院长嬷嬷手中领受了表明发终身愿的戒指。到此发愿完毕，弥撒礼成，院长嬷嬷得意，朝着哼四少爷笑了笑，再次祝福那位少女成为上帝永远的女仆。

哼四少爷身体一软，倒在地上，怎么也爬不起来。

已经成为修女的那位少女即将消失在穹顶之上，她俯视着他，神情讥讽，说："你连我叫什么都不知道，还想留住我。"

哼四少爷明明知道那位少女就是橘子姑娘，但怎么喊，也喊不出她的名字，直到她冲破穹顶，飞向天空。

庆幸的是，这不过是一场梦，其他所有的梦中人，橘子姑娘，但丁神父，还有那个院长嬷嬷对此一无所知。

接下来的一件事，并不是梦，而是真实发生了，而且差点让他丧失性命。他从梦中惊醒时，看到一把斧子正架在他的脖子上，一只指头粗壮的手正在拉扯他胸前的金十字架。他因为梦境中受到惊吓，额头上渗出了汗珠，拿斧子的人认为他害怕了，告诉他说，只要把金十字架赠送给我们，就不会伤害他。他犹豫是否答应，迟疑之中注视着斧子的锋刃，判断出这是一把砍猪肉的斧子，因为他联想到十年前，1938年冬末，在临瓯区的集市上，麻生抡起郑屠户肉案上的斧子，企图取他首级。

那把斧子与这把斧子几乎一模一样。

哼四少爷看到眼前拿斧子的手哆嗦了一下，相信自己的判断没有出错，自己遇到的是与麻生品性相同的人，心里顿时有了底，质疑道："你是杀猪的，焉能改行杀人？"

拿斧子的人不服，不承认自己是杀猪的屠户，而是抢先标榜自己的另一个身份，警告哼四少爷，他面对的，是壶城最有名的拳师傅，说："你今天怕是逃不过去了。"这时旁边有人劝说哼四少爷赶紧就范，并说出了他另外一个身份。原来拳师傅不仅仅是壶城头牌，也是全县头牌，不仅仅是拳师傅，而且是县警察局壶城派出所的警察，他问人要财，不问人要命，你一个外乡人，留下财，保下命，快快赶路，去自己要去的地方。

哼四少爷这时才发现原来有一屋子的人看着他，说着话，就像看戏一样，场面有些诡异，也有些滑稽，不禁暗笑，原以为此处民风剽悍，不想也不过警匪不分，花拳绣腿，哗众取宠，相信这个拳师傅既看重空名头，就没有真胆量，于是脖颈一引，说："砍吧。"

拳师傅果断地举起了斧子，往空中抢了抢，显示其力大无穷，手快斧快，斧头落下，无物幸免。

哼四少爷看到他的动作如此夸张，不禁笑他果真是个吓唬人的主了，更想赌一把，而且胜券在握，他把脸仰了仰，脖子伸得更长，声音也更响，语气也更挑衅，重复道："砍吧。"

当然是虚惊一场。

"你是上帝的人。"突然而来的哄堂大笑迅速化解了这场闹剧，这场危机。且不管是真是假，那位警察兼头名拳师傅一百八十度大转弯，突然态度诚恳，作了一番解释，因为他发现哼四少爷胸前闪闪发光的金十字架，因为他感觉到可能给他带来灾难，于是就用自己特有的方法提醒他，警告他，让他知道出门在外，财宝不可外露的道理，不然随时招祸，丢了性命。他还指着一群旁观者，直言不讳地表扬自己是一个聪明而幽默、善良而机智的人物，因为急公好义，乐于助人，赢得赞扬，赢得威望。

旅店里看热闹的人虽然服帖拳师傅，但都被刚才哼四少爷表现出来的胆气和勇敢深深震撼，敬佩他是壶城从来没有见到过的好汉，争先恐后地要与他结交。受到轻视的拳师傅到底是重面子的人，不肯马上跟着大家抬举他，把斧子一丢，说："我教会你几手功夫，你学会了，我们就算是师徒，就算交上朋友了，以后不用说壶城，就是在苍岭道上有任何事，无论公私，我都会帮你出头。"

哼四少爷这时断定自己遇上了一个热情的人，一个真实的人，一个有缘的人，不禁哼了哼，点了几下头。他还没有答应什么，不等披上教袍，就被拳师傅拉到好溪畔的一片草地上。其时月光如水，寒风如刺，哼四少爷不禁感到明亮，感到清醒。旅店里无论睡着了的还是没有睡着的人听到招呼，都纷纷出来观看。看到人多，拳师傅精神大振，迫不及待地打起一套好看的拳路来。

但哼四少爷抬头看到星空下的修道院，却分心了，不由得想着梦中之事，心情一阵阵恍惚。拳师傅的拳路表演，别人跟着鼓掌，他就跟着鼓掌，别人感到紧张，他也跟着紧张，完全的心不在焉。他最想立刻去做的事，就是敲开修道院坚固的大门，追问主持仪式的院长嬷嬷，证实梦是假的，证实发终身愿的那位少女不是橘子姑娘。

哼四少爷当然知道那是梦，绝不是真实的，当然知道那个立愿修行的少女不可能是橘子姑娘，自己的担心是虚幻的，是在自寻烦恼。他明明知道，他要进入修道院的真正目的，就是要找到那个诅咒过他的人，他最亲的亲人。

这个亲人应该是个修女。直觉告诉他，不会是主持发愿礼的院长嬷嬷，也不是将他驱赶出门的那一群严肃的嬷嬷中的一个。直觉还告诉他，他要找的那个修女，是在钟塔上敲钟的那个侧影，她一直在上面，直到人流清空，直到大门关上，直到夜幕来临，她都没有从钟塔上下来。

哼四少爷思绪游离的时间太长，让拳师傅看出了破绽，觉得受不到尊重，自己很没有面子，恼怒之下，就把斧子扔向他身边的茂林修竹，眨眼间，树枝连同竹梢倒下一片，像被剃了头，悄无声息，堆如乱发。

拳师傅看到哼四少爷并不慌张，气上加气，口中骂骂咧咧，冲进枝叶堆里寻找斧子，却怎么也找不到，正要叫喊，哼四少爷手中夹着一样东西，说："在这里。"

在场的人全都蒙住了，无论如何都没有看到他是怎么接住飞过来的斧子的。最吃惊的是拳师傅，刹那间愣了愣，但他很快佯装平静，说："我一眼就看到你把它捡起来的，你的手还真快。"

其中有胆子大的，对拳师傅的话提出质疑，说："明明是他接住了，怎么说是捡起来的呢？"

哼四少爷阻止了毫无意义的争论，递还斧子，说："我是捡起来的。"

拳师傅虽然对他暗生敬意，但他时刻不忘记金十字架，坚持由自己暂时替他保管。再三提醒哼四少爷，放在他这里危险，会招来杀身之祸，自己毕竟是警察，毕竟是地头，没有人敢动自己的脑筋。

哼四少爷明确拒绝了，声明自己受人之托，要物归原主，谁要认得上面的字母，说出意思，谁就是它的主人。但是拳师傅还是缠着他，不放心他一个人，得知他要去修道院，死活要陪他一起去，还以检查治安的名义，帮他敲开了大门，说："没有我出面，你进不去的。"

院长嬷嬷尽管很生气，但她似乎很害怕拳师傅，只好把所有的修女都集中起来，除了自己，让她们一一辨认哼四少爷手中的金十字架。

结果很少有人读得出来，有人虽然读得出来，但不知道其中的意思。既然都不是他找的人，都不是金十字架的主人，拳师傅劝他死了心，并再次要求由他保管，说："你哪天走，哪天还给你。"

哼四少爷仍然没有答应，因为他知道还有一个人没有出现，一个最有可能是金十字架主人的人。

拳师傅再次要求把金十字架暂时交给他保管，说："先放我这里保险。"趁哼四少爷犹豫，一把夺过去，紧紧握在手中。

第二天一早，钟声响了起来，哼四少爷想起昨天并没有见到敲钟修女，急忙跑到修道院，却被守在门口的拳师傅拦住了。原来镇长陪着一伙人在里面，要让修女们搬出去，双方正在交涉，不让闲人进去。

哼四少爷穿好教袍，裹住头，正要进去，里面走出几个端着卡宾枪的人，大声警告，叫他立刻退后。

不只镇长，还有更高级别的官员也来了。拳师傅打听到，昨天半夜，国民政府国防部一个特别代表到壶城视察，看中了修道院房子，要在这里建预备兵团司令部。如果长江失守，要在此地集结十万大军，建立一道防线，防止中共解放军派出奇兵，从苍岭古道突袭瓯越，攻占东南，切断海路。

哼四少爷在门口等了大半天，一直等到修女们画着十字离开，坐上炭烧汽车，去更远的地方暂时安置，一个个看过去，就是不见敲钟修女出现。到了晚上，几辆军车在修道院门口停下，下来许多军官，拿着发报机等物，很有次序地涌进里面。不一会儿，门口设置了障碍，架起了机枪，修道院顿时变成了一座军事要塞。哼四少爷还是不死心，叫拳师傅砍了一根竹子，借助它从后墙一个窗户爬进去。里面正好是院长办公室，那个自称是国防部特别代表的，把它当成临时卧室，正安然而卧。哼四少爷蹑足而入，顺便拿走了桌上一把镶着金边的左轮手枪，又翻过窗户，跑上了钟塔，但已经没有人影。只见铜钟被一件黑袍罩住，表明暂时不会再有人敲钟了。再一看，石台上还有一副眼镜，哼四少爷觉得很熟悉，戴上试了试，显然是近视眼镜。

那件黑袍，还有这副眼镜，显然都是那个敲钟修女留在这里的。

她人呢？哼四少爷哑然心跳，环顾四方，急切寻找。

天已蒙蒙亮，修道院里进进出出的，都是表情严肃的参谋人员，据说还有包括瓯越地区邻近各地军政官员。荷枪实弹的警卫十分仔细地盘查所有人员，哼四少爷戴着眼镜、穿着黑袍从钟塔上下来时，也被要求搜查，幸好一大早就来送慰问品的镇长把他认成敲钟的修女，埋怨道，这里迟早要打仗，所以被征用了，以后也不用敲钟了，还是安心当她的校长。

哼四少爷低着头，一边哼了一声，一边慢慢走着。

镇长一愣，说："你哼什么？你什么时候学会哼了？"

哼四少爷加快了脚步，等镇长赶上来时，他已经消失在好溪边的竹林中了。

是拳师傅有意安排，还是巧遇，后来是在溪边渡口，哼四少爷见到了敲钟修女。敲钟修女看到镇长陪着几个陌生人走过来，仿佛急于躲避，趔趄着跳上了木排，拳师傅不禁激动，连忙上前一扶，以免她掉进水里。

敲钟修女紧紧抓住排绳，安定下来之后，盯着拳师傅手里的金十字架，神情好奇，说："能让我看看吗？"

拳师傅举了举金十字架，多少有些炫耀，说："看吧。"

哼四少爷跟在后面，怕她掉在水里，拉住她，说："这东西是我的。"

拳师傅得意，说："现在由我保管。"

敲钟修女回过头来，眯缝着眼睛，要好好看清楚哼四少爷。

哼四少爷递过眼镜，说："这是你的吧？"敲钟修女怔了一下，连忙否认，说："不是我的。"木排到了溪中间，哼四少爷要回了金十字架，当然不是白要，他给了拳师傅那把崭新的镶边左轮手枪，子弹已经上膛，希望拳师傅要么收下，把金十字架还给他，要么不等他扔出斧子，他就开枪。拳师傅明知道枪是他偷来的，知道他会真的开枪，还是收下枪，归还了金十字架，但难免愤愤，不停地晃动手中的斧子，随时准备朝他扔过来。

木排快靠岸时，敲钟修女戴上眼镜，哼四少爷要她承认自己就是修道院那位敲钟修女，才同意她看金十字架。

敲钟修女认出了上面的镌文，神情显得呆滞，过了很久，一个字母一个字母地读出来：c-o-m-m-u-n-i-s。

哼四少爷摇摇头，说："你也许读对了，我是问这是什么意思？"

敲钟修女嘴唇动了动，连贯而快速地默读了一遍，说："是古拉丁文，罗马教廷一直使用的文字。"

哼四少爷确定她读得正确，口气缓和了一些，说："我知道是拉丁文，我问它什么意思，词的含义是什么？"

敲钟修女神情迷离，好像沉浸在某种情绪里，喃喃道："是古拉丁文，意思为公有，每个人都有份。"

哼四少爷显得恍然大悟，问："公有？共产主义？"

敲钟修女似乎受到惊吓，把脸转到别处，迟疑了很长时间，又警觉地看了看四周，才低声回答："是的，共产主义一词的词源。"

哼四少爷不想再抑制自己的激动，几乎想一把拉住她，问："你是谁？"

敲钟修女警惕，一边审视着哼四少爷，一边往后一退，说："我是修道院的敲钟人。"

哼四少爷指着金十字架，鼻子里哼哼着，问得十分急促："你怎么认得它？还知道它的意思？"

此时敲钟修女突然镇静下来，并重新拾回陌生感，像布道那样，耐心而合情合理地解释道，因为它刻在十字架上，因为它是教廷使用的文字。

哼四少爷并不听她的解释，说："是但丁神父让我来找你的。"

敲钟修女摇摇头，说："我不认识但丁神父。"

哼四少爷不肯罢休，说："你明明有瓯城口音，怎么会不认识但丁神父。"

敲钟修女笑了，说："你还真以为自己是神人。我还有别的口音，你怎么没有听出来？"

哼四少爷心想，她认识上面的镌文，自己一定没有找错人，正要再说什么，敲钟修女似乎知道他所想的，说："你去问每一个有学问的修女，或者神父，都能认得它，知道它的意思。"

此时，水面上一阵风吹来，哼四少爷看见敲钟修女的前额飘起几缕头发，在晨光下泛出金栗色，猛地想起瓯城的浓雾中，蓝大首领夫人伸过手来，抚摸着他湿漉漉的头发，说："或许凭着头发的颜色,就能找到你最亲的亲人。"一股亲近感禁不住涌上心头,正要看个清楚,但此时敲钟修女已经把头发塞进头巾,对他的情绪波动也漠然置之,走到木排前头,不再跟他说话。

哼四少爷取出照片,说:"这里面有你吧。"

敲钟修女看到照片时显然很激动,说:"想不到保存得这么好。"

哼四少爷指着照片中头发上是淡光的女学生,说:"这是你吧。"

敲钟修女怔了怔,反问:"你说是我吗?"之后不再说话,一会儿上了岸,匆匆脱离了视线,消失在人群里了。

哼四少爷此刻相信,敲钟修女就是照片上的人,就是他要寻找的最亲的亲人。后悔的是,他当时不知道这是自己最后见到她,不知道她的生命即将终结,他再也没有机会听她说什么了。

上岸后,拳师傅更加热心,一直替她做解释,说:"她不一定这么容易相信你,得理解她。"

第二天一早,心绪难以平静的哼四少爷跟着拳师傅去好溪对岸,到壶城幼稚园找敲钟修女。直到这时候,拳师傅才认真地告诉他,敲钟修女其实不算修道院的正式人员,而且没有发过愿,因此不算真正的修女,她的本职是教会办的幼稚园代理园长兼音乐教师,到钟塔敲钟不过是她的兼职,说:"她喜欢修道院,喜欢敲钟。"

"喜欢敲钟?"哼四少爷愣了愣。

拳师傅回头指着钟塔,那里是整个壶城最高的地方,能看到很远。敲完钟,她就在那里看风景,看别人家里是什么样的,还有看别的什么。

哼四少爷眉头一紧,吸了吸鼻子,说:"看别的什么?"

拳师傅跟着皱了皱眉头,表示自己也不知道她在看什么,就是朝着南边看,尽管有山挡住,还是要看,他猜测那边有她的亲人,说:"她听得懂瓯城话。"

"她还会讲。"哼四少爷十分肯定。

幼稚园门口守着一帮军人,都拿着枪,气氛严峻。学生和教师都被集中在操场上,清点完人数,每个幼儿都被盘问了几句。旁观者都在议论昨晚修道院少了一支枪,之前搜查的时候,独独不见敲钟修女,怀疑是她偷的,因此到幼稚园来抓人。

有警察身份的拳师傅很快打探到事情真相,说:"这是借口。"原来抓敲钟修女不是为了偷枪的事,是因为她曾经是瓯越的共产党,二十年前逃到这里,一直潜伏下来。

哼四少爷陡然一紧,顿时连连地疑问。她怎么会是共产党?而且是从瓯越逃亡到这里?而且也是二十年前?

哼四少爷感到意外的是,抓敲钟修女的人居然是从瓯城来的,为首的是一个青年长官。显然预先得到了情报,他名义上是到壶城协商防务,暗地里秘密调查修道院,最后锁定敲钟修女是共产党,找个时机,对幼稚园实施突然袭击。人群中,哼四少爷发现所谓青年长官原来就是麻生。

哼四少爷更感到意外的,是拳师傅后来的举动。消息传出,激动的壶城民众聚集在各个码头和路口,阻止瓯城方面带走敲钟修女。冲突难以避免,最后双方都开了枪,为了防止敲钟修女被抢走,麻生对她开了枪。拳师傅顿时像一个疯子,冲到最前面,举着那把镶边左轮手枪,高喊着要为敲钟修女报仇。麻生认定拳师傅是敲钟修女同党,果断地对他开了数枪。一看拳师傅中枪,人群顿时闹了起来,将麻生团团围住,但很快,刚刚到达壶城的驻防军前来增援,并鸣枪警告,于是人群四散,只剩下拳师傅躺在血泊里,护着敲钟修女的尸体,咽下了最后一口气。

哼四少爷趁乱取走了拳师傅的斧子,跟着人群消失在好溪边茂密的竹林里。

场面平息之后,麻生马上张贴不知何人捉笔的布告:

查实该犯为民国二十七年瓯越山谷之城苏维埃赤色政权之妇女会主席,策动暴乱之女匪首。剿灭之时,伪装病亡,潜逃于苍岭之中,以假身份为掩护,以图东山再起。值此戡乱救国非常时期,联络同道之徒,响应中共势力,伺机里应外合，破坏党国大业，扰乱地区和平，鉴此罪行，既往同咎，严惩不贷。

　　仔细读来，没有姓名，没有年龄，没有籍贯，甚至没有署上发布方，显然有草菅人命，制造冤案的可能。麻生等人离开之后，布告即被撕毁清理。

　　一天还是两天以后，麻生在回瓯城的路上，遇到了伏击。先是敲钟修女的遗体被拳师傅的徒弟们截回，运送的军车被推下了山崖。敲钟修女被抬回壶城，与拳师傅双双入殓，两具棺材放在修道院门口供人瞻仰。之后是公祭大会，授予拳师傅牌匾。院长嬷嬷主持的追思弥撒，吸引了苍岭地区的众多信徒前来参加，一时间，白天万众祈祷如天音传唱，夜间无数烛光如繁星照耀。因为怕招惹众怒，占据在修道院的预备兵团驻防人员也没有出来干涉。

　　哼四少爷一直守在苍岭古道上，而且没有多长时间，就看到麻生一行脚步匆匆，乔装而行。其时宁静异常，气氛怪异。没有任何警告，落满树叶的石拱桥上，传来哼的一声，一把斧子像一只飞鸟一样掠过人影，直接削去了麻生的一片连着头皮的头发。

　　全副武装的随从朝着四周，朝着树林，朝着拱桥，甚至朝着溪流，乱枪扫射，惊起虫鸟走兽，震落残枝败叶，然后陷入沉寂。

卷
三

　　民国三十八年，即公历1949年，2月12日，阴历己丑牛年正月十五，礼拜六，从星座上是水瓶座。繁华的古瓯之城和烟火气的山谷之城依然沉浸在年节的气氛之中，对域外发生的大事，例如北平在天安门前召开庆祝解放大会等，不情愿地加以关注求证，然而又感到害怕，害怕此类情形降临身边，惊扰梦一般安宁的生活。同时，看到变化难以避免，又如此地好奇，好奇同样的大变局是否会出现在瓯越，已有的生活方式是不是真的会改变，包括是不是人人都要改口讲北方官话，是不是瓯越乱弹不能用瓯越方言演唱，等等。

　　瓯越历史上曾经发生过惊心动魄的巨变，但只是遥远的故事，是陌生的传说，然而自己生逢其时，面临巨变，向往之，恐惧之，无论是向往还是恐惧，都即将来临，无法抗拒。

　　初春的瓯越，诡异和凶险已经发生，舆论场暗潮汹涌，甚至在半公开的场合已经出现奇谈怪论：如果真是哼四少爷杀了蓝大首领，他一定是错杀了，他也一定悔悟到错杀了，如果他一定要纠正错杀，那他一定会杀死应该杀的人。

　　文教局主办的新春画展上，贤者嚚人听到如此论调，没有丝毫理会，而是全神贯注，欣然挥毫，在饶舌师尊所作《柑橘颂》一画左上方补上李商隐的诗：

　　　　暗暗淡淡紫，融融冶冶黄。陶令篱边色，罗含宅里香。
　　　　几时禁重露，实是怯残阳。愿泛金鹦鹉，升君白玉堂。

一 苍苍烝民的阶级觉悟

蓝大首领遭刺的消息还没有传到山谷之城，不死巫娘已经感觉到瓯城发生了不祥之事。她无法做到一贯的矜持和神秘，甚至无法掩饰灾难降临时的戚戚和惶惶，什么行李都没有，一个人趁着月色，就要仓皇前往瓯城。但是走不多远，太阳初升之时，被骑着青牛追赶的雷大嘴巴拦了下来。

雷大嘴巴早已得到褐尾信鸽传送的信件，证实了一连串不幸的消息：最让人悲痛的是，蓝大首领死了，不知何人所杀；最令人震惊的是，与此关联的哼四少爷逃走了，生死难料；最使人不安的，以致恐慌的是，贤者嚣人回来了，成为瓯越的统治者。几件事相加相叠，对山谷之城来说，接下去祸不单行，凶多吉少，接下去是灭顶之灾，末日来临。

雷大嘴巴作为山谷之城的长官和党部书记长，一时不愿意相信这些消息，更不愿意公之于众，原本想亲自前往瓯城求证，不想雷三瞎子飞鸽传信，阻止他冒险前往。

"你不能去。"雷大嘴巴劝阻不死巫娘，说，"你去了也白去。"

不死巫娘口中唠叨不止，说："我要去劝他。"

"他杀过你几次了？小心他真的会杀了你。"

"杀就杀。"不死巫娘不听劝，撩起裙摆，就要涉水过去。因为山下的冻雪已经开始融化，春水早早下来，涧溪一拥挤，漫到前面的路上，虽然是浅浅、缓缓的，但也能湿了鞋子。

"这是政府的事，你别添乱。"雷大嘴巴正阻拦的时候，那只褐尾信鸽又从瓯城方向飞来，来回盘旋了几下，落在面前，他一把捧住，从鸽子的细腿上抽出一张纸条，上面密密麻麻地写了许多字，看了看，头上顿时渗出汗珠子，连声说不好。原来，瓯城磨刀霍霍，正等着他们自投罗网。

雷三瞎子告诉兄长雷大嘴巴，他已经被列为刺杀蓝大首领的幕后主使之一，而且排名靠前。

看到这样的消息，雷大嘴巴虽然设想过，贤者嚣人此番可能拿山谷之城说事，会如何指控他，此时果然得到证实，不由得往事涌上心头，不由得震惊恐慌。

雷大嘴巴未曾娶妻，中间虽然与几个女人同居过，传说有过一男半女，但不见他养育。早年从日本早稻田大学肄业，由于他的山民身份，公历1947年被推选为国民大会代表，次年春到南京参加大会，与贤者嚣人同为主席团成员，参与制定了《中华民国宪法》，选举了总统、副总统，因此与政界人士有所结交，一度还是瓯越督察区党部书记长人选，后来因为蓝大首领反对，结果中央党部派人过来担任此职。雷大嘴巴一气之下，索性辞去了山谷之城本兼各职，回到千年古樟背后的家中养病。中间还不断向南京中央党部写告状信，控告蓝大首领，不仅都被驳回，最后瓯越督察区党部还发表通告，将其开除党籍。

元旦之前，局势变化，他重新出任现职。

对蓝大首领，雷大嘴巴焉能不恨。

但贤者嚣人说："如单单为此，也不至于起杀心。"言下之意，还有别的原因。

其实早在1928年，雷大嘴巴就与蓝大首领产生了过节。一次雷大嘴巴到瓯城求见蓝大首领，要求释放一名被怀疑贩卖烟土而关押的妇女，声称是其契姐。蓝大首领严加审问，发现诸多疑点，一是此人竟然是个男身，不过皮肤白净，容颜清秀，于是男扮女装。二是虽然一口本地方言，却在讨要喝水时露出破绽。原来瓯越方言，水与"死"同音，此人说"我要喝水"，前面三个字地道本地口音，却最后一个水字，说成"岁"字，我要喝水，说成我要喝"岁"，后来查实乃是湘地长沙人氏。三是此人所带银元数额巨大，且内收藏一份采购清单，所列竟是武器弹药，光马克沁重机枪就有三挺之多。

其实此人的真实身份是上级派来的特派员同志。

得知蓝大首领对他动刑，雷大嘴巴亲自探监，看到特派员同志奄奄一息，大骂蓝大首领没有人性，激动之中与此人抱头痛哭。谣言传到外面，一时街谈巷议，当成丑闻，说雷大嘴巴为了一个面首与蓝大首领反目云云。后来因为证据不够确凿，由瓯城秋氏等众多家族作保，特派员同志由雷大嘴巴接回山谷之城养伤。不管是真是假，雷大嘴巴当时名誉扫地，此事足以让他对蓝大首领有千刀万剐之心，而且很强烈，虽然过去二十年，这种恨意不但不会轻易消除，只会越积越浓烈。

1928年山谷之城遭到炮火攻击之前，特派员同志曾与贤者嚣人照面，不知何故，贤者嚣人认为他不过是一个外乡人，只赶走了事。事后有人举证，特派员同志不仅带来了武器弹药，而且竭力鼓动所谓的黑须匪首提前起事，而且将战火延烧到整个瓯越，而且要主动进攻，占领瓯城，所谓年轻匪首还与他有过争论，主张重点巩固山谷之城，以山谷之城为根据地，壮大赤卫队，待时机成熟，再发动席卷整个瓯越的革命风暴。

最后特派员同志宣读了上级电报，下了动员命令，所谓年轻匪首坚决服从，振臂一呼，举起绣着镰刀斧头的红旗，带头冲出了山谷之城。

二十年前，雷大嘴巴亲眼所见，贤者嚣人与特派员同志握手道别，希望他日别处相逢云云。原来当年贤者嚣人在广州，因为宣扬国民革命理论，好与人辩，遭到算计，睡梦中被人绑起，夜沉珠江之时，为特派员同志所救。

临别，贤者器人还调侃特派员同志，说："要感谢你，没有你鼓动，山谷之城岂能暴露无遗。"

历历往事，雷大嘴巴不愿意再想下去，骑上牛背冲到水中，坚决拦住了不死巫娘，说："山谷之城要遭难了，先躲躲吧。"

不死巫娘一脸不屑，说："祖宗显灵，会保佑我们的。"

雷大嘴巴一急，一把抱住她，指了指瓯城，说："他又要杀人了。二十年前他谁都杀，杀了我们多少人。"

不死巫娘脸色一变，挣开雷大嘴巴，呆呆地站在水中，立了很久，口中喃喃地念起诅咒，说："总有一天，有人会杀了他。"

雷大嘴巴听明白的是，不死巫娘说的有人，是哼四少爷，听不明白的，另一个诅咒的他，似乎是蓝大首领，又似乎不是，因为她知道他已经死了，一疑惑，觉得是贤者器人。

不死巫娘此刻诅咒的，正是在瓯城呼风唤雨的贤者器人。

后来雷大嘴巴答应回去商量，等哪天谷口的水退了，一起去临瓯区渡口，坐上每天一班的炭车，或者坐火轮，半天就可以到瓯城。不等不死巫娘反应过来，就强行把她推上牛背，掉头骑回山谷之城。

当天，雷大嘴巴心中恐慌，但表面上从容，按照以往规矩，张贴安民告示，提醒过年的注意事项及其相关庆祝活动安排。这样万一有人听到消息，可以防止猜测和恐慌造成混乱，冲淡腊月气氛。此时，有关消息还是在有限的范围内传了传，但看到雷大嘴巴不慌不忙的样子，多数人也就认为是谣言。蓝大首领是山谷之城的骄傲，是山人的庇护神，是不可能会死的，哼四少爷杀人之后逃跑的说法，更证明了传言的虚假。这世界上谁都可能杀蓝大首领，哼四少爷一定不会。人们相信，等到除夕之夜，蓝大首领会发表广播讲话，等到正月初一，他会风尘仆仆、满面春风地出现在千年古樟下，向大家拜年，与大家唱歌，共同举杯，欢度新年。

但还是有人不理会安民告示，也不顾劝阻，悄悄前往瓯城，结果身陷江心屿模范监狱。其中就有列入所谓幕后主使者名单的盘姓长老、钟姓族长和蓝姓洞长。

接近阴历年底，宁静的瓯城突然传出巨响，听上去像打雷，又像炮声，仔细一听，就是有人放炮仗。贤者嚣人接到报告，泰然处之，但同时真把刚从码头卸下的美式榴弹炮拉到城门口，要在除夕这天，作为礼炮，对着山谷之城方向，开上几炮，驱鬼镇邪，震慑那些反对力量和异见人士。他们没有具体人物，但众口一声，制造舆论，谁当权诋毁谁，令人厌烦，也很危险。除了共产党潜伏力量的威胁，另一个大患是，山谷之城山人可能趁机造反。

多少年来，贤者嚣人头脑清醒，精力充沛，还要感谢记忆中的温泉，还有那个山娘的巫术。每当他耳朵发痒，听不到声音时，那根乌黑发亮的小银匙在他耳朵里轻轻一掏，一股电流如期而至，穿过身体，他尽力控制住因极度的舒适带来的战栗，通过不停地说话，长篇大论，侃侃而谈，仿佛与上古嚣人对话，仿佛变成了四翼鸟，腾空飞翔，同时发出的声音，掩盖了一切嘈杂甚至轰鸣。

不为人知的是，那两块已经干枯的像金子一样的耳屎，依然保存在他出门携带的皮箱里面，隔一段时间，他会看一看，就像他经常擦拭那把龙泉剑。

然而他会每时每刻想到一件事：山人不得不防。

贤者嚣人有自己的周密计划。他给何副长官打了电话，在冗长的通话中，表现出忧心忡忡，不无愤怒：

> 民国以来，特别是南京政府成立以来，山人各部寨，尤其是四大姓氏，享尽国民政府的好处，但时间一久，皆习以为常，不思感恩，民国二十七年的恶劣表现足以证明……尤其近年，离心离德之风日盛，私设武装，分庭抗礼，因其成分复杂，治安混乱，极其方便共产党渗透，而蓝大首领对此囿于亲情，视而不见，失之宽容，难以掌控，使山人沦为党国在东南建立中兴基业之大患。

贤者嚣人同时还准备了许多附件，对山谷之城历史、文化、习俗，尤其是山谷之城的分布、人员构成、地形地理、经济状况作了详尽的分析，从而让阅读者有直接的认知和观感，以期引起重视。安抚山人，依靠山人，历来是瓯越当局的既定方针。蓝大首领虽然有类似的想法，但为时已晚，督察区安抚山人的政策刚要出台，就出现了山人制造动乱的迹象。

当然，他不失雅致，在电话里还提道：

> 瓯越地区与外界屏障天然。三面环山，除了南面山脉环绕，北面雄岭高峰，主要的是西面，群山阻隔，千重高崖。境内数百条河溪皆源发于此，汇成激滩，转过七道弯，从耸山叠岩中挤出一条深沟，演变成江，浩浩荡荡，夺路入海。因此，瓯西山区，是滋养瓯越之生命源泉，是走向世界之出发地。

最主要的是，这里居住着山人，是山人的家园。

瓯越地区的世界像谜一样，因为大山里居住着数万古老山人。

传说在新石器时代相当活跃的谷口哼人部落消失之前，山人就已居住东南腹地，之后陆续迁徙于山谷之城内。传说他们的始祖为了躲避古瓯王压迫，迁居山谷之地，修筑成城，生下三男一女，长子姓盘，次子姓蓝，三子姓雷，女婿姓钟，子孙逐渐繁衍成为山族。这个传说不但家喻户晓，而且载入族谱，绘成连环式画像，称为祖图，在隆重的祭祖节日里悬挂出来。每一家族有一根祖杖，祖杖雕刻作龙头，这也是山人图腾的主要标志。据饶舌师尊考证，龙头想压过四翼鸟，山谷之城许多次背叛古瓯王，组织山军、山丁侵扰瓯城，因此成为历代古瓯政权和官府防范征剿的对象。

贤者嚣人此次回到瓯越发现，山谷之城竟然居高临下，以主人的身份，把瓯越当成山谷之城的一部分，融入一体，不可分割，更加印证了自己的种种担心，所预见的问题，所陈述的隐忧，将成为现实威胁。

山谷之城岂能统治瓯越！

贤者器人心目中，要真正复兴上古瓯国，必须有效统治山谷之城，真正征服山人，必须斩草除根，尤其抓住时机解决四大姓氏的长老。1928年冬，几个长老都参加苏维埃政权，担任过分支机构的职务。他气愤的是，当年自己离开之后，蓝大首领居然没有追究，使得他们逃脱制裁，以致今天仍然蠢蠢欲动，伺机动乱，实为党国重大祸患。

目前，他们虽然上了年纪，隐居山谷之城，没有实际公职，但却是蓝大首领亲自任命的瓯越山民经济文化建设委员会的副会长，每月支取相当数额的车马费和生活补助金，银洋五元到十元不等，如到瓯城开会，都可入住五马街饭店上等包房，论其待遇，与各区县长相当。

"他们明明就是赤匪，二十年前就应该枪毙的。"贤者器人长篇大论地斥责了一通，主张以谋杀蓝大首领之罪名将这些人一一绳之以法，说，"都是罪人，怎么处置他们都无话可说。"

得到何副长官明确支持后，贤者器人迅速召开了党政军特别联席会议，部署行动。雷三瞎子自然被排除在与会人员之外，但他还是从叫花子这里套取了一些内容。因为通往山谷之城的电话电报广播都被切断，水路陆路也增设关卡，加上自己可能受到严密监视，情急之下，只好启动停用多时的褐尾信鸽，通知雷大嘴巴做好应对。

对于特别联席会议按照危险程度排列出的所谓名单，雷三瞎子半信半疑，但仔细一琢磨，还是相信了。贤者器人的着眼点，显然表明他还十分在乎二十年前发生的事情，显然清楚怎么样抓住时机更彻底更有效地解决山谷之城问题。

列在名单前面的恰好都是山人首领，恰好都是1928年那场腥风血雨中活下来的人物，包括雷大嘴巴、盘姓长老、钟姓族长和蓝姓洞长。

盘姓长老一直帮助算盘老二在本族子弟中私募税警和盐丁，时间一长，盘根错节，几乎无人能奈何之，可以说，税警团一度成为盘氏山人的私人武装。之所以排在首位，因为算盘老二带来的威胁仍然最为紧迫，如果暗中纠集，策动兵变，凭着税警团人数和武器，与同样驻守城内的宪兵势均力敌。

至于确定什么罪名，叫花子透露，贤者器人看了盘姓长老的案卷，很快有了主意，说："他是杀人同谋。"原来不久前蓝大首领为应付舆论，大力整肃税警团，将安排在税警系统的盘氏族人清退了一大半，算盘老二请求哼四少爷出面争取，仍然导致一大批山人税警在得不到任何补偿的情况下，脱下制服，回到山谷之城务农。哼四少爷十分同情，利用督察区书记长的便利，私自盖章，将没有蓝大首领签发的抚恤补偿的文件下发。盘姓长老仍然不肯罢休，多次带人到瓯城找蓝大首领，遭到鸣枪警告后还是大闹不休。

贤者器人把盘姓长老案卷一扔，说："他杀人之心早有了。"

其次是饶舌师尊前任，原文教局督学，也是与秋思虹之父秋高古同年得中举人的钟姓族长。钟姓族长则仗着自己的名头，一直在文教界与饶舌师尊争斗。钟姓族长组织山谷之城研究会，网罗了一大批山人子弟，试图制造山人文字，从根本上与政府作对。1928年研究会声援过山谷之城苏维埃政权，贤者器人就要以通匪罪论处，但因为蓝大首领意见相左，只好取缔了事。钟姓长老一直为瓯城女子读书社通共案鸣不平，传言得知蒋介石即将下野，已经炮制文件，准备直接上书可能出任国民政府代总统的李宗仁，提出反对政治军事高压，反对强人统治，在山谷之城实行选举和自治，允许创造并且使用单独文字等诉求。

贤者器人指着案头上钟姓族长的照片，感叹他仿佛为山人佼佼者，一辈子都游走在瓯城与山谷之城之间，养尊处优，遥控大小事务，怀疑他是1928年赤匪暴乱的主要支持者，是剿匪戡乱的漏网之鱼，看上去针对的是蓝大首领，实际上在迎合共产党。列席特别联席会议的饶舌师尊十分赞同，声明自己早就怀疑钟姓长老妖言惑众，与秋思虹的读书社沆瀣一气在先，鼓动哼四少爷实施谋杀，讨好共产党，取得进身之阶在后，说："如果当年就把他正法，那也就没有他后来的胡作非为。"钟姓族长一度试图说动哼四少爷参与制造山人文字，还到处宣称与哼四少爷有父子之情。蓝大首领听闻，当着哼四少爷的面掌掴了钟姓长老一个耳光。

第三位是蓝大首领的宗亲、退役军官蓝姓洞长。1928年，蓝姓洞长因与蓝大首领意见不合，转而投靠山谷之城苏维埃政权，担任赤卫队军事顾问。贤者嚣人带领精锐之师，进剿赤匪，将其俘获。后来蓝大首领出面保他，保证他效忠国民政府，效忠蒋委员长。抗战爆发，还保荐他担任新兵训练部负责人，不想被人举报克扣兵饷，接济族人，遭到蓝大首领拘押。贤者嚣人一到瓯越，力主刀下留人。蓝姓洞长感激，一度改投他门下，要做贤者嚣人在山人中最忠实的朋友。

蓝姓洞长因为蓝大首领当年曾把自己交给军法部门惩办，始终心怀怨恨。蓝姓洞长对贤者嚣人表达忠心后，得到编制和经费扩充人员武装，组建瓯越救国军。对此，蓝大首领动员了许多关系，包括鼓动山谷之城上层，山乡各寨的男男女女，针对蓝姓洞长手下所有本籍官兵，极尽施压，最后将他们一一成功游说，纷纷脱离，重新回到蓝大首领麾下。蓝姓洞长成为光杆司令，一怒之下，回到山洞，过起隐居生活。哼四少爷受蓝大首领之命亲访洞穴，请他出山任职，蓝姓洞长严厉拒绝并扣留哼四少爷。哼四少爷手持牛耳尖刀，将其劫持，蓝姓洞长族弟、外号叫蓝六把求情，蓝姓洞长才得以安全。临走，蓝姓洞长要他给蓝大首领传话："今日杀不了他，明日杀不了他，他日一定杀他。"

如今蓝姓洞长和蓝六把等族人离得最远，几乎住在半山腰上，平时不轻易外出，但其实每天都在训练子弟，教习枪械，一旦需要，半天之内即可纠集数百人的兵力，一天之内可投入战斗。不过，驻瓯相关部门，包括叫花子的宪兵司令部，早已安插特务，对其密切监视。

褐尾信鸽飞回瓯城已是第二天了，雷三瞎子以为雷大嘴巴收到了消息，稍稍放了放心。不想到了傍晚，瓯城六个城门以及三个水门关闭之前，有山人青壮男女驮载山货，一批接一批，涌入瓯城，四散之后，也不像往年那样迅速到闹市地段抢摊占位，而是各自去悄悄找冷街店栈落脚。自然有好事店家留意到这些人个个暗藏器刃，行事反常，企图不轨，于是急忙举报。警察局也有人知道这些人中多与雷三瞎子是亲戚宗族，像以往那样，以没有余力检查为由，准备拖延不管。只有新来的税警团长怀疑山人逃税，认为正是查税的好时机，半夜到相关宿店突击搜查。因为只查山人，引发争执，双方互殴。事后，税警团共抓走二十余名山人，其中包括几个妇女，悉数送往临时看管所关押。税警团长姓何，也是贤者嚣人从南京带来的，原是财政部一个科员，还谣传是何副长官一个远房亲戚。

登记在案的时候，发现二十余名山人都来自山谷之城，都无名无姓，叫他们补交罚款，一个个都愿意坐牢，也不肯拿钱，除此，监狱还要管饭管住，一时开支增加。监狱方面问税警团要经费，何团长顶了回去。雷三瞎子挑动麻生与何团长交涉，结果两人互不相让，大吵了一架，麻生差点亮出刚刚磨砺过的斧头，何团长也几乎抽出文明棍中暗藏的刀刺，要不是贤者嚣人突然出现，两个人都难以下台。协调结果，所押山人交由法院依法判处每人劳役七至十天，主要是帮助工兵修建碉堡，且有少许补贴，那几名妇女游街示众后即予以释放。

瓯城的山人越来越多，都声称是赶来探监的。于是压力又到了警察局这边，麻生怀疑背后有人煽动，决定快刀斩乱麻，将所有山人都赶出瓯城，并启动通行证制度，控制来往人数。何团长也不愿示弱，命令税警过了年就前往临瓯区沿途征税，同时计划到山谷之城，每个洞寨都派驻税警四五人，以户为单位，上门收取税费。

贤者器人并不同意这种做法，这让他想起1928年。有如当年，结果是山谷之城各洞寨扣押税警，骑虎难下，结果是派出精锐抢回被押税警，逮捕违法抗税分子，结果是山谷之城山人纷纷赶到瓯城，要求放人，途中还破坏若干关卡，烧毁数间房屋。有如当年，蓝大首领依然冷静处之，任凭山人掀起风暴，结果酿成大乱，不可收拾。

　　眼前出现的情景，是否有如当年，背后是否就是共产党，真的很难说，自己绝不能有丝毫松懈。最后，贤者器人下令，说："如果仅仅为了逃税，可以从宽发落。"

　　收获已经令人满意，税警团的行动抓到了带头的几位年长山人，其中有盘姓长老、钟姓族长和蓝姓洞长。当晚，他们就和其他人分开，被送进了江心屿模范监狱。又听说雷大嘴巴没有来瓯城，而且在山谷之城发布安民告示，似乎有所应对，不禁怀疑有人报信。

　　与山谷之城同声共气的还有瓯城的底层阶级。

　　贤者器人认为他们极有可能被共产党策动利用，一有机会，里应外合，夺取瓯境，使党国腹背受敌，如同1928年。

　　贤者器人所谓的瓯城底层阶级，主要由两部分人构成。

　　一部分是瓯城贫民。瓯城内城共有六万户，三十余万人，除少部分人是靠祖产的寄生阶级外，多数人的生活来源主要是依靠码头运输、渔船渔获、果品收购、五金加工、商货贸易以及旅店、娱乐、饮食诸行业。城门之外，包括所属各区，约四万户，人口约二十万，以种植果、米、菜和渔猎为业。总计五十余万人中，虽然贫穷者，如果得以安居乐业，安贫乐道，即能安分守己，安心本职。不想抗战之后，百废待兴，瓯人善于生产经营，稍有起色，却逢内战爆发，通货膨胀，竟然遇到从未遇到的艰苦，素来能过清苦日子的贫穷者也开始怨声载道，对此蓝大首领束手无策，不知人心思乱，民变将至，此情景与民国十七年何其相似。

　　在贤者器人看来，本来这些人是很容易掌控和笼络的，本来这些人是国民政府的执政基础，他们通过努力劳作，争取到了衣食无忧的安宁生活，凭着瓯越的山海之利，商贸之优，如立一国，也尽可富足，偏偏被岌岌可危的天下大势波及，偏偏被管治无能的地方当权者连累，这些人再努力，也是枉然，惶惶间，焉能不思变不求变。他们制造的坊间传闻，既同情蓝大首领，但更多的都是为哼四少爷辩护，甚至当英雄看待，认为他杀人总是有难言之处，总是有原因的，而且是值得同情、值得炫耀的。

一部分是贩夫走卒。瓯越地少人多，素来向外向海求财，跨山跨岭谋生，因此常年离乡离土者为数众多。这十数万人的群体，居无定所，所得无时，现在东西贸易停止，南北交通断绝，货运之利尽失，多数人处于失业状态，一旦到了积累耗光，借贷无门，难以养家糊口之时，必定聚众闹事，为匪为盗，如果为共产党所利用，将是破坏性极强的力量，瓯越全境必为覆巢，其下焉有完卵？回顾民国十七年之变，他们几与赤匪为盟，分取田产浮财，摇身变为富足之人，况且今日之时局，或为乱世再现，岂能错失良机？

贩夫走卒确实不易掌控不便规范。蓝大首领死讯一出，他们恨自己没有成为哼四少爷，纷纷进城，试图仿效。扬言谁要对他们不公平，他们任何一个都将是哼四少爷转世。贤者器人履新次日，微服出行，观察到百业待兴的瓯城突然恢复了虚假的热闹和繁华。贩卖货品的人车成批涌入城中，到闹市地段抢摊占位，沉寂多年的夜市重现繁乱，闲杂人员混迹其中，而且南腔北调，三人成伙，五人成群，税警、巡警对其稍有管束，商贩之间即相互帮衬，群起谩骂围攻，整个市场完全是无序无政府的情状。跟随的麻生看不下去，强烈要求贤者器人下令将他们驱逐到城外，如有反抗者予以拘捕，为此还差点抢了斧头。

后来许多商贩实在太过分，引起附近市民和店家的抗议，要求政府出面管一管。党政军特别联席会议张贴布告，取缔夜市，晚八点至次日凌晨六点，实行宵禁，如有违抗者，一律以救国戡乱的非常措施严厉处置。在麻生的带领下，当晚出动宪兵到夜市上抓了几个人回来。贤者嚣人审问了几句，知道他们不是共产党，命令马上放人，并对每个人给予相应补偿。

看到麻生不情愿，贤者嚣人脸色严峻，要求此类事情以后不要再管，官逼民反的事情绝不能发生，熙熙攘攘，乌合之众，只能以后再立规矩，说："要严防的是，他们再与山人合流。"

二　谣言之城的混乱时刻

此时此刻，瓯城面临危机，危机都因谣言而起。

1949年元宵节前，有关哼四少爷被诬陷的传言，有关哼四少爷作为嫌犯已经归案的传言，在瓯城悄悄流传，但是无从证实。党政军机关，包括督察区特别联席会议成员，都私下询问求证，但最后都遭到贤者嚣人的坚决否认。据饶舌师尊提供的名单，传播最积极的主要是一批学校校长，他们有一个共同的身份，都是瓯城女子读书社的顾问，他们本人虽然不是山人，但都与山谷之城沾亲带故。按照饶柳氏的说法，这些人道貌岸然，其实对秋思虹都有觊觎之心，只恨不能得手。除了甲种渔工学校、乙等蚕桑学校、瓯越师范的校长之外，还有国立瓯城中学、瓯越模范中学、东南中国中学的校长，他们是杀害蓝大首领的幕后指使者。依据主要有二，一是前年秋末，通货膨胀蔓延到瓯境，六名校长曾联名要求蓝大首领给全体教职工加薪，以度时艰，结果酿成动乱。各校在没有得到批复的情况下，擅自挪用其他专项经费先行发放，被责令追回后，又鼓动师生到天主堂广场、五马街等人流集中场所游行示威，蓝大首领和算盘老二与他们对话无果，命令雷三瞎子带人强行将其驱离。当天，上述学校出现了将蓝大首领名字打上红叉符号的标语，还有教师组织模拟法庭，对蓝大首领进行审判，并判处极刑。有此行为，把他们名列其中也是有充分理由。二是去年暑期，饶舌师尊提出学校合并调整建议，即将甲种渔工学校、乙等蚕桑学校、瓯越师范合并，成立瓯越大学，同时将三所中学改名为瓯越一中、二中、三中。各位校长听到风声，不等草案发布，就通知已经放假回乡的师生集聚瓯城，织成请愿团，将文教局包围。后来蓝大首领出面召开座谈会，以时机未到为由，驳回饶舌师尊的提议。相关部门认为是共产党从中煽动，将几名行为激进的青年教员和进步学生逮捕，对此，学校断定是蓝大首领的意图，请愿团负责人还扬言，等共产党解放瓯城，一定枪毙蓝大首领云云。

"他们都是刺客背后的人，他们制造传播谣言，是想激起民变，是想制造混乱，是在鼓动杀人作恶。"贤者嚣人做出判断，在这些校长的名字上打了叉叉。他不得不怀疑他们，要么是共产党，要么他们想借此靠拢共产党，为日后一旦变天，捞取好处。

后来又有人传扬一个未经证实的消息，说是贤者嚣人收到一封内容简单的电报，发报人哼四少爷声明冤有头，债有主，凡事由他承担责任，但绝不会坐视贤者嚣人纵容和实施一切迫害无辜的行业，否则他一定于三尺之内取他首级。不管是否有过这样的电报，不管是否有人冒名，贤者嚣人公开回应了相关谣言，没有什么人归案，他从没有听说，没有看到什么嫌犯已经押在瓯城江心屿模范监狱。接着叫花子和邹大维等人，连同雷三瞎子也跟着发声，他们甚至否认发布过通缉令，有关于此的任何正式文字，也从来没有在任何公文信件中出现过，也不曾在任何电报电话中有过登记。贤者嚣人在一次重要的场合还回应了所谓哼四少爷的恐吓电报，说："如果军政人员公报私仇，伤及无关人士，我愿意承担约束不力的责任，欢迎他来取我首级，如果他是无辜的，我相信他是理性之人，相信他尊重法律，会光明正大面对公正的审判。"

这种权威的、肯定的、朋友般的，虽然是留有余地的解答和回应，经过一般民众揣摩研判后，一段时期使搬弄是非者保持了缄默，暗潮汹涌般的流言得到平息；一段时期瓯城风气清朗，政治局势重入轨道，社会生活回归正常；一段时期各种重要会议和活动的邀请名单中还出现了哼四少爷的名字，甚至九龄童和百里香在瓯城礼堂元宵演出时还给他留座；一段时期甚至有人宣称看到哼四少爷和橘子姑娘在五马街携手并肩，有说有笑地走在天主堂广场，在但丁神父的引领下，仿佛双双进入了婚姻的殿堂。

总之，一段时期，大多数瓯城军政官民相信，一切有关哼四少爷的传言都是假的，一切不祥的情形都没有发生。

但这个一段时期很短暂，仅仅过了一个礼拜，还没有等到元宵节，新的传言突然而至，来势更为凶猛，如同在海面上积聚已久的台风，形成接二连三的气旋风暴，向瓯城呼啸而来。

开头一波风暴，近乎荒谬虚假，混乱不堪，近乎空穴来风，无中生有，但无疑都指向哼四少爷。其中最离奇的一个消息是，有人看到哼四少爷亡命苍岭古道，好溪滩畔，处境窘迫，神志不清，有人看到麻生押着他回到瓯城自首，而且言之凿凿。

更加离奇的是，有人看到他已经变成一个丧心病狂的疯子。

对此，经邹大维授权，雷三瞎子立刻代表警察局出面辟谣，据调查，所谓的疯子，其实是临瓯区永嘉乡大若岩送来的一名男性自残青年病人。该患者赌博成瘾，屡赌屡输，赌得倾家荡产，欠债累累，日前，誓言痛改前非，将一枚长约六公分的铁钉钉入自己颅内，当场昏迷，不省人事。但丁神父也随即发表声明，称该青年家人连夜将其送到天主堂医院，由德国留学回来的郑济时医师接诊，经过仔细检查评估，制订了详细的多套救治方案，最终实施了开颅手术，将这枚锈迹斑斑的铁钉取出，挽救了这位年轻病人的生命。以当时瓯城的医疗条件，这样的一个开颅治疗，可以说是一个破天荒的大手术，闻所未闻，虽然《瓯越日报》专门登载了报道和照片，但人们仍然不相信，中医界甚至予以讽刺指责：郑氏非当年华佗，开颅所为，如害人命，要是遇到曹操一类人物，天主堂医院如何交代？

传播谣言的人，当然还有那些相信谣言的人，最后都成为笑柄。《瓯越日报》也将其作为一则讽刺寓言予以刊登。对此，贤者器人不屑于出面公开回应，连一笑了之都没有必要。

沉寂了几天，紧接着就是第二波风暴，扑朔迷离，真假难辨，矛头开始对着蓝大首领被刺杀当天突然消失的上海丽人。不知源头从何而来，不知传播者是哪些人，尽管每个相信传言、跟随传言的人，绘声绘色，活灵活现，仿佛亲眼所见，但其实也不是他们真正相信的。

为了避免受到迫害，哼四少爷已经逃往外地，有人见到他在上海出现，与同案犯上海丽人会合，企图坐飞机潜逃到国外，但被淞沪警备司令截获，并应贤者器人要求，已经押回瓯城，此时已经在路上。对此，一心要树立客观公正形象的邹大维，包括一心要维护哼四少爷的雷三瞎子都没有及时出面辟谣，包括与上海教会之间联系较多、消息灵通的但丁神父也沉默以对。凡此种种，十分诡异。一时间话题变得热门，变得沸沸扬扬。接着，上海丽人一封形同情书的公开信，在整个瓯城引起轰动，一时街谈巷议，无人不知，许多少男少女近乎狂热地为上海丽人炽热的爱情表白鼓吹欢呼，赞美她的勇敢行为，有的青年学生还投书报社，强烈要求行踪隐藏的哼四少爷站出来公开回应。更有好事的市民希望将这个动人的故事编成文明戏，由九龄童和百里香分别扮演哼四少爷和上海丽人，作为《梁山伯与祝英台》的现代版和《罗密欧和朱丽叶》的瓯越版，到各地巡演。

当然，那些年长保守的饱学之士认为《瓯越日报》发表此类信件多有不妥，但鉴于时代的变化，更是因为怕牵涉到哼四少爷以外的敏感人物，多少有些投鼠忌器，因此没有像当年指责橘子美人评选那样，言辞激烈地对上海丽人的公开信加以声讨，而是使用温和的文字，以内部呈文向主政的贤者器人递交了三点声明：其一，力主新闻审查，管控舆论，《瓯越日报》和电台今后不得再登载、播报此类稿件；其二，悉数收回当日报纸，对私留不交者予以惩戒，以彻底消除影响；其三，不欢迎上海丽人再入瓯境，不再聘请其担任公职。

被削去头皮的麻生其时在天主堂医院疗伤，间歇中细读了上海丽人的公开信，一则以喜，一则以怒。

所谓喜，他相信橘子姑娘看到报纸，对上海丽人如此不加掩饰的滥情会嗤之以鼻，以她清纯高洁、一尘不染的品性，也必定不会原谅拈花惹草、妄生事端的哼四少爷，必定会愤然切割，从此与他一刀两断。如此，自己便有机会走进橘子姑娘的内心，如此，自己精诚所至，金石为开，如何不是一段佳话？如何不是喜事？

所谓怒，哼四少爷总是引得年轻美丽女性的芳心早许，以致像上海丽人如此优秀者，奋不顾身，公开求爱，而橘子姑娘必定受到伤害，此种情景怎能不令人妒忌愤恨！加上哼四少爷实为刺杀蓝大首领的嫌犯，本来早就应该绳之以法，令其偿命，却不知瓯城各界何故偏爱，相关部门何故应付了事，使一个杀人凶手至今得以逍遥法外，自居风流，祸害无辜，是可忍孰不可忍，自己冲冠一怒，又有何不可？

之前报社收到上海丽人的公开信，深感错愕，不敢擅自刊登，饶舌师尊也有意压下稿件。比较奇怪的是，一直避而不谈的贤者器人，竟然坐不住了。他迅速做了两件事情，一是借工商界国民党员座谈会，公开指责共产党造谣，要求大家绝不要相信上海丽人与刺杀有关的传言。二是明确阻止饶舌师尊发表上海丽人的公开信。这样一来反而使饶柳氏更生好奇，急忙要饶舌师尊马上在《瓯越日报》上发表公开信全文。事态发展说明贤者器人非但没有洗清上海丽人同谋的嫌疑，而且将其卷入了另一个舆论旋涡。其实，除了饶舌师尊翁媳上不得台面的私下胡猜，公众议论并非一意指责上海丽人的凶嫌身份，而主要是为橘子姑娘鸣不平。使君有妇，罗敷有夫，上海丽人处心积虑，精于设计，横刀夺爱，令天下女性蒙羞，同时也有非议哼四少爷的，嘲讽他早就与上海丽人暗中苟且，如今奔亡上海滩，再续香艳，为的是一段佳话，怕是迟早会成为风流一鬼。当然有知情者埋怨蓝大首领引狼入室，牺牲女儿幸福，而且愚蠢到为上海丽人充当媒证。接着又把矛头对准《瓯越日报》，堂堂一张报纸，岂能公开私人情书，堕落如此，应当追究相关编审责任，处分开除，永不叙用。《瓯越日报》因为登载了上海丽人的公开信，受到舆论谴责，饶舌师尊看到情况不妙，为推卸责任，早于一个礼拜前召开董事会，以纸张短缺为由，决定暂时停办，该报所有人员暂时遣散。

但这并没有得到宽容开明的瓯城各界人士认可。后来使报纸真正停办的，是一个更重要的原因。直到此时，饶舌师尊还不能窥知贤者器人的用心，疑惑之时求问儿媳，饶柳氏到底妇人心思，竟然猜想贤者器人可能与上海丽人关系非同一般，面对汹涌的舆论，公开此信，以正视听，无非证明上海丽人不是嫌疑，亦非同谋。饶柳氏质疑道："如此这般维护，不是有私，又是什么道理？"饶舌师尊感到诧异，认为儿媳是将心比心，说："他没有儿子，哪来儿媳？"饶柳氏冷笑，说："你不也是道貌岸然的？再说非得是你我这样的？就不会有别的款曲？"

饶舌师尊翁媳揭露上海丽人行踪，可以坐实哼四少爷已经投奔共产党，如今许多人相信，他们是一起逃离瓯越的亡命鸳鸯。其中阴毒的是，借此可以试探贤者器人，求证他与上海丽人到底是何关系，如今许多人知道，当初是贤者器人介绍她到瓯城的，推荐给蓝大首领的，传闻贤者器人年轻时曾与一个山人女子有染，而且曾带走一名女婴养在上海，上海丽人的出现，令人猜想。

悬疑未解，上海丽人又留下了一个新的谜题。

古城堡很快人去楼空，连同迁移到此的谷口遗址文物展也遭关闭。经贤者器人首肯，古城堡社址由宪兵司令部征用，周围布置了警戒线，设立了岗哨，外人未经允许，不允许入内参观。其实看到贤者器人迟迟不肯将上海丽人列为同案犯，迟迟不肯下达通缉令捉拿，饶柳氏已经开始起了疑心，直到此时，她疑心更重。就当时的瓯城，就当时瓯城最有见识的人，都没有对贤者器人有丝毫的疑神疑鬼。如此想象力，如此敢怀疑这种关系的也只有她了。以致后来，贤者嚣人也不得不对她另眼相看，有所提防，几个月以后，对她最终的下场，有所唏嘘，说："可惜她是个女人，可惜她太聪明太毒辣。"

饶舌师尊翁媳公报私仇的同时，贤者嚣人重开特别军事法庭，签发的布告公之于众：

> 即日起，由国民政府司法部指定专人直接组织领导，以加强特别军事法庭，书记员、协审法官由瓯城法院的本籍法官担任，审判长由最高法院委派，如果形势许可，近日莅临瓯城主持审判事宜。

贤者嚣人因此遭到非议，认为他利用蓝大首领一案牵连更多人，甚至加害一些无辜者。要审判谁？当然是越抓越多的有关蓝大首领遇刺案的嫌犯。总之，审判将首先针对著名山人领袖，包括盘姓长老、钟姓族长和蓝姓洞长。

尽管自称知情者，甚至几个最亲近的人，包括苦主橘子姑娘，还有目击者但丁神父，对此都坚决予以否认，但谣传越来越广，越来越逼真：蓝大首领一案，被牵连的人越来越多，都被关押在江心屿模范监狱，即将受到特别法庭的审判，而且未审先判，内定都将被处以极刑。

谣言还是不断传出，紧接着谣言更是有鼻子有眼，有时间有地点有人物：贤者嚣人为了嫁祸于人，制造了劫持法场事件。

他故意设计了一个圈套，诱使算盘老二潜回瓯城，策动税警团旧部劫狱，营救山人领袖，从而找到借口予以全部消灭，以免除法庭审判的繁文缛节。但精于算计的算盘老二声东击西，提前行动，虽然中间因为几位族长不肯配合而出现纰漏，但阴差阳错，最后劫走了包括瓯城女子读书社骨干在内的十多个共产党死囚，并护送到山谷之城洞穴密藏。时值国民党政权危难之际，此种行为震动了国民政府多个部门，更是触怒了在僻静乡野隐居的国民党总裁蒋介石，先后数次亲自致电瓯越党政军联席会议，责令贤者嚣人乱世用重典，以最快之手段，从重严惩所有在押犯人。但是，瓯越各界人士强烈要求阻止以特务政治代替司法手段，希望公开审理。对此贤者嚣人考虑到瓯越的稳定，作为权宜之计，以督察区名义，联合瓯越法院致电请示最高法院。此时，最高法院正准备撤往南方，无人可派，无人主事，刑事法庭、特别法庭和军事法庭之间相互推诿，于是复电瓯越，电文明示，依据《动员戡乱时期临时条款》中规定的紧急处分权、宣告戒严等总统权力，当然也包括算盘老二公然劫持法场的这一类通共重案，希望报告改呈总统府。电报末尾还附加一句：公乃《条款》提案推动者，何须明知故问。

最高法院显然将了贤者嚣人一军。

原来1948年四月，第一届国民大会第一次会议召开，为挽救残局，扩大总统权力，国大代表提议要修改刚刚生效不到四个月的《中华民国宪法》。会议磋商结果，在暂不修改宪法的范围内，予政府以临时应变权力。经过一番讨论，正式通过了由七百多名国大代表提出的《动员戡乱时期临时条款》一案，规定总统在动员戡乱时期，为紧急处分，不受宪法相关条款所规定程序之限制，有效期为两年半。贤者嚣人在提案表首页签上了自己的名字，而且他投票时的照片被登在《中央日报》上，因此世人皆知。

贤者嚣人按照最高法院的批复，呈电总统府。不出所料，总统府一番冠冕堂皇的大道理，当即一脚踢到司法院，云：

依据《中华民国宪法》基本精神，按照三民主义、五权宪法确定的国体与政体，规定国民大会为全国最高政权机关，但对其之权加以限制，虽然形式上采用总统制，但总统权力受立法院、行政院、监察院的制约，规定人民各项民主自由权利及必要的宪法义务，赋予司法院以解释宪法和法律命令的权力，由司法院大法官会议行使。

同时，另一脚踢回瓯越督察区。同样是依据《中华民国宪法》。其规定采取中央与地方分权体制，赋予省、县两级地方政府以自治权，当然也包括司法权，因此瓯越地方法院责无旁贷。

　　司法院的赵姓推事曾经留学英国，素有法治思维，再则认为国共谈判期间，不宜用政治或军事方法对待此类案件，做主以司法院的名义，正式给瓯越地方法院发去电文，同时还擅自在接受美国等友邦国记者采访时，借题发挥，大谈司法改革，要求瓯越督察区严格按照法律，谨慎对待，明确要求在非常时期，不宜开设特别法庭，而是以普通法庭公开审理。

　　于是一开始，瓯越特别军事法庭就陷入了困境。

　　其实贤者器人私下里和国防部等相关部门取得了一致，都不同意取消特别法庭，也不准许公开审理，所有的请求不过是做些表面文章。但是不承想被司法院一个小小的推事坏了计划。司法院的回复意见被赵姓推事公开，一时舆论关注。首先出现的是证人问题，因为除算盘老二一人没有来得及逃走外，原税警团旧部参与此案的其他人员全都随死囚们一起消失，不知去向。

　　上述传言是真是假，一时无法证实，但大大影响了贤者器人清除以山人为主体的所谓共产党残余的行动，继而影响了他在瓯越的施政和管治。

　　就像二十年前那样，人们的恐惧感惶惶袭来，同时也怀着一丝希望，一点侥幸，在结果出现之前，总是觉得不至于真的会发生极坏的情形。就像二十年前那样，很多申请到法院旁听的人，不单单是看个热闹，而是借此机会得知真相，看个究竟。法院在天主堂广场的东面一侧，仍然在二十年前的地址上，只不过门前两排法国梧桐看上去更高大更稠密，也更苍老更曲折，清冷的枯枝把黄铜镶嵌的大门完全掩映，门前的法警全部换成了宪兵。每个瓯城人也是很想知道到底是谁杀死了蓝大首领，如果真是哼四少爷，那他又为了什么？然而言下之意，都认为这是个冤案，都想知道是什么人在陷害他，因此，他们都怀着严峻的心情，想知道除自己之外其他人的态度、立场和表现，当然更想知道判决结果，看到那些无罪的嫌犯洗清冤情、无罪开释的那一刻。

贤者嚣人想不到的是，他的讲话却使瓯城上下又开始了新的猜测，新的议论，越来越多的人怀疑特别法庭要审判的所谓共产党可能是橘子姑娘，因为比起算盘老二，她更像是共产党。因为劫走的都是读书社成员，橘子姑娘有重大嫌疑，而且可能是主谋，更主要的是，橘子姑娘也承认是自己鼓动算盘老二实施如此冒险行为的。

谁知道贤者嚣人的苦衷呢？他一直在努力的，是排除橘子姑娘的通共嫌疑，并把她转为证人。无论邹大维还是叫花子都对自己轻易让麻生送橘子姑娘回去十分不满，认为至少她应该吐露真相才能获得自由。但他们似乎对她是不是共产党没有兴趣，而且根本不觉得她是共产党，参加读书社这样的活动，顶多只是外围分子，离真正成为共产党还遥远得很，以她的身份，共产党要不要她永远是个问号。他们关注的是蓝大首领的案子，如果真凭实据，得以破获，才是大事一件。邹大维自信如果再有时间，他对橘子姑娘的心理战一定会取得成功。妇女会主席饶柳氏和保密局对邹大维的方法不以为然，坚决主张动刑，双方争执不下时，贤者嚣人两害相权取其轻，决定支持邹大维，答应再给他二十四小时，并且亲自说服了但丁神父。但丁神父认为催眠术并不人道，但比审讯用刑更文明一点，因此从法律的角度作了妥协，对邹大维再次请走橘子姑娘没有加以阻拦。

橘子姑娘又到了旧将军衙门父亲住过的那间房子，在睡眠中不知道自己说了什么，但邹大维认为自己的方法取得了成功。贤者嚣人看了记录，并不意外，橘子姑娘梦中作为目击证人，对算盘老二带领税警团旧部劫法场的情景与事实基本一致。其间贤者嚣人再次否决了由饶柳氏提出的刑讯要求，支持邹大维把橘子姑娘的证词提供给特别法庭的意见，尽快审理判决算盘老二劫狱案件。

贤者嚣人对秘密过程中发生的意外并不感到奇怪。橘子姑娘清醒过来，知道算盘老二死刑的判决等待最高法院的核准时，当场翻供道："主使的人是我，我是读书社的负责人。"她指着算盘老二，说："不是他，他最多是被我蒙骗的从犯。"

算盘老二似乎很不高兴，神色精明地沉了沉气，声音里充满火气，说："你一个小姑娘家，什么都不知道，逞什么能，你父亲死了，你被人抛弃了，你脑子坏了，说梦话呀。"

两个人争了半天，预审草草了事，但橘子姑娘没有按约定的时间回到天主堂，而是被留在了旧将军衙门幽暗的房间。据饶柳氏放出的消息，橘子姑娘当晚绝食，再也不肯配合审问。贤者器人请但丁神父出面劝说，但丁神父要求贤者器人发誓，保证不让任何人伤害橘子姑娘。麻生自告奋勇，要当她的贴身警卫，饶柳氏对麻生十分生气，又散布消息，说他和橘子姑娘两个人睡在一张床上。这样的消息，自然没有人愿意相信。至少有几批人前去探视，知道看护的不仅有手持卡宾枪的宪兵，还有与雷三瞎子关系良好的探警，除此，根本没有麻生的影子。人们相信的是，橘子姑娘是安全的，她绝不会与哼四少爷以外的男人共处一室。

《瓯越日报》上海丽人的公开信，是但丁神父拿给橘子姑娘看的。之后橘子姑娘毫不犹豫地登报声明，宣布断绝与哼四少爷的关系，同时承认是自己指使算盘老二劫持法场的，希望刀下留人。

后续发生了但丁神父的抗议事件，他扬言要发电报给南京的国民政府，控告督察区漠视人权，罔顾正义，但贤者器人及时予以制止。他告诉但丁神父，如果南京方面认为橘子姑娘是共产党，那就没有任何转圜余地了。但丁神父顿时也清醒过来，如果让蒋总裁知道橘子姑娘是共产党，那恐怕谁也救不了。这一想，加上贤者器人保证橘子姑娘不会受到追究之后，但丁神父暂时只好罢休。

使贤者器人感到为难的是，不知什么人直接给国防部反共部门发了电报，因而引起了高层的重视，直接致电警告他，把橘子姑娘留在瓯城或许是一个错误，催促派专人把橘子姑娘押送南京。贤者器人猜到，可能是饶柳氏暗中所为，但也不好当面责怪，只是提醒饶舌师尊，不要过于放纵，以免节外生枝。

接着跳出来的是麻生，他得知橘子姑娘要被送往南京，扬言自己会挺身而出，英雄救美，哪怕付出生命。但他的要营救橘子姑娘的豪言壮语遭到贤者嚣人的坚决反对，说："送什么南京？那里谁还能接收？"要救也不需要他救，有人会营救她。

"谁？"麻生紧张，摸了摸背后的利斧。

贤者嚣人没有说出哼四少爷几个字，只淡淡道："我们等着别人来救她吧。"

算盘老二没有受到优待，一直戴着重镣押在江心屿，不以政治犯认定他，也不承认他是为了救共产党死囚劫的法场，加给他的是一个贪污犯的罪名，具体是盗用财政资金供自己挥霍，养小妾倡优，吸食毒品等，有七八项之多。直到元宵节这一天，开始是放出风来，他被押送到了南京，光天化日、众目睽睽之下，又是囚车，又是鸣笛，又是警戒，接着传出江心屿模范监狱发生骚乱，算盘老二趁乱越狱，再次逃离瓯城，潜回山谷之城，对此，瓯越反共救国委员会迅速发出通缉令，令山谷之城各处张贴。还有一种说法是他被人暗杀在牢中，法医装模作样地对几具无名尸进行了检验，最后一一排除。

总之，算盘老二消失了。最新的说法是，哼四少爷已经潜回瓯城，暗中联络各方势力，劫持法场，颠覆政权，从而帮助共产党控制瓯越，也有传言认为他本人就是危险的共产党。

三　哼四少爷的授勋典礼

如果事情止于苍岭古道的壶城，哼四少爷多少年的猜想，也就终止，如果敲钟修女真是他最亲的亲人，是那个当年为了使他活下来而哀求的人，他只能就此幻灭，前往另外的人生，从此与以往无缘，与瓯越无缘，与所爱的人、所恨的人无缘。然而，院长嬷嬷试图告诉哼四少爷真相，让他知道自己的认知发生了错误，知道麻生不过是抓错了人，杀错了人，敲钟修女只是其中一个令人痛心的插曲，其中一个令人震惊的意外，是另外一个令人叹息、充满哀怨和悲伤的故事。

在此之前，还是在好溪畔，哼四少爷在卫理会的公墓上，敲钟修女的坟茔前，遇到了面容憔悴但仍然端庄清丽的院长嬷嬷，相处之后，虽然已经有了默契，但保持距离，不失礼貌。

要不是她那么长时间注视着他，他已经认不出这位妇女就是修道院的院长嬷嬷。让他惊愕的是，她的头发也是栗色的，只有在淡薄的阳光下仔细看许久，才能发现因为长出一些白发，颜色变得更淡了。设想她年轻的时候，那头发一定是灿甸甸的深栗色。哼四少爷此时才醒悟过来，她或许就是照片中戴着无檐绒帽的高个女生，因为她戴着帽子，难怪看不出她的头发是黑的还是淡的。

她戴的帽子来自法国或荷兰，二十年代始，与上海差不多时间，这种无檐呢绒帽在瓯城女人中，尤其在女学生中风行一时。通常戴这种帽子的都是有一个漂亮额头的年轻女人，如此，帽子被优雅地斜扣在一边，露出饱满的前额，显得随意可爱。照片中的高个女生，可能是拿绒线自己编织的。

她捋了捋略微卷曲的额发，戴上眼镜，伸出手来，问他："十字架呢？"

哼四少爷指着坟墓，神情显得呆滞。他刚刚把金十字架深深埋进泥土中。

院长嬷嬷沉默了很久，泪水流了下来，禁不住抚摸着哼四少爷长长的头发，用意大利中部山海地区的方言，一个字母一个字母地背了出来：

c–o–m–m–u–n–i–s。共–产–主–义。

到了此时，院长嬷嬷的努力有了一点效果。但敲钟修女留下的生命消亡的非比寻常的瞬间，虽然梦幻一般，已经使他永远无法忘记。他几乎已经认定但丁神父和蓝大首领夫人指引的就是敲钟修女，敲钟修女就是自己的母亲。

看到哼四少爷可能陷进去不能自拔，院长嬷嬷顾不得悲伤，果断阻止了他，说："神父说的人，不是她。"

哼四少爷显然没有轻易相信她的话，没有任何表示。院长嬷嬷清楚自己不应该这么快就这么说，至少应该继续沉浸在悲痛当中，等待一个合适的时机再说这句话，她也清楚无法这么快就能说服他，毕竟发生的一切过于复杂，难以通过一句话解释明白，哪怕但丁神父此刻出现在面前，也难以令他信服，自己不能急于求成，而是需要极大的耐心。但她最大的担心，是怕他一心想着为敲钟修女这个他心中的母亲报仇雪恨，为此不顾一切，回到瓯城，寻找被他削去一片头皮的那个人，寻找他认为杀害他父母的所有仇人。

"我们去上海。"冷静下来的院长嬷嬷郑重地提出了建议，说，"我能把你找回来。"

哼四少爷发完呆之后，变得出奇的平静，让院长嬷嬷感到吃惊。"去上海。"他似乎胸有成竹，点点头。她怕他改变主意，哪怕他原来与人有约，因此他点头的神态让她顿时放下心来，顿时觉得他原来已经成熟了，顿时觉得他对自己多少愿意有所回应的。想着，一股暖流涌遍全身，热泪几乎流出眼眶。

之后，哼四少爷尽管一直没有确定院长嬷嬷是自己的什么亲人，但她就像母亲一样让他感受到好意，感受到真诚。自从在敲钟修女坟茔前，他第一次真正面对这个栗发微白而神情端秀的院长嬷嬷时，心跳加快不少，但她后来问他要金十字架时，特别是她流着泪水，一个字母一个字母背出 c-o-m-m-u-n-i-s，共-产-主-义时，他的这种感觉被克制，被冲淡了，他感到惊愕，但更感到陌生，尽管他想象中的母亲不是这样的，尽管他想象中的母亲与敲钟修女更加接近，最后她那么长时间注视着他，确实使他有似曾相识的感觉，确实心头涌上一股莫名的情意。这种感觉他一时无法分辨，更无法确定，但促使他答应跟她到上海，答应按照她的要求，花上必要的时间，寻找以往，寻找故事，寻找自己。

公历1949年2月12日，阴历正月十五元宵节这一天，披着教袍的哼四少爷和院长嬷嬷，乘坐火车抵达了处于战前状态的上海。车窗外，一场雨夹雪还在下着，下了很久，看样子还要下很久。看到这样的天气，车上所有的人，旅客、商贩、警察，包括提前结束年假被召回的军官，脸色一个比一个糟糕，一个比一个懒得说话，好像回到一个没有去路的地方，都不急于下车。

按照约定，一个被院长嬷嬷称为下级阿刘的人将亲自到火车站迎接，亲自送他们到徐家汇附近，到1927年春天院长嬷嬷曾经住过的地方安顿下来。

但是前来接站的下级阿刘扑了个空，上海丽人抢先了一步。

一辆吉普车径直开上了月台，还没等院长嬷嬷弄清楚什么情况，他们就被那位戴着墨镜、手拿电报的青年司机拉上了车，离开了戒备森严的火车站。意外的顺利，使院长嬷嬷心生疑窦，她相信下级阿刘一定接到了信，一定会来接站，但显然迟来了半步。她中间想下车，青年司机始终没有摘下墨镜，只顾开车，问什么都不肯回答。一路上，院长嬷嬷不停地质疑，不断地责怪哼四少爷跟上海丽人之前约定了还不够，什么时候又自作主张地发了电报。

院长嬷嬷很生气，为了让哼四少爷恢复记忆，想起幼年时光，她决心付出全部努力，全部耐心。这一切就从这次上海之行开始。1927年春天在上海度过的日子，是三口之家最完整、最温馨、最幸福的时刻，虽然短暂，但她作为一个母亲，相信那段时光在幼小的儿子心中，留下的也一定是最美好、最深刻的，哪怕点点滴滴。如果有了点点滴滴，就能激起朵朵浪花，就一定能够唤醒全部的记忆之河，从而使他回想起父母的音容笑貌，父母的舐犊之情。

对哼四少爷而言，见上海丽人，是元旦之日在瓯城的约定，这也是自己同意院长嬷嬷来上海的一个理由。他也必须见到上海丽人，从她那里知道需要知道的真相。1949年元旦，浓雾迷漫的清晨，她悄悄离开了自己寓居的五马街旅社，离开烟气缭绕的古城堡报社办公室，在天主教堂的钟声传来，在蓝大首领中枪倒下的那个瞬间，她是否知情，是否如人们所说的那样，她已经坐上头班海轮，在开往上海的航线上。她如此神秘地离开，像一个谜，他想解开。

院长嬷嬷对哼四少爷节外生枝感到难过，抱怨他没有把自己的良苦用心当一回事，没有把此行的重要性当一回事，至少在他唤回记忆之前，不要去见上海丽人。

哼四少爷仍然坚持，因为这是他们之间早先的约定。

在低声的、凝重的争论中，吉普车经过繁华而混乱的闹市区，缓缓地驶入了高档洋派的坐落于衡山路的瓯城会馆大门。

院长嬷嬷看到像水库大坝一样高高耸立的建筑，顿时愕然，这不是瓯城会馆吗？然后失神地望着四周，心头涌起阵阵的不安。

瓯城会馆在衡山路最重要的地标毕卡第公寓和华盛顿大楼旁边，从它的正面望过去，就是著名的徐家汇大教堂。

她记得，1927年春天就住在这里。而且恰恰也是这次下级阿刘安排他们住宿的地方，现在竟然被送到了此地，难道是巧合吗？难道自己的计划暴露了吗？难道是上海丽人别有企图？哼四少爷把上海丽人牵扯进来，让她感到自己的安排被打了折扣，而且可能会受到意外的干扰，甚至受到破坏，她再三打量着眼前的公寓，警告哼四少爷："你不能相信她。"

哼四少爷坚定地摇了摇头。院长嬷嬷犹豫一会儿，无奈道："我要陪着你一同见她。"哼四少爷哼了一声，手一摆，半披着的教袍从肩上滑落，院长嬷嬷赶紧一把接住，叫他穿上，说："外面阴冷，别冻着了。"哼四少爷一呆，想说什么，又没有说。院长嬷嬷这句话与外面吹进来的寒风相反，让他感到了几许温暖。在他看来，此次上海之行，与其说是她陪着他，不如说是他陪着她。一路过来，虽然没有碰到大的麻烦，但兵荒马乱的情景，时时处处遭遇的盘查，总是让人感到灾祸即将发生，不测经常伴随左右。对于一个外表受到注目的修女来说，更是充满危险，这也让他开始感到自己有保护她的责任。然而对于院长嬷嬷来说，她把哼四少爷当成自己最亲的亲人，就像一个母亲担心一个好动的孩子会到处乱跑，随时闯祸，需要每时每刻留意他，抓牢机会照看他，特别是到上海后，更是怕他会在人流中走失，需要紧紧抓住他毫不放手。

其实院长嬷嬷觉得自己不应该对哼四少爷抱怨，她这次到上海也另有一项使命，就是与当年的下级阿刘联系上，回到组织怀抱，接受重要指令。只不过她认为同样重要的是，或者更重要的是通过上海之行，唤醒哼四少爷大脑深处的记忆。续上亲情，寻回至爱，才能使她心安。她心安了，才能一心一意重新加入组织，完成上级交办的使命和任务。

哼四少爷似乎看出她心挂两头，于是有言在先道，到了上海以后，还是各忙各的。院长嬷嬷勉强同意，但还是一次又一次地提醒他，叮嘱他，绝不能让自己陷入危险的境地，尤其是她看到瓯城会馆的一瞬间，加剧了这种担心。

此时上海丽人已经等在瓯城会馆的门口了。

听起来不可思议，也一直无从证实，完全像是上海丽人杜撰的故事。国共大军在长江两岸对峙决战之时，她居然出现在长江对岸，她关于江北之行的描述，仿佛自己是自由飞翔的鸟。其实她匆匆离开瓯城，都是听从了贤者器人的安排。江北之行机不可失，江北之行关系到瓯越的前途命运。贤者器人解释这只是脚踏两条船，站在国民政府一条船，是忠，是义；踩上共产党这条船，是智，是势，最终是为瓯越古瓯国复兴这条自己的船开辟出最宽阔最永久的航路。

在那边，她与一位皮肤白净的特派员同志有过短暂的重要的交谈。这位特派员同志居然用瓯越方言跟她说话，虽然她也会说几句，虽然说不多，但都能听懂。特派员同志简明扼要地说了几点意见，要求一字不差地转达给器人先生，最后说："相信我们很快在瓯城相见。"

上海丽人好奇，问特派员同志："您是瓯越人？"

"你喝水。"特派员同志递过一杯水，继续用瓯越方言说，"我是瓯越人，你相信吗？"

上海丽人笑了，说："我差一点就相信了。"

"差一点？"

"瓯越人说喝水，是喝死。水与死不分。"

"我就是这个字无论如何学不会。"特派员同志笑了，连忙解释，说，"二十年前我到瓯越做客，就是因为这个字被人看出来了。"

他们经过一面土墙时，一位军人正在刷口号，特派员同志指着刚写上的"中国人民万岁"几个字，说："万岁，念成万死，瓯越方言，岁与死也是同音，可不好读！"

很快她搭乘仍然还在经营客运服务的轮船，直接回到了十六铺码头。

"中校在等你。"开车的独眼司机告诉她。他说的中校，是抗战期间情报战线人人皆知的梅尔斯中校。

风传一直处于失业状况的梅尔斯中校并没有离开中国，而是因为患了精神疾病，在上海陆续住了一年多医院，由于情绪趋于稳定，一个月前已经出院，借住在美国领事馆，以半官方的身份开始活动。表面上，上海丽人的江北之行是他安排的，但他不知道她另有使命，因此事前叮嘱她："你只是记者，不是间谍。"交代她把所见所闻记录下来就可以了，越直接越好，越真实越好，就像新闻通讯，时间地点人物等等五个 W 具备即可，他会据此分析，得到最新的动向和战略情报，然后提交足以影响美国政府对华态度的报告。他以此证明自己存在的价值和作用，要回他的工作。当然，他承诺她可以去美国工作生活，说："只要有我签字证明，你们在美国将得到最好的待遇。"

上海丽人并不急于去见梅尔斯中校，她想尽快见到哼四少爷。

独眼司机一踩油门，迅速到达了瓯城会馆。

早在除夕早上，上海丽人收到《申报》转来的一封信。信中哼四少爷告诉她，会在除夕之前赶到上海。但哼四少爷由于在壶城滞留，没有按时出现在上海。

更让她担心的是一则新闻。麻生在苍岭古道遇袭，差点被人用斧子取命。这则电讯将情景描述得十分传奇，云：

> 其时古道阴森，深树寂寞，寒风悲号，事主麻生戎装，成群卒伍警备，凌厉而行，悄没声息之际，不期无影鬼斧从天而降，径取首级而来，然似乎故意，不取其头，却削其发，以示告警，如取其头，不削其发。以此观之，欲破其胆，欲夺其魂，然后令其自亡性命，如判官簿上虚勾一笔。有草木中窥探的樵夫称，一教袍男子，挥手一举，袖下一物飞出，袭向麻生，不待因应，已发叫嚷。然教袍男子已飘然而去。樵夫笃信天主，深信上帝所为，意在惩罚。

上海丽人怀疑是哼四少爷所为，因为这太像他的做派了。

大雪在潮湿的空气里飘啊飘的，如北国风光，戴着雪白皮帽、穿着银灰色狐皮大衣的上海丽人，已经在瓯城会馆门口等了一会儿。看到汽车过来，她快步上前，一边取下手套，一边拉开车门。哼四少爷几乎是从车上跳下来的，还没顾得上穿好教袍，她就握着他的手，迟迟没有松开，许久才说了第一句话："我以为你会瘦了，你没有。"

哼四少爷迎着一阵寒风，仰望了头顶茫茫的天空，又打量着炫目的建筑，神情多少是惊奇的，好像到了一个自己熟悉的地方，好像这地方曾经在自己的脑子里出现过。正恍惚间，上海丽人重重地拍了拍他的身体，说："怎么不理人呀？"

哼四少爷回过神来，又对自己刚才一晃而过的错觉感到好笑，此地此景，连梦里都没有见到过，自己怎么可能来过呢。面对充满温情的上海丽人，他给予了起码的回应，与她握了手，专注地看了看她，然后才极其自然地把手抽了出来。

上海丽人不肯松开，因为她感觉到哼四少爷的手有些冰凉，正好可以温暖温暖。

一个多月不见，上海丽人还是那么热情，但这种热情显然还只是对他的，这种热情几乎能在第一时间化开他身上的寒意。她说着话，身体靠他近了一些，几乎是肩并肩，经过的人自然认为他们是一对情侣，投来羡慕的目光。还没有下车的院长嬷嬷隔着车窗看着他们，有所不满。在她看来，他们就差拥抱了，她真担心上海丽人会做出这样的举动，于是作为提醒，她把打开的车门又重重地关上了。

听到关门声，上海丽人回了回头，好像没有注意到车里面还有人，依然与哼四少爷紧挨着，但似乎故意让车上的人听得清楚，说话声也更响亮了。"你知道这个地方，你记得吗，在瓯城的时候，我跟你说过，以后你到上海，就给你住瓯城会馆，瓯越在上海最好的饭店。"

233

哼四少爷暂时陷入了回忆，记得在瓯城五马街旅馆的房间里，上海丽人跟他说起上海，提到了瓯城会馆，她以后会在那里接待他，就像在自己的家里。

今天上海丽人果然兑现，果然把这家饭店当自己家一样。

但紧接着哼四少爷又多了一层疑问，眼神有些不安，有些犹豫，甚至有些陌生，愣了愣，轻轻地哼了一声。

上海丽人一听到哼声，不禁笑了，推了他一把，说："果然就是你，哼哼哼，没有变，我可听得懂的，是不是疑心我什么了？疑心我怎么这么有办法？我可是为了你，别的任何人我都不会这样尽力。"说着，摘下眼镜，让他看自己的眼睛，轻轻地呼出柔柔的气息，低声道，"只给你看。"接着，盯着他长黑的胡子，又送他一样礼物，原来是美国最新式的吉列剃须刀，可以自己动手，天天剃胡须，说："每日都是清清爽爽的，能不喜欢你呀。"

当时哼四少爷接过剃须刀和一包刀片，笑了笑，但没有说什么，他之所以没有回应上海丽人这番动情的话，很难说是不是顾及车上正在看着他们的院长嬷嬷。他转身拉开已经关上的车门，伸出手，把院长嬷嬷请下车来。院长嬷嬷这才下了车，又马上递给他教袍，叫他赶紧穿好，说："你不怕冻啊。"然后才向上海丽人点点头，算是打招呼。

奇怪的是，上海丽人看到忽然出现一位年长的修女，多少有些惊讶和生分，但是看到她给哼四少爷穿上教袍的情形，顿时又感动。她立即上前，热情地笑起来，与院长嬷嬷握了握手，又指着哼四少爷，说："不知道他有没有告诉你，我也是他的朋友，亲密朋友。"

她解释自己没有亲自到车站来接的原因，自己刚刚从江北回来，急于回来一起共度元宵。她似乎仍然沉浸其间，神情有几分得意。她以一个记者的身份，居然去了江北。值此两军对峙，大战前夕，当然显得不可思议。

两个人的自我介绍都是轻描淡写，都是有意避开什么，都不打算以后有什么深入的交往的那种情形。果不其然，在接下来的几天，她们当着哼四少爷的面，在和声细语的同时，更多的是明对明的试探和交锋。

院长嬷嬷脱下羊毛绒线帽，掸了掸，表示没有怎么介意，然后正式介绍自己是哼四少爷的亲人，到上海是做怀旧之行，至于住处，教堂已经安排好了，负责接待的神父可能在着急地等待，问哼四少爷："我们真的要住这里?"

哼四少爷哼了一声，表达自己的不满，但这不满到底是针对谁的，一时都不好判断。院长嬷嬷试探性地说："我们就不在这里了。"院长嬷嬷重新戴上帽子的瞬间，上海丽人忽然为自己的发现叫起来："怎么这么像呀!"

院长嬷嬷顿时警觉，说："像什么?"

上海丽人伸手抓了一把哼四少爷的头发，又指着院长嬷嬷的帽子，说："你们头发的颜色这么像。"

院长嬷嬷把帽子一脱，说："像什么，我是一头白发的老嬷嬷。"

上海丽人抬起头，贴近院长嬷嬷细细瞧着，说："现在没有完全白，还看得出来，你原来一定是金栗色的，你年轻的时候。"

院长嬷嬷戴回帽子，看了看哼四少爷，有些得意地笑了笑，说："巧合罢了，难道我和他五百年前是一家?"

她们在讨论头发的时候，雪已经停了。哼四少爷走到喷水池边，撩了撩冒着雾气的水，又看着水中的自己，一直没有吭声。只见池中浪花四溅，什么影子也照不出来。

院长嬷嬷看到这一幕，猛然走了走神。二十二年前，也是这样的初春时节，一个小男孩也是在喷水池边，一会儿不停地撩着水花，一会儿安静下来看着水中的自己，忽然身体前倾，仿佛一头就要栽到池里面，她扔下手里的所有东西，狂奔过去，一把抱住了他。

他对她的突兀举动表现出愕然，奋力挣脱了她。原来他根本不想掉进池中，而且池水很浅，最多只能淹没到脚踝，只不过他在玩水，衣服都湿了。

这个情景，过去二十二年了。

哼四少爷也是同样的姿势站在喷水池边，她叫他，他不应，她快步跑过去，一把抱住他，就像当年那样。

场面有些突然，连上海丽人都怔住了，不过院长嬷嬷很快就放开了他。

哼四少爷脸色沉寂，指着喷水池，问院长嬷嬷："我来过这里？"

院长嬷嬷声音有些发颤，说："你想起来了？"

院长嬷嬷感到哼四少爷已经回忆起什么的时候，上海丽人打断了她，以致他摇摇头，含含糊糊地说了几句话。而上海丽人认为他话里的大致意思，是说他没有想起什么，他从来没有来过这里，他这么问，不过是因为与瓯城天主堂广场的喷水池有点像而已。

哼四少爷果然点了点头。

院长嬷嬷脸上掠过失望，望着还在喷水的喷水池，说："像吗？我看一点都不像。"

上海丽人也看了一会儿，说："我看也不像。"

在梅尔斯中校出现之前，上海丽人希望院长嬷嬷离开，按照原来的打算，到徐家汇天主堂找住的地方。教堂其实离得很近，就在衡山路那头的徐家汇花园。院长嬷嬷婉拒了她的好意，希望哼四少爷一起离开，说："我们一块来的，怎么会分开呢。"同时为了表达不满，透露了本不想透露的一段个人经历，自己二十多年前曾经到过上海，恰好也住在这里，所以是故地重游，并不陌生。

后来，院长嬷嬷并没有去徐家汇教堂找下级阿刘，下级阿刘也没有到瓯城会馆找她。关于头发的交谈，特别是喷水池这一幕之后，上海丽人对院长嬷嬷的态度其实已经有所改变，或许还是看在哼四少爷面子上，一下子也客气了许多，盛情邀请她留下来一块吃法式大餐，算是为他们接风，算是共度元宵。

院长嬷嬷怀疑上海丽人的诚意，又觉得哼四少爷不会跟自己一起离开，神态是犹豫的，甚至有些恼怒。

到了此刻，院长嬷嬷心里多了一个疑问，这个疑问其实在下车的一瞬间就已经产生了，上海丽人热情的笑容中，一闪而过的冷峻眼神，与自己握手时轻轻摇晃的动作，似乎都很像一个人，但这个人是谁，她一时间怎么也想不起来。这时，哼四少爷走过来，挽过她的手，朝着西餐厅方向走去。

看到哼四少爷熟门熟路的样子，连上海丽人都震惊了，连忙跟上来，说："你真的好像来过这里。"

瓯城会馆宽敞的西餐厅并没有多少客人，灯光暗淡，场面冷清，全然没有元宵之夜的氛围。位子是预订的，靠着窗，上海丽人与哼四少爷坐一边，院长嬷嬷坐他们对面。哼四少爷专心致志地嚼着食物，一言不发。院长嬷嬷与上海丽人面对面坐着，开始了一场关于时局的争论。

上海丽人神情认真，突然说了一句惊人的话："共产党打败国民党了。"

哼四少爷听了，并没有多少震动，哼哼了几声。

上海丽人半躺在沙发上，语调中和，一副置身局外的样子，宣扬国民政府失败的悲观论调。她十分肯定地认为，中共解放军取得了徐沭会战全胜，人心惶惶，说："中共军队一打过长江，上海是守不住的。"然后起身坐到哼四少爷身边，神情严肃，像读报纸，说了一大篇话，中心意思是中共军队渡江作战准备已经全面展开，现在正在广泛深入地进行以"将革命进行到底"为中心的形势任务教育，新区政策、城市政策和纪律教育，按计划休整至三月底，准备四月渡江，一旦证明国民党方面仍然采取在京沪组织坚决抵抗方针，将提前渡江一个月行动准备，休整至二月底，准备三月即行渡江作战，迅速占领京沪地区。

"你说，百万大军，如何抵挡？"

哼四少爷听到这里，内心的惊愕是必然的，他疑惑地注视着上海丽人，突然伸手摘下她的眼镜，看着她，似乎要认真地发出疑问："你怎么知道的？"

上海丽人得意，看出他的神情，说："我是记者，消息灵通，神通广大。"

院长嬷嬷听着，没有再说话，匆匆喝了碗汤，试着准备离开，但显然不肯马上一个人走。上海丽人也希望她赶紧走，于是连忙包了块蛋糕和一个柑橘给她，并且坚持要送她到门口上车。

院长嬷嬷既不接那包食物，也不希望小汽车送她，因为自己认识路，沿着衡山路一直走就能到，用不着别人送的。

上海丽人看了看哼四少爷，略微感到不安，马上歉意地笑了笑，说："如果走着去，怕是要天亮才能到了。"

后来院长嬷嬷欣然在瓯城会馆住下来，这样就不用与哼四少爷分开，就可以时刻关注着他，可以紧紧盯着他们之间的交往，关键的还有，她可以有机会抓住某个瞬间，忽然记起与上海丽人举手投足神似的那个人。

当天晚上，经过紧张而浓缩的铺垫之后，上海丽人最后终于向哼四少爷神秘而轻声地说了一句："明天晚上有一场授勋仪式。"

原来因为杀死了蓝大首领，才给他授什么勋章。

哼四少爷听了，身体顿了顿，奇怪国民政府跟什么事情都没有发生过一样，不仅不追究他，还要表彰他，或许授勋仪式本身就是一个陷阱，或许早已经暗地里布下天罗地网，或许他踏出旅馆，就会遭到逮捕，遭到枪杀。

哼四少爷终于开口说了一句："我不要什么授勋。"

隔着半开的门，院长嬷嬷站在门口，声音有些急促，但中心意思很清楚，没有证据证明是他杀死了蓝大首领，他怎么会杀死蓝大首领，杀死蓝大首领如果是别的什么人呢。

她看了看上海丽人，大声提醒哼四少爷，说："这个勋章不能要。"

上海丽人过去关门，把院长嬷嬷关在门外。

然而，哼四少爷出席是有条件的，就是要求上海丽人帮他在《申报》刊登一则声明。

"什么声明？我要看看。"上海丽人不禁警觉。

哼四少爷很快在纸上写了几行字，递给上海丽人，言简意赅地表达了三层意思：一、瓯城元旦发生的事情目前他保证一个人负责；二、与所有人都没有关系，不能牵连无辜；三、停止一切以此为借口的迫害行为。

上海丽人答应稍加整理后，通过关系在《申报》上刊登，说："不过，瓯城方面要几天后才看到报纸。"

一直在颁奖典礼前一刻，哼四少爷才看到报纸，声明登在广告栏，短短几句话，基本上表达了原意。与此同时，诸多疑问也得到了比较清楚的解答。

上海丽人以前到瓯城，看上去好像是梅尔斯中校从中安排，将获得的消息整理成有价值的情报，递送给国民党当局，以引起重视，获取支持。同时也用于告知美国方面，作为对华政策的重要参考，从而让战略情报局那帮人知道，他在中国的作用无可替代，他们只有一个选择，那就是重新雇用他，让他担任更重要的职务，而他临危受命，更有作为。

瓯越，将是梅尔斯中校咸鱼翻身之地，他的职业生涯将从谷底重回巅峰。

大病初愈的梅尔斯中校对自己的独到眼光，甚至可称之为战略性思维，充满自信，深感得意。

重要的是，梅尔斯中校接到贤者器人邀请，到瓯城担任顾问，贤者器人还特别委托他做一件事情，就是给哼四少爷颁发勋章。

正如上海丽人所说的，第二天晚上，果然有一个仪式，举行的地点就在公寓的小礼堂里。给哼四少爷授勋的人，自称是国民政府国防部校官衔处长。样子与当红的一位赵姓电影明星长得一模一样，目光炯炯，字正腔圆，口齿清晰，告诉他："给你表彰，是因为你为党国消灭了一个敌人，一个叛徒。"如上海丽人所说的，自己得此殊荣，真是因为刺杀了蓝大首领。同时到场的还有几个自称是国防部某处的低级别军官，形象各异，或者阔鼻方脸，或者獐头鼠目，束手束脚，站在那里不说话。

而实际主持者则是多年不见的梅尔斯中校，他仿佛一个幽灵，不知道什么时候出现的，脸色苍白，表情漠然，偶然数语，却是一色的上海口音。后面跟着两个人，一个医生，一个护士，时时盯着他，防备不测的发生。

"侬好。"他表情漠然，向哼四少爷打了招呼，然后就进入正题，说，"辰光勿早了，抓紧。"

那一刻，哼四少爷才忽然醒悟过来，自己一到上海，就被梅尔斯中校关注了，或者落入其圈套。上海丽人再三解释，因为大战在即，国民政府有可能迁往广州，所有对外派遣都会停止，由于梅尔斯中校的帮忙，他们随时可以到美国去，但只能作为瓯城政府方面的代表，享受公派待遇，希望他珍惜。

然而，哼四少爷一言不发，像一个本色出演的演员，按照剧本演完了全过程。

在当时的情况下，哼四少爷如果不配合梅尔斯中校，将难以脱身。公寓出现了几个便衣大汉，名义上是杂工，其实是负责监视他、控制他的专业人员。

梅尔斯中校所作所为的确像真的一样，而且护照、关防等一应俱全，连美式制服都准备了好几套。那个自称国防部官员的中年男子，语重心长地跟哼四少爷说了一番话，语气抑扬顿挫，希望他忠诚于国民政府，要坚守职责，做好分内工作，争取再立新功。最后透露，一天后将有美军飞机在龙华机场起飞，直接到达瓯城机场，上海丽人将陪他一同乘机回去。他一气说完，如同戏台上背台词，使哼四少爷差点以为他就是那个赵姓电影明星。

"瓯越最高长官欢迎你回去。"脸色忽而苍白忽而红润的梅尔斯中校阐述了自己的想法，声明自己是一个理想主义者，愿意为建立自由世界不懈奋斗，同时又是一个国际主义者，愿意不顾一切帮助中国，哪怕现在是最混乱的时候，哪怕有再次失败的可能，他都不会轻易放弃。说话间，他展示了一份文件，中英文标题的《瓯越大后方防固计划》赫然在目。他没有让哼四少爷细看具体文字，接下来的说明也是言简意赅，主要有三点：一是计划事关国共内战的成败，事关中国的命运走向；二是瓯越将发挥至关重要的作用，既是国民党方面的大后方，同时如果中国成为像美国那样的合众国，那瓯越这样相对独立的区域，具备单独建立行政区、实现自治的必要条件；三是他与当前瓯越高层的意图高度一致，完全可以达成令人满意的协议，共同向国民政府讨价还价。他像是喃喃自语，声音低沉而快速，看了看上海丽人，提到了贤者器人："这对复兴古瓯国是千载难逢的机遇。"

最后，梅尔斯中校还强调，他会保证相关人士的安全，包括身份可疑的院长嬷嬷。

哼四少爷不停地哼哼着，没有说任何话，连他们想跟他握手时都懒得把手伸出去。梅尔斯中校把勋章塞给他时，语气严厉地做了补充，因为他刺杀了蓝大首领，为计划扫清了最大障碍，然后又给他念了一封来自瓯城由贤者器人签发的电报，内容有两点：一是欢迎他回到瓯城，共襄盛举，立下奇功；二是确保包括橘子姑娘在内的诸位亲朋安全无虞，尽可安心归来。

梅尔斯中校说完，等不及哼四少爷有所反应，就被几个医生护士连推带拉离开了。在病人梅尔斯中校和与疑似赵姓电影明星的国防部官员一行离开之后，事情突然变得简单。哼四少爷在沉默寡言中，没有翻江倒海的情绪波动，也没有大张旗鼓的激烈行为。他只平淡地哼了一声，就决定怎么脱身。为了院长嬷嬷，也为了自己今后可能的所作所为，怎么尽快离开公寓，尽快离开上海。几乎同时，他仍然相信上海丽人是真心为自己好，在断定梅尔斯中校和国防部官员是骗子的时候，认为她也是受骗者，至少不是合谋。

哼四少爷尽管没有说出来，但上海丽人已经知道他此时心里是怎么想的，知道他认为梅尔斯之流是一群骗子，不由得情绪激动起来，说："我们得相信他。"

"那好，我回瓯城等他。"哼四少爷急于回瓯城，瓯城正在发生的事情让他感到迫在眉睫，自己不能在上海再待下去，哪怕一天半天，正如他公开声明过的，冤有头，债有主，他绝不会眼看着无辜者受到牵连和伤害，回到瓯城，面对作恶之人，牺牲自己，三尺之内，取其首级，如果活着，将光明正大地面对审判。

哼四少爷对上海之行，多的是失望，而院长嬷嬷感到的是遗憾。这次上海之行，唤醒哼四少爷记忆的目的没有达到，而且因为后来发生的那场意外，院长嬷嬷差点遭遇不测。幸亏下级阿刘的挺身而出，哼四少爷和院长嬷嬷才化险为夷，得以平安离开瓯城会馆，离开上海。

作为最后晚餐，并不算丰盛，但排场并不小，除了专门的侍应生，餐厅还来了一个外籍小提琴手，在一旁伴奏音乐。音乐声引来了许多围观者，其中一个青年还要拍照。院长嬷嬷对此感到不安，因为她发现这个青年正是那个开小汽车的独眼司机，而且腰间藏着手枪，眼睛始终盯着自己，连她要离席一会儿，他也紧跟不放，甚至拿起餐刀向她刺过来。

危险的瞬间，哼四少爷冲过去，挡在院长嬷嬷前面，因而餐刀也突然冲他而来。过程极其短暂，看上去哼四少爷似乎挨了一刀，但最后倒地的是独眼司机。

接下去呈现出难以分辨、变化多端的情景，像是一场没有敌我的混战。

最初的画面是，咽喉上插着餐刀的独眼司机翻身倒在地上，鲜血从脖子下缓缓涌出来，随身携带的手枪从腰间掉下来，沿着光洁的地板，滑落到一位女士的脚下。接着一声枪响，也不知道是什么人开的枪，看起来像是院长嬷嬷被子弹击中了，软软地倒在了门口。但后来发现，中枪的人其实是不知何时出现的同样一个穿着修女长袍的人，等看清此人的脸，发现并非修女，而是一个男性，这个似乎是神职人员的陌生人，已经奄奄一息。接着再看到的是，一个跛足的小沙弥抱着背上枪洞绽开的陌生人，急切地祈祷着。下级阿刘最后睁开眼睛，把一张发黄的纸条交到小沙弥的手上。

而同时，谁都没有注意到，那个外籍小提琴手背起院长嬷嬷从后门离开，坐上圣母堂的专车消失在了衡山路。

　　在混乱中，鲜血从哼四少爷手指缝里流了出来，他被人推着上了一辆汽车，这辆红十字标记的救护车，抢先把他送到了医院。

　　上海丽人开着小汽车赶到医院，但怎么找，找到天亮，也找不到哼四少爷了。

　　当晚的瓯城会馆，血雨腥风，妖形鬼影，刀兵响动，警笛尖叫；当晚的瓯城会馆，却又是音乐飘荡，人来人往，灯火璀璨，通宵未灭，仍然是一片和平吉祥的美好情景。

　　太阳即将升起，隐居在瓯城宾馆的秋七姑，缓步走到门外，看到上海丽人手握机票，站在喷水池边，似心有不甘，回过头来，狠狠瞪了她一眼。

四　风暴将至的古瓯之城

而在瓯城，一场真正的风暴即将降临。

关于橘子姑娘即将受到审判的消息在山谷之城传开了。到瓯城打探的人一批接着一批，尽管但丁神父坚决否认，但回来的人都看到了很多囚车，都认为囚车里除了那几位族长、洞长，除了生死不明的算盘老二，一定还有橘子姑娘。与瓯城的任何一个普通人一样，山谷之城的人谁也不敢相信，也不愿意相信，橘子姑娘是劫持法场的主使，并因此招致杀身之祸。这里任何一个人都不愿见到她被戴上手铐脚镣的模样。橘子姑娘被陷害了，被陷害成共产党，而且生死攸关。山谷之城的人都这么认为，连雷大嘴巴也这么认为，说："民国二十七年就是这样陷害好人，杀害无辜的。"

因为那些差点被枪毙的人明明只是山人领袖，只是读书社女子，只是普通公差，算盘老二要救的也明明只是他们，他们怎么会是共产党呢？即便是，他们都是自己成功逃命的，怎么能归罪于橘子姑娘呢？

时隔二十年，瓯越重现特别军事法庭，意味着又要大开杀戒，如同对待当年的红色苏维埃政权的首领们，无论男女，一律格杀勿论；意味着又要屠杀一批被株连的男女家属族亲，经过秘密审判后，坐实罪名，游街示众，公开枪决。

不管是瓯城，还是山谷之城，这对于上年纪的人来说，当年的记忆并不让人愉快。尤其是看到那些无辜的山人族长成为阶下囚的窘境，寡妇老弱戴着沉重的镣铁艰难行走的惨象，那些身穿节日盛装的美丽女子香消玉殒的场面，使所有善良的心软的普通人既难过又难堪，不管是瓯城，还是山谷之城。

多数的瓯城人一生中至少有一次被邀请到山谷之城，三月三同歌共舞、同饮共醉的经历。有的家庭还得益于通婚，与山谷之城建立了盘根错节的亲戚联姻。直到今天，在许多瓯越民众的记忆里，当年所谓的革命，并不是所谓的造反，所谓的赤党，并不是所谓的盗匪，所谓的苏维埃政权，并不是所谓的山寨大王，但因为有了什么特别军事法庭，为首的，还是跟从的，看不到申辩，看不到审理，看不到喊冤，看不到悔过，最后判决结果，竟然没有一个被宽大的，竟然连有期徒刑都没有，竟然无一不是杀头之罪。

至今，那血雨腥风的场景令人唏嘘，令人痛恶，令人疑惧，见到过的，亲历过的，听说过的，都很怕这种事情会再次在瓯城发生。

问题是，二十年前的一幕似乎正要重演。新式的铁甲囚车穿行街头，频繁驶过；面孔陌生的军警钢盔皮靴，荷枪实弹；脸色阴沉的司法人员手挟皮包，行色匆匆。所有高层人士，包括雷三瞎子都变得缄默不语，特别是督察区党政军联席会议主席贤者嚣人不再出面澄清，此情此景，使种种猜测变得可靠，变得真实，街谈巷议开始聚焦这个敏感的话题，最后时间、地点、人物、细节等，都变得有鼻子有眼睛。惊慌之下，前往天主堂的信众越来越多，他们祈祷身边的人，熟悉的人，有交往的人，有亲戚关系的人，当然包括山人，不会受到株连，不会在特别审判后，猝不及防，身首异处。

比较二十年前的悲惨事件，1949 年正月元宵节前的这场危机是空前的，最后可能又一次将给所有参与者带来灭顶之灾。

1949 年正月元宵节，如果不是贤者嚣人急中生智唱起了空城计，成功劝退成千上万明刀真枪、意图进入城内的山谷之城山民，瓯城恐怕陷入一场巨大灾难。如后来《瓯越日报》评论所说的，由于贤者嚣人的谋略、胆识和果敢，避免了二十年前那场悲剧的重演。

1928年冬天，那场由年轻的黑须匪首发动的革命风暴迅速席卷整个山谷之城，震撼了瓯城。一支全副武装的队伍从谷口出发，涉水夜渡，先是攻陷了临瓯区的所有城镇，缴了警察局枪支，夺取了政府公所大印，打开了监狱，释放了被抓百姓。这支有番号、有编制，冠以山谷之城赤卫队名义的军队引起了关注，先是蓝大首领带着保安部队与之对峙，双方互有胜负，很快，贤者嚣人得知瓯越危局，万分焦虑，在去电责怪蓝大首领贻误时机、剿匪不力的同时，又向何副长官主动请缨，借调瓯城子弟兵开赴瓯越，凶猛的围剿一轮紧接着一轮，面对强敌，年轻的红色队伍牺牲越来越多，多得开始难以承受，只能步步撤退，退避山谷之城，依靠新生的苏维埃政权，发动山人群众，建起了防线，伺机反击，最终夺取瓯城。

关于后来发生的围城和屠杀，有各种各样的传说。最庸俗的说法居然把原因归咎于个人恩怨。

冬天来临之时，栗发女子的儿子突发白喉，对此，她的丈夫，也就是山谷之城苏维埃主席的意见是，再等几天，革命胜利了，瓯城就是人民的，就送儿子去治病。当时因为已经有多地发生白喉病，作为母亲的栗发女子坚持立即送儿子到瓯城，求助西医。不想母子在进城时，遭到阻止。贤者嚣人或者是蓝大首领得知是传染病，命令天主堂医院不得接收外来人员看病，一是防备赤色分子趁机混入，二是阻止白喉在瓯城传染。因为无法进入瓯城，孩子的病情因此而耽误，母子在瓯城的遭遇，加上有同样情况的，因为得不到及时医治而死亡，引起群情激愤，以致发生了后来的围城事件。

关于此事，还有后续的说法。

时间是在山谷之城苏维埃政权被消灭以后，栗发女子抱着昏迷中的孩子，与丈夫赴刑场陪斩，坚持看完丈夫被杀害的全过程，后来人们看到她在天主堂广场与五马街交叉的市中心，身体无力，双手一松，怀抱中一直昏睡的孩子掉落下来，在坚硬的石板路上滚了几滚，却不哭也不叫，只发出微弱的哼哼声。

听说这个孩子得了白喉传染病，贤者嚣人与蓝大首领发生争执，说："怎么能让他活下来！"

蓝大首领主张给其医治，说："说明他命不该绝。"要求放一条生路，送回山谷之城，由族人管束调养，生死由命，听其造化。

但丁神父在蓝大首领夫人的帮助下，把这对母子接到了医院，贤者嚣人实在不能放心，追到医院，责问蓝大首领："以后孩子长大了，找你复仇怎么办？"

栗发女子抱着儿子不肯放手，不愿屈服，但后来贤者嚣人威胁要阻止治病时，她为了保住儿子的生命，近乎哀求："这个孩子活不到明年了。"

"今年没有多少时间了。"贤者嚣人手持龙泉宝剑，反问道，"如果活到明年呢？"

母亲心一横，决心赌一把，告诉贤者嚣人，说："早死晚死，你想决定他的命运，你就来吧。"

所幸但丁神父及时出现，阻止说："能不能活下去，命运掌握在上帝手里。"贤者嚣人不太确定，摇摇头，似乎不想放过，说："错杀一千，不放过一个，其他人都不放过，放过一个，这不公平。"

蓝大首领有些愤怒了，说："横竖病重难治了，为何不让他自生自灭！"

"孩子患白喉在先，而且已经耽误。"栗发女子声音微弱，近乎哀求说，"现在又被炮弹震坏了头脑神经，震碎了五脏六腑，让他回到山谷之城，死在他出生的地方，也为你们留下一个宽大的好名声。"

贤者嚣人此时可能确定他真的活不了多长时间了，但不同意他们回到山谷之城，而是让天主堂育婴所就地料理后事。贤者嚣人不知道的是，传说中已经火化的栗发女子后来还是抱着传说中已经死亡的儿子，离开瓯城，回到山谷之城，求助不死巫娘，儿子得以活了下来。

其实这些仅仅是一种坊间流言，其实这对母子的遭遇与后来的围城并无太大关系。不管有没有这件事，山谷之城苏维埃赤卫队和众多山民进军瓯城，是上级领导的命令，是计划好的行动，是弦上之箭，不能不发。后来的失败、生死，在当时的局势下，也几乎都是注定了的。

身为瓯越剿匪总督察的贤者嚣人得到消息，山谷之城各寨队伍，包括雷姓旱龙舟、蓝姓拳术队、盘姓板龙灯、钟姓彩旗阵，共一千多健壮山民，以闹元宵的名义前往瓯城，而瓯城居民也兴高采烈，热切期待。但根据未经证实的情报，有可能他们都是山谷之城苏维埃赤卫队成员假扮，其目的是浑水摸鱼，趁火打劫，乘机攻夺瓯城。但是贤者嚣人没有丝毫惊慌，他从何副长官这里要回来的瓯城子弟精锐，对付山谷之城乱民绰绰有余，因此没有理会蓝大首领要求查证清楚，先礼后兵，以免滥杀无辜的意见。

贤者嚣人展开写着"宁可错杀一千，不可放过一个"的电文，神情漠然，冷冷而语："不过是乌合之众。"他决定抓住时机，果断下令麾下精锐沿途伏击，一举歼灭，毕其功于一役，彻底解决山谷之城赤乱，消灭苏维埃政权，还中华民国在瓯越的一统天下。

不想提前赶到的，一支人人身背火铳的女歌队打乱了贤者嚣人的部署。

这支清一色青衣花裙的游行队伍像一道美丽的风景，她们共有六十人，分成十组，每组六人，各自为歌，分别起舞，因丰姿亮丽，一路上受到热烈欢迎和盛情款待。山谷之城为山民，谷口因为接近水渚，又被称为洼民，但已经消失。据沈铁铲子考证，洼民有上古时期谷口哼族部落的血缘，至少祖先是近亲。洼民在谷口水渚之野生活，成为歌唱素材，划船动作，被吸取为游行时进三步退两步的一种表演程式。山谷之城山歌本是土音老调，而谷口洼歌更是最原始的。一路上她们歌声不断，前面几个停下，中间几个接上，后面几个再接上，从最低洼的谷口，一路唱过来，一直唱到临瓯区，唱到瓯城外的接官亭。自民国元年瓯越政府当局允许山谷之城各姓前往首府瓯城闹元宵开始，妇女组织号召男女平等，也同时邀请了山谷之城女歌队参加，共庆正月十五，但区别在于，她们不能进城，只能止步城外的接官亭，开设分场演唱，城中人则可自由前往观赏。因为是女子队伍，每年的围观人数越来越多，其热闹程度，不亚于城内天主堂广场主场。很久以前，洼民就是传说，女歌队也已经淡出瓯城人的记忆，今天唱着洼歌的女歌队突然真的出现在瓯城，人人感到意外，人人觉得梦幻，人人为此兴奋。

女歌队仿佛从天而降，是因为经过临瓯区时，怜香惜玉的区长担心女歌队走路辛苦，就动用区政府的巡逻船直接把她们送到了瓯城西门外的接官亭码头，因此提前到达，突然而至了。

看到霞光之下瓯城城墙高耸，从城内出来的围观者络绎不绝，领队的女子不禁激情满怀，指挥女歌队合唱新式歌曲：

赤潮澎湃，晓霞飞动，惊醒了，五千余年的沉梦。
远东古国，四万万同胞，同声歌颂，神圣的劳动。
猛攻，猛攻，捶碎这帝国主义万恶丛！
奋勇，奋勇，解放我殖民世界之劳工。
何论黑，白，黄，无复奴隶种！
从今后，福音遍天下，文明只待共产大同。
看！光华万丈涌。

歌声传到城楼上，贤者嚣人聆听许久，手中已经渗出几滴冷汗。这分明是《国际歌》的旋律，这分明是共产党鼓动造反、颠覆国民政府的宣言，她们竟敢在城门之下公开喧嚣如此妖歌，这不是在向自己示威，向政府宣战吗？接下来发生的事情，证明贤者嚣人的判断精准无误，还有他立刻下达的命令，都正确得没有办法再正确了。

不过，唯一没有想到的是，先发制人的居然是嗓音清脆、容貌秀丽的女歌队。其时歌声渐息，暮色苍茫，城门即将关闭，一个个女歌手一下子变成了一个个女战士。她们认为良机出现，攻城心切，还没有等到其他队伍到达，就要孤军奋战，强行冲进城门。守城部队瞬间反应过来，双方开始驳火。女歌手们同时还高呼革命口号，因此坐实了是共产党，是苏维埃赤匪，贤者嚣人于是痛下杀手，果断下令使用最新式的德国造野炮平射，将她们炸得血肉横飞。

至于浩浩荡荡的山谷之城各姓游行队伍，此时却被阻挡在途中了。

他们的被迫延宕，后来一直被误解为对女歌队见死不救，甚至被误解为对红色苏维埃政权、对革命事业的背叛。其实他们并非见死不救，而是无能为力，救不了。在进入临瓯区的瓯江渡口时，蓝大首领带领保安部队及时警告并阻止了他们，加上听到震耳欲聋的炮声，迫使他们仓皇撤退，从而躲过了贤者嚣人瓯城子弟兵精锐的伏击。炮击女歌队之后的贤者嚣人很快率兵追击，准备一直追到山谷之城内，一举围歼混杂着红军和山人的赤卫队，一举摧毁山谷之城苏维埃政权。

但遭到了蓝大首领的阻挡，他当着所有部下的面，怒发冲冠，雷霆咆哮，与贤者嚣人据理力争，指责贤者嚣人把闹元宵的山谷之城山人队伍当成赤匪，是将错就错，颠倒黑白，甚至是杀人冒功，残害百姓，对女歌队的炮击更是令人发指的犯罪，扬言要将事情捅到南京，捅到蒋委员长那里，捅到天下人面前，以致宣布与贤者嚣人割袍断义，公开决裂。

终结山谷之城，或者扑灭瓯越赤色运动最后火焰的，还是贤者嚣人通过海路运来的几门德国野炮，半天或是一天之后，面对蓝大首领的强烈反对，贤者嚣人站在千年古樟前检阅胜利之师以后，仍然没有鸣金收兵。

赤卫队残部很快被限制在山谷之城，最后被困在廊桥那边的苏维埃政府所在的红色别墅里，难以突围。

蓝大首领竭力阻止，指着廊桥，大声说："轰塌了怎么办，这是我们祖先流血流汗才架起的。"贤者嚣人承诺不会损毁廊桥的一梁一瓦，如有闪失，愿以项上人头向山谷之城全体民众谢罪。

蓝大首领仍然没有同意，指着红色别墅，说："如果把它炸毁，里面的人都死了怎么办？总不能赶尽杀绝吧。"坚持过去谈判，让里面的人离开。

"我只能保证不炸廊桥。"贤者嚣人对蓝大首领谈判的建议坚决反对。他要用炮弹把他们吓出来，希望他们投降，向党国投降，向自己投降。在贤者嚣人的坚持下，一颗或者是两颗炮弹，还是精确地击中了红色别墅，丈夫黑须匪首被炸成重伤，而栗发女子则紧紧抱着儿子被掩埋在废墟中。

丈夫黑须匪首在担架上与其余的人被押送瓯城，按照风俗，也作为战利品，游街示众。蒋委员长就地处决的命令同时到达，但贤者嚣人还是匆匆组成特别军事法庭，经过有模有样的迅速审判，只剩下半身的苏维埃主席黑须匪首坐着担架前往刑场的路上，还在高声向群众宣传："杀了我一个人不要紧，会有人替我报仇的，我们红军是杀不完的！"然后高声唱了起来：

> 奋勇，奋勇，解放我殖民世界之劳工，
> 何论黑，白，黄，无复奴隶种！
> 从今后，福音遍天下，文明只待共产大同。
> 看！光华万丈涌。

数以万计的瓯城人看到，山谷之城首任苏维埃主席以半条生命英勇就义。

当晚，星夜暗淡，瓯城的东边，海风呼啸，波浪混浊，瓯城的西边，鬼魂歌唱，草木枯槁。是年正月十五，瓯越民众度过了一个有史以来最冷清、最漫长，也是最悲伤的元宵之夜。

到了正月尾，接官亭前的焦尸已经冻僵，上面盖上了一层层白霜。经蓝大首领力争，贤者器人最终答应了但丁神父的请求，允许天主堂组织教徒为其收殓，并举行祷告弥撒。蓝大首领叫警察和公务人员协助清理了现场，把一共六十具残缺不全的女性人体——归整后，用轮船运到临瓯区渡口，再由牛车拉回山谷之城，由不死巫娘施法超度后，入土涧溪边的梅花坡之上。

当日，冰雪初融，绿茵微露，漫山遍野的蜡梅，血红的、油黄的、霜白的，竞相开放，扑面而来的花香，坟茔新土飘浮出的气息，熏得送丧的男男女女、老老少少泪如泉涌，禁不住放声号歌。

此役之后，贤者器人暂时离开了瓯越，中间回来过几次，没有久留，秋七姑也都没有跟随。

时至1949年元宵将近，此时此刻，他想起二十年前的事件，不禁后悔，当然他后悔的不是二十年前自己下令向女歌队无情炮击，而是后悔自己听任蓝大首领劝阻，没有将山谷之城的赤党乱民剿灭干净，后悔二十年前斩草没有除根，以致为今日留下后患。然而他又感到得意，得意自己的智慧，以致今天都没有人知道是自己下令炮击女歌队，得意蓝大首领短视愚蠢，得到勋章却背上骂名，更得意自己重回瓯城，得以弥补二十年前的疏漏。没有了蓝大首领，试看今日之瓯越，何人可惧，何人能阻？

此时此刻，1949年元宵节来临之时，瓯城是一座空城，贤者器人的瓯城子弟兵精锐旧部此时刚刚调往苍岭，充实阻挡中共大军南下的第二道防线，城中只有员额严重不足的宪兵警察，以及怀有异心的保安部队。此时此刻，表面依然淡定的贤者器人内心其实焦虑不安，因为成千上万山谷之城山民并非乌合之众，他们一定有其他势力支持，一定有城中的内应，更严重的，一定有共产党的支持和操纵。

如此，瓯城危矣。

此时，成千上万闹元宵的人流已经从山谷之城提前出发，沿水路、山路向瓯城滚滚涌来。

与往年不同，习惯上本该在路上歇夜停留的地方，包括临瓯区渡口，也都是匆匆而过，望不到头的长龙似的队伍一鼓作气前进了两个昼夜，在正月十五拂晓，先后出现在瓯城门口。

晨曦微露，城门坚闭，但节奏响亮、轰鸣如潮的跳跃声、喝彩声早早叫开了城门，市民们纷纷涌向城门口，送吃送喝的同时，也为了先睹为快。

最先到达的是雷姓闹伞队伍。雷姓祖先本是山谷之城一位捕猎能手，因为英勇善战，奉旨挂帅出征，几番血战，得胜回朝，古瓯王封他为驸马，赏赐三层黄龙伞，封归山谷之城连片台地，开垦土地，繁衍生息，形成了雷姓聚居地。因此到了每年元宵，都要举行迎龙伞舞，祭祀祖宗。进入民国，山谷之城山人得到善待，雷姓如雷大嘴巴当上县长，雷三瞎子之流进入瓯城从政当官的为数不少。为表达感念之情，每年正月十五前后，雷姓族人都要前往瓯城献演迎龙伞舞，请瓯城市民围观欣赏，简称之为闹伞。

闹伞队伍往年最多一百之众，但今年阵势、规模空前，足足有三四百人，而且一律的精壮后生。跟随左右、保障吃喝的妇孺，也有四五十人。跟以往不同的，今年多了前面开道、后面压阵的护卫，人数虽然不多，但一个个肩背新式步枪，手提长刀，在冬日的寒风中，显得气势汹汹，俨然讨伐之师。

太阳初升，城门洞开。

随后到达城墙下的是钟姓龙头舞。钟姓家族世传一根祖杖，杖首雕为龙头，故称龙头杖，又称师爷杖，是钟氏族人的图腾之物，问其源头，已不清楚何年何月。也不知何时开始，每年正月祭祖，都要请出供奉在祠堂里的龙头杖，并跳龙头舞。其时且唱"古瓯国王赐龙杖，掏起龙杖舞一场"，"谁人那犯族规事，掏起龙杖打大细"云云。龙头杖代表钟姓家族的权威，但权威掌握在全体族人手里，酋长在决定族内大事时如果徇私违规，可用龙头杖打他。这一习俗如同瓯城风俗老太君龙头杖有上打昏君、下打贼臣的特权。瓯越乱弹老旦演《山令婆辩本》，唱道："老君手持龙头杖，定打昏君不留情。"此即移用山谷之城钟姓龙头杖，拟为一个山人婆打族长的情节。因此，在瓯城人看来，龙头舞其实是杖击表演。但今年看到的龙头杖并非往年的木质，而是钢铁打造，沉甸甸的需要三四个男性青年举着，如此龙头杖，一杖下去，被打着岂能活命。令人惊诧的是，除龙头杖外，他们还抬着一样相似的东西，因为披着绸缎，也不知何物。

之后，贤者嚣人识破，原来是一挺机关枪。

不甘落后的盘姓歌队，途中也不敢停留，追着雷姓龙伞舞队和钟姓龙头舞队紧赶慢赶，但还是迟到了一箭之地。山谷之城各寨以言语代歌唱，以盘姓最为明显。所谓以土音唱南北曲，是为盘氏山人家戏。其所谓土音，戏童所唱山话，具备五音十二律，哼之如歌，用来说唱故事，成为一个戏剧品种，所唱的戏曲情节，仍然由一段段山歌组成。山音山歌，一路唱来的都是经典故事，例如桃花姑娘和转山大伯斗山歌全段，以及穿插丑角打诨的油腔滑调，都是山歌形式。盘氏山人组成专门歌班，演遍山谷，后来每年正月进入瓯城，与瓯越乱弹对擂，从此扬名。

最后到达的是蓝姓杂技队。蓝姓族人身形颀长，灵活矫健，自幼长于技巧，包括打尺寸、操石磉、骑海马、竞竹技等一连串组合动作。而又兼习武术，蓝姓武术以拳术最著名，棍术次之。蓝拳乃蓝姓族人独创，已有多年的历史。主要动作有冲、扭、顶、搁、削、托、拨、踢、扫、跳等。棍术种类多，动作名称复杂多样。作为拳术的一部分，有令人叫绝的点穴功夫，武术精通的老拳师一般都会点穴和医术。

不起眼，也不成形的，是由六十个女子组成的洼歌队。二十年前的洼歌队被毁灭的那一幕至今难忘。今天洼歌队乍一看去，让人惊诧，怀疑是否看到鬼魂，但细心的人发现，这些女性，竟然都是强壮的青年男性装扮，而且印花裙下，都隐约挂着腰刀，别着手枪。

男扮女装的女歌队不满足在城外表演，要求进入城中。

一直关注动态的贤者器人洞悉异样，感觉到局面的混乱，担心发生突发事件，届时，事态不好控制，认为在天亮之前必须有应对措施。先是命令宪兵司令部和警察局在第一时间贴出布告，宣布国民政府处在困难时刻，瓯越党政军每一位同仁理应同甘共苦，瓯城今年元宵所有庆祝活动取消，擅自前来的山民一律返回本地本籍，就地过节娱乐。同时通知各部门山谷之城各姓公职人员集中开会，明确要求他们出面做工作，保证劝退本寨队伍。

但与会者多数感到为难，认为州官自己不放火，百姓照样可以点灯，表示无法说服劝退，并且趁机要求释放在押的四姓族长。直到天亮，也没有一个人迈开脚步到城外做工作。看到他们不肯配合，叫花子主张将这些人当作人质软禁，但遭到贤者器人反对，他宣称，自己为以防万一，为防止山谷之城山人借机闹事，此前他已请求把瓯城子弟兵精锐旧部从苍岭古道调回瓯城，并在沿瓯江一线向山谷之城布置重兵。

"不过是乌合之众。"贤者器人虽然如此轻视，但心里知道局面时势和目前处境与二十年前完全不同。闹元宵的人数倍于当年，如果要镇压这么多滋事人等，光靠城门口的几门美式重炮并不足够，更令人担心的是，一旦酿成事件，共产党会乘机利用，从中主导。

千钧一发之际，贤者器人亲自到旧将军衙门接出了橘子姑娘，一起到接官亭外的戏台上，看女歌队表演。麻生也自告奋勇，当她的贴身警卫。贤者器人又请但丁神父出面劝说，但丁神父要求贤者器人发誓，保证不让任何人伤害橘子姑娘。橘子姑娘知道事态的严重性，最后还是比较配合，说："不应该让更多无辜的人们白白死去。"

橘子姑娘从城门走出来的一路上，陪同的不仅有雷三瞎子的一干便衣侦探，叫花子的数十名手持卡宾枪的武装宪兵，还有一批平民自卫队在前面开路。在瓯城众多市民的簇拥下，橘子姑娘站在一门榴弹炮前，向最先到达的女歌队发表公开讲话，中心意思是，所有的人都是平安的，包括四姓长老，包括人不知在何处的哼四少爷，希望大家唱完歌就回到山谷之城欢度元宵，说："不要再牺牲了，太阳就要升起了。"

橘子姑娘讲完话，贤者嚣人表态，将尽快释放四姓族长，然后就是女歌队开始对唱，快到晚上时，从壶城调回的瓯城子弟兵精锐已经接近瓯城了。

由于当晚突降风雨，后面的游行队伍行进速度很慢，后来因为听到了炮弹的轰鸣，停止了前进，掉头回到了山谷之城。那天的炮弹是飞向上空的，像礼花在空中爆炸。用贤者嚣人的话说，这是感谢和欢送女歌队的礼炮。

开炮的时候，贤者嚣人底气充足，大声放言，瓯城子弟兵精锐旧部，还有从何副长官那里借来不还的客兵，已经及时从苍岭古道的壶城调回瓯城，说："瓯城坚如磐石，十分安全。"

私下里他还是轻轻拭去额头上的汗珠，感谢橘子姑娘配合唱了这出空城计，说："不然大炮就不朝天上开了。"

元宵当晚，瓯城少了许多热闹，少了张灯结彩，但总体上平静温暖。

贤者嚣人给何副长官的电报中说道，如果鉴于时局，所有的精锐官兵都应该充实前线，守卫长江，但是当务之急，如果要全力维持秩序，确保稳定，确保瓯越成为党国的大后方，唯有他迅速将瓯越打造成反共救国的军事基地，打造成支撑宁沪防线的坚固后方，非但不能调出一兵一卒，还要伺机收编江北战场溃退下来的散兵残将，能收编多少算多少，充实员额编制，扩充兵力，使瓯越成为鼎立东南的一方。

那一刻，一心要复兴古瓯国的贤者嚣人雄心勃发，深深感到梦想如此地接近现实。次日，他看到了哼四少爷在《申报》上的声明，并已知道已在瓯城广为传播，引起热议，居然都是正面评介。如果要实现梦想，复兴古瓯，急需一批才华非同一般的后生青年，尤其是青年领袖。在瓯城，在山谷之城，在整个瓯越，享有盛誉，如同传奇的抗战英雄哼四少爷，或者亡命刺客哼四少爷，就是一个后生青年中的俊杰，这样的人，难道不是争取为自己所用的栋梁之材吗？

更主要的是，使他对哼四少爷重新定位的一个原因，是国防部官员和梅尔斯中校亲自给哼四少爷颁奖的消息。上海丽人在电报中这样评价哼四少爷："他原本就是瓯越人民心目中的青年领袖。"如今因为他杀了蓝大首领，"反而对他更加畏惧，也更加崇拜"。

总之，得哼四少爷者得瓯越，得天下。

五　死得其时的下级阿刘

公历1949年正月二十二，阳历2月19日，节气雨水。趁着夜色，哼四少爷和院长嬷嬷从水路先到松江，凌晨时分搭上一列开往金华的货运列车。一路上，横风斜雨，阴湿阴湿，冰冷冰冷，幸亏负责押送物资的两个警察对他们多有照顾，其中一个还让出一件军用雨衣给他们。院长嬷嬷叫哼四少爷穿上，他当然不肯穿，硬是裹在了她的身上，自己迎着风雨，一副无所谓的样子。

看到这个场景，两个警察似乎受到感动，商量了几句，也不管车上都是转移到南方的重要战略物资，只感到此时人更要紧，于是扯开遮盖的帆布，让哼四少爷躲到里面，跟一堆拆卸成废铜烂铁般的机器挤一挤，暂时避一避越下越大的雨。哼四少爷头顶着帆布，不肯猫腰，一直站着。到了嘉兴，雨停下来，几台内芯裸露的电机都浸了水，看情形可能变成废品了。两个警察狠狠心，把这几件机器一件一件搬下了火车，并招呼一群难民赶紧捡走。

几个正在刷标语的铁路员工看见，奔过来驱赶哄抢的难民，然后自己要拿走剩下的几块部件，难民不肯，双方争执起来。其中一个警察指着墙上"誓与大上海共存亡"的标语，叫铁路员工涂抹掉，作为酬劳，把一扎铜线圈给他们。他们知道铜线远比那几块部件值钱，急忙用扫把蘸了泥浆，把标语涂抹了。院长嬷嬷并不支持他们的行为，如果被特务宪兵发现了，大家都有危险。

两个警察好像顽劣的小学生终于做了一件任性的恶作剧，一副开心无所谓的样子。这是他们最后一趟押车，一到目的地，他们就各自回到老家，再也不回上海了，所以也不怕有人追究，因此他们看到墙上的标语觉得碍眼，说："我们不跟大上海共存亡。"

这时忽然冲上来一群拿枪的便衣，其中带头的人举着驳壳枪，声称是嘉兴反共别动队，开口就指责两个警察的言行有共产党嫌疑，要逮捕他们。两个警察看他们人多，怕吃亏，急忙辩解了一番，并且愿意把车上值钱的货物交给他们选几项，然后大家各走各的，相安无事。别动队举着驳壳枪的人犹豫了，但其他人都不同意，亮出绳索要捆绑他们。两个警察此时倒也不怕，端起冲锋枪威胁抗拒，大声警告："我们得到授权，谁要胆敢抢夺战略物资，格杀勿论。"

举驳壳枪的人低声与其他人商量之后，仗着人多，仍然围了上来，要卸下他们的枪，扬言道："非常时期，职责所在，不能就这么放过你们。"

正僵持的时候，哼四少爷突然跳下车，拦住举驳壳枪的人，哼了一声，说："你要拼命你先死。"然后又低声嘀咕了一句什么话。其实哼四少爷手上什么都没有，但举驳壳枪的人似乎被吓住了，看看他嘴唇上浓密的胡子，认定他不是一般人物，连忙说："我们也是例行公事，也不想拼命。"就招呼手下，三三两两地离开了火车站。

一场危机就这样轻易化解了。

两个警察佩服哼四少爷虽然年轻，但气场强大。问他说了什么话，哼四少爷说："因为他怕死。"

后来火车开动，两个警察一再向院长嬷嬷和哼四少爷表示，他们一定会平安送他们到金华的。受人之托，忠人之事，何况他们得到的酬劳是工资的好几倍。

托他们的人，当然是下级阿刘。

在哼四少爷看来，院长嬷嬷到上海的目的，就是与当年的故人，也就是下级阿刘恢复联系，重新回到组织怀抱。

院长嬷嬷告诉过哼四少爷，这次带他到上海来还有另外一件重要的事情，就是要找到一个重要的故交。现在这位故交已经是重要人物，这个重要人物手里有重要的证物，如果哼四少爷看到这件证物，就什么都会明白了。她称这个手握证物的重要人物为下级阿刘。这个下级阿刘知道有关重大秘密，特别是通过搜寻二十二年前，也就是1927年，他们遗留在上海的蛛丝马迹，形成证据，帮助哼四少爷解开身世谜团。按照信中约定，下级阿刘应该亲自到火车站迎接，亲自送他们到徐家汇附近一处当年曾经住过的地方安顿下来。在此过程中，哼四少爷完全可能受到景物的触发，唤醒幼年记忆，哪怕点点滴滴。当然，证物才是最重要的，对此下级阿刘也是成竹在胸。

"你小时候见过他。"院长嬷嬷提醒哼四少爷。

哼四少爷表情漠然，摇了摇头。

可能是慎重起见，也可能是情况有变，本应该到火车站接他们的下级阿刘没有露面，也没有在瓯城会馆出现，而且取消了原来订好的房间，只是中间派人偷偷摸摸送来食宿费，以便说明下级阿刘是掌握他们行踪的。这个人自称是徐家汇圣母无原罪堂的跛足小沙弥。作为接头的凭证，小沙弥带来一幅画，院长嬷嬷看了画，久久说不出话来。

哼四少爷连忙问："怎么了?"

"这是我画的。二十二年前，就在这个地方，我画了这张画，这是我们的家。"院长嬷嬷看着画，声音有些颤抖。

哼四少爷一看，仿佛山谷之城山里人家，画面似曾相识，不禁心生纳闷，静下神看了很久。这是一幅油彩西洋画，青山绿水，画风古朴，崇山峻岭，松林深邃，流瀑咆哮，浪花四溅，惊走林梢间数只飞鸟，其醒眼之处，是从岩间一座深红色的廊桥，静立其间，不为所动。

院长嬷嬷因此相信小沙弥确实是下级阿刘派来的,但仍有责备,说:"他自己为什么不来?"

小沙弥带来的口信解释,等这个礼拜天大弥撒做完,故人下级阿刘,也就是小沙弥口中的管事神父,会抽空跟她联系,会邀请她过去游览教堂,并请她在教会招待所安住,以尽地主之谊。

但是,直到院长嬷嬷离开上海最后几天,才见到了下级阿刘。

下级阿刘此时的表面身份是圣母堂的管事神父,实际上他是院长嬷嬷丈夫当年的下级。以前的小阿刘如今已经变成了老阿刘,见面的那一刻,已经是上海地下组织骨干成员的老阿刘热泪盈眶,是因为激动还是感到歉意,频频鞠躬,说我永远是下级阿刘,您永远是我的大姐。看到他念旧感恩的态度,院长嬷嬷一颗心放了下来,反过来安慰他,下级阿刘总算忍住了眼泪,恢复了岁月带给他的老成持重,以及跟他现有职务相称的应有矜持。

根据院长嬷嬷的介绍,哼四少爷知道下级阿刘有不同一般的人生经历,他幼年家贫,做过小贩、学徒、皮匠、店员和码头工人。当年他的革命引路人,也就是院长嬷嬷的丈夫,带他去了苏联,推荐他进入海参崴党校学习,还一起参加远东地区的工人志愿军,投入保卫苏维埃政权的斗争,中间又介绍他加入苏联共产党,接着转为中国共产党党员。一路过来,一路帮助,一路提携。

回国后,他们一度留在上海,阿刘作为秘书兼联络员,成为她丈夫货真价实的下级。

二十多年前,也就是1927年的初春,她带着儿子从瓯越到上海看望丈夫,最早见到的人就是下级阿刘。下级阿刘年纪虽轻,却很懂人情世故,他到新龙华火车站接上他们后,趁着天色还早,雇了辆黄包车,绕道霞飞路,吃了点心,喝了咖啡和汽水,看了下午场电影,然后又到外滩转了转,到了傍晚,才送他们到当时叫贝当路上的瓯城会馆住地,见到了等候已久的丈夫。

那段日子,年轻的下级阿刘是单身一人,他服务周全的同时,看到他们一家三口快乐的样子,还颇有几分羡慕,时不时地说些好听的话祝福他们。

　　后来国共分裂，形势严峻，组织遭到破坏，幸存者奉命撤离，只有生性机敏的下级阿刘没有暴露，隐姓埋名，一直以中共秘密成员的身份在上海坚持，坚持到抗战，坚持到今天，都没有离开过现在的岗位。到今天，尽管他已经成为上海地下党的重要一员，已经成为别人的上级，但就个人生活而言，作为一名身处虎穴的地下工作者，他仍然喜欢单身一人，无牵无挂，因为他从事的职业可能像他的许多上级一样，将随时牺牲，他不愿意看到他的家人有一天成为孤儿寡母。

　　时隔二十二年，院长嬷嬷再次见到下级阿刘的时候，也是他最繁忙最紧张的时候。上海面临围城，他的工作日益活跃频繁，没有片刻安宁。对此，他向当年最敬重的上级的妻子，作了多少有些炫耀的报告，同时也解释了他没有马上露面的原因。一是考虑到他们的安全，上海处于白色恐怖之中，其残酷和危险程度不亚于二十二年前，因此他务必警惕，务必小心。二是此时他肩负重任，确实忙得不得了。他几乎要全身心投入工作，与下属们一起，密切调查市区工厂、商业、机关、学校、银行、仓库等情况，整理成情报送给长江对岸的解放军。同时根据形势变化，目前还要团结动员工人、学生和爱国人士等各阶层进步力量，半公开地组织起人民保安队，护厂、护校、护电，阻止国民党当局的破坏计划，全力配合解放军，把一个完好的上海交给新政权。

　　下级阿刘此时风生水起，事业有成。院长嬷嬷听完，点点头，表示赞许，也感到激动，泪水在眼眶里转动，几乎要流出来，淡淡地说道："没有白培养你。"

　　下级阿刘明白她话里的意思，连忙表态，自己能到今天，都是组织培养的结果，其中最难忘的，还是那段艰难的日子，说："最应该感谢的是我这一生中最敬佩的上级！"

　　院长嬷嬷泪水流了下来，神情显得严肃，打断他的话，说："没有忘记就好，忘记意味着背叛。"

后来的谈话中，相互亲近了许多，为了活跃凝重的气氛，下级阿刘一时间也顾不上纪律，告诉了一些令人振奋的消息。他眉飞色舞地介绍辽沈、淮海、平津三大战役详情，断言国民党军队主力已被消灭，能够作战的部队仅仅剩下一百多万人，接下去的解放南京上海战役计划正在制订中，江北解放军各部正在扫除敌人设置在长江北岸的大部分桥头堡和一部分江心洲据点，控制了长江航道，开辟出渡江通路，渡江作战的各项准备工作基本就绪，只待中央军委和总前委一声令下，即可挥师扬帆过大江了，说："上海解放指日可待。"

这些具有机密性质的情况显然不是应该在这里说的，也是不应该跟她说的，下级阿刘也不细心想想，即便面对最亲的故人，也不能这样没有警惕性，毕竟二十多年不见，什么事情都可能发生过，什么人都可能发生变化，从这一点看，下级阿刘还没有完全成熟。

院长嬷嬷心里批评着，一边紧张地朝四周看了看，象征性地捂了捂自己的嘴，示意下级阿刘赶紧住口。

周围一片安宁，没有任何人影，下级阿刘指着哼四少爷，说："他又不是外人。"

哼四少爷一直旁听着，没有说任何话，而且神情也是平静的，直到此时，才轻轻哼了一声。

下级阿刘一愣，说："你哼什么？"

哼四少爷看了看院长嬷嬷，然后指着自己，突然大声道："我怎么不是外人？"

下级阿刘连忙摇头，语气坚定，说："你怎么是外人？你流着共产党人的血，你跟你父亲实在太像了，你父亲是我最崇敬、最亲近、最难忘的人。"

哼四少爷又哼了一声，院长嬷嬷知道他的意思，他是在质疑下级阿刘怎么断定就是那个人？如果搞错了呢？如果他是外人呢？说："凭你刚才的这些话，已经证明你就是共产党，而且不是普通的共产党，是不是应该叫人将你逮捕归案？"

此刻，下级阿刘为了避免尴尬，苦笑了一下，把后面想说的话咽了回去，他望着院长嬷嬷，算是求助，但发现她似乎不仅不想帮自己，而且望着哼四少爷的目光满含着赞许，而且毫不吝啬。

下级阿刘顿时感到气馁，索性向他们投降了，承认自己刚才太忘我了，赞扬哼四少爷道："真是虎父无犬子，警惕性真高！"

院长嬷嬷意犹未尽，内心的兴奋溢于言表，站到哼四少爷身边，竖起大拇指称赞道："像他父亲当年说的话。"

下级阿刘怔了怔，也想到了往事，连忙检讨，说："是的是的，以前我的领导也这样批评我，说我见到自己的同志就容易激动，一激动嘴就快，话就多。"

哼四少爷鼻子轻轻吸了吸，没有发出声音，他对下级阿刘善意的讨好并不领情，好像在冷冷想着，话那么多，不知道是怎么活到今天的。

下级阿刘看到哼四少爷的态度，反而感到欣慰，于是模仿院长嬷嬷方才的举动，也对他竖起大拇指，一边连声称赞后继有人，一边伸出双臂要重重拥抱他。

哼四少爷拒绝了，显然认为这样不合适，也不是时候。

显然，哼四少爷的生分使气氛归于严肃，下级阿刘也只得摆出公事公办的样子，提醒他们说："现在上海正处在最重要，也是最混乱的时刻，万事谨慎，不可久留。"然后又以上级身份，甚至代表他上级的上级回到重要正题，向院长嬷嬷布置了一个重要任务，要求他们迅速离开上海，回到瓯城，执行一个关乎整个瓯越地区命运的使命。一旦解放军打过长江，上海解放，那离瓯越解放也为时不远了。

"那时候，我永远的上级将含笑九泉。"下级阿刘神情激动，充满豪情道。

但任务并不具体，要等待进一步明确的指示，可能在几个月，或者一年之后，下级阿刘，甚至上级，甚至上级的上级，将亲自南下瓯城，与她联络，届时进行周密部署，认真实施，说："当然我一定争取自己来，那样就可以吃上新鲜的瓯城柑橘了。"

自此，院长嬷嬷正式恢复了与组织中断了二十年的联系。

阿刘的上级特派员同志暗中监看了这一幕。为此，特派员同志冒险从江北潜入上海，予以指导部署，他全面地、仔细地观察了院长嬷嬷以及她的一举一动，一言一语，确定了她的身份，并强压下内心激动，始终没有出来见面。撤离之前，他向下级阿刘许诺，大军过江之后，他一定会带他去瓯越，看一看山谷之城，过一过水渚之城，然后到古瓯之城品尝柑橘。

但是，下级阿刘永远来不了瓯越，永远吃不到瓯城柑橘了。

院长嬷嬷离开上海那天，跛足的圣母无原罪堂小沙弥转交了下级阿刘的几样遗物。一样是一张黄得发白的取货单据，由于日久磨损，已经模糊，要很仔细才能看清原来是王开照相馆的照片提取凭证，日期是民国十六年，也就是1927年的4月11日。据小沙弥的说法，原来下级阿刘一直想自己从照相馆取回照片，当面交给院长嬷嬷。二十多年前的东西，照相馆几天前才有准信，说可能找到照片了，只是下级阿刘还没有来得及去取回，就遇到昨晚这样的事，牺牲了。

"他有多遗憾。"小沙弥垂下头，眼泪落在地板上，溅起来，发出扑扑的声音。

院长嬷嬷喉咙哽咽，也说不出话，心里自是愧疚。她来上海之前，抱着试一试的想法，照着二十二年前的地址，从壶城的修道院给下级阿刘寄去了一封信，信封上写的是徐家汇圣母无原罪堂教堂阿刘神父收。等不及有回信，她就带着哼四少爷匆匆往上海赶了。按照后来下级阿刘的说法，信搁了几天，圣母堂查无此人，正要把信退回，幸好他新发展的联络员小沙弥已经入职圣母堂，碰巧看到了信，就连忙代收下来，想办法在第一时间交给了下级阿刘。小沙弥清楚记得，下级阿刘收到信时大吃一惊，紧张得额头上都冒出汗水。下级阿刘说，因为除了他上级夫人在二十二年前按这个地址从瓯越山谷之城寄过一封信，告诉要带着年幼的儿子到上海的消息，之后再也没有人往这里寄信给他。他的神职身份就用了几天，"四一二事变"之后，他就脱离了圣母堂，断绝了以往与外界的一切联系，以新的职业为掩护，重新开始地下工作生涯。在下级阿刘的记忆里，当年知道这个地址的人已经全都牺牲了，活着的只有上级夫人。

拆开信一看，果然是那位上级夫人寄来的。

上级夫人在信中说，她将来上海，一是与组织恢复联系，二是完成一桩重要的私人愿望。

经请示此时上级的上级，下级阿刘被允许与院长嬷嬷建立联系，慎重起见，他必须重新披上教袍，仍然以当年的圣母堂神职人员的身份出面，考察、接待、甄别当年上级的夫人。

上级夫人信中提到的私人愿望，就是希望找到当年拍过的照片。

上级夫人所说的照片，是下级阿刘和他们一家三口的合影。

1927年春初3月的一天上午，圣母堂举行宋美龄捐款仪式，主办方请来了上海最有名的王开照相馆摄影师为活动拍照。

广东人王炽开创办的王开照相馆坐落于南京路上。几年前孙中山先生在北京病逝，举行隆重的送葬仪式，王炽开派出最专业的摄影师前往北京拍摄了全过程，然后又跟随为中山陵选址的人们到达南京继续拍照，然后再回上海，一路上拍摄了所有相关的历史性场面。这些珍贵照片加上"王开摄影"落款之后，洗印多份，分送各地知名人士与高层军政人员，一时间王开照相馆声名大振。

在上海，为宋美龄这样的名人活动拍照，非王开照相馆莫属。

仪式中间，宋美龄稍事休息。下级阿刘见缝插针，抓住机会，请求王炽开同意，让摄影师给正在圣母堂游览的上级一家和自己拍了一张合影。下级阿刘的这个举动是为了表达对上级一家团圆的祝贺和纪念，是情意所致，但事后遭到上级的批评，提醒他以后不能再这样了，叮嘱他取照片的时候要万分小心，不能留下半点痕迹，而且一定要取回底片。

照完相，约定一个月后的 4 月 11 日到照相馆取照片。下级阿刘因事迟去了一天，不想等他第二天再去，发生了"四一二事变"。前一天晚上，上级一家三口得到紧急通知匆匆离开上海，回到瓯越了。下级阿刘拖到半年之后，10 月 10 日，"双十节"这天，趁着南京路人山人海，才冒险去取照片。但是王开照相馆此时因为忙于在上海举办的远东运动会选拔赛，派出了所有的摄影师，动用了所有的器材，普通的业务受到影响，加上时间太久，一时没有找到。后来下级去过几次，不想都遇到军警盘查，他警觉到他们是在守株待兔，只等他自投罗网。日本人占领租界之后，形势更加严峻，照相馆营业也很不正常，几次过去，也都遭到日本宪兵的巡查监视，好像从中布置了陷阱，只等他一脚踩进去。抗战胜利之后，他又几次去过重新装修的照相馆，但每次接待他的都是年轻伙计，对早年的业务全然不知。而当年的老师傅不是生病请假，就是退休在家，音信全无。去多了，自然引起警察查问，特务跟踪，一次突击检查，南京路封锁，他被堵在照相馆门口，结果以共产党嫌疑扣押，在拘留所关了几天，中间保人出面交涉才得以释放。

王开照相馆显然是一个诡异凶险之地。出于安全考虑，加上工作繁忙，下级阿刘再也没有去过。后来又传来消息，照相馆已经换了主人，搬迁到香港了。对此，他也没有机会予以证实。

取照片的事一拖就是二十二年。如今上级夫人信中明确索要照片，下级阿刘不知应该如何交代此事，心中焦急，也没有请示现在的上级，怀着碰碰运气的想法，换上了神父装扮，涉险前往。给人重新燃起希望的是，王开照相馆不仅还在南京路原址，而且没有易主，更令人惊喜的是，这次接待他的居然是老板王炽开本人。王炽开看了看凭据，又看了看他一身教袍，居然清楚地回忆起这么一回事。在表示歉意的同时，答应哪怕翻箱倒柜，一定想办法查找。下级阿刘不禁振奋，一激动，胆子一大，留下了联系方式。王炽开立下保证，上帝保佑，一定会找到照片的，让他耐心等待消息。

照相馆这边迟迟没有消息，他不免渐渐失望，也不知道怎么向院长嬷嬷交代。不想在院长嬷嬷离开上海的前一天，突然接到了王炽开亲自打来的电话，告诉他在阁楼的废品堆里找到了一张照片，很可能是他要找的。

下级阿刘没有想到，在他要去取照片的前一天晚上，瓯城会馆突然发生了一场血雨腥风，使他永远无法亲自去取那张照片了，他最后一眼看到瓯城会馆璀璨的灯火，脑子里闪过消逝多年的上级的身影，不禁充满遗憾，在叹出最后一口气息的同时，拿出最后的精神，把取照凭证塞进小沙弥手中。

尽管当时院长嬷嬷和哼四少爷明白自己的处境十分危急，王开照相馆可能被严密监视，军警敌特随时会发现他们，尽管能猜到上海丽人此时一定在不离不弃地寻找他们，尽管断定平安离开上海的最后机会即将消失，但院长嬷嬷还是十分坚决，哪怕再危险，也要去王开照相馆取回那张照片。

这是下级阿刘以自己的牺牲给她这个上级夫人留下的希望之光。

院长嬷嬷叫哼四少爷在原地等着，自己迅速行动，坐上了一辆黄包车直奔南京路。哼四少爷知道她要去干什么，知道阻拦不成，因此并没有在原地等待，盯着黄包车，一路跑着跟了上去，一直跟到了王开照相馆门口。

危险没有发生，连疑似的危险也没有，唯有这南京路，没有一点点大战在即的迹象。马路上熙熙攘攘，店铺前人进人出，在高楼大厦之中，王开照相馆并不那么起眼，但它的广告牌却是独树一帜，抬头便能看到，加上那转动的灯箱，闪现着一张张时尚美女的巨幅照片，鲜艳夺目。

然而，哼四少爷跟着院长嬷嬷到王开照相馆取照片的过程中，有了一个意外的发现，这个发现多少影响了以后瓯越事态的发展。同时他们也遇到了惊险的一幕，这一幕虽然是一场虚惊，但差点让院长嬷嬷失去哼四少爷，回想起来，她深深地感到后怕。

王开照相馆门庭若市。原来一年前，照相馆率先开拍天然五彩照相，一时间，权贵名流、俊男美女纷纷给自己留影，生意十分兴隆。比较显眼的是，豪华的玻璃橱窗上，挂满了亮丽鲜活的样照，院长嬷嬷走到里面取照片的时候，守在门口的哼四少爷看着橱窗，其中一张放大的两人合影彩照引起了他的注意，他不禁多看了几眼，随后就怔住了。

照片上一男一女，坐着的男性，应该是父亲，站着的女士，应该是女儿，使哼四少爷不敢相信的是，应该是父亲的人，分明就是贤者嚣人，应该是女儿的人，分明就是上海丽人。与别的照片不同的是，角落上还有题字：

与媚留影。

正当哼四少爷发愣的时候，突然马路上一群拿着各种枪支的军人朝照相馆拥来，负责指挥的军官还拿着汤姆逊冲锋枪，带头朝着玻璃橱窗就是一阵乱砸。飞散的玻璃碎片四处乱射，行人纷纷躲避。院长嬷嬷刚好从里面走出来，要不是哼四少爷伸出手臂挡住了一块飞溅过来的玻璃，她就被伤着了。哼四少爷捡起这块裂成三角形刀状的玻璃片，要朝拿着冲锋枪的军官扔过去，院长嬷嬷急忙夺下玻璃片，紧紧抱住他，说我们赶紧走。

他们刚要离开，一直任其破坏的老板王炽开不顾危险上前阻止，结果挨了一顿拳脚。哼四少爷不禁愤怒，推开院长嬷嬷，正要帮助王炽开，汤姆逊冲锋枪已经射出一梭子弹，照相馆墙壁上顿时一排弹孔。

王炽开连忙拉住哼四少爷，几乎是哀求道："朋友，少管闲事，少管闲事。"

随后一群警察吹着哨子过来维护秩序，围观的人很快被驱散，马路上也很快恢复了平静，王炽开也很快叫人清理店面，但他对于为何要抢砸橱窗，茫然不解，只是嘴里埋怨，共产党大军围城，军警垂死之际，到处肆虐，到处敲诈，到处裁乱，为所欲为，不过是最后的疯狂了，没有几天，大上海都要被炸毁了，他这点损失算得了什么。

院长嬷嬷拿到了一张发黄的旧照片。这是一个青年神父和一家三口的合影，背景就是徐家汇圣母无原罪堂。青年神父就是当年的下级阿刘。一家三口中抱着孩子的母亲像是年轻时的院长嬷嬷，看上去是她丈夫的那个黑须男子英俊挺拔，目光坚毅，威严中让人有陌生感。

可惜的是，底片已经丢失了。院长嬷嬷看着发黄的照片，不禁眼含热泪。

前来送行的小沙弥指着照片中的小孩，似乎是在转达下级阿刘的意思，问哼四少爷："你没有认出他是谁吗？"

照片上的小男孩，大约三四岁，跟所有那个年龄段的孩子一样，看上去都一个样子，分辨率并不高，加上洗印得不太好，面容也显得有些模糊。

哼四少爷看了又看，最后摇摇头，没有说话。

小沙弥又转述下级阿刘的话，说："你真不记得了？他说，他抱过你。"

哼四少爷的神情仍然是怀疑的，下级阿刘的话就像蓝大首领的话，蓝大首领当年不断给他讲他幼年时的故事，讲得最多的就是这句话：我还抱过你呢。至于自己小时候到底长什么样，在山谷之城和瓯城，自己从来没有过照片，他无从得知，因此对于此时这张照片中的小男孩究竟是谁，他深感突兀，难以确认。

历经多年，好不容易才找到的证物最后没有起到什么作用，小沙弥不禁替下级阿刘感到气馁，看着院长嬷嬷，满怀歉意道："他已经尽力了。"

院长嬷嬷很无奈，收好照片，仍然充满信心，说："你慢慢看。"

其实哼四少爷脑子一直在回忆在王开照相馆遇到的情景，回忆那幅两人合影彩照，不断地自言自语，媚是谁啊？

媚不就是上海丽人。院长嬷嬷知道，在瓯越土话中，媚是女儿的意思。

哼四少爷相信自己是看错了，相信自己的所见所闻，包括上海之行，是自己的幻觉，是自己的梦境。

下级阿刘有两次葬礼，其中一次就在圣母堂举行。

下级阿刘还有一次葬礼，是三个多月以后，上海解放不久，他下葬龙华公墓的那一天，来了许多为他送行的下级，密密麻麻，人山人海。

六　不死巫娘的绿曲仙酿

一路上既顺利，又不顺利。

顺利的是，天气转晴，春光明媚，没有遇到任何危险，任何阻拦，连普通的盘查都没有遇到。从各处撤退下来的军人挤占了各种道路，一开始还算有秩序，军容还算整齐，建制和番号没有被打乱，对沿途普通百姓没有太多干扰，至此还没有兵败如山倒的观感。顺利的是，他们随着这一股股人流，搭上了想搭上的交通工具，无论是火车还是汽车，还是渡轮，而且都有座位，都有吃有喝，都安全、准时到达了预定的目的地，都能有所栖息，美美地住上一个晚上，得以休息，然后次日一早，迎着晴朗的天气，继续行程。

这天，哼四少爷终于到达了山谷之城最深处。

接着是连绵的雨，日夜不停。在一家简陋但清洁的旅店里，哼四少爷陪了院长嬷嬷好几天。她一直躺在那张塌陷的棕板床上，陆陆续续说着梦话般的故事，说的都是一个男孩从出生，到走路，到说话，所有幼稚时期的点点滴滴和片片段段。没有任何证据证明她的讲述是真实的，是跟哼四少爷密切相关的。因为在六岁或者七岁之前，哼四少爷没有任何记忆。

"难道一点都记不得了？那你还记得什么？"院长嬷嬷不断重复

地问着这句话的时候，神情是焦虑的、迫切的，但仍然是充满希望的。

对那位院长嬷嬷借着山水和乡音深情讲述的故事，哼四少爷完全陌生，闻所未闻，没有梦到过，更没有经历过。因此他只是听，只是注视着如画般的山野黛绿，深溪云瀑，没有任何语言和表情上的回应，最多只是哼哼几声。

每当听到他的哼哼声，院长嬷嬷会突然停止讲述，久久凝视着他，说："你真像他。"

哼四少爷仍然没有开口问什么，但并不是没有疑问，此时他会短暂地回应她的目光，好像在问，像他？他是谁？

"如果你能见到他，就会明白一切的，可是我们再也见不到他了。"院长嬷嬷眼睛里闪着泪光，又一次自言自语道，很多年过去了，竟然全部记不得。

哼四少爷为此感到纳闷和困惑，连哼一声都没有哼了。在他看来，院长嬷嬷没有任何证据证明她的讲述是真实的，跟他是密切相关的。因为在六岁或者七岁之前，他没有任何记忆。有不少人，主要是山谷之城的人们，当然还包括蓝大首领，几乎完美地填补了这段幼年和童年的记忆。结果呢，发现其中许多是凭空的，甚至相反的，特别是蓝大首领，给他强加了完全与事实不符的人生最初经历，臆造了他完全没有办法去有效证实的混沌未开的幼儿史。

当年蓝大首领在他睁开眼睛开始重新记事那一刻，就进入了他的世界，先入为主，情真意切，他别无选择，只能选择相信。而今又有院长嬷嬷，虽然她是中途出现，但他一开始就可以怀疑，可以选择，可以摆脱，但他为什么没有马上怀疑，马上选择，马上摆脱，可能由于她栗色银发中留存的栗色部分，可能由于她高瘦的身材，可能由于她用意大利中部山海地区的方言，读出金十字架上面的铭文，并似乎得到了验证，凡此种种可能，都让他心有所动，都让他将信将疑，犹豫不决，难以摆脱。

但同时，也让他有所警觉，甚至有所抗拒。脑子里不断闪过疑问：万一她是又一个蓝大首领？万一她也是给自己编织记忆？万一又都是假的甚至是骗局？

不顺利的是，到瓯越这段路，何其漫长，何其曲折，以致哼四少爷和院长嬷嬷分别生了一场病，以致哼四少爷被迫延缓前往瓯城的计划。本来哼四少爷决定一刻不停，直接去瓯城找橘子姑娘，并带她脱离险境。为此，院长嬷嬷努力劝说，再三阻止，说："你不能冒险。"

哼四少爷口气淡然，说："我不怕为她牺牲。"

院长嬷嬷一愣，说不出话来。

先生病的是哼四少爷。其实他并不是生病，而是伤口发炎，引起身体烧热。发炎原因可能是刀伤。院长嬷嬷细细回想，真想狠狠地痛骂上海丽人。这一刀虽然不是这个女人刺的，但一定与她有关。在瓯城会馆的西餐厅，那位可疑的独眼司机突然拿起餐刀，刺向院长嬷嬷时，站在他身边的上海丽人似乎乐观其成，没有丝毫要阻止的意思，而对于哼四少爷上前挡刀，因为出乎意料，她的眼神是惊愕的，埋怨的，责怪的。

所幸哼四少爷奋不顾身，拨开了刀锋，使刺杀没有得逞，上海丽人也只能失望了。哼四少爷为了救她，小手臂被尖刃划伤，虽然只伤及肌肉，伤口并没有太深，也没有恶化，但院长嬷嬷自然心疼，亲自为他缝了数针，祈求很快好起来。

另有一种可能，是锋利的玻璃碎片划破的伤，伤口也在小手臂上，几乎是在同一处。院长嬷嬷又为他缝了第二次针，虽然也缝得很好，但因为是第二次创伤，她担心会留下一道明显的、长长的疤痕。

院长嬷嬷犹豫着是不是找一家医院看看，但哼四少爷坚持马上离开上海，万一被梅尔斯中校的人找到，院长嬷嬷就有危险了，万一被上海丽人找到，自己就会有麻烦了，不如早早离开。除此，也预想到一路上不会太顺利。果然到松江、到嘉兴这一段路程中，又是遇到风雨，又是遇到侵扰，稍稍让人放心的是，哼四少爷没有出现任何异常，没有任何发炎的征兆。

他时不时地挥挥手臂，表示伤口已经完全好了。

不想过了钱塘江，到达诸暨县境时，以为已经愈合的伤口产生溃烂，以致身体出现炎症。院长嬷嬷不禁万分紧张，怀疑刺伤哼四少爷的刀上沾了毒，而且不是普通的毒，如真是这样，病情加重，就会危及生命，于是自己做主，打听县城有什么医院。但院长嬷嬷询问当地人时，遇到的态度都是硬邦邦的，不见友好。原来此处民风剽悍，对过往外客都是三言两语，甚是不耐，加之个个都面带凶相，使行旅之人望而生畏，不敢停留。哼四少爷见此，当然反感，劝院长嬷嬷不要进城，即便要死，也要到心旷神怡的地方。

院长嬷嬷也不禁迟疑，再看到县城周边山势险峻，道路崎岖，确实不像是一个祥和平安的地方，又看到哼四少爷态度坚决，赶紧回到了公路上。

很快，哼四少爷竟然用自己的那枚勋章，拦下了一辆准备去运猪肉的军车，直奔金华。

到达金华时，天已经亮了，正如院长嬷嬷一路上担心的，哼四少爷突发高烧，几乎晕倒。在几个巡逻队士兵帮助下，他被送到市区唯一的教会福音医院，又是打针输液，又是挤脓放血，一阵紧急治疗。

院长嬷嬷在病房里陪了三四个日夜，一直等到他醒了过来。

哼四少爷从床上站起来的那一刻，印度裔医生对他表达了祝贺。原来刺他的餐刀确实有毒，而且是奇怪的毒，如果是别人，早就活不了，由于给他使用了最新型号的维生素K，还有他顽强的抵抗力，至少他暂时没有生命危险了。

不管这种奇怪的毒到底是什么成分，哼四少爷神情轻蔑地哼了一声，他相信自己身体里面早就有排毒的功能。山谷之城的前辈一直这样告诉他，你从小吃山人家的饭，百毒不侵，所以绝不会中毒而死。

印度裔医生似乎听到了他心里的想法，自嘲地耸了耸肩膀，也不多做解释，但指着院长嬷嬷，坚持认为如果他能活下来，一定是上帝保佑了他，希望他能感恩，有所报答，比如要善待始终守候在他身边的院长嬷嬷，她看起来像你的母亲，你的母亲就是上帝派来拯救你的。

哼四少爷内心明显有所震动，表面上沉默不语，平和地看了看院长嬷嬷，轻轻哼了一声，又点了点头，像是在表示歉意或者谢意。

使院长嬷嬷陷入险境的是自己的固执和坚持，要不是自己擅自和上海丽人联系，要不是自己坚持要在离开之前与上海丽人再见一面，别人就没有机会掺杂进来，危险就不会发生。院长嬷嬷笑了，仿佛接受了他的谢意。至于歉意，她也有，甚至更多，她知道，带毒的餐刀显然是针对她的，显然要置她于死地。参加西餐厅晚餐是极其危险的行为，她也真切地感觉到死亡在逼近。哼四少爷也很想责怪院长嬷嬷，责怪她这样拿自己生命做赌注的做法太不值得了。

她之所以冒着死亡的风险参与餐会，是想让哼四少爷发现上海丽人真实的一面，不幸的是，下级阿刘想阻止她没有成功，于是只好加入进来，结果牺牲了。

下级阿刘的牺牲与上海丽人可能有关，至少她可能知情，可能认为院长嬷嬷是她和哼四少爷之间的最大障碍。

但并没有证据。

在金华福音医院里，院长嬷嬷看到他暂时脱离了危险，松了口气，希望他继续下面的行程，不想在动身前，在向印度裔医生告别时，看到他手中拿着一份最新的《申报》，注意到上面刊登了上海丽人给《瓯越日报》写的一封公开信，两个人先匆匆看了，开始不敢相信。哼四少爷认为她不会真的到瓯越，应该会留在上海，然后去美国或者欧洲，哪怕只是她一个人走。但院长嬷嬷担心上海丽人不会轻易放弃，担心她以爱情的名义，或者还有更重要的使命，更加疯狂，一路追踪到瓯越，再次找到哼四少爷。院长嬷嬷看了看报纸，十分不满，指着上面的读者来信，说："她写这些，难怪别人批评她得了花痴。"

哼四少爷后又看了一遍，久久地惊诧之后，终于相信，上海丽人真的可能已经直奔瓯越去了。此时，她可能和梅尔斯中校早到了一步，已经在瓯越等着他们，借着贤者器人的支持，大张旗鼓，满城风雨。

为此，院长嬷嬷改变原先从仙霞岭进入瓯越的计划，设计了新的路线，继续向西，经江西上饶向南，从闽赣边境进入瓯南，避开瓯城，避开贤者器人的耳目，当然也是为了避开上海丽人和梅尔斯中校的追踪。院长嬷嬷似乎得意自己的计划，得意选择走了一条上海丽人想不到的路，说："她会落空的。"

哼四少爷坚持直接进入山谷之城，因为经过瓯西山谷之城，照样可以避开瓯城，避开贤者器人的耳目。对于贤者器人，哼四少爷起初不以为然，也不愿对他表现出畏惧。因为经过的是山谷之城，自己在那里几乎如鱼得水，没有人会伤害他们，也没有人会出卖他们。

哼四少爷最后找的理由是她无法反对的：如果他真的中毒太深，不死巫娘能治好他。

治好哼四少爷，让他完全恢复健康的，并不是不死巫娘的巫术，而是珍贵的绿曲仙酿。到山谷之城第一天晚上，哼四少爷又出现了昏迷，胡话不断，哼哼着叫着橘子姑娘的名字，陆续赶到的各寨神医，纷纷施展本领，煎制的汤药几乎可以汇成溪河。烟雾弥漫之中，最后压阵的是不死巫娘，她用简单而明了的方术，一种名叫打徨的巫舞，略施手势，虚拟了一座九州仙楼，请来玉皇大帝和山谷之城祖师，调来天兵天将，行罡做法，又通过放油驱火，捉鬼抢魂，唤醒了哼四少爷，让他在口渴难熬之中，抢喝了一碗晶亮通透的绿曲仙酿。

不死巫娘明明知道他没有酒量，却狠狠心，端起紫坛酒瓮灌他，结果他不省人事，呼呼大睡。

绿曲仙酿其实是谷口祖先的智慧结晶。

据沈铁铲子考证，远古谷口部落，辗转迁徙，生活简朴，临水结庐，采芦为瓦，编竹为篱，伐荻为户牖，聚族而居。由于水汽弥漫，严冬腊月，一家人都围坐火塘，饮酒取暖。

　　与谷内山人部落多以旱地耕种、杂粮居多不同的是，谷口涵养一类以青草为主的茂密作物，等茎叶黄，取其累累果实，谓之水稻，捣剥皮壳，晶莹如珠，谓之米，用火蒸熟，作为主食米饭。遇上丰年，将多余米饭发酵，并采用水下天然材料做基酒原材，经过稻米酿造、蒸馏，将米酿回窖，加入深谷花草二次重酿，并经过长时间的日晒和低温洞藏，使酒体充分吸收蕴藏了深山天然作物的自然色泽和芬芳后，再多次过滤自然陈化。凡部落有功绩人物，索要的报酬奖励就是酒酿。多少年以后，流水干涸，稻田绝收，谷口部落因此而衰落，在战争中落败，最后沦为嚣人部落的奴隶，继而在一场洪灾中消失。

　　不死巫娘祖上感念哼人，从谷内迁守谷口，在遗址一汪时活时死的湿地上，种植一片残稻，生生不息，其中最珍贵、最稀罕的绿曲仙酿得以传制，是山谷之城山人对上古谷口部落遗存最重要的创造继承。绿曲仙酿酒体色泽自然纯净，酒液莹澈透明，犹如深山碧玉，清新淡雅的山草香轻柔飘逸，入口顺滑。不死巫娘自称不知道几十岁了，看上去黑发红颜，皮肤柔滑，精力充沛，其秘诀就是每天一碗绿曲仙酿。

　　"明天再给他添一碗。"不死巫娘在紫瓮口沿咂咂嘴，吩咐道。

　　哼四少爷对酒精是过敏的，啤酒饮一杯即醉。第二天不死巫娘再叫他喝时，他无论如何也不肯了，把剩下的酒偷偷倒进了深沟之中。院长嬷嬷认为绿曲仙酿不至于如此神奇，要是真有那么一点点效果，也不过是酒里面维生素K的作用，劝哼四少爷尽快到廊桥对面的圣玛丽医院治疗。

　　不死巫娘手一指，远远看去，一片大树把红色的房子掩盖了，一群飞鸟上下起落，似乎已经在房前屋后筑窝安家，说："哪里还像个医院？不过没有塌下。"圣玛丽医院于1935年，也就是民国二十四年，由但丁神父以天主堂名义购得封存多年的红色别墅，扩建院舍而成。1942年，也就是民国三十一年瓯城沦陷时，瓯城天主堂医院曾迁至此地。但丁神父回国后，医院只剩下山谷之城本籍一个老护士在此坚守，如今也已年长，只负责防疫事务和普通疾病治疗，重伤和重病，只能送往瓯城求治了。

不死巫娘又心疼酒，说："我省下来给你喝的，当年救你命，现在也能救你命。"也不管院长嬷嬷阻拦，又找来一坛紫瓮，叫三五个男子强灌下去。哼四少爷因此又睡了一天一夜，第二天醒过来，又被灌了半坛，连续五天，到了夜里，忽然大吐不止，仿佛五脏六腑都呕出身体，最后喷出一口污血，四溅洞壁，然后摇晃着身体，东倒西歪起来。

院长嬷嬷吓坏了，要马上将他送瓯城，说："路再远，再危险也要送。"

"怎么能去瓯城，不要命了。"不死巫娘手指沾了污血，闻了闻，长松一口气，安慰院长嬷嬷，说，"送什么医院呢，身上的毒都排出来了。"

哼四少爷从绿曲仙酿的醍醐中完全清醒过来的时候，山谷之城村寨已经开始准备二月十五的祭祖仪式了。在不死巫娘的安排下，哼四少爷穿上了山人的青蓝色麻布服饰。院长嬷嬷为表达感谢，也梳起龙髻，头戴凤冠，一副山娘装束。

之前上海丽人曾到山谷之城采风，在《瓯越日报》报道：

> 所谓凤冠，就是用一根细小精制的竹管，外包红布帕，下悬一条一尺长、一寸宽的红绫，发间还分别环束黑色、蓝色或红色绒线。冠上饰有一块圆银牌，牌上悬着三块小银牌，垂在额前。冠上还插一根银簪，再佩戴上银项圈、银链、银手镯和耳环，显得格外艳丽夺目。

为了感谢各家村寨，院长嬷嬷跟着不死巫娘唱起山歌。山人在迁徙过程中，在拓荒殖土的同时，以山语歌唱表达喜怒哀乐，创造了独有的山山对歌。每逢佳节喜庆之日，歌声飞扬，即使在山间地野劳动，探亲访友迎宾之时，也常常以歌对话。流传下来的山歌最著名的就是长达三四百句的七言史诗《山祖歌》，以神话形象，叙述了山人族祖立下奇功及其不畏艰难繁衍出盘、蓝、雷、钟四姓子孙的传说。

对于不死巫娘千方百计的挽留，院长嬷嬷的态度虽然坚决，但也作了妥协，同意暂时不去瓯城，说："我们马上回家。"

"回家？他的家在这里。"不死巫娘一边抓住哼四少爷的双手，生怕他真的走了，一边不管不顾地跳起脚，突然使出当年可能给哼四少爷施加过的魔法。这种魔法的独特之处，在于形成了哼四少爷对上古谷口部落的记忆，这些记忆为他寻找到那个消失的谷口部落，才是他的前生世界，才是他的生命源头，才是他的远祖事迹，才是他的自身遭遇，亲眼所见，沉浸其中，热血沸腾，使命附体。不死巫娘梦呓般描述出远祖们的清晰足印，以及辉煌细节，使他感到震惊，感到不可思议，感到身临其境，使得他两眼发光，朝着幻境中的方向，不断地哼哼，无数地哼哼。

哼哼声中，不死巫娘加快施法节奏，不停在松软的泥地上面写下鬼画符般的字迹，似乎有效地唤起了哼四少爷断断续续、引人入胜的梦中追忆。

看到汗珠从哼四少爷脸上一阵阵涌起，院长嬷嬷急坏了，一边给他拭汗，一边要轻轻摇醒他，说："他在做噩梦。"不死巫娘推开她的手，说："他梦见他的先祖了。"看到院长嬷嬷不相信，不死巫娘盯着他翕动的鼻子，说："他在叫先祖太穷。"

院长嬷嬷以前从丈夫那里听过太穷的故事。

当时还是她恋人的丈夫带她到谷口部落曾经生活过的水渚遗址，专门给她讲述了关于他先人太穷的故事。为反抗古瓯国的统治，守护山谷之城的谷口涌现出许多可歌可泣的英勇事迹。更早之前，谷口还是母系社会，无道古瓯王为求长命，残害宫女，谷口女祖奋勇而出，进入嚚人部落，带领忍无可忍的女奴，刺杀古瓯王，女奴都被杀死，女祖一人逃回谷口。这个故事是后人附会，或者捏造。因为这之前很多年，一场洪灾，已经将谷口毁灭了。

比较可信的是嚚人部落入侵谷口期间，沦为奴隶的谷口人民进行了殊死抗争，作出了巨大牺牲，太穷不过是其中一个突出的代表。关于当时介入上古瓯国政要内斗的必要性，她丈夫认为太穷是出于正义，支持主张仁政的秋氏家族一方，主动出手，刺杀了爱吃烤鱼的嚣人首领，自己因此牺牲，从秋氏家族的记载来看，应该确有其事，至于太穷死而复生，那不过是人们的良好愿望罢了。然而上古瓯国内部纷乱不止，秋氏逃到山谷之城，嚣人家族继续追杀，太穷率领奴隶救了秋氏。秋氏再度崛起，给谷口百姓以人民的身份，后来嚣人家族将秋氏绞杀，太穷只身一人将嚣人古瓯王杀死，不过这是嚣人家族的记载，不足为凭。

那个夜晚，丈夫给她讲述了上古谷口传奇之后，进入正题，介绍她加入了中国共产党，那个夜晚，她觉得他跟他的先祖太穷一样，是个英雄，她决定嫁给他。

后来，她和丈夫都不怎么相信这些传奇。正如传说的那样，太穷并不是大禹那样的人物，而是一个接近原始人的勇敢战士，一个毫不惜命的刺客死士。她丈夫认为，人们怀念，以致崇拜太穷死而复生的神奇经历，冒险甚至鲁莽的个人行为，这里面充满了唯心主义的迷信，当然对他这个为谷口奴隶的解放奋不顾身的先人的深深纪念，充满了朴素的阶级感情和浓厚的亲情。

院长嬷嬷回想之际，哼四少爷已经清醒过来，看到她神情困惑，停止了梦呓般的哼哼。

不死巫娘此刻认为已经召回了哼四少爷的灵魂，神情放松下来，告诉院长嬷嬷："他想杀人了。"

院长嬷嬷显然认为哼四少爷受了不死巫娘的蛊惑，因此不想在此逗留下去，当晚决定离开洞屋，至于去什么地方，她并不想告诉不死巫娘。

但不死巫娘坚持认为，哼四少爷恢复健康还需要时日，至少要等到过了三月三才能离开，说："今年还没有听橘子姑娘对歌，他怎么能走呢？"

每年这个时候，橘子姑娘都会来山谷之城村寨赶热闹，来看望不死巫娘，今年如果她一时来不了，等到三月三，她一定会来。不死巫娘口中念叨着，似乎非留住哼四少爷不可。消息灵通的不死巫娘，其实已经听说了蓝大首领的事，为他和橘子姑娘的关系担心。她希望他们不要有什么芥蒂，即便有什么误会，如果见面了，就能解释清楚，解释清楚了，就能重归于好。又当着院长嬷嬷的面，劝导哼四少爷，说："你们是金童玉女呢，不用再等了，等到秋天，就一间屋里住着，一张床上睡着，生一堆男女。"

哼四少爷眼睛泛着一丝湿光，望着天上流动的云团，沉默着，连哼都没有哼一声。

不死巫娘指了指东边，说："你想她了呀，如果她来不了，你应该到瓯城去看她。"转而叉着腰，责问院长嬷嬷，要走为什么不等他病好了再走，不等到他最喜欢的相好来了一起走。

院长嬷嬷不确定不死巫娘口中所谓最喜欢的相好到底是谁，但不管是上海丽人还是橘子姑娘，或者自己还不知道的什么人，但一定都是十分危险的人，都有可能毁灭她这个即将相认的儿子。她强烈地感觉到，如果听任哼四少爷盲目信任别人，在这样的凶险之地乐不思蜀，流连忘返，将是愚蠢至极，如果铸成大错，将是悔恨终生。危险已经扑面而来，她必须坚决地带着他尽快离开。她越想越难以掩住内心的不安，神情显得慌张，焦急地催促哼四少爷，说："绝不能久留啊。"

哼四少爷擦了擦眼角，突然笑着哼了出来，意思是说，该走该留，自己知道。

不死巫娘尽管十分不快，十分失落，看到哼四少爷要跟院长嬷嬷离开的时候，她并不奇怪，反而涌起一股莫名的暖意，这才是真正的母子啊。她握着哼四少爷的手，说："我就想见到这一天，真见到了。"又盯着院长嬷嬷，说："你不能走的，你要生病了。"

仿佛是不死巫娘暗中施了法术，刚离开洞屋，就轮到院长嬷嬷生病了。

回头还能看到山谷之城群峰的时候，院长嬷嬷突然捂着小腹瘫倒在地，脸色苍白，汗珠如豆。她断定自己的病是陈疾复发，病灶在妇科，因此哼四少爷无从得知她疼痛的原因，也无从得知她要忍受疼痛不肯就医的原因。及至后来到瓯城，才知道她因为生育时出血过多，留下病根。每当到了春天，周期来临，她都要经受一番巨大痛苦，时间长达几天，甚至一个星期。经过陡峭的石阶时，哼四少爷要背起她走，被她拒绝了。她坚持自己爬上去，到顶之后，又坚持走下去，说："我走过多次了。"

等到快看到谷口一片水渚时，她终于支撑不住，一头倒在哼四少爷身上。

哼四少爷出现在山谷之城的消息早已密传到了瓯城，迫不及待的麻生宁可信其有，在第一时间瞒着贤者嚣人赶往山谷之城，很快知道了哼四少爷的行踪，而且令他振奋的是，自己要面对的将是一个重病未愈的哼四少爷。

时机是如此地合适，将其杀死变得如此地容易。

自从民国二十六年，即公元1937年深秋，自从麻生在瓯越首届橘子节上听到橘子姑娘背诵屈原的《橘颂》，身体仿佛被雷击中之后，橘子姑娘作为心目中唯一的女神，占据了他的灵魂，自从他看到唯一的女神跟着哼四少爷走进挂满金灿灿果实的橘林深处，久久没有出来的那一刻，仇恨之火就已经占据了他的全身，熊熊燃烧，时间越久，烈焰愈烈。他深深以为，要得到唯一的女神垂顾，甚至梦想成真，长相厮守，最大的障碍就是哼四少爷。自从他知道蓝大首领可能死于哼四少爷之手，自从怀疑苍岭古道上是哼四少爷削去了他的一块头皮，他认定自己最应该做的事情就是亲手杀死哼四少爷，为唯一的女神报仇，为自己雪恨。

其实麻生最初是从《瓯越日报》嗅到了哼四少爷的蛛丝马迹。麻生细读上海丽人的公开信，一则以喜，一则以怒。所谓喜，他相信橘子姑娘看到如此内容，对上海丽人与哼四少爷的关系已经深信不疑，想必伤透了芳心。所谓怒，哼四少爷施情于橘子姑娘还不够，又引得上海丽人一再不堪，一人独得两位佳丽的芳心，天理何在，公道何在，是可忍，孰不可忍。

一喜一怒之中，不由得让麻生彻夜难安，终于起了急不可耐的杀心。由于失眠，他等不到天亮，把已经锋利无比的斧头磨了再磨，直至报纸往斧刃上轻轻一放，就被劈为两半，方才冷静罢手，开始细细琢磨自己接下去应该如何行动。

从公开信的内容分析，哼四少爷曾经出现在上海，此时完全可能在回瓯越的路上，以目前情形判断，不会走海路，因为上海周围洋面已经戒严封锁，航路中断，所有商客船只被禁止航行。当然也不可能走唯一的盘山公路，因为整条道路已全部由南京国防部调来的军队接管，沿路布满关卡，警戒盘查最为严格。除此，哼四少爷明明知道，此时之前没有防务的苍岭古道已被完全封锁，沿壶城一线，建立了直属国防部的预备兵团司令部，集结了十万大军，任何身份可疑的人都不能通过，因此，绝不敢选择这条路。

排除上述途径，哼四少爷最有可能走的是瓯西山道，从时间上看，不早不迟，此时应该翻过仙霞岭到达山谷之城了。

最后促成麻生决断的，是截获了不死巫娘给雷三瞎子的褐尾信鸽传书。信中告急，哼四少爷身中剧毒，无药可治，恐怕凶多吉少，希望他想办法护送橘子姑娘尽快赶到山谷之城，在不死巫娘的洞屋与哼四少爷见面，如此或许可救一命，如若不然，也能见上一面，为其送终。

麻生恰好有心，截获了这一信息，知道哼四少爷回到了山谷之城，而且生了重病，不禁幸灾乐祸，但又想到哼四少爷是命大之人，不死巫娘有可能把他治好。橘子姑娘被关押的地点，一会儿在模范监狱，一会儿移至旧将军衙门。麻生每次梦见她戴着手铐脚镣的样子，总是惊醒，总是马上就去探望，看看是不是真的像梦中见到的那样，只有发现她是被优待的，才算放下心来。他的这种心情，橘子姑娘是不会知道的，因为她根本不见他。这次临走之前，他想去看她，表达自己的心情，说明自己这样做的理由和目的，希望她等他的好消息，但仍没有机会，因为她根本不想见他。

焦虑和激动向麻生袭来，他恨不得长出翅膀立刻飞往山谷之城。为了避人耳目，他宣称故地重游，先到临瓯区检查工作，然后瞅准机会，一个人直奔山谷之城。水路山路，他走了一路，回忆了一路，仇恨跟了一路。他不停地摸着背后的斧头，回忆当年在临瓯区市集上召开大会，公审哼四少爷，自己亲自执行死刑的情景，不禁旧怨新恨，气愤难平。回想旧怨，那就是自己站到肉案上，接过郑屠户的斧头，砍下的仅仅是哼四少爷的一绺栗色头发，不禁汗颜不已。回想旧怨，自己和郑屠户被五花大绑押送到瓯城的场面，不禁狠声大哭。所谓新恨，尽人皆知，他在苍岭古道被削去一片头发，差点首级落地，这不是哼四少爷做下的，又能是谁？所谓新恨，哼四少爷与上海丽人的所作所为，屡屡伤害橘子姑娘，一次比一次深，这岂不给他带来莫名的痛苦。

他发誓这次遇见哼四少爷，他的斧头绝不会在手中滑落，砍下的一定是他的脑袋，而绝不是一绺头发。

没有人接应他，他一个人悄无声息地进入了百山谷口，找到了那间低矮的连着洞穴而建的茅草房。如下山猛虎，顺着陡峭的山坡，冲了下去。速度是如此之快，如同掉落深渊，他却没有感觉到一丝恐慌，尖利的树枝刮破了他的脸和身体，他却没有感觉到一丝疼痛。

然而，早在一天一夜之前，哼四少爷跟一个年长的女人离开了，不知所终。

麻生狂怒之中，泪流满面，一斧子砍向了正在等待死亡的不死巫娘。但斧子又一次滑了出去。

不死巫娘口中念念有词："你的斧头杀不了人，上天不叫它沾血。"

麻生铩羽而归，情绪低落地出现在临瓯区，然后一声不吭回到瓯城，好像出现在山谷之城洞屋里的是他的鬼魂。

然而不死巫娘显然受到了惊吓，她认为自己已经气息奄奄，实木棺材又漆了一遍桐油，一年油漆一次，这么多年过来，不知油漆了多少遍，看上去散发光芒，如同铮亮的镜子。

"等油漆干了，我就要躺进去了。"

同样的话不死巫娘不知说了多少次，每次都没有人会真的相信。

但这次相信的是哼四少爷，还有院长嬷嬷。

不论是当地的山医，附近的中医，还是从瓯城特地请来的西医，都被不死巫娘拒绝。

"我活得太长了。"她语气微弱，但意愿坚决。

"我一定让他死在她前面。"哼四少爷哼了一声，这样想着，但没有说出来。毫无疑问，是麻生的斧子惊吓了不死巫娘，虽然没有真的被锋芒碰到，但一个不知道年纪的妇人，怎么经得起如此恐吓。只有让麻生交出自己的命，才能安定不死巫娘的惊魂。

由此，哼四少爷突然感到自己对《申报》上的声明极不满意，于是又写了一段话，也是一个新的声明，中心意思也是三条：一、蓝大首领一案他负全部责任，他绝不逃避，为寻求公正，愿意马上到瓯城接受公开审判；二、绝不允许借此株连任何人，绝不允许伤害他的亲人；三、如果发生此类事件，他会以生命维护，坚决消灭当权者、幕后主使者。

对此，院长嬷嬷无论如何都不让哼四少爷马上前往瓯城，现在去太冒险了，等于自投罗网。不死巫娘也反对，也劝他，这样的事，让雷三瞎子他们去做吧，说："你的命重要，绝不能为了一个不要紧的人拼命，我还等着今年的清明给自己烧香啊。"涧溪之上，还留着一个墓穴，哼四少爷后来知道，是院长嬷嬷留给自己的。

雷大嘴巴为了阻止他到瓯城，答应马上把他的声明送到瓯城，马上在《瓯越日报》上刊登，说："如果不行，就叫人在闹市四处张贴，叫他们反而被动。"

七　上海丽人的紫斑蝴蝶

哼四少爷的新声明在《瓯越日报》刊登，是许多天以后的事了。

元宵节过后的一个礼拜，上海丽人就回到了瓯城，同行的还有包括皮夹克男子在内的几个衣着洋派，像是游客的外地男子。直到又过了一个礼拜，雷三瞎子手下的暗探发现了他们的行踪。上海丽人没有寓居在原先五马街的旅舍，到达当天，就带着那些陌生男子住进了临海的古城堡《瓯越日报》办公楼。

《瓯越日报》此时已经人去楼空，而且古城堡社址由宪兵司令部征用。上海丽人未经允许，就与这些外埠口音的陌生人带着行李到此参观，参观之后就留了下来，紧接着，他们还布置了警戒线，设立了岗哨。

自然，此举引起督察区各部门，尤其是叫花子，以及内政部刑事专员、警察局代理局长邹大维的关注，并且要派人调查他们，但都被阻止了。

"他们是贵客。"只知其一的麻生提醒他们，这都是贤者嚣人亲自安排的。他不知其二的是，确实有盟友美国的贵客将莅临瓯城，而且下榻在古城堡，上海丽人先到一步，为后面的真正贵客当先锋、打前站。

上海丽人刚到瓯城当天，贤者器人就夜访古城堡，与她有过较长时间的交谈。之后，他的精神有些亢奋。邹大维询问此事时，贤者器人承认了与上海丽人会面的事，不过他还是有所保留，只表示自己已经答应上海丽人恢复办报的要求，也同意由她继续担任主编职务，关于那几个陌生人，也只是说他们其实并不是游客，而都是上海《申报》的记者和编辑，是新闻界名人，由督察区出面邀请，同时也迫于上海形势吃紧，他们离开繁华之地，正好来瓯城就职。

贤者器人拿着哼四少爷的声明稿，说："登与不登，你拿主意。"

上海丽人看了看，说："杀气腾腾的，有担待，登。"

贤者器人如此重视和袒护上海丽人，任他们几个来历不明的陌生人接管《瓯越日报》，这多多少少令人惊诧，也多多少少引起人们对他们之间关系的种种猜测。

显然，贤者器人不肯透露他们的真实身份，叫花子知道皮夹克男子是何副长官的至亲，知道有可能是上海丽人未来的夫婿，而上海丽人与贤者器人关系非同一般，但他不能挑明，怀疑贤者器人接下去或许有什么大的动作，但也不能深究。

起了疑心的雷三瞎子为探究竟，故伎重演地乔装成一个算命先生，在古堡门口转悠，希望侦察到真实情况，甚至找机会见到上海丽人，当面问清楚，不想刚一露面，就被皮夹克男子识破，也不管他是来叙旧的，突然冲到他面前，将他驱赶。此外，邹大维等人想进入古城堡的要求，也被贤者器人拒绝。雷三瞎子不死心，鼓动九龄童和百里香结伙到古城堡拜会上海丽人，不想他们连城堡的门都还没有进去，就被皮夹克男子挡了出来。

"复刊之前，本社不希望任何人打扰。"皮夹克男子突然出现在他们身后，腰板笔挺，口气严厉，眼神阴鸷，一口上海腔调。

百里香回头看到，顿时感到一股阴森森的杀气，小跑着离开了古城堡，一直跑到海边才停下来，喘着气，拍着胸脯，连声道："吓死人了，吓死人了。"

最终功夫不负有心人，雷三瞎子还是找到了机会，发现了蛛丝马迹。半夜，古城堡陷入黑暗之中，却发现阴雨中，上海丽人身披红色大氅，举着一把带钩的雨伞，独自离开古城堡，在海边转了几转，随后坐上了疑似贤者器人的专车，进入城区，然后绕过天主堂前面的广场，再穿过沉寂的五马街，最后开进了旧将军衙门。

　　好像早已有人接应，喇叭声一响，衙门大开，等汽车一进去，又马上关闭。

　　次日凌晨时分，据雷三瞎子安插在旧将军衙门的更夫密报，不速之客是一位摩登女郎，当时岗哨和警卫好像都撤了，她没有受到任何阻拦，就直接进入了后院，敲开了橘子姑娘的房间。这位更夫描述道，摩登女郎还没有脱下红色大氅，就先把一样礼物，也就是一盒奶糖，递了过来。见面的气氛没有什么不友好，之后两人有过交谈，至于谈话的具体内容并不清楚，但多处提到了哼四少爷。

　　雷三瞎子有了小小的收获后，依然疑窦丛生，三更时分，又是下雨天，怎么可能仅仅闲聊私房话呢？

　　最近他自己，还有不少瓯城有头有脸的人物，包括许多社会贤达、蓝大首领旧属，多次提出想见橘子姑娘，都被贤者器人以安全为由拒绝了。为此，不久前还特别下了禁令，除非得到他的允许，任何人都不准单独进入旧将军衙门看望橘子姑娘，甚至包括情同父女的但丁神父。

　　上海丽人如果没有贤者器人允许，甚至亲自安排，她怎么能半夜里贸然打扰橘子姑娘呢？

　　次日是礼拜天，雷三瞎子把情况告诉了但丁神父，并为橘子姑娘的处境感到担忧，希望他能见一见她。但丁神父放出消息，称罗马教皇发来圣谕，天主堂要专门举行弥撒庆祝，并向广大教众宣读。鉴此，贤者器人只得同意橘子姑娘参加这项活动，但叫麻生带人负责送去送回，寸步不离，中间但凡有人要接近，都要迅速予以阻止。

　　"如果她再有闪失，我何以面对她父亲？"贤者器人感叹道。

　　在弥撒结束后，唱诗班意犹未尽，歌声暂时吸引了麻生等人，但丁神父趁机约橘子姑娘到忏悔室密谈。装扮成管道修理工的雷三瞎子猫腰躲在柱子后面，听他们的谈话。

橘子姑娘说到上海丽人深夜造访一事，雷三瞎子上前，忍不住追问："你们主要讲了什么？"

一开始，橘子姑娘没有马上回答出来，回忆了一会儿，才告诉他们，上海丽人要把瓯城当自己的家了，她要长住下来。还向她明确宣示，鉴于瓯城人人知道了她与哼四少爷的亲密关系，他们或许有一天会在一起。

橘子姑娘说着，低下头，眼睛里出现了泪光。

"花痴！"雷三瞎子伸出脸，举着手中的扳手，劝道，"那是她一厢情愿。"

橘子姑娘沉默了一会儿，略带讥笑，说："她还说自己马上要去山谷之城，把他叫回瓯城。"

"她叫就能叫的？除非你叫！"雷三瞎子愤怒地将扳手在柱子上敲击了一下，发出咣当的响声。

橘子姑娘吓了一跳，赶紧在胸前画了一个十字，然而又声音平静地描述了半夜里上海丽人当着她的面，是如何地充满自信，如何地直言不讳，如何兴奋地告诉她，在贤者器人的支持下，哼四少爷将得到一项重要任命，得到更大的施展舞台，最终将成为瓯越之主。

"很快他就会投向她的怀抱。"橘子姑娘说到这里，声音又低了下来。

"你不要中计。"雷三瞎子安慰她，表示自己会阻止这一切发生。

一直默默听着的但丁神父却是神情安宁，抚摸着橘子姑娘的头顶，只说了一句："你要相信你爱的人。"

显然，但丁神父的这句话比雷三瞎子的情绪激烈的劝慰更加有效。橘子姑娘沿着柱子转了一圈，然后仰起了头，朝着天窗，迎着一缕照进来的阳光，脸容显得美丽纯洁，眼光显得坚定，嘴唇微微动了动，说了一句什么话之后，笑了。

很快，麻生过来要带走她，她忽然想起什么，对消失在柱子后面的雷三瞎子低声说道，上海丽人告诉她，有贵客要来瓯城，也许会叫她参加欢迎宴会。

"贵客？什么贵客？"麻生上前，拦住橘子姑娘。

"Because my English is fluent。"

橘子姑娘没有理会神情疑惑的麻生，对但丁神父说了一句苏格兰口音的英语。

几天之后，上海丽人专程去了一趟山谷之城。前些日子在上海，在梅尔斯中校的努力下，哼四少爷获得了勋章，但最终由于院长嬷嬷的阻挠和干扰，出现了波折，哼四少爷因此产生了不信任，这算是经历了一次不愉快，她当然不会就此罢休，除了发表公开信，倾诉自己的情绪，这次她还前后脚随同他到瓯越，继续他们的关系，给他送去委任状，这也是给他惊喜。那天半夜她去见橘子姑娘，说明了自己的想法，她看到了她愕然的神情，尽管还表现出不屑。

"你以为他会高兴?"橘子姑娘反问她。

她知道，橘子姑娘的意思是指自己并不了解哼四少爷，是自以为是，但她认为不了解哼四少爷的恰恰是橘子姑娘。自己和哼四少爷之间的交往，包括中间的一些细节，她怎么能了解呢，而他又怎么会告诉她呢？再说，以目前橘子姑娘的处境，因为蓝大首领之死产生的隔阂，他们只会越走越远，而自己和哼四少爷只会越走越近。

时至今天，她心里虽然没有十分的把握，但相信最终会达到目的，哼四少爷最终会做出选择，接受这样的任命，就像当初受到她的启发，拿着短柄鸟铳走上司令台，走到蓝大首领面前。

"他终究会高兴的。"上海丽人神情自信。

"那你就试试。"橘子姑娘笑得淡然。

"这样他不就能回到瓯城了，能见到你了，你也应该高兴呀。"上海丽人放下手中的奶糖，表情友好。

然而，上海丽人不踏实的是，橘子姑娘欣然接受了那盒画着金童玉女、印着囍字的奶糖。

"我最喜欢吃奶糖了，谢谢。"橘子姑娘打开盒子，剥开一块，塞进嘴里，大声嚼了起来。

上海丽人相信橘子姑娘看过《瓯越日报》上的公开信，知道自己对哼四少爷的态度，对于自己和哼四少爷的情感，当然希望能得到她的祝福，她拿出奶糖盒的那一刻，已经有心理准备，准备看到她满脸的不高兴，坚决地予以拒绝，或者难过地流下眼泪。上海丽人猜想的逻辑是，橘子姑娘此刻会想起死去的父亲，想起如果父亲还在，就不会有人这么欺负她，尽管是她自己拒绝了哼四少爷，但也不愿意别的人得到她拒绝的男人。

没想到橘子姑娘是如此地放松，如此地不以为然，如此地没有异议，没有生气。上海丽人几乎相信她当初确确实实是因为心里没有爱，没有哼四少爷，才拒绝他的，而不是别的原因。如果真是这样，等到自己和哼四少爷在一起的那天，希望得到她的祝福，希望她参加他们的婚礼，同时，自己会尽最大努力，让她获得自由，获得幸福。

从旧将军衙门出来，上海丽人轻松了许多，恨不得马上赶到山谷之城去见哼四少爷。

上海丽人差一点要向橘子姑娘暴露更重要的秘密了，但最后关头，她还是忍住没有说出来，只是多少有些炫耀，说一位贵客即将到来，到时候橘子姑娘流利的苏格兰英语将派上用场。

随同上海丽人一起去山谷之城的还有那个皮夹克男子。他们先是坐汽艇到了临瓯区渡口，谢绝了宴请，马上换了炭火动力的卡车走了一段公路，涉过谷口，改成骑马和步行，翻登千步石阶，抄了近道，几步踏进了千年古樟下的大草地上，只看到那头老牛瞪大眼睛，奇怪地看着陌生来客。

一路上，上海丽人为自己激动，不断产生很多美好的想象，可以说浮想联翩。她设想，哼四少爷不知道她回到瓯城，如果知道，质问也好，吵架也好，总之会过来找她。还有，不知道雷三瞎子有没有暗传消息通知到他，如果通知到了，他应该来迎接她。但是在临瓯区渡口，没有他的影子，到了百山谷口，他也没有出现，等到她兴冲冲走过老牛身边，看到前来迎接的是雷大嘴巴，还是没有她的哼四少爷的影子，哼四少爷就像跟她在捉迷藏，迟迟没有露面。

哼四少爷当然得到了消息。

由于天气原因，雷三瞎子放出的褐尾信鸽飞了大半天，才落脚在古樟树下。雷大嘴巴哄下鸽子，取下信管，一刻也没有耽误，就把信交给了哼四少爷。信上通报，上海丽人马上就要到山谷之城。关于来意，雷三瞎子简明扼要地给出了两种可能，由他选择判断：一说是招安，借着贤者器人对他任命，重续情缘，是善意的；一说是圈套，引诱他回到瓯城，请君入瓮，到时候虎落平阳，任其处置，是恶意的。

没想到上海丽人抄了近道，他赶到谷口时，两人失之交臂。

先见到上海丽人的是院长嬷嬷。

不死巫娘看上去自身难保，但仍然担心院长嬷嬷的身体，绿曲仙酿治好了哼四少爷，但发现院长嬷嬷病根没有完全除掉，于是邀请她到自己的洞屋，在干涸了一段时间重新冒出温泉的石池里浸泡身体，说："我以为流干了，不想新年又渗出热泉了。"

不死巫娘的秘方并不只是一池热泉，而是一捧捧春天夏天秋天采摘的各种野花。

上海丽人先是看到缕缕雾气，然后又闻着花香，才找到不死巫娘洞屋的。

一锅干花瓣刚刚被煮沸了，在泉水中膨胀后重新绽放。这是去年的野花，经过一个冬天的太阳晒干，用新春的温泉泡制，以此热身沐浴，可治顽症，可葆青春，可上天为仙，不死巫娘之所以不老，其奥妙也在于此。现在她认为自己将死，保的是死后身体不腐，在正月尾巴上煮花为汤，为死后尸身体香浓郁。石池天然而成，形状并不规则，周边磨耗得很光润，虽然不大，如果坐下，却深可没顶。身材瘦小的不死巫娘踏进池中，刚好露出了双眼和口鼻，个子颀长的院长嬷嬷则是站在池中，刚好没了胸口。

上海丽人推开虚掩的门，看到这幕情景，愣了再愣。她上次到山谷之城，听说过不死巫娘洞屋中暗藏热泉，专浴女儿之身，但已干涸了，早已废弃。当时有人建议把石池改成猪圈，不死巫娘反对，坚持要保持干净，比喻道："有一天会返老还童，枯树开花的。"

石池里的温泉分明重新喷涌了，分明是枯树开花了。

眼前，两个裸体女人背朝着她，正相互擦洗身体。虽然都上了年纪，但她们的皮肤依然光泽明亮，尤其是院长嬷嬷，站起来时，长发飘落下来，金光银亮，长长的脖颈和雪白的后背，犹如西画中的贵妇。

院长嬷嬷转过脸来，看到了上海丽人，愣了好久，才说："你也一起来吧。"

上海丽人看了看院长嬷嬷，神情向往而又犹豫，站在那里不敢马上有所动作。

不死巫娘眯了眯眼睛，透过水汽，或许是还认得她，因此也不问是谁，就从石池里站起来，她原来并不是全裸，下体挂着两片麻皮，前后有个遮挡，挺着并不松弛的双乳，热情而急切，伸手拉过她，叫她脱下红色大氅，说："你也来泡一泡，洗洗你身上的浊气。"

院长嬷嬷离开石池，重新把门关好，又检查了窗户，然后帮上海丽人脱了红色大氅，挂到横在门后的绳子上，随后又把松脂灯调暗，说："来吧。"

上海丽人这才脱了衣衫，及至剩下漂亮的文胸，一只手在池里试着水温，一条腿准备跨进池内。

"裤子也脱了，让它们得沾一沾花露水，女人呀，总不能一辈子什么都裹着。"不死巫娘指着她的胸口和刚刚遮没腿根的丝质内裤。

上海丽人于是双手一拉，脱掉文胸，然后四周看看，又脱了内裤，往池里轻轻一扑，整个身体一下子泡进花瓣下面了。

"青春的身体，就是不一样。"院长嬷嬷欣赏着，离开池子，把自己的位置让给上海丽人。

"是呀，真好。跟我前些年一样。"不死巫娘像是也要离开池子，忽然身体一弯，趁上海丽人没有防备，在她身上挠起痒痒来。

上海丽人忍受不住，笑着差点呛到水，吐出嘴边的花瓣就要逃离石池。

"我年轻的时候都这样闹，我有男人的时候，跟男人也这样闹。"不死巫娘松开上海丽人，离开池子，坐在一块石阶上，因为觉得没有趣味，不停地嘟囔，"你还是上海来的，那里的女人不都赤膊晒日头的。"

上海丽人站起来，也要离开，又舍不得，但身体放松了许多，而且趴在池沿上，踩着水，溅起花瓣。此时，调暗的松脂灯忽然又亮了起来，光线照在她律动的臀部上，尾骨处一块红得发紫的斑记显得特别醒目。

不死巫娘开始以为是她沾上了一朵花瓣，盯着看了一会儿，等着被水冲落，再看个清楚。但上海丽人扑腾了很久，紫斑还是在原处，她雪白的背面，通体就这么一点耀眼的紫红。

"那是什么?"不死巫娘不相信自己的眼睛，问院长嬷嬷。

"什么?"院长嬷嬷的目光也在上海丽人赤裸的身体上搜索起来。

不死巫娘索性靠近上海丽人，往她的屁股上一点，说："这里。"

上海丽人一惊，连忙捂住，说："又来了!"

院长嬷嬷瞬间也看清了，说："那是块胎记吧?"

上海丽人这时才醒悟过来，沉下身体，说："胎记呀，有什么大惊小怪的。原来像一只小小的蝴蝶。现在成了大蝴蝶了。"

不死巫娘想看得更清楚，又回到池子里，挨近上海丽人，说："你怎么知道的?"

"胎记都是跟人一块长大的。"

"你说像蝴蝶……"

院长嬷嬷看到上海丽人变了脸色，想给她解围，说："一看就

295

像蝴蝶，一只美丽的紫红色的蝴蝶。"

"好看呀，可惜长在这地方，你自己看不到。"不死巫娘神情有些奇怪，还在指指点点，仿佛胡言乱语。

上海丽人有些不快，跳出池子，身体擦都没有擦，就迅速穿上丝质内裤，系上文胸，然后开始指责她们："你们越界了，这是个人隐私。"

院长嬷嬷安慰她："我们一定保密，对任何人都不会再提起。"

"你们必须承诺。"

上海丽人显然愿意相信院长嬷嬷，其中也考虑到她与哼四少爷的关系，尽管这个关系还不明朗，但至少是非常亲近的关系，尽管在上海的时候有些不愉快，但对自己不至于有恶意。况且，她明里还是一个虔诚的修女，以她的身份，对此类个人隐私应该守口如瓶的。想着，她朝院长嬷嬷点了点头，但对不死巫娘却充满怀疑，说："她又不相信上帝。"

奇怪的是，一直活跃的不死巫娘眼神游离，愣愣地没有说话。

"你说话呀！"上海丽人想得到不死巫娘的承诺，急了。

"我会把秘密带到棺材里的。但你得让我仔细看一眼。"

上海丽人朝院长嬷嬷看看，顿时愠怒了，说："你太过分了。"

"我想看看蝴蝶的眼睛。"不死巫娘坚持。

上海丽人一听，反而平静下来："你是怎么知道的?"

"因为我通神灵啊。"

上海丽人神情沉默，没有再理会她们，披好红色大氅，就要离开。不死巫娘光着身体追到门口拦住，说："你听完我的话。"

上海丽人捂了捂臀部，伸手开门。

上海丽人朝院长嬷嬷看了看，然后匆匆逃离了。

许久，不死巫娘平静下来，一把拉住院长嬷嬷，对她耳语了几句，然后扯开前面两片麻布，身体一倾，依然光洁的屁股上露出一块紫斑，长的部位与上海丽人的蝴蝶胎记分毫不差，只是更暗一点，更黑一点，更老一点。

"看到这只蝴蝶了吧，这是天意啊。"

先见到哼四少爷的是皮夹克男子。

雷大嘴巴引着他去不死巫娘的洞屋里找上海丽人，皮夹克男子一眼就认出了三年前把自己推下海的哼四少爷，于是冲上来，拦住他们，摩拳擦掌，准备随时动手。哼四少爷不顾警告，仍然要进去，两人动了手。据拉架的雷大嘴巴描述，先动手的应该是皮夹克男子。皮夹克男子面容冷峻，身材魁梧，而且腰后面还别着枪，令人讨厌的是，口气显得十分霸道，也不看看自己在什么地方。

"双臂挡人的架势，就像是捅别人的拳头。"雷大嘴巴愤愤然，但令人振奋的是，哼四少爷虽然知道他是跟上海丽人一起来的，算是山谷之城的客人，但不堪威胁，还是对他的进攻性的举动给予了回击。

皮夹克男子并不是花拳绣腿，一拳就是一拳，一脚就是一脚，逼迫哼四少爷连连闪避。急得雷大嘴巴想上去帮忙，但又怕背上欺负外地人的名声，而且哼四少爷绝对没有要别人帮忙的意思。随着皮夹克男子攻势进一步凌厉，围观的人都捏了一把汗，有的甚至闭上了眼睛，不想看到哼四少爷被打败的样子。

"好了好了。"雷大嘴巴上前，替哼四少爷解围，说，"点到为止。"

处于守势的哼四少爷哼了一哼，重重地一把推开雷大嘴巴，然后摆了一个平常的姿势，等待对方的新一轮进攻。其实前面的对抗中，他已判断出皮夹克男子的套路并非武术也非拳击，而是用于实战的搏击，这种搏击对于山谷之城的人，是从来没有见识过的。但对于他，在1943年就见到过了。中美合作所东南办事处的中校教官梅尔斯在他面前，把两个勇猛的日本陆战队员打成重伤，自己却毫发无损。哼四少爷悟出，如果一开始任由他全力攻击，那每一拳的力量都会严重消耗体能，如果能够避开，避开越久，并且没有受到重击，后面反击的时候，争取到势均力敌的一步，或许就可以战胜对方。他清楚，面对搏击术，所谓避实就虚，所谓四两拨千斤，所谓借力发力，都是空谈，都会失灵。面对搏击术，任何花架子都没有用，唯有避得开，守得住，保得住，才有机会反攻，而且要倾其所有力量，才能趁着对方短暂的喘息时刻，一招制胜。稍有迟缓，对方第二轮攻击发起时，会完全陷入被动。

正当皮夹克男子喘息过来，准备发起更为凌厉的第二轮进攻时，正当雷大嘴巴和围观人群认为哼四少爷即将遭遇失败，英名扫地时，正当披着红色大氅、满脸通红的上海丽人出现时，哼四少爷眨眼之间，近乎凶残，将对方一招击倒。

这一招实际上有两招，只不过是拳和脚并用的，而且一脚其实是两脚，两脚几乎同时猛踢，看上去形同一脚。事后验伤，一拳击中了皮夹克男子的脖根，一脚踢在左小手臂上，使其再难握拳，另一脚以为落在右小臂上，实际上故意往下偏移，踢中了右腿。

后面的一脚完全是制胜的，只听得一声脆响，皮夹克男子单腿跪地，身体一蜷，坐倒在地上，虽然还挥着拳头，但已经痛得无法站起来了。

上海丽人把红色大氅一扔，奔上来，责怪哼四少爷，说："没轻没重，要把他打死呀！"

雷大嘴巴连忙说话，夸大其词道："是他先动手的，差点没被他打死。"

上海丽人看着哼四少爷，自然又是埋怨，又是娇嗔："你就不担心梅尔斯中校要对我发火呀。"

哼四少爷哼了一声，其实听懂了上海丽人这句似乎没头没脑的话。皮夹克男子出手的那一刻，他就已经猜过，对方很可能是中美合作所训练出来的，他的教官很可能就是已经被美国政府开除的梅尔斯中校。刚才上海丽人的话，说明自己的判断没有错，皮夹克男子与梅尔斯有关。

哼四少爷想扶皮夹克男子，但遭到了拒绝。

皮夹克男子保持着一个自认为有尊严的姿势，并用英语说道："I will stand up!"

哼四少爷退后几步，吸了吸鼻子，但没有哼出来，说："别硬站。"

上海丽人显然满意哼四少爷胜利者的姿态，拿出一张《瓯越日报》，说："我等着你来瓯城，怎么不来了？"

哼四少爷看了看自己的声明，说："声明有效，我说到做到。"

两人说话间，雷大嘴巴叫人抬来一块门板，要送皮夹克男子去廊桥那边的圣玛丽医院，院长嬷嬷走过来，拦住他们，认为从廊桥过去上山下山，一上一下，经不起颠簸。"不能动他的身体，快请医生过来。"院长嬷嬷虽然这么说，但心里却没有底，因为，目前需要的是骨伤科或者外科医生。后来大家都在犯难的时候，不死巫娘带着一个骑脚踏车的山汉过来。此人虽然有些佝偻，但动作敏捷，把脚踏车往地上一放，就抓过皮夹克男子身体，左左右右，掰了六下，只听一声大叫，皮夹克男子顿时一脸的汗水，随地一瘫，就不省人事了。

佝偻山汉正是蓝氏正骨传人蓝六把，意思是凡有伤骨错骨，他只需出手掰动六下，即可正位愈合。果然当晚，皮夹克男子剧痛消除，勉强可站立一会儿，次日，可艰难行走七八步了。

因为此事，也由于不死巫娘刻意盯着，催促他们各自早点睡觉，当晚上海丽人没有机会与哼四少爷有更多的交谈，只是把贤者器人的一封信交给了他。信中邀请他到瓯城，赴任青年反共救国军司令。一来为自己洗清冤情，毕竟有人指控他是刺客，外界，包括国民政府高层对他有疑虑；二来也可当面与橘子姑娘解释，因为杀父之仇，难以化解，借此以正视听，冰释前嫌；三来也是为瓯越大局，为人民安定，也为山谷之城百姓安居乐业。

贤者器人最后说：余壮士暮年，来日可计，大好瓯越，期待后生豪杰，代际传承，假以时日，古瓯国复兴可望也。

哼四少爷通过信鸽回传，告诉雷三瞎子，所谓的贵客就是瓯越的熟人梅尔斯中校。

卷
四

民国三十八年，即公历1949年，4月5日，阴历己丑牛年三月初八，礼拜二，在星座上是白羊座。山谷之城万里晴空，山人忙于将旧坟进行整理，然后拾骨重葬，建立新坟。而在古瓯之城则是官办的新式公祭活动，阵势浩大，庄严肃穆。

为了这个不一样的清明，瓯越大地苍生万物，似乎已经早早开始准备，开始告别死亡，迎接新生。

依然沉默的是水渚之城。从山谷之城放眼一望，时而一大片残垣断石隐隐约约，时而又是一大片泥沼水泽坑坑洼洼。有人传出由贤者嚣人签发，以督察区发布的文告云：兹于清明节当日，在瓯城、山谷之城及谷口遗址举办公祭大会，贤者嚣人亲率饶舌师尊等党政军官员分别参加相关活动。

谷口哼人遗址祭祀活动还是首次，以纪念本是传说但已经考据证明的哼人先祖。据说由贤者嚣人提议，主祭人是即将出任瓯越青年反共救国军司令的哼四少爷，副祭则是对遗址考证挖掘作出贡献的原盗墓帮代表。贤者嚣人答应，如果时间允许，党政军官员参加完瓯城和山谷之城的祭扫活动后，赶来敬献花圈。

然而这一切都没有实现，然而后来发生的一切都没有想到。

一　四声杜鹃的啼血生命

　　远在山谷之城的哼四少爷继续听院长嬷嬷的讲述。尤其讲到他的前身是一种啼叫四声的杜鹃鸟变来的，使得哼四少爷感到疑惑，感到虚幻，感到不安。她以单一的回忆表情，但并不是颤抖的声音，或者干涩的语气，呈现了另一个世界，另一些人物，另一类惊悚，另一个梦魇，相比有关哼四少爷身世的另类传说，更加怪诞和残酷。

　　院长嬷嬷开始述说的时候，既显示她的宗教修养和修女身份，又兼顾山谷之城民间风俗，语句土洋结合，描述似真似幻，她说着说着，进入回忆的情景，声音变得年轻。

　　那是满山的茶树，哗哗的碧水，雄壮的虹桥，参天的古树，错落有致，相互交融，构成一幅迷人的风景画。作为点睛的景物，横跨南溪之上的廊桥耸立于万千碧绿之中，分外耀眼。桥楼灰瓦红身，飞檐走兽，桥旁松树掩映，桥下几股涧水奔腾交汇。一条小径从卵石路旁分道而下，借小石板桥延伸到溪的对岸。无论从哪里观赏，都仿佛身处生意盎然的古画之中，体会到人在画中游的美妙。

　　这座像许多房子连接起来的叠梁式木拱廊桥，叫谷涧桥，不仅是山谷之城，也是瓯越，也是全世界，最美的廊桥。

这个斜阳如水、安静迷人的下午，出现了突发的一幕：当时还是栗色长发孕妇的院长嬷嬷，连冲带跑，从涧溪对岸连绵的茶山上奔了下来，跌跌撞撞穿过长长的卵石路，又在矗立于桥头的两棵参天古树中艰难地停靠许久，然后捧着肚子，在地上跪坐了一会儿，积蓄了一些力气之后，几乎是爬行着进入廊桥。

她显然要努力穿过廊桥，回到那一头的家里，把孩子生下来。但为时已晚，她爬到廊桥中间的时候，孩子已经迫不及待地降临到这个世界。她无力地大声叫喊，没有人听到，没有人可以帮助她。平日里行人穿梭的廊桥上此时却看不到一个人影，连经常在这里睡觉玩耍的狗，也跑到别处去，没有了影子。

此时在孕妇眼里，屋檐上的脊兽和悬鱼在枝叶的摇曳中，仿佛都活了，若隐若现，外面的涧流声，伴着羊水的破动，还有大量的出血，淹没了她的身体，她和婴儿似乎被血水包围了，并且正在快速沉浸下去。

不知道过了多久，等到落霞暗淡，群峰肃穆，一个婴儿诞生在谷涧之上的廊桥上，死一般的寂静中，顿时传出啼叫。她从昏迷中醒来，第一眼就看到透明的四肢的蠕动，看到满头栗色胎毛的晶莹。她确定自己刚刚创造了一个鲜活的生命，刚刚做了母亲，顿时一股力量涌遍全身，鼓励她停止绝望的喊叫，迅速恢复了清醒，用随身携带的一把修整茶树的剪刀，果断剪断了连接母与子的脐带。

婴儿停止啼哭，露出了笑容，两颗黑色的眼珠，冉冉转动，最后停留在母亲的脸上。

此时廊桥内，是母子的二人世界。

院长嬷嬷清楚地记得，婴儿发出嘎嘎笑声时，廊桥外面的大松树上，跟着传来响亮清晰的四声哨音，并不断重复着。一开始只闻其声不见其鸟，但很快，她抬头的瞬间，发现了这只灰色的杜鹃，灰色的头部与灰色的背部，俏皮地跳跃在松树上梢。那一刻，她分明能看到它夸张地撑大了嘴，对着她不停地欢叫着，它也分明一会儿焦急地看着倒在廊桥上的她，一会儿又好奇地看着新生的婴儿。

如果新生儿来到这个世界，听到杜鹃啼叫，那么这个新生儿的前生可能就是不停鸣叫的杜鹃。躺在廊桥上的院长嬷嬷在瞬间想到丈夫跟她说过的话，出现了片刻的遐想，而且数着杜鹃的叫声，又想应该给新生儿起个名字，有如杜鹃的四声啼叫，他的名字里应该有个四字，于是她轻轻叫了一声："c、c、c，我的c。"

　　接着她又昏了过去。

　　说到这里，院长嬷嬷流露出幸福的神情，持续了足足几分钟。她所讲的杜鹃有许多俗称，山谷之城人叫得最多的是"光棍好过""花喀咕""快快割麦""豌豆八哥"等，但她喜欢叫它布谷，因为它叫声格外洪亮，四声一度，音如"快快布谷"，每隔两到三秒钟一叫，有时彻夜不停，听到它的叫声不稀奇，虽然它常隐栖于树林间，平时不易见到，但看到它也并不稀奇。稀奇的是，它对一个孕妇如此关注，空中鸟瞰，跟踪而至；稀奇的是，它在浓密的树梢中窥探，看到了人类生产婴儿的全过程。

　　还有哼四少爷并不感到稀奇的是，他其实在梦里见到过这种鸟，但又无法确定，为此看过有关典籍，印证自己所知所见居然无误。哼四少爷还知道四声杜鹃的拉丁名是 *Cuculus micropterus*，英文名是 Indian Cuckoo，属于鸟纲，杜鹃科，鹃形目，四声杜鹃指名亚种，还知道更细小的是杜鹃属，红褐虹膜，黄色眼圈，上嘴黑色，下嘴偏绿，黄色的脚。知道它是杂食性，啄食松毛虫、金龟子及其他昆虫，也吃植物种子。知道它不营巢，在苇莺、黑卷尾等的鸟巢中产卵，卵与寄主卵的外形相似。

　　如此种种，他俨然是这种杜鹃鸟的老相识。

　　哼四少爷内心曾经诧异，诧异自己上辈子与四声杜鹃有过交情，但他从来没有把这种诧异表达出来，哪怕此时面对这个话题的时候，他也只是哼了一声，声色平淡地表示，四声杜鹃多见于瓯越地区，凡是山林之中，到处可见，所以没有什么可稀奇的。

　　院长嬷嬷还是诧异哼四少爷对四声杜鹃如此了解，就像他是它们中的一员，叹道："你知道得真多呀。"

孩子生下后的片刻，传来了枪声，越来越密集，越来越接近廊桥，只见四声杜鹃不停啼叫，离开高高的松树梢头，在廊桥上空盘旋着，一直等两个男人出现在廊桥头上，举枪要把它射下来，四声杜鹃快速钻进了山腰间的森林里，但叫声一直在回荡着，表示自己仍在附近，并没有真正离开。

这时，廊桥外面，两个男人发生了争执。

后来哼四少爷知道，他们一个是贤者嚣人，瓯城督军府派到山谷之城征收茶叶的长官，一个是蓝大首领，当地负责协助和接待的长官。院长嬷嬷是瓯越茶农兼茶商的女儿，她出生在谷口的丈夫也是他们的朋友。每年的这个时候，他们都会来到山谷之城，运走大半的茶叶，同时还享用了最好的明前茶。

山谷之城产茶历史悠久，最早在三千年前，甚至更早，在五千年前，就种植茶叶。以此他们营造了自己的世外桃源，虽然与世隔绝，与外界的唯一联系就是茶叶，但靠着茶叶的种植和贸易，一代又一代过上了富裕安定的生活。此地的野生毛峰，作为贡品，源源不断地运到瓯城。被哼四少爷那位女祖勒毙的无道古瓯王，还有他的孙子古瓯王，都是山谷之城野生毛峰的嗜好者。很快，他们追根溯源，嗅到芳香，发现了这里。

院长嬷嬷的祖上于是在瓯城和山谷之城之间春夏穿梭，寒暑迁移，最早与朝廷，与政府，与城市有了往来，有了买卖，有了交易。到了此时，野生毛峰已经连片种植，他们家所产的茶叶占据了北方和南方各大城市的市场，而且远销东洋日本和南洋各国。

几百年来，山谷之城毛峰也成为后来的瓯越将军衙门，后来的瓯城督军府，后来的特别督察区，重要的财政和军费来源。清明前后，是茶叶采运的高峰时期，瓯城方面一定会派来最得力、最精明的官员亲自督办，亲自押运刚刚采摘的芳香浓郁的新茶。

那年也不例外。

公历1924年4月5日清明节，星座上是白羊座，礼拜六，阴历甲子鼠年，三月初二，戊辰月甲寅日。

瓯城督军府年轻的参军长贤者器人和山谷之城自卫队队长蓝大首领，举着枪一齐向松树林的梢头瞄了许久，因为围绕着谁先射击，谁能仅仅凭着杜鹃的叫声，就把它打下来，发生了争执，因而迟迟没有扣动扳机。

直到杜鹃叫到第四声的时候，看起来不会开枪的贤者器人先开了枪，在极其短暂的停顿之后，全身溅放血珠的杜鹃支撑着折断的翅膀，从最高的树梢上急速飞落下来，看着快要掉进涧溪的时候，它又拼着命奋力一飞，冲进廊桥，扑腾着一头栽倒在母子身上，虚弱地叫了最后的四声之后，垂头而亡。

蓝大首领跟着贤者器人快步走进廊桥，试图抢先获取战利品，然而里面的场景让他们出乎意料，大为惊愕，他们马上倒退出来，然后又马上奔回去。先是蓝大首领脱下军装，裹住婴儿并抱了起来，同时贤者器人扶起院长嬷嬷，背着她奔跑到廊桥的另一头，冲开一片大树，跃上高高的台阶，一脚踹开红色洋楼的大门，大呼道："你们女儿生小人了！"

这是一幢与廊桥颜色相似的深红别墅，在谷口周边极其罕见，在山谷之城也是绝无仅有。

出现在门口的是一对又瘦又高、容颜清秀的父母。父亲戴着一副新式的眼镜，他接过女儿的时候，眼镜掉在了地上，但也顾不上去捡了。母亲的发型有些别致，像是画报上时尚的外国女人，长发像波浪一样跳动着，最奇特的是一绺栗色卷发挡在前额，她抱过婴儿的时候，那绺栗色头发垂落在孩子的脸上，需要她不停地用手撸起来。

显然是一个混乱的场面。

蓝大首领忍不住朝这对父母埋怨，说："生孩子了，你女婿竟然不在身边！"

听到指责丈夫，院长嬷嬷睁开眼睛，说："他到外国卖茶叶了，怎么回得来呀。"

镇定平和的贤者器人听到院长嬷嬷这个时候居然还为不应该远

游的丈夫开脱，不禁愤愤了，突然提高声音说："卖茶叶卖到苏俄去了，到这么远的地方，不会是去朝圣列宁吧，老婆和儿子都不管了。"

静止了很久，蓝大首领点点头，对贤者器人的责怪表示赞同，但他似乎更加忧心，苏俄可是共产主义国家，不是跟他们一样信仰的人，贸然前往，会被枪毙的，除非跟他们一样。蓝大首领言下之意，怀疑院长嬷嬷的丈夫可能加入中国共产党，不然他去苏俄干什么。山谷之城毛峰有卖到英格兰的，法兰西的，德意志的，还有美利坚的，哪有冒着被杀头的危险到赤色苏俄卖茶叶的？院长嬷嬷听着他们这样不停地替自己不满，也就没有再说话，而是闭上眼睛，思念起丈夫来了。

今年的清明时节，她丈夫还是没有在家。

她其实接到过信，丈夫确实去了苏俄，代表中国共产党参加第三国际在莫斯科召开的远东各国共产党及民族革命团体第一次代表大会。会议期间，确实见到了列宁。但一年前，他就已经回国了，在一所学校里，以教书为掩护，进行革命活动，中间还到上海，谒见过孙中山先生。然而，这些都是秘密，是他们夫妻间的秘密，作为妻子，她虽然有所恐惧，但更多的是感到骄傲，虽然充满思念，但更多的是期待的幸福。

贤者器人试图问出真实行踪，说："都三年了吧，瓯越革命形势也需要他回来了，他到底在哪里呀？"

院长嬷嬷苦苦一笑，微微摇了摇头，说："我最想知道他在哪里，最盼他回到身边。"

当晚是难得没下雨的清明之夜，月光明媚，春风和煦，曲折涧溪看似白练，茶山轮廓清晰可见，如云森林缓缓摇曳，红色别墅灯烛通明，宾客亲朋觥筹交错，年长的男主人弹钢琴，年长的女主人高声放歌，年轻的蓝大首领和老成的贤者器人作为最尊贵的客人，聆听着并鼓掌着。

深红色别墅的楼上，院长嬷嬷抱着婴儿，半卧在床榻上，望着窗外的满天星斗，跟着低声哼唱着。

只有那只四声杜鹃还静静地躺在黑暗的廊桥里，躺在那堆血水里，没有谁理睬它。

听了这段故事，看到哼四少爷凝固的神情和愤怒的哼哼声，讲述者院长嬷嬷，也就是当年的栗发孕妇，为自己的丈夫做了解释和辩护。其实她当时接到了电报，他正在赶回山谷之城的路上，虽然他忙着重要的事情，虽然他确实难以脱身，但他还是赶回来了，虽然时间是在一年多以后。

不过，哼四少爷其实听说过关于院长嬷嬷，也就是当年茶商之女与她丈夫的事情。告诉他的是橘子姑娘，在一个礼拜天弥撒结束以后的晚上，橘子姑娘把他约到教堂，交给他一份旧档案，里面有一张残缺不全的个人简历，其中包括人名等关键信息都被抠成方框：

> 根据□□组织决定，瓯城茶商其山谷之城籍女婿□□
> 从苏俄回来之后，以个人身份加入了中国国民党，并作为
> □□代表，参加了该党的第一次全国代表大会，会后参加
> 各地秘密工作，受命招收党员。□□奉命进入上海，"四
> 一二事变"，□□辗转山谷之城……

"这是什么？"他问橘子姑娘。橘子姑娘说她是从父亲案头上拿到的。他细细看了看，脸上充满疑惑，为什么给我看这个？橘子姑娘自己也感到纳闷，可能是因为她感觉到似乎与他有关。他又看了一遍，想知道被抠的地方是什么文字，说："为什么与我有关？"看到哼四少爷突然开口说话，橘子姑娘感到了些许紧张，连忙推到父亲的头上，说："如果你不明白，就去问他好了。"

哼四少爷果然去找了蓝大首领，希望知道更多，不想很少训斥女儿的蓝大首领脸色十分难看，责怪橘子姑娘，不该偷文件，更不应该拿到外面让人看。

在一个黑夜，茶商女婿踩着清明时节雨水浸泡的山路，返回了山谷之城、深涧之上的家。他经过南涧廊桥时，四周山形依稀，森林寂寞，在这个初春的雨夜，打破宁静的并不是雨滴声、溪流声和桥头关卡上的保安队岗哨的酣睡声，而是响亮的杜鹃叫声。树梢上的杜鹃仿佛是他的旧识，一发现他回家的身影，就开始了欢叫，四声连叫，四声如一阵，一阵比一阵连贯，四声如一节，一节比一节紧凑，四声如一声，一声比一声动听。

他吹了长长的口哨，也是四声，仿佛他是另一只杜鹃与它回应，与它共语。他的口哨声一响，大树下静谧的红色别墅突然亮起了灯光。他激动地向着灯光，冲进高大的树林，三脚两步跃上台阶。门已经开了，他一眼就见到了已经学会走路的儿子和面容清瘦的妻子。

儿子知道他吹的口哨，与杜鹃的叫声一样，于是要求他再吹一声。

他抑制兴奋，站在门口，抬起头，对着树梢，吹了四声，让他惊奇的是儿子也吹了四声，开始他以为引来的是真的杜鹃叫声，但妻子马上把儿子抱起来放在他的手上，是他在叫，儿子在投向他的怀抱之前，又叫了四声。

妻子神情欣然，说："跟你一样，上辈子就是四声杜鹃。"

院长嬷嬷后面的讲述有明显的省略，父母久别重逢的情景，父子之间的嬉闹，包括竞相吹着杜鹃鸟叫一般的口哨，对幼儿哼四少爷来说，都是毫无记忆，茫然不知的。他试着吹口哨的时候，发现自己根本发不出那种声音。

后来呢？哼四少爷淡淡地问道。

后来院长嬷嬷的茶商父母此时一心要避开战乱，既不打算回瓯城，也不愿继续住在山谷之城，而是决定前往当时进入短暂和平时期的欧洲，希望女儿一家三口一起去，在意大利、法国，也可能是西班牙，经营茶叶，或者开中餐馆。临到码头，她的丈夫告知自己要留下来从事革命事业的决定，院长嬷嬷毫不犹豫，也决定留下来，加入丈夫的事业，同生死，共患难，而且还把儿子也留了下来。

院长嬷嬷态度坚决，对丈夫说："我们不能再分开了。"又对自己的父母说："如果儿子跟着外公外婆离开，我们何时相见呢？c要留在爷娘身边。"

c就是幼小的哼四少爷，他点了点头，转身站在父母中间，没有上船。

正如丈夫所宣布的，他留下来并不是经营茶场，而是要在山谷之城开创新的革命。这种十分危险的选择，以致自己的妻子也投身于此并屡遭不幸，以致幼小的儿子人生流离，陷入险境。不过，正好是又一轮革命高潮到来，没有等到第二年的清明节，远道而来的特派员同志与丈夫大胆谋划，迅速组织起包括茶农在内的山谷之城人民武装，建立了赤卫队，并在廊桥那头的红色别墅里挂起了山谷之城苏维埃政权牌子。

这场由特派员同志鼓动的，由她丈夫指挥的革命风暴很快席卷整个山谷之城，震撼了瓯越。然而反扑随即而来，围剿一轮接着一轮，接下去是斗争，流血，失败，面对强敌，不停的战斗使这支年轻的赤色队伍牺牲越来越多，多得开始难以承受，最后在元宵节围攻瓯城失败，退据山谷之城。

终结山谷之城，或者瓯越赤色运动的，有人说是瓯越联防军的长官蓝大首领，有人说是率领瓯城子弟兵精锐匆匆赶到的贤者器人。通过海路运来的几门德国野炮很快把赤卫队残部限制在山谷之城，最后退守在苏维埃政府的红色别墅里，陷入困境，突围不得。

蓝大首领竭力阻止炮轰，表示自己愿意过去谈判，说："轰塌了廊桥怎么办？"贤者器人承诺不会损毁廊桥的一梁一瓦，如有闪失，愿以项上人头向山谷之城百姓，向全体瓯越人民谢罪。

蓝大首领仍然没有同意，说："如果炸伤红色别墅，里面的人都死了怎么办？总不能赶尽杀绝吧。"贤者器人仍然承诺，说："用不着什么谈判，用炮弹把他们吓出来。"他希望他们投降。在贤者器人坚持下，一颗或者是两颗炮弹，还是精确地击中了红色别墅，院长嬷嬷的丈夫被炸成重伤，而她自己则紧紧抱着儿子被掩埋在废墟中。

照例，砂灰色的杜鹃在烟火中盘旋，不停地叫着，四声接着四声，没有停顿，试图唤醒被巨大的炮声震昏过去的儿子。

院长嬷嬷的丈夫躺在担架上被押送瓯城，按照上古瓯国风俗，作为战利品游街示众。就地处决的命令虽已到达，但贤者器人还是匆匆组成特别军事法庭，经过有模有样的审判，只剩下半身的苏维埃主席、院长嬷嬷的丈夫，在前往刑场的路上，还在高声向群众宣传："杀了我一个人不要紧，会有人替我报仇的，我们红军是杀不完的！"然后高声唱了起来：

> 奋勇，奋勇，解放我殖民世界之劳工，
> 何论黑、白、黄，无复奴隶种！
> 从今后，福音遍天下，文明只待共产大同。
> 看！光华万丈涌。

数以万计的瓯城人看到，山谷之城首任苏维埃主席以半条生命英勇就义。

院长嬷嬷抱着昏迷不醒的儿子，看完了丈夫被杀害的全过程。

如同传说的那样，对于如何处理这个孩子，贤者器人又一次与蓝大首领发生争执。

蓝大首领主张给其医治，放他一条生路，送回山谷之城，由族人管束调养，生死由命，听其造化。

贤者器人实在不能放心，反问蓝大首领，以后孩子长大了，为他的父母复仇怎么办？

这时院长嬷嬷苏醒过来，声音微弱，近乎哀求地向他们解释，孩子患了白喉没有得到治疗，后来又被火炮震坏，活不了几天了，说："让他回到山谷之城，死在他出生的地方，也为你们留下一个好名声。"

贤者器人不太确定院长嬷嬷的话是否可信，摇摇头，反对送天主堂医院治疗的主张，指着十字街头的古瓯医馆，说："既然有病，就应该医治。"

于是，当时瓯城天主堂广场出现的情景让人惊诧，人们看到一幕行刑场杀人的同时，又目睹了另一番治病救人的情景。

古瓯医馆传承上古瓯国万年医术，作为古瓯国复兴的一个方面，由贤者器人族人所办，因为多年来瓯城民众相信天主堂医院西医治病，致使医馆生意冷清。准备关张的馆主神医见有人求医，喜出望外，不等贤者器人催促，立即重新开门，略一诊脉，确认孩子患了白喉，发现贤者器人目光怀疑，于是一边看，一边解释症状：

> 白喉分为咽白喉、喉白喉、鼻白喉，以发热，气憋，声音嘶哑，犬吠样咳嗽，咽喉出现白色假意膜。咽白喉有咽痛，重者口腔有腐臭味，颈部肿大如牛颈，咳嗽呈空空声，嘶哑，失音，鼻涕流出浆血，重者厚脓涕。

显然，孩子已经是所谓的重者了。

蓝大首领似乎急了，看了看院长嬷嬷，低声问馆主神医："治得好？"

这一问使本来沉着自信的馆主神医为难了，说："我先开几服药吧。"

贤者器人抓过第一服药方一看，无非鲜生地、京玄参、麦门冬、浙贝母、香白芷、花槟榔、粉丹皮等，疑虑未消又恨铁不成钢，说："这不像救命的药。"

馆主神医缓了缓气，嘱咐全部药材一同水煎之后服用，又犹豫了一阵，开了第二服药方，然后主动递给贤者器人，说："您再审审。"贤者器人也不推，依然看了看，无非连翘壳、金银花、土牛膝、山豆根、牛蒡子、粉甘草、草果仁、嫩射干等，一时不好判断。贤者器人也不说话，向上摆了摆头，以示鼓励。馆主神医又有了底气，嘱咐两服都同时服用，说着也不再开药方，直接动手抓了生地、白术、甘草、麦冬、薄荷、丹皮、贝母、玄参、土牛膝、丝瓜络等一堆东西。

馆主神医嘀咕："这第三服药一块服用，不得可以救活。"

蓝大首领听到，大骂馆主神医庸医，馆主神医辩称："白喉治好容易，但五脏六腑被震碎，如何能治？"

气息奄奄的院长嬷嬷打起精神，要抱起孩子，恳求蓝大首领，说："要死也死到山谷之城去。"

贤者器人不甘心就这么让他们走了，阻止道："不能就这么不治了。"随后同意立刻送到天主堂医院，用西医治治。

接诊的郑济时医师虽然是外科医生，但他在德国医院接触过类似的病例，确诊孩子是白喉，已经很严重。看到院长嬷嬷哀伤的眼神，检查得非常认真，面对贤者器人不断地提问，解释得也非常耐心。

"白喉到底是什么病？"贤者器人问道。

郑医师想了想，解释说白喉是白喉杆菌所引起的一种急性呼吸道传染病，符合临床症状，咽、扁桃体及其周围组织出现白色伪膜为特征，危害可累及心脏、周围神经等，影响心血管系统、呼吸系统、神经系统、皮肤等，也可继发感染。并发症全身中毒症状、心肌炎、周围神经麻痹等。他符合所有的症状。

郑医师随手找出一本外文医书，翻开几页：

> 咽白喉多见于一岁到五岁小儿。起病较缓，伴发热，咳嗽呈"空空"声，声音嘶哑，甚至失音。同时由于喉部有假膜、水肿和痉挛而引起呼吸道阻塞症状，吸气时可有蝉鸣音，严重者吸气时可见"三凹征"。喉镜检查可见喉部红肿和假膜。假膜有时可伸展至气管和支气管、细支气管。白喉（diphtheria）是由白喉杆菌所引起的一种急性

呼吸道传染病，以发热，气憋，声音嘶哑，犬吠样咳嗽，咽、扁桃体及其周围组织出现白色伪膜为特征。严重者全身中毒症状明显，可并发心肌炎和周围神经麻痹。

　　贤者器人点点头，好像没有完全听懂，接着问了一句："能活多久？"

　　"多死于心肌炎。"郑医师并没有直接回答，但对靠得过近的贤者器人发出了警告：病原体由白喉棒状杆菌感染引起，大多由咽白喉扩散至喉部所致，亦可为原发性，患者和带菌者为主要传染源，呼吸道飞沫是主要的传播途径，另外，也可以因食用或使用被污染的食物或物品间接传播。

　　贤者器人后退几步，捂了捂嘴鼻。

　　最后郑医师的结论与馆主神医相同，说："即便白喉治愈，因外力所伤，内脏及大脑已得致命伤，其母亦如此，或伤情更重，都活不了多久了。"

　　当天晚上，经但丁神父交涉，院长嬷嬷母子被安置到了太平间。天一亮，贤者器人看到院长嬷嬷被放进了棺材，送走了，而从山谷之城赶来的不死巫娘死活要抱走气息全无的孩子，贤者器人劝阻不成，只好由她抱走了。

　　所有的人都这么认为：他死了。

　　到半夜，山谷之城下起了雪，不死巫娘抱起孩子在雪地上徘徊，一直仔细倾听着，到了天亮，才听到孩子鼻子发出哼哼的声音。

　　不死巫娘立刻回到洞屋里，从紫瓮里倒出一大碗绿曲仙酿，一口吸进嘴里，然后全部喷到孩子脸上。

　　孩子的哼哼声响了。

　　不死巫娘长舒了一口气，骂道："你哼什么呀！"随后一把放进冒着热气的石池里。

　　后来太阳出来，在石池里的孩子睁开了眼睛，仿佛是第一眼才看到面前的世界。

很快，不死巫娘发现，孩子没有任何记忆，把之前所有的事情遗忘得干干净净。不久才知道，当时一颗炮弹爆炸，把他父亲炸成两段的同时，把他和母亲震得昏死过去。不幸的是，醒过来之后，一种叫白喉的疾病还没有离开他，醒来之后，他六岁之前的世界被完全清除了。

很快，不死巫娘变得乐观，一切从这里开始，无忧无虑、快快乐乐中成长多好呀！

深涧之上杜鹃花盛开，多的是杜鹃鸟类飞过，她数了数它们的啼叫，都是四声。

二　褐尾信鸽的终极使命

　　褐尾信鸽栉风沐雨飞到山谷之城之时，正是农历二月二这天。

　　与往年一样的是，二月二，龙抬头，从谷口开始，接着谷内，再是谷底，下起了连绵的冷雨。群峰之下，谷口洼地潮湿如浸，村寨云雾漫漫，溪涧流水盈盈，一条条卵石建成的人车通道长起青苔，堆满落叶，行人走过，松软而又湿滑，深陷脚步如坑，却没有留下印记；一块块土坯铺筑的植被坡地布满积水，暗吐新绿，牛猪踩过，泥泞而又沉重，溅起黄浆如射，却没有发出任何响声。

　　如果抬头望去，与往年一样的是，山顶上鱼鳞般的梯田，漫起了多余的水，不停地往下溢出，变成一道道透明的水帘，犹如一面面镜子，垂直挂下来，一道接着一道，一直延伸到山腰，一直流淌到山脚，持续不停地注进一口又一口的山塘和一条又一条的溪涧，汇集成流，浸漫水渚之野，涌向奔腾江面。

　　再抬头望去，与往年一样的是，天上厚厚的乌云，迟迟不肯散去，那太阳分明就被包裹在里面，正努力用自己的光芒，一层层往下剥开，一层薄似一层，一直剥到剩下最后一层白色，尽管这最后一层白色，就是不肯轻易地散开。

　　但人们坚信，云层欲破，太阳欲喷，光明将临。

这就是山谷之城口内外早春二月变幻中的美妙晨景。

贤者器人与上海丽人私下会面后次日，主持召开了瓯越督察区联席会议，宣布酝酿已久的"古瓯国复兴计划"已经得到一致意见，并得到何副长官的支持，决定即日起在瓯越实施。

所谓的"古瓯国复兴计划"，在瓯越并不是什么秘密，国民革命成功以后，这个议题在较大范围内进行过多次讨论。大家都知道有这个计划，而且知道是贤者器人悉心所起的名称，知道中心意思是复兴瓯越，就是要重现古瓯国的荣耀。历史上的古瓯国只是存在于传说之中，何时曾经荣耀，荣耀到什么程度，也主要存在于一些模糊的传说之中，其目标和具体情景也存于想象当中。何况中间贤者器人与瓯越长年若即若离，实际主持局面的蓝大首领对此一直不太积极，在较长的时间里，也就没有更具体而深入的探讨，更没有什么实际进展了。

贤者器人有诸多人生理想，原来他想做一个不求虚名却掌管大权，虽为辅佐却可自成大事的幕后人物。基于这样的想法，他曾寄希望于蓝大首领，支持他在中华民国的旗帜下，收服山谷之城人心，共同经营一体瓯海，而他在中央及其他方面运作襄助，有朝一日，他再回瓯越时，自可成为有权有实的导师，虽幕后又更似幕前，视情形是否取而代之。可惜蓝大首领屡屡犯下错误，屡屡错失良机，在重大历史关口功败垂成。

"实属万不得已。"对于蓝大首领之死，贤者器人多次对上海丽人表达过惋惜之情。

不承想天下大势骤变，不承想好事将近，他有了偏隅东南的底气和能力，在中华民国的国号下，做一个独立的存在了。

现在因为没有了蓝大首领，贤者器人觉得万事俱备，到了下定决心，开始真正实施的时候了。

其中最重要的信号，也是计划的核心步骤，就是史无前例地要在瓯越全境大量征集兵员。

贤者器人发表广播讲话解释，量瓯越之人力物力，扩充兵员正当其时。一来可回应中央，作出为前方重大战事作补充之姿态，体现以进为退，在境外御敌，为大局作贡献之风格，实则确保瓯境不受战火波及。不过话虽如此，但相信目前战局不应让瓯越一兵一卒加入前方。二来用于瓯越自身防卫，一旦长江不守，江南不保，共产党解放大军兵临瓯越之时，自然可以作为重要的抵抗力量，加上现有兵力和地方保安、警察部队作为后援，再加上包括瓯城在内，各县、各区自卫队、服务队，用于修筑道路和工事，配合地方治安和联保联坐等诸项事宜，诸多力量相加，众志成城，负据瓯境，求得安全。

"届时，我们也可以打一场人民战争，人民战争，战无不胜。"广播里的贤者器人清清喉咙，声音顿时响亮起来。

该项计划也有不宜公开的部分：何副长官已经承诺给瓯越数十万人的军队员额编制，允许督察区适时发布动员令，各级各地一致行动，力争在一个月之内完成壮丁征集，国民政府将同时如数拨付全数枪弹和足额经费。

其中核心的机密是，那位即将到来的贵客承诺，他已经说服美国政府高层给予最大支持。武器都将是清一色的最新美式装备，而且有坦克、装甲车和榴弹炮等重型武器，而且不排除足够配给一个航空队的飞机常驻瓯城机场，所有援助的经费来自友邦盟国，全部都是美元支付。

对于这样的消息，贤者器人大喜过望。他略加测算，如果真的能新组建数十万军队，加上现有的兵力，加上收容前方退下来的各部残余，瓯越全境将有几十万之众，甚至是百万大军，如果清一色的现代化美式武装，瓯越力可敌国，称雄一方，是战是谈，都是筹码，保境安民，或是均衡强敌，余地可谓大也。

贤者器人的举动使参加联席会议的大多数人受到感动，相信他是真心为了瓯越好，为了百姓好，因此当场给予了掌声，表达了支持。

会上，贤者器人宣读了亲自拟就的《征兵令》，并决定首先在瓯城公布试行。紧跟着后面也有具体步骤。第一步，专门成立青年复学就业辅导委员会，由麻生担任召集人，以招收失学青年就学名义招募兵员。第二步，在一区、二区、三区等城区以及临瓯区等人口繁华的地方率先开设进修班，吸引和安置失学、休学的本籍和流浪到此的外籍学生。会后他亲自到各个学校动员在校学生报考军事技术班，当场就有五百多名学生踊跃报名参加炮兵、工兵、摩托兵等技术训练班，经过简单考试，悉数录用，其中初中生录为初级班学员，高中生录为正科班学员。而对其他各区，根据国防部颁发的《戡乱期间志愿兵招募实施办法》，许官募兵，规定凡募集四十人以上者任排长，一百人以上者任连长，募兵三个连者任营长。

但贤者嚣人最看重的，是组建瓯越青年反共救国军，形成真正的战斗力，至于司令人选，不日就会公布。当时，许多人猜测麻生会担任此职，他本人也难掩欢喜，在充满期望中，开始摩拳擦掌，物色干部了。

贤者嚣人属意的人选最终竟然是哼四少爷。

按照上海丽人的提议，贤者嚣人再三斡旋，何副长官官邸发来了电谕，同意撤回已经上报核准的全国通缉令，还哼四少爷自由之身。更重要的是，还确认了他担任瓯越青年反共救国军总指挥的任命。万不得已的是，贤者嚣人允许山谷之城自主招兵，所征集人员督察区暂不抽调一兵一卒，全数编入地方自卫军，并以青年救国军山谷之城总队名义开展训练和军事行动。

说白了，贤者嚣人允许山谷之城建立自己的武装。

在这之前，督察区征兵告示发布，分配给山谷之城的壮丁名额，数量远远超过其他地区。方案还没有公布，就遭遇多数山谷之城籍官员的反对。为此，雷三瞎子劝贤者嚣人暂时搁置在山民中抽壮丁的计划，因为山民不像那些学生，可以当技术兵，他们只能当普通兵，如果要离乡背井，不好动员。

"抗战时期，山民一户一丁，甚至一户数丁，他们的英勇表现，我记忆犹新，你却忘记了？"贤者嚣人先责问道。

"当然没有忘记。"

雷三瞎子知道贤者嚣人指的是1942年冬天，日本军队对瓯城进攻最激烈的时候，贤者嚣人、中美合作所东南办事处梅尔斯中校一行人，到山谷之城视察防务。前线多轮血战之后，其时兵员短缺，蓝大首领提出举办山民招兵节，提升人气，征募兵丁，得到山谷之城人民积极响应。

所谓招兵节，原来只是祭奠英勇善战的祖先的仪式，每隔五年才举行一次。在农历十二月二十四日以前，择一吉日，在千年古樟树前搭一高台，台上设神坛，以米斗作香炉，由法师作法、烧香、磕头、抛杯。若杯片一阴一阳，便是胜杯，表示祖先率各路兵马已到。众人于是敲锣打鼓吹牛角，并推选几个壮士，各领令旗一枚，齐集千年古樟下祭祖，其景象十分热闹壮观。当时贤者嚣人目睹了如此形式的动员之后，山谷之城大小村寨纷纷响应，十三岁至六十岁男壮一个不漏，在千年古樟前接受检阅后，跟随蓝大首领立即奔赴瓯城抗日前线。至抗战结束，复员回到山谷之城的，伤者死者十占七停，从谷口到谷底，白日只听得人声唏嘘，夜晚则鬼哭不止。

"怎么今天就不一样了呢？"贤者嚣人回忆着当时情景，依然感慨。

"以前是抵御外寇，为国捐躯。"雷三瞎子闭了闭眼睛，说出真话，"今天他们知道是参加国共内战，再去冲锋陷阵，怕是不愿意了。"

"这是受共产党影响，没有觉悟啊！"贤者嚣人叹息一声，虽然不满雷三瞎子的态度，但也无法反驳。

他差点忘记了，瓯越的第一个共产党苏维埃政权就出现在山谷之城。

接下去各区新兵招待所发生的事情，增添了贤者嚣人的不安。一开始，应募者到招募站报名，符合年龄、身体等条件者，准募入营，被募者给予国币五万元的安家费，不想一些兵痞今天到这个区应募，集训几天，领取安家费后逃跑，再到另一个区应募，训练几天再逃跑，以此获取钱财。各地统计上来，壮丁员额不增反减，而督察区拨付的经费远远不够，几乎成了无底洞。

贤者嚣人反思上述情形，深切感到当兵志愿最为重要，雷三瞎子的话不无道理。权宜之计也好，用人不疑也好，迫于形势也好，经督察区联席会议商议，决定拟将征兵自主权交由各县区，并以山谷之城为试点，先行一步，所征集壮丁大多数用于本区防务，即离土不离乡。雷大嘴巴要求，鉴于山谷之城财力，所需每人五万元安家费由督察区财政足额照付。

贤者嚣人的条件只有一个，各县区所有的新兵都要在规定期限内，到瓯城集训并接受美国贵客的检阅，包括山谷之城的壮丁。

由于梅尔斯中校不同意公开使用美国顾问团的名义，因此对外暂时称之为美国客人。

如同哼四少爷猜测的，起初贤者嚣人认为美国客人也是梅尔斯中校本人，或者是比他地位更高的人物。

像见多识广的瓯城居民一样，对高鼻子洋人，贤者嚣人见怪不怪，对于接待梅尔斯中校这样的老朋友，自然是熟不知礼，像自己的家人一样，不会有任何虚假客套。如果是对待一位从未光临过瓯越的高贵客人，哪怕是个将军、大使一级的人物，待客之道也是不卑不亢，热情而不失礼仪，尊重但不会献媚，原则上以平等心相待。

"梅尔斯中校特立独行，是骑士，是剑侠。"贤者嚣人毫不掩饰自己的评价，"美国政府忌惮他，国民政府要敬他三分。"

梅尔斯中校患有精神疾病，一直在上海住院的传言，贤者嚣人是不相信的，认为是有人故意损害他的威望和形象，十有八九是谣言。共产党就不用说了，公开激烈地抨击他，骂他是干涉内政、挑起内战的罪魁祸首之一。还有国民党内部的和谈派，对他坚决反共、鼓动战争的主张颇为反感，把他形容为多事的灾星。还有他美国国内的政客，包括他的上司，解除了他的官方职务，因为他们早已无法忍受他的桀骜不驯，一直想抛弃他。尽管如此，贤者嚣人看到梅尔斯中校能够继续留在大战中的中国而且还比较活跃，说明他的身心是健康的，说明他的雄心壮志仍在，美国内部在背后支持他的力量仍在，他可以利用的价值仍在。

"相信他的承诺是可靠的，是有诚意有实力兑现的。"贤者器人对梅尔斯中校寄予厚望。

无论如何，梅尔斯中校对瓯越是一个机会，这样的机会不能轻易放过。只是时间紧迫，希望他尽快抵达瓯城，共商大计。

以上情况，雷三瞎子都悄悄写了下来，通过他的褐尾信鸽，告知哼四少爷。

看到千年古樟上跳跃的信鸽，突然变得十分地警觉，怎么也不肯落到低处的枝头上，哼四少爷于是端了一碗蜂蜜，引诱它下来，趁机解下信管。

哼四少爷看了信，不和任何人商量，就做出了两个决定：一是前往瓯城接受贤者器人任命；二是带领山谷之城各姓壮丁前往瓯城，接受所谓美国贵客的检阅。

这两个决定是为了师出有名，为了麻痹贤者器人，也是为一路上得以通行无阻，使瓯城不加防备，然后在雷三瞎子他们的内应下，发动突然袭击，一举攻陷瓯城，解救包括橘子姑娘在内的所有被拘禁的人，也如同院长嬷嬷希望的那样，把苏维埃的旗帜插到天主堂的钟楼上。

但遭到了院长嬷嬷的阻止，当时她的说法是，如果任由哼四少爷冒险举动，二十年前的悲剧就会重演。

哼四少爷从千年古樟一直到谷口，将数千壮丁集中，分成四支队伍。头阵是雷姓先锋营。雷三瞎子经常自吹，雷氏祖先是山谷之城捕猎能手，英勇善战，多次奉命挂帅，出征强敌，几番血战，得胜回师，古瓯王封其为驸马，并赏赐三层黄龙伞。抛开这个传说，雷姓战士在抗战中的英勇表现有目共睹，其事迹至今在瓯越大地上传颂。

侧翼是蓝姓壮健营，足足有八九百人，而且多数是精壮后生。因其夫征妇随的传统，跟随左右、保障吃喝的妇女，或妻或母，或姐或妹，或嫂或姨，也有几百人。不同以往的蓝姓闹伞队伍，这支队伍多了前面开道，后面压阵的护卫，一个个肩背新式步枪，手提开锋刀叉，在冬日的寒风中，显得气势汹汹，俨然讨伐之师。在哼四少爷的布局中，他们主要是负责掩护雷姓先锋营。

偏师是钟姓人马。为了壮大声势，除参加的壮丁，他们还把镇族之宝龙头杖抬在队伍前面。但龙头杖并非以前的木质，而是钢铁打造，沉甸甸的需要四五个男性青年举着。令人惊诧的是，除龙头杖外，他们还抬着一样相似的东西，因为披着绸缎，也不知何物。但可以轻易被人识破，原来是一挺机关枪。这样，加上龙头杖，看起来就有两挺机关枪，真真假假，用于疑兵，威吓敌人。

殿后的是以原税警和盐丁组成的盘姓独立营。他们追着前面几支队伍紧赶慢赶，差了一箭之地，拖成一字长蛇阵，因此从最前面雷姓先锋营看起，似乎有几万人马。引人注目的是，盘姓队伍的衣着，竟然是苏维埃政权时期的红军服装，粗麻布已经褪色，而且布满了蛀孔，但显得正规而整齐，一些上年纪的人看到这种装束，不禁想起二十年前的往事，哭出声了。他们手中的武器同样老旧，都是当年赤卫队留下来的大刀、铁枪等冷兵器，当然也有背着擦得铮亮的火铳的。因为武器比较落后，哼四少爷将其作为预备队。

走在前面的还有一个人，就是不死巫娘，她手中举着一面旗帜，原来的红色褪去后白得发亮，但上面镰刀斧头依稀可辨。

只用一个晚上的时间，哼四少爷就动员完毕，以训练新兵的名义，趁着雨夜，浩浩荡荡地出发了。

雷大嘴巴和院长嬷嬷，此时正在仙霞岭迎接上级派来的特派员同志。

院长嬷嬷称这个皮肤洁白的中年人为特派员同志，此人专程从江北过来，负有重要使命。后来据他透露，之前在江北与贤者器人的秘密信使见过面后，就一直十分重视，经上级同意，决定亲自奔赴瓯城主持谈判事宜。据描述，这个信使是上海丽人无疑。

旧地重游的特派员同志当即感到问题的严重性，果断下达了命令："为了瓯越和平解放大局，为了解放战争的大局，必须马上阻止他们的冒险行动。"

在当时，在很多人看来，贤者嚣人得到山谷之城壮丁长途拉练的消息时，是欢欣鼓舞的。哼四少爷终于接受任命，而且带领山谷之城壮丁前来瓯城，这对瓯越大局来说无疑是件大好事。于是他井井有条地做了一些安排。先是召集各部门的四姓公职人员，一一布置，要求他们迎接往瓯城进发的山谷之城壮丁。但麻生怀疑其中有诈，认为哼四少爷很可能借机生事，甚至突袭瓯城。

但贤者嚣人责怪他大惊小怪，说："向瓯城开过来的这支队伍最多只有几千人，而且无枪无炮，良莠不齐，怎么有能力发动突然袭击？"

其他人却认可麻生的意见，强烈主张加强防备的同时，命令山谷之城壮丁在原地待命，详细甄别后再作安排，同时为了防止里应外合，将山谷之城籍的官员全部软禁。对此，贤者嚣人公开反对。他亲自接出橘子姑娘，要求她第二天一起到接官亭外迎接哼四少爷。但奇怪的是，橘子姑娘并不肯配合，麻生自告奋勇要当她贴身警卫的要求也被拒绝了。

"我就在这里，哪里都不去。"

"你会见到你喜欢的人。"

想不到的是，贤者嚣人口中这个喜欢的人，并不是哼四少爷，而是但丁二世。

当晚贤者嚣人做东，在五马旅社西餐厅宴请但丁二世和橘子姑娘，麻生和但丁神父参与陪同。

心神不宁的但丁神父赶到时，已经半醉的但丁二世吻了吻橘子姑娘的手，告诉她："明天我们将看到一场精彩的演出。"

"什么演出？"

"演出结束之后，我们就一起离开。"他指着贤者嚣人，说，

"他已经答应，我们回英国。"

后来，橘子姑娘仿佛回忆起自己在苏格兰的日子，神态显得放松，而且与但丁二世跳了几支舞。两人相拥而谈，喃喃私语，别的人一句都听不懂，包括但丁神父也只是茫然地、不停地向贤者嚣人摇头。

"苏格兰年轻人之间的暗话俚语，我也不明白。"

后来关于哼四少爷和山谷之城壮丁们躲过劫难的说法有很多，但主要有两种，一说是橘子姑娘当晚从但丁二世口中获取了贤者嚣人的秘密，通过但丁神父迅速传递到了院长嬷嬷那里，阻止了哼四少爷的冒险行为。另一说是雷三瞎子通过他的褐尾信鸽将情报传了出去。但这两种说法，都经不起考证。因为以贤者嚣人行事缜密的性格，他是无论如何不会把自己的计划告诉但丁二世的，这也就是为什么他放心让橘子姑娘与但丁二世见面交谈，尽管他们的话别人不能听懂，原因在于但丁二世没有什么秘密可以透露别人。至于雷三瞎子，事先也无法知道贤者嚣人的真实计划。贤者嚣人把沿瓯江布置的瓯城子弟兵精锐旧部，突然调往临瓯区渡口设伏，江心屿的重炮团装船停靠在城门内外，炮口对着接官亭外，全部部署完成，也只有半天工夫，尤其是梅尔斯通过私下关系，致电过境瓯城洋面的美军大型炮舰临时沿江而上，作为重要一击，对此，除了他自己，并无第二个人知道。

要防止山谷之城诸姓闹事，美式装备的一个团足够，但为了全歼，为了永绝后患，贤者嚣人费尽了心机。但他得知，哼四少爷率领的壮丁大军突然止步于临瓯区渡口，然后又很快掉转方向往回路撤退时，一口气闷在胸口，久久吐不出来。

后来呈现在瓯城人民面前的是，当天贤者嚣人带领党政军联席会议所有成员到城外迎接，足以表明其诚意。不过，一直等到日落，传来山谷之城壮丁已经半路回去的消息，所有的人不禁愕然，但丁二世更是暴跳如雷，大骂没有信誉，没有军纪。

但丁神父暗中警告："事实并非如此，你太轻率了。"

因为精彩演出没有上演，贤者器人似乎也收回了承诺，橘子姑娘再一次回到了江心屿模范监狱，而且叫人传话，她不会跟但丁二世去英国的。

督察区联席会议通过了一封决议信，谴责哼四少爷在瓯城人民面前，在美国贵宾面前，严重失礼，害得大家白白等了一天。

据说那天夜色中，褐尾信鸽飞回瓯城，误落在督察区主席办公室的桂树前，不知是谁，突然对着这只口干舌燥、疲惫不堪的褐尾信鸽开了数枪。知道褐尾信鸽被人枪杀，雷三瞎子悲愤不已，当即兴师问罪，却遭到拘押。

因为在四处横飞的血肉里面发现了信管，里面有一纸哼四少爷写给雷三瞎子的感谢信。

"你居然与敌私通！"贤者器人压住怒火，抓起褐尾信鸽的一团碎尸扔在雷三瞎子的脸上。

"不就是一封信。"雷三瞎子一边捡着褐尾信鸽的残肢折羽，一边大声抗议，"它是有功之臣，凶手要赔它性命！"

贤者器人后来冷静下来，安抚了雷三瞎子，并叫人给了数万元新国币，作为赔偿。

雷三瞎子买了一个紫檀小木盒，将细细收拢完全的褐尾信鸽入殓安葬，葬礼上，还请来了但丁神父做了弥撒。后来雷三瞎子一直要求追查枪杀褐尾信鸽的凶手，先是与麻生动了手。尽管麻生一再否认，但还是被一再追究，最后两人一个要用斧子，一个要用手雷，在督察区联席会议上打了起来。

"它有何罪？"

"你的鸽子是间谍！"

无奈之下，贤者器人把责任担了下来，说："是我开的枪。"

贤者器人本想拂袖而去，又看到叫花子和邹大维也加入劝说，还是忍了忍，没有再计较，反而斥责了麻生，安抚了雷三瞎子。

当时谁也没有预计到，后来雷三瞎子会以贪污罪，并经法院公开审理，被判处死刑。

因为就在与麻生发生冲突的那次联席会议上，雷三瞎子被任命为瓯越征兵专员，负责宣传《兵役法》和改善募集制等项工作，一时恩信有加，风头再健。

雷三瞎子看到贤者器人对自己仍然信任，松了口气，对新的任命，更是欢欣鼓舞。只是苦于没有了褐尾信鸽，不方便与山谷之城的哼四少爷通风报信，商议对策，因此只好自行其是。为了急于兵权在握，他急着做了几件事。一是实施新的《瓯越兵役征召办法》，规定瓯越全境男子有依法服兵役之义务，十八岁到三十五周岁为甲级壮丁，三十六岁到四十五周岁为乙级壮丁，独子免征，公务员缓征。壮丁凭票抽签，三丁抽一，五丁抽二，中签者应征。二是成立兵役团管区司令部，自任团管区司令，各级职官由司令任命，共同掌管兵役征集和预备役训练。各保、乡造送壮丁名册到各县各区，按《兵役法》条件征集，经体检合格者送团管区司令部集训。三是督察区财政同时拨付款项，各区县配套不足部分。

在贤者器人的怂恿鼓励之下，雷三瞎子开始行动了。他的理想开始生发，变得雄心勃勃，急于求成，试图在短短几天内就征集一支属于自己的武装，如果与山谷之城的哼四少爷里应外合，瓯越的形势将会发生重大变化，贤者器人如果不肯离开，不把政权交还人民，非得要凭借他手中的部队，比出胜负，决一生死。

雷三瞎子连续开了几天会，跑了主要县区，所到之处无不拍下胸脯，郑重承诺，三日之内把壮丁名册交到他手上，五日之内就把规定人数集中到训练营，十日之内就前往瓯城全部交割完毕。

几乎同时，还没有等雷三瞎子回到瓯城，相关县区的状纸已经先一步送到贤者器人案头。经整理，言及雷三瞎子之罪行，竟有十条之多：

> 甲条，征兵数额严重超员。如沿海一县，民国三十五年十一月曾进行全县壮丁户口复查，计甲乙级壮丁三万余人，其中应征对象为一万八千余人，而这次被要求实际名

额却有二万余人。

乙条，与《兵役法》相抵触。对此各县区都实际举例。

丙条，徇私舞弊。均指雷三瞎子私下放话，有钱有势的壮丁可不入册，一般青年只要册上有名，无需体检即送入伍，但都需要扣除安家费之三成。

丁条，引发恐慌。由于条件苛刻，各地户口不堪敲诈，多举家外出逃避。

戊条，秩序混乱。如南片各县区出现一批流氓专以卖身充壮丁为业，卖一名壮丁可得谷约一吨，守法人家不胜其扰，正直之士无不深恶痛绝，萌生寻求奔往他乡。

己条，中饱私囊。各乡村送兵途中或入营后贿赂官吏，又逃回再卖壮丁。据言，所得须向征兵专员交五成。

庚条，民不聊生。城关区一商户有三男一女，为避免兵役，倾家资卖女儿还不了壮丁债，最后三个儿子仍全被抓去当兵。

辛条，变征为抓。征兵专员自行制定《壮丁逃亡之惩处》，规定逃避兵役的壮丁一经缉获立即提前征送，中签壮丁潜逃期间，将其家属扣留，限期交出，并限令原地保甲长严缉归案，中签壮丁避入境内，知情不报或包藏者与逃役壮丁同罪惩处。以此种种，为国当兵之气氛荡然无存。

壬条，借惩生财。规定举家远避者得暂行查封其财产，呈候处置。而据言，所罚没钱财也都归征兵专员。

癸条，未明重大事宜，或遇突发特殊之情形难以判别决定，各县区政府在审明并非推诿之嫌，可报经督察区裁断。

罪状形成报告，很快发到督察区联席会议各成员手中，雷三瞎子成了众矢之的，不等他一一澄清，就已经失去了自由。在作为贪污犯被公审之前，他被押送到江心屿模范监狱。

夜深的时候，雷三瞎子忽然听到声音，仿佛看到橘子姑娘靠着墙壁，又像是唱又像是诵：

后皇嘉树，橘徕服兮。受命不迁，生南国兮。
深固难徙，更壹志兮。绿叶素荣，纷其可喜兮。
曾枝剡棘，圆果抟兮。青黄杂糅，文章烂兮。
精色内白，类任道兮……

雷三瞎子坐起来，要听个明白，但声音渐稀，他走到墙前，却看不到人，后来头脑一清醒，想起这间牢房可能是橘子姑娘曾住过的，所以留下声音。把他关在这里，看来贤者器人也是优待自己了。

三 橘子姑娘的瓯城浪漫

让贤者器人没有料到的是，梅尔斯中校口中的所谓美国贵客不是气宇轩昂、品阶在他之上的人物，而仅仅是一个上尉，一个独眼的苏格兰人，一个拄着漂亮拐棍的瘸子。

其实事先或多或少知道一点情况的有两个人。

一个是上海丽人。

她离开上海回到瓯城，临行到医院看望时，梅尔斯中校情绪并不稳定，加上医生限制见面时间，两人匆匆交谈了几句，因此得到的信息也很有限。西方人认为个人的健康状况是隐私，梅尔斯中校显然不希望她看到自己这个样子，当然更不希望她在外面张扬。

"我只不过需要休息几天。"梅尔斯中校对她的探视没有表达感谢之意，而是再三强调，自己为中国人民的抗日战争作出巨大贡献，为中华民国的政权巩固与和平事业奔波多年，尽了最大努力，身体已经透支，到医院检查疗养是必要的，说，"绝对不能透露我住院的事情，不能让战略情报局的混蛋们知道我现在这种样子，不能让华盛顿那帮政客笑话我。"

"我一定会保密的。"看到梅尔斯中校脸色苍白，目光异样，上海丽人感到有些不安，但还是作了承诺。

梅尔斯中校点点头，然后又亢奋起来，告诉她，自己刚刚结识了一位从香港退役的英国陆军上尉，已经坐船到了上海。如果自己一时来不了，这位苏格兰人会以特别代表的身份先到瓯城，全权与贤者器人商谈合作事宜。

"苏格兰人?"上海丽人感觉到自己皱了皱眉头，说，"不是美国人?"

"对，苏格兰人。"梅尔斯中校咳嗽了一声，说，"但他代表美国利益。"

关于为什么不是美国人而是苏格兰人等诸多疑问，梅尔斯中校并没有向她解释更多，只是一再地保证，自己是健康的，只是他暂时不被美国政府理解，相信他国内军中政敌即将失势，国民政府对他不友好的人很快会改变态度，他不用几天就会离开医院，奔赴瓯城，为瓯越复兴，为中国自由民主而战，他保证会全身心投入到这项伟大的工作中来，说："就像我在中日战争中的表现。"

上海丽人或许为了不使贤者器人感到失望，她只是笼统地转达了梅尔斯中校的豪言壮语，说："这位先到瓯城的贵客也是洋人。"

另一个知情者可能就是橘子姑娘了。

上海丽人一回到瓯城就想见橘子姑娘，一见面马上就提到即将出现的苏格兰人，因为她隐约觉得，这位苏格兰人到瓯城，会不会与橘子姑娘有什么关系，尽管念头一掠而过，尽管她对自己这种臆测一笑了之，但她还是迫不及待地想见到橘子姑娘，看看有什么意外的发现，当然，更主要的原因是她想告诉橘子姑娘，自己与哼四少爷的亲密关系。

当时已经深夜，她到旧将军衙门见橘子姑娘，没聊几句就提到，一位远道而来的贵客即将抵达瓯城，到时候她流利的苏格兰英语将派上用场，说："我听说过你在苏格兰的故事，很美好。"

那一刻，橘子姑娘来不及惊讶上海丽人何以突然出现，何以突然半夜造访，脑海里已经闪过了但丁二世的影子。虽然上海丽人也不知道苏格兰人到底是谁，虽然没有几句话便匆匆离开了，但橘子姑娘的一颗心猛烈跳动起来，之后思绪混乱，彻夜难安。

难道真的是但丁二世？

她想起在伦敦泰晤士河边遇到但丁二世，他告诉她，他要继续在军队服役，而且会申请去香港，以便到中国大陆找到她。还有使她不敢细想的，毕竟但丁神父也在这里，这使但丁二世多了一个理由出现在瓯城。

她不愿意多想，不愿意看到世界上的事过于凑巧，不愿意看到作为被上海丽人或者是贤者嚣人请来的所谓贵客，给但丁神父，给自己，也给瓯城，增添意想不到的麻烦。但她后来在天主堂见到但丁神父时，内心又是喜忧参半的。她知道，尽管但丁神父表面上有多不愿意，心里总是免不了牵挂，如果真是但丁二世，如果在不暴露父子关系的前提下，在异国他乡，在瓯城见面团聚，有什么不好呢，但丁神父应该高兴才对呀。

橘子姑娘担忧的是自己，如果但丁二世是为她而来怎么办？自己见还是不见，如果他发现自己目前的处境，又会掀起什么风波？又会遭遇什么危险？不过，让她感到多少有些侥幸的是，但丁神父马上就要离开瓯城，离开中国，到罗马任职去了，但愿但丁二世一起跟着回去，回到罗马，最好回到他自己的国家，与伦敦舰队街的亲生母亲生活在一起。

但愿，这个苏格兰人不是但丁二世。

在天主堂忏悔室，她本想把这个消息告诉但丁神父，并说出自己的猜测和担心，但又害怕事情没有确定之前，这样做反而会引来意想不到的后果，如果不是但丁二世呢？那岂不是让但丁神父失望，岂不是无端揭人伤疤吗？一犹豫，她也就打住了，只是用苏格兰口音的英语当着麻生的面说了那句话，她相信但丁神父听到后会觉得奇怪，她当时不敢去看但丁神父的反应，没想到的是，他也没有问她什么。

有疑问的是麻生："这也是英文吗？"

梅尔斯中校发来一纸长长的电文，因为美国顾问团个别人的反对和阻挠，他暂时不能离开上海，但会派遣得到充分授权的助手、原英国陆军上尉但丁先生，以英国保险公司雇员的身份前往瓯城，先期秘密商谈既定事项。电报还透露，华盛顿的朋友已经告知他本人，美国政府对华政策将很快明确，他将得到重要职务，届时会代表相当规格的部门，与贤者嚣人在上海、南京等地，或者瓯城正式签订协定文本。

"至少可以代表美国军事情报机构。"梅尔斯中校在电报中夸下海口。

贤者嚣人虽然有些失望，但还是相信了梅尔斯中校的话，亲自拟好回电，表达了感谢之意，但坚持签订协定的地点应该在瓯城，并在电文中加入令人鼓舞的话："这一刻将会载入历史。"

此时上海丽人已经去了山谷之城，没有等她回来，迫不及待的贤者嚣人连夜召开督察区党政军联席会议，通报情况，同时部署接待和谈判工作。

"这个但丁上尉怎么会是保险公司的?"麻生不禁疑问。

"这个你就不懂了。抗战时期，美国战略情报局曾经委托英国保险业巨头斯塔尔的商业关系，建立了情报网，单独开展活动，这个但丁很可能就是该组织的成员。"叫花子介绍完之后，神情不免得意。知道这件事的人少之又少，在座的除了他不会有第二个人，而且，贤者嚣人也认可了他的说法。

"有这个可能。说明他不是没有来头。"贤者嚣人点点头，难掩兴奋。

麻生又有疑问："这个但丁和但丁神父不会有关系吧?"

与会者一听都愣住了，奇怪地看着麻生。

麻生说出了自己问这个问题的根据："但丁神父也是苏格兰人。"

贤者嚣人想了想，又摇了摇头，说："这不太可能，但丁是个姓，姓但丁的人多得是，就像我们姓郭姓程姓郑。"

麻生还是感到纳闷，说："我知道，写《神曲》的也姓但丁，在意大利不稀奇，但是在苏格兰呀。如果在我们哈尔滨，出现两位都是姓蓝的人，他们都是来自瓯越，来自山谷之城，那他们可能就有关系了。"

"姓蓝的人太多了，并不都是同族同宗，哪会个个都有关系？"坐在角落里闭目养神的饶舌师尊忽然睁大眼睛批驳道。

贤者器人皱了皱眉，不免也产生疑惑，正犹豫间，不想列席会议的饶柳氏神态诡异，兴致勃勃，催促饶舌师尊马上一块去天主堂调查，找但丁神父询问清楚，说："万一真的是什么亲戚呢。"

"再亲也不可能是儿子。"贤者器人一脸平静，努力掩饰心中的疑问。

饶舌师尊翁媳双双来到天主堂时，但丁神父正在看电报。电报是但丁二世从上海发来的，内容只有四个字：十号抵瓯。

此时已经是十一号了，如果是十号，但丁二世昨天就应该到瓯城了。但丁神父看完电报，脸色煞白，声音颤抖，问送电报的邮差："会不会是下个月十号？"

邮差拿过电报看看，也感到奇怪："人不可能比电报快呀。"

等邮差离开，饶舌师尊翁媳已经看出一些究竟，上去扶但丁神父坐下，饶柳氏得意，似乎早有盘算。其实她听到过消息，昨晚有一个洋人住进了五马街旅社，是瓯越保险公司安排的，说："会不会就是这个人？"

但丁神父心想，难道是什么人恶作剧，或者还是什么人冒充，但马上压了压怒火，自言自语道："Why did he give me a telegram?"

"苏格兰话？"饶舌师尊在旁边问道。

但丁神父用带有官话的瓯城方言作了重复，说："他给我发什么电报？"

此时饶柳氏为了取得但丁神父信任，显得格外有耐心，等周边没有人时，悄悄告诉但丁神父，妇女会在五马街的耳目密报，昨天半夜，一个刚刚入住旅社的年轻洋人，一直在向侍应生比画十字，好像在打听天主堂。他说的是英文，但别人不太懂，于是他就要求找翻译，恰好瓯城中学的英文老师钟约翰与相好幽会后出来，与他进行了对话，但他不是摆手就是摇头，交流仍然有障碍。

"但有一点可以肯定的。"饶柳氏低下声音，告诉但丁神父，这个年轻洋人提到了橘子姑娘。

但丁神父顿时神色一变，双臂一伸，像是大声在念台词："我不认识这个人，我不认识这个人。"

由于激动，但丁神父身上半披着的长袍滑了下来，饶柳氏连忙接住。饶舌师尊又说："我也听说了。此人眇一目，一腿有疾。"

"什么?"但丁神父显然已经听明白了，但还是再问了一声。

不等饶舌师尊翁媳再说什么，但丁神父已经穿回教袍，整了整，严肃地表明态度："我不会见他。"

十号晚上出现在瓯城五马街旅社的年轻洋人确实就是但丁二世。

他仿佛从天而降，从什么地方来，乘坐什么交通工具，本人没有说明，相关部门也无从得知。据瓯城保险公司主持业务的襄理报告，他们收到撤离途中的母公司电报，要求他们全程接待这名贵客，并承担他在瓯越期间所有的活动费用。他们想当然地到码头迎接，结果扑了个空，因为一个月之内只有一班客轮，因此断定他不是坐船来的。而瓯城机场，除了有一架军用飞机在一个星期前路过加油外，已经没有任何飞机降落了。至于陆路，到瓯城目前只有一条公路通车，一路都有严格的盘查，也没有任何关于发现洋人面孔的报告，再说由于军事管制和道路崎岖等原因，从上海坐汽车没有三五天时间是到不了瓯城的。

但丁二世就此做了回答，虽然很难令人相信，但还是让贤者嚚人在内的所有高层人士都怔住了，包括消息灵通的叫花子，包括作风洋派的邹大维。但丁二世整理了一下那只眼罩，睁大另一只眼睛，指着大海，为了能使人听懂，他放慢语速，说是一艘美国军舰送他到了东太平洋瓯越洋面，然后乘坐快艇，趁着月色，踏上瓯城海滩。

饶舌师尊推荐的钟约翰翻译了一个大概意思，大家听了，也只能相信了，因为除此没有更好的解释了。可是但丁二世接下去说的话，几乎是翻译不了的。

但丁二世越说越兴奋，语速也越来越快，肢体也显得夸张。他指着墙壁上的地图，说自己从来没有到过瓯城，但他对这里并不感到陌生，一样的有大海，一样的有灯塔，一样的有石垒城堡，一样的潮湿的码头，虽然不像苏格兰的陡峭海岸，但他熟门熟路，漫步而入，星空下的城楼城墙，耳旁行人们的瓯音瓯语，都觉得似曾相识，都觉得无比亲切，令他感动流泪。

但丁二世变得一脸严肃，让钟约翰把这番话翻译给贤者嚣人。

钟约翰看到贤者嚣人眼睛盯着自己，也不知道有没有听懂但丁二世的话，顿时感到不安，于是用瓯越官话求饶："他说的可能是苏格兰土话。换别人吧。"

"你真听不懂？"贤者嚣人半信半疑。

虽然寒风习习，但钟约翰额头上已经渗出汗来，为了尽早脱身，提到了但丁神父，说："他是最好的翻译。"

对此，但丁二世好像没有太感兴趣，拉住钟约翰不肯放手。

钟约翰一急，说："我现在就找他去。"

"Who else?"但丁二世声音低沉地问道。

钟约翰于是提到了橘子姑娘，说："她能听懂你的话。"

"I want to see miss Orange."

这时贤者嚣人仿佛有了主张，打断了他们的对话，希望但丁二世可以去天主堂找但丁神父，并叫麻生一块前往，同时把晚宴的请束送过去。

但丁二世在麻生的陪同下，来到了天主堂，第一时间见到了但丁神父。但丁神父站在教堂门口，像是知道他们要来，迎上来，与但丁二世握了握手，说了几句听上去像是礼节性的话。

但丁二世也客套地吻了吻他的手，回应了几句像是问候性的话。

"我带你进去参观。"但丁神父改成了瓯越官话，同时，做了一个邀请的姿势。

进入教堂之后，但丁神父没有再跟但丁二世交谈，而是开始忙别的事情，先是给一群衣衫褴褛的信众分发了新印《圣经》，教导了一番箴言，接着又进行了告解，耐心听完了像是婆媳的两个女人十分啰嗦的忏悔，又上了塔楼，敲完了钟，才缓缓地走到正在观赏圣座的但丁二世面前，说："这跟你在英国看到的不一样。"

但丁二世放下拐棍，弯着腰吻了吻但丁神父的手："敬爱的但丁神父，愿您健康！"

但丁神父抚了抚他的头发，说："愿上帝保佑你，希望你在这里平安愉快。"

后来但丁二世被请进卧室里喝茶，麻生被拒之门外，但仍然站在那里听他们的谈话，只因英语早已生疏，听得半懂不懂。

但丁二世关心的是橘子姑娘的去向，但丁神父只是简单提了几句，没有说更多，不仅没有告诉他橘子姑娘目前面临的困境，连她人是不是在瓯越也没有说，因为中国太大了，随便去了哪里，几年找不到，因为通信不方便，加上战争年代，几年没有音信，都是很正常的。

"相信她是平安的。"但丁神父信誓旦旦。

"我一定要见到她。"但丁二世也发了誓言。

总之，见面的气氛比较平静，没有发生让但丁神父担心的那种意外情形。

作为见面礼，但丁二世向贤者器人转达了一个重要情报，情报来源没有说明，但他猜测可能还是从梅尔斯中校那里来的。这份像是研究报告的电报有一段文字触目惊心：

中共解放军成立了渡江战役总前委，并且依据中共中央军委的意图与国民党军的部署，以及长江中下游地理特点，正在制定《京沪杭战役实施纲要》，决定组成东、中、西三个突击集团，采取宽正面、有重点的多路突击的战法，实施渡江作战，首先歼灭沿江防御之国民党军，然后向南发展，夺取南京、上海等城市，摧毁国民政府的政治、经济中心。

情报难辨真假，但贤者器人认为绝非空穴来风。对此他表达了感谢，当晚在五马饭店设宴招待。

但丁神父参加了督察区举办的欢迎宴会，在贤者器人和但丁二世中间做了翻译，搞清楚了他们的合作内容，不禁感到担心。协议草签之后，但丁神父用最土最古老的苏格兰英语发出警告，而且措辞激烈。

"希望你不要被梅尔斯中校利用，这个国家的未来由她的人民选择，瓯越不可能置身历史之外。"

但丁二世则反驳，自己看过瓯越地图，比苏格兰还大，通过认真阅读梅尔斯中校的研究报告，自己觉得贤者器人像是一个实力强大的凯尔特领袖。显然但丁二世对但丁神父给他讲述的历史课程有了自己的理解。罗马帝国分崩离析之后，军队从大不列颠岛撤走，从而引起了权力的真空，趁这个机会，一支从爱尔兰来的同样属于凯尔特文化的斯科特人到了苏格兰并定居下来，北欧的维京人开始入侵，占据了沿海小岛，建立了自己的王国。加上被称为皮克特的原住民，苏格兰同时存在多股相对稳定的势力，于公元九世纪，合并成一个统一的国家，也就是后来的苏格兰王国。这个王国整整持续了八百多年，直到十七世纪，苏格兰国王詹姆斯六世同时继承英格兰王位，成为詹姆斯一世。

"他将是苏格兰王。"

"你理解错了，贤者器人不是斯科特人，山人也不是皮克特人，所谓的维京人早就投降回到自己岛上了。"

"他值得支持。"

"贤者器人不可能与历史对抗。"

他们没有注意到站在一旁的麻生，听完了他们的谈话之后，努力记住了其中的几个单词，然后与贤者嚣人窃窃私语，接着贤者嚣人就走到他们中间，问："你们是在讨论我吗?"

两人同时摇摇头。

贤者嚣人坦然地指着麻生，说："他听得懂大概的，你们是不是提到了斯科特人，皮克特人，还有维京人?"

但丁神父知道被麻生偷听了，于是承认自己正在给这位同胞补课，说："关于苏格兰的一些历史常识。"

贤者嚣人笑了起来，并把他们的谈话与梅尔斯中校的《瓯越战略研究报告》联系起来，说外国人对中国某个地区的历史研究往往吃力不讨好，因为中国国情复杂，地区之间差异太大，说："我不是Skots，山人也不是Picts，把日本人与Vikings比也似乎不妥。"

至少，贤者嚣人通过麻生转达的零碎词语，部分听懂了他们的谈话。

然而，此时贤者嚣人虽然知道但丁二世到瓯城的目的是要寻找橘子姑娘，但知道的有限，主要是梅尔斯中校的电文中为此所作的简短解释，即：但丁二世与橘子姑娘在伦敦桥下偶遇，一见钟情，坠入爱河。贤者嚣人通过但丁神父的翻译，一共允诺了但丁二世三件事：第一，帮助他找到橘子姑娘；第二，帮助他带橘子姑娘回到苏格兰；第三，帮助他们过上自由幸福的生活，为此瓯越督察区将额外资助一笔巨额安家费。

当晚的另一项成果是，贤者嚣人为感谢但丁神父一字不差的翻译，表示一定听从他的建议，包括与山谷之城山人和解共存。

"我要马上见橘子姑娘。"但丁二世看着但丁神父，希望他赶快传达。

但丁神父没有即刻翻译，迟疑了一会儿，还是向贤者嚣人说了一句含糊不清的话。

不知是但丁神父没有翻译清楚，还是贤者嚣人另有打算，后来，但丁二世急于见到橘子姑娘的愿望不仅没有轻易实现，反而变得困难了许多。

但丁二世到达瓯城的当天，橘子姑娘从旧将军衙门被秘密转移到了江心屿模范监狱，雷三瞎子被转出那间舒适的牢房，隔墙听到了橘子姑娘深夜唱诵《橘颂》，再次以为是幻觉。

对于见橘子姑娘，无论但丁二世怎么要求，贤者器人都是同样几句话，一句是再等等，被问得急了，就是另一句，不要急。但贤者器人对他许诺，等梅尔斯中校到瓯城后，再决定是否送橘子姑娘和他一起回英国，说："到时候你们生活在苏格兰，长相厮守，生活幸福。"

焦急的是但丁神父，他再三劝说但丁二世，希望他马上离开，而且提出最后期限，警告他，如果不在愚人节，也就是4月1日之前跟他一起离开瓯越，离开中国，那他将孤身一人陷于异国他乡，是死是活，上帝也帮不了他。但丁二世根本没有正视这个警告，再次声明如果橘子姑娘不跟他一起走，他将永远在瓯城等下去。

"她有爱的人。"但丁神父看到他坚决的态度，不禁感到难过，为了阻止儿子坠落爱情的深渊，他只好残忍地说了实话，"他们将步入婚姻的殿堂，终成眷属。"

但丁二世不仅没有气馁，反而更加信心满满，说："不就是那个用鼻子说话的人！她不爱他，他杀了她父亲。我来这里，就是要为她父亲报仇的。"

但丁神父愣了愣，他不得不认为但丁二世的想法有合理性，合乎人之常情，此刻他无法反驳，但问题是，即便橘子姑娘与哼四少爷现在身处险境，祸福难测，即便今后走不到一起，但也不可能与但丁二世相爱。

"他不是你的敌人。"但丁神父语气变得平和，想做一些劝导。

"他是我的情敌。"但丁二世马上接过话，显然不愿意再听更多自己不愿意听的话，说，"橘子姑娘在这里不安全，必须跟我去苏格兰。"

但丁神父听了，顿时无话可说。但丁二世的话不是没有道理，橘子姑娘何尝是安全的，现今的瓯城，包括处于内战的中国何尝是安全的，如果可以，如果愿意，橘子姑娘应该跟他们走的，在美丽的苏格兰，在和平的家乡，天使般的橘子姑娘无忧无虑，如同家人，其乐融融，那是多么美好啊。想到此，但丁神父不禁露出了微笑。

然而不等但丁二世说话，但丁神父马上又叹了口气，说："她的家在瓯城，在中国。"

几天之后，但丁二世决定不再等梅尔斯中校到达瓯城，就迫使贤者器人允许，让他搬到江心屿监狱里与橘子姑娘住在一起。

他认为自己这种非常浪漫的举动，一定会获得芳心。何况，她刚刚失去父亲，需要安慰，需要爱情，需要自己挺身而出，为她争取自由，为她提供保护。

鼓励他的是九龄童。

看到洋小伙子为了橘子姑娘的安全和自由，与贤者器人屡屡发生正面冲突，九龄童不禁感动，请他到家吃了一顿饭，并叫钟约翰当翻译作陪。其实那天百里香明确表示她不会跟他到海外去，因此心绪恶劣，酒酣之际，劝但丁二世抓住机会，不要等心爱的人变心，悔之晚矣。并且表示自己也会支持他，帮助他，想到他是英国人，又想到同行莎士比亚，于是说了一句："脆弱啊，你的名字是女人。"

尽管有钟约翰翻译，但丁二世还是靠猜，才知道是好意，叫九龄童写下来，然后找但丁神父解释清楚。

但丁神父一看，这是莎士比亚说的，于是脱口而出：

"Frailty, thy name is woman."

"哈姆雷特！我不当犹豫的哈姆雷特！"但丁二世不禁激动，立即准备前往江心屿。

但丁神父拦住他："在这里不要开愚人节的玩笑。"

"愚人节还早，这不是愚人节的玩笑。"

"这里没有人帮助你。"

"有人会帮助我。"他看过九龄童在《封神演义》中演的姜太公，认为那是一个神，在戏台上呼风唤雨，无所不能，要是能得他的帮助，自己一定会得到橘子姑娘。

但那天他怎么也找不到戏台上神通广大的九龄童，一个人到了渡船码头，正在等待时，得到消息的麻生赶到了。由于语言不通，两个人无法争吵，一个要上船，一个不让上船，从推搡变成摔跤，正当一个要动用利斧，一个要动用手枪时，被及时出现的贤者嚣人和但丁神父阻止了。

但丁二世终于知道麻生居然也是橘子姑娘的爱慕者，而且发誓要娶她为妻，于是激愤之中，朝天开了一枪，大声宣布，要与麻生展开决斗。

但丁神父不肯翻译，麻生却似乎听懂了，摆出一个姿势，表示愿意接受挑战。

尽管但丁神父和贤者嚣人再三阻止，两个人都各不相让，没有一点妥协的可能。

但丁二世唯一的条件是橘子姑娘必须在场。

但丁神父作了翻译，说："橘子姑娘一定不愿意。"

贤者嚣人从模范监狱里接出了橘子姑娘，希望她的出现，能够让两个人激情冷却，怒气消失，从而罢手。

橘子姑娘衣着整齐，完全不像是待在监狱的人。她走到但丁二世面前，说了一通苏格兰土话，但丁二世听了果然无力地垂下双臂，坐在潮湿的石礅上。然后，她又转身对麻生说道，自己不会喜欢他们中的任何一个人，不会因为他们的这种举动而心软，只会心生厌恶。麻生尽管有预感，而且知道她对自己的态度，但听她当众说出了这些话，还是身体一凉，斧子脱落在地上。

贤者嚣人一怒，手一背，要离开，又叮嘱把橘子姑娘马上送回监狱，如果让别人知道了，又会生出麻烦。

但丁二世没有死于当天的决斗，因为决斗没有发生，而是在后来的愚人节，他被怀疑从背后袭击贤者嚣人，死于乱枪之下。

四　狂野种猪的疯狂奔跑

在没有任何预兆的情况下，疾病突然侵袭了上海丽人的身体。后来据圣玛丽医院本籍老护士诊断，是因为她之前在不死巫娘的洞屋里泡了温泉，后来又在阴雨寒风中待了太久，一热一冷，感染了风寒。

她在黑暗中醒过来时，已经是三天以后了。

刚刚退烧，身体仍然虚弱，但发现自己的处境并不自由，而且没有看到什么熟悉的面孔，哼四少爷的影子都没有出现，上海丽人生气之下，就把自己关在黑暗的病房里。而本籍老护士对她的病情轻描淡写："你是伤风了。"

"感冒怎么会这样呢？"上海丽人知道此地人把感冒发烧称为伤风，知道自己昏睡了三天之后，怀疑自己是中了石池中煮沸的野花瓣毒。

此时，消失了几天的哼四少爷终于出现。此时他情绪低落，而且心怀怨气。在上海丽人昏睡期间，他原可以干成一件惊天动地的，改变瓯越的历史性的大事，可惜功亏一篑。

按照计划，他召集山谷之城的所有壮丁，组成奇兵，袭取瓯城。但差点被对方算计，差点遭遇灭顶之灾。尽管目前还都是他的猜测，还没有得到证实，尽管看起来是院长嬷嬷阻止了他的冒险行为，尽管有传言贤者嚣人只不过唱空城计吓走他，但可以确定的是，计划已经泄露，贤者嚣人已经防备，哪怕他敢于冒险，考虑到扣为人质的山谷之城诸位长老的生命安全，考虑到瓯城包括雷三瞎子等山谷之城籍贯公职人员的生命安全，院长嬷嬷和雷大嘴巴也将坚决反对，他们决不允许二十年前的悲剧重演。

哼四少爷思前想后，还是怀疑上海丽人从中扮演了可怕的角色，怀疑她用电台向贤者嚣人告密，以致秘密被戳破，褐尾信鸽再也没有回传消息，以致贤者嚣人布下重兵，哪怕是虚张声势，但导致了他仓皇回撤，在山谷之城人民面前丢尽颜面。

上海丽人几次开口索回照相机等物品，要求马上归还的，是那部电台。其实，电台当时已经由院长嬷嬷掌握使用，哼四少爷含糊其词地告诉她已经损坏了。

哼四少爷所述之事有些离奇，叫人难以置信。原来雷大嘴巴养的那头配种的种猪，这几天正好放养，就到处游窜，碰到陌生人就会攻击。刚好皮夹克男子背着东西经过，看到猪向他冲过来，没有来得及避开。

"不巧，他穿的夹克原来是猪皮做的，它当然以为自己遇到了同类，所以一头撞上去。"要不是他跛着腿，猪也拱不上他。

可能是哼四少爷讲述的关于种猪的事情，非常特别，非常奇怪，上海丽人突然笑了起来，而且笑个不停。

哼四少爷决意没收照相机，是因为当时自己用蜂蜜把褐尾信鸽从千年古樟骗下来时，正好被上海丽人看见，把这一幕拍下来，说要发表在《瓯越日报》上。

哼四少爷不相信她真的是在采风，由此怀疑她另有目的。雷大嘴巴也感到她可能是个危险人物，可能会把鸽子传信的秘密传出去，于是暗地里跟踪了一番，结果发现她竟然在偷偷使用电台。

对此，上海丽人轻易就解释通了：她是在发稿件，不仅发到《瓯越日报》，还要发往上海的《申报》，甚至国外的报纸，比如

《泰晤士报》。

　　哼四少爷想想没有必要再骗她，电台要暂时借用，但没有说是谁在使用，何时归还。

　　"我知道是谁，那个自以为是你母亲的人。"

　　上海丽人说的一点不错，院长嬷嬷此时正重新赶往仙霞岭，去迎接一位重要客人，为了方便联络，就把电台带去了。

　　房子是石头垒成的，可以说是密不透风。但屋前屋后，还是附了好几双耳朵。皮夹克男子担心上海丽人的安全，几次敲门都没有人应声开门，想推进去，门关得紧紧的。幸好被不死巫娘看到，连忙学着猪，"呼呼呼"地叫起来。

　　这是种猪的叫声，心有余悸的皮夹克男子不知真假，连忙转身离开。

　　不死巫娘靠近窗户，听到里面的争吵声响了起来，一急，推门进去，突然激动起来，几乎要动起手脱上海丽人的裤子，说："我们两个，都脱下裤子，互相看看屁股，与别人有什么不一样的。"上海丽人跳下床，起身往外就跑，跑了一段路，从石阶一头冲下去，跑到廊桥边，在涧边峭壁前，被皮夹克男子拦了下来。

　　后来有人认为，实际上不死巫娘说的话要严重得多，严重得像雷击了上海丽人，使她难以承受，一病不起。哼四少爷听到，不死巫娘确实说了一句使人难堪至极的话，相信上海丽人也听清楚了。

　　电报以山谷之城诸姓名义，邀请瓯越领导人贤者嚣人莅临一年一度的三月三百谷山乡盛会，届时，与相关代表共商和平大计。

　　上海丽人一行陷入困境，令人担心的还有，皮夹克男子如果有什么闪失，那就不好向何副长官交代。时间迫近，又事关上海丽人安危，还没有等到书面请帖送到，贤者嚣人决定马上赴约。

　　天下大势发生突变。中共解放军马上要实施渡江作战，南京、上海将沦为战区，将成拉锯之势。对此，他的策略是以进为守，正如何副长官所言，瓯越非但不能调出一兵一卒，还上报要求充实瓯越员额编制，在目前基础上再扩充几倍的兵力，以有能力维持秩序，确保稳定，确保瓯越成为大后方。

前提是要稳住山谷之城。临行之前，贤者嚣人为了释放善意，采取了几项相应的行动。一是结束与山谷之城地区明里暗里对峙态势。大张旗鼓地撤回驻临瓯区的瓯城子弟兵精锐旧部，所有重炮全部调到东边沿海方向，同时派遣山谷之城籍军官若干，作为新兵教官。二是宣布释放政治犯，主要是之前关押的一些激进青年和教育、医疗、渔农界左倾人士，但对山谷之城各姓长老，包括橘子姑娘，仍然以安全为由，继续留滞江心屿模范监狱。为此，他对但丁二世许诺，等梅尔斯中校到瓯城，再决定是否送她一起回英国。

诸事安排妥帖，贤者嚣人在三月三前两天赶到了山谷之城。

正当人们以为己丑年的三月三将乏善可陈时，贤者嚣人于三月初一日突然出现在山谷之城。麻生大模大样，背插利斧，跟在后面，在山谷之城的草场上，跟着彩旗花鼓走了一遍，颇有点耀武扬威。

贤者嚣人站在千年古樟下发表了讲话。在雷大嘴巴的带领下，掌声雷动。中间虽然发生一把鸟铳走火意外，但贤者嚣人波澜不惊。

这是一个绝好的机会，贤者嚣人身边只有麻生单枪匹马一个人，不用说开枪了，就是放一支冷箭，投一把标枪，都能把麻生置于死地，到时，贤者嚣人也救不了他。不死巫娘认为哼四少爷杀麻生不值得，会像二十年前遭到报复，天雷般的火炮将会猛烈轰击，山谷之城将会夷为平地，成百上千人将会死去。

自以为是回光返照的不死巫娘，一大早蒸好了乌米饭，送到雷大嘴巴主持的宴席上，亲自给贤者嚣人端上，还叫麻生和上海丽人嗅了嗅，尝了尝，并无异味，直到后来，才知道原来是院长嬷嬷偷偷换了一碗。下了毒药的那一碗，喂了那头处在情绪低迷期的种猪，奇怪的是，那头种猪并没有马上死，只是在半夜里嚎叫着冲出猪栏，一直奔跑到山上，跌入山崖，人们发现它时，已经是第二天了。

不死巫娘悔恨连声，她算过，贤者嚣人吃下那碗饭，不会马上有感觉，至少他回到瓯城以后，才会开始发作，而且会发疯，会狂声大笑，跑到海崖边，一头跳下去，看起来像是摔死的，就像那头种猪。当然她也吃了一碗，那种毒，只有她自己知道，她活得够长了，等贤者器人死了，她也就瞑目了。

贤者器人看起来是独自前来，看起来最多带了麻生等数人而已，但其实有千军万马藏在身后。

他三月初一一早就踏上前往山谷之城的行程。离开瓯城前夕他进行了周密部署，为加强对山谷之城警戒，巩固瓯西前沿，派重兵把守关隘，并宣称机械化部队将整千整千地开过来。就像当年抗战，不让日本人仿效暗度陈仓之举那样，也不能让共产党军队从山谷之城地区偷袭瓯越。

贤者器人吃乌米饭的时候，与不死巫娘有几句对话。

"你不怕我会毒死你呀？"

"我敢来三月三，就不怕死了。"

有关此事，观察到全过程，观察到来龙去脉的，是哼四少爷。此前，他在不死巫娘的洞屋里，将一把砍柴刀磨砺了一个晚上，然后到毗邻千年古樟的招待公所，埋伏在楼上的柴垛里。柴刀两面开锋，自认为比麻生的斧子轻巧好用，用砍、劈、斩、刺，都可以取人性命。

他原来想在锣鼓喧天，队伍开始舞动欢唱的时候，推开窗户从楼上跳下来，直接扑到麻生头上，然后一刀抹杀，使其身首异处，神鬼不知就了却此事。但他上楼时，听到人声，松开楼板，从缝隙里往下看，看到了一幕令他惊诧的情景。

首先看到的是不死巫娘从容下毒的过程。

不死巫娘拿出一只龙泉青瓷碗，用手掌在碗底抹了一层，看上去抹得干干净净，然后从热气腾腾的蒸桶里抓起一把乌米饭铺在碗底，接在又用手掌抹了一层，把饭压实，然后抓起一把，铺了一层，如此四五次，足足一大碗，最后揉了又揉，放了一把饭，隆起在上面，像是一座山峰。这时再看，不死巫娘的手掌乌黑发亮，她随手在炭灰上搓了搓，然后伸到外面，接过雨水，冲了又冲，然而水是流到天井的池沟中，那几条鲜活的鱼顿时肚白朝上，死了。不死巫娘似乎早就知道会这样，拿着草筐，把死鱼一捞，倒进灶火里，噼啪一阵响后，几条刚刚还鲜活的鱼很快化为灰烬，火光变成可怕的蓝焰，发出刺鼻异味。

由于麻生迟迟没有出现，哼四少爷又在楼上多埋伏了一会儿，因此看到了院长嬷嬷换下饭碗的一幕。一切也做得很迅速，就在不死巫娘喝茶或者解手的工夫完成的，也做得很自然，像变戏法一样，一模一样的龙泉青瓷大碗，分毫不差的隆起的形状，甚至冒出的热气和香味都是一样的浓烈，以致后来不死巫娘端在手里掂分量看形状的时候，也觉察不出任何异样。

那另外一碗，开始由院长嬷嬷藏在柴火里面，等不死巫娘把那碗饭端走，抓住机会换下另一碗，因为听到楼上的声音，慌张了一下，匆忙间把它倒进猪栏里。

不死巫娘回来，发现那头种猪津津有味地吃着乌米饭，就一把一把从它口中抢了下来，塞进自己的口中，很快，她感觉到自己开始发晕，脚步开始踉跄，使出全身气力扶住猪栏，不让自己倒下去。

那头种猪吸了吸鼻子，一头把不死巫娘拱倒。

哼四少爷掀开楼板，直接跳了下来，一边扶住了不死巫娘，一边一脚踹翻了那头种猪。

"把我放进棺材里。"不死巫娘声音微弱，却神情坚决，近乎恳求。

在种猪愤怒还是欢快的叫唤声中，哼四少爷抱着不死巫娘奔向洞屋。

不死巫娘在棺材里平躺下来，觉得舒适无比，顿时欣慰地笑了，说："天不收他，是他造化。"又连声催促了几遍："快盖棺，快盖棺，快盖棺。"

直到贤者器人与特派员同志见过面，直到谈话不欢而散，各自离开山谷之城之后，那头种猪突然欢声嚎叫，冲出了圈栏，从敞开的窗口跳出屋外，一直冲到廊桥那边，仿佛它知道那里有医院，求救似的尖叫了数声之后，跳上石阶，但没有力量再攀爬上去，四蹄一软，滚圆的身体滑了下去，重重地掉进了深涧。

深溪寂寞，种猪顺着激流挣扎着，很快被冲走了，冲到了谷口的水渚之野。

如果没有别的力量阻挡，这头种猪将被一直冲到临瓯区渡口，然后汇进浩荡的江流，随着一浪高过一浪的波涛，一直进入瓯城水面。根据贤者嚣人最新颁布的《瓯越督察区家畜卫生防疫法》，这头病猪，或者死猪，绝不会任其漂浮到大海，卫生防疫所的役工会尽其所能把它打捞上来，并迅速运到垃圾场焚烧。此举，相关人员会得到一万元新国币奖励。

吃下从种猪口中夺下的乌米饭，不死巫娘觉得自己终于可以死成了，如之前承诺的，坚持到最后时刻，不给别人留下痛苦和烦恼，把知道的秘密带到阴间世界去，自言自语了大半天，说："今世没有留恋了，就赶紧到来世去。"

但死神还是再次绕着她走了。

不死巫娘在充满着浓郁桐油味的棺材里睡了一个夜晚，感觉到魂灵从身体里飞了出来，但总有什么重物牵扯着她，飞起来又重新回到体内，然后又飞出来，又回到体内，不断地上下进出来回，就是不愿真的离开，绝望之时，她睁开眼睛，想看看自己此刻是在天堂还是在地狱还是在人间。

分明是人间的窗和门，春天的风从四面吹进来，她嗅了嗅鼻子，沁入鼻孔的，满满的全都是青草味道，透过一个长长的影子，看到天空晴朗，艳阳高照，那个影子伸得长长的，遮挡在她和阳光之间。

影子不是鬼也不是神，也不是她混沌中见到过的那位相貌堂堂的判官，分明是一个人，再细看，原来是提着一把柴刀的哼四少爷。

这时，她确定自己又死不了，回想了一下前面的过程，不禁埋怨，一定是哼四少爷没有及时盖上棺材盖，嘴里不停地责怪，说："你怎么忘了，你存心的，白白宠你了，故意害了我。"

哼四少爷放下柴刀，走到棺材前，嗅嗅棺材的桐油香，说："可以出来了。"

不死巫娘感到沮丧，像一个生气的小女孩，噘着嘴，身体往里面躲着，缩成一团，不肯出来，哭丧着脸，说："怎么不让我死呀！"

哼四少爷看了看外面的光亮，有意叫她晒太阳去，又过去把门窗都打开，走回来，趁不死巫娘不再坚持，伸出双手，一把将她从棺材里抱了出来，然后轻轻地放在门口的石槛上。

不死巫娘睡了一天一夜，时而魂飞魄散，气若游丝，时而腾云驾雾，上天入地，如处梦幻之中，只觉得自己不是自己，而是另外一个人，此时身体虽然坐着，但摇晃不停，她一把拉过哼四少爷，用他的背靠了一靠，许久吐出一口气，突然懊恼，说："他也没有死。"

不死巫娘知道贤者器人并没有死，脑子清醒了，多少有些不快，说："所以老天爷把我也喊回来了。"

哼四少爷认为，不死巫娘一定以为贤者器人吃了有毒的乌米饭已经死了，于是用这种假意的方法躲避一下，她一定以为没有人追究一个躺进棺材的死人，虽然机智，但不够磊落。下毒的办法并不可取，对贤者器人的解决之道，不如明对明的，横下心把自己赔进去，当众一刀一枪了事。不明不白地毒死，留下一团迷雾，起不到任何宣示作用，震慑不了任何人。更主要的，如果贤者器人死在这里，人在瓯城的橘子姑娘就更危险了。他话没有说出口，不死巫娘已经看出他的态度，往门槛上跺了跺脚，说："大不了真的都一起死了，我是为了你。"

对不死巫娘的话，哼四少爷多少还是受到触动的。自己真不应该这样小看她。她这样做是为了让他省心省事。在她眼里，他的命是最珍贵的，绝不能为了别人的命把自己的命拼了，哪怕是贤者器人的命，也犯不着，要拼也得由她去拼。

后来发生的事情应验了不死巫娘的预言。她一活过来，就认认真真地告诉哼四少爷，她死过去的时候，清清楚楚看到自己遇到了判官，只不过年纪轻轻，面容俊美，一表人才，不像戏台上那样黑脸丑鼻。

"像你刮净胡须的样子。"不死巫娘眼睛一亮，"难怪这么眼熟。"

"你是做梦了。"哼四少爷摸了摸自己的脸和嘴上新长的黑须，轻轻地哼了哼。他见过判官的样子，在画像里，在戏台上，在寺庙里，还有在祭祀典礼上，那是由熟悉的人扮演的。现在不死巫娘居然说判官像他，不就是说明她做了梦，在梦幻中见到了自己，而不是真的什么判官。

不死巫娘一口咬定自己遇到了年少英俊的判官，而且有过亲切而短暂的交流，还有机会亲眼看到他在生死簿上不停勾着许多人的名字。判官态度亲切，笑容可掬，允许她匆匆看上一眼，结果她看了好几眼。

"你就是判官。"不死巫娘眨眨眼，嘟了嘟嘴。

哼四少爷当然不会相信，但使他诧异的是，不识字的不死巫娘居然能读出所谓生死簿上那几个被勾画的名字，而这几个人的名字，她不可能认识，不可能读得出来，后来发生的事情更加无法解释，她的预判，或者是她口中所谓判官的预判，多少应验了。

不死巫娘出现在阳光下的时候，说出了这些名字。按照顺序，第一个死的是一个戏子，她用山音山语说出了戏子的名字，哼四少爷感到不安，摇摇头表示不相信；接着说到是一个瞎子，说："你知道是谁，不说他的名字了。"

哼四少爷顿时担心，坚决摇了摇头。

然后不死巫娘说到有一个洋人，奇怪地读出了英文姓名："Dante Alighieri。"

"但丁神父？"

"是Small Dante。"

哼四少爷之前从橘子姑娘那里听说过但丁二世，知道他远在苏格兰，令人惊愕的是，他的生死怎么会出现在不死巫娘的嘴里，而且作为天主教徒，根本与阎王、判官之类的没有什么关系，他们信奉的是上帝，有关系的是天使与魔鬼之类的。他不禁摸了摸不死巫娘的额头，担心她发烧说胡话，不死巫娘一把推开他的手，说："我没有生病，我脑子很清楚！"

看到他吃惊的样子，不死巫娘神情得意，说："当然还有我自己。"只不过当时判官拿手挡牢，不肯让她看见，但她晓得写的就是她的名字。

"那你的名字是什么？"

"我也不晓得，我自己都不晓得我叫什么名字，判官怎么会不晓得我名字的？"

"判官也一定不晓得。"

不死巫娘还言之凿凿地说道，在她之后还有一个人，判官没有马上落笔，这个人是谁，似乎还在选择之中。

对于不死巫娘说到的戏子、瞎子和洋人，还有她本人，哼四少爷均予以否认，如果他被当成判官，那他从来没有勾过他们的名字。

"如果你见到的判官是我，我不会让他们死。"哼四少爷认为自己如果是判官，头一个要予以死亡判决的，或者唯一应该死的是贤者嚣人。

最后哼四少爷问的人是橘子姑娘，不死巫娘神情坚决，说："没有她的名字。"

贤者嚣人这样本是来参加三月三大会的贵客，在临到大会前一天，却突然离开了。起初以为他发现了不死巫娘下毒的计谋，担心不死巫娘冷酷无情地毒死他，然后自己一死了之，给他留下无尽痛苦。但他对不死巫娘躺进棺材准备等死的传闻漠不关心的样子，说明他并不是为此才离开的。

他离开的原因像是担心上海丽人的身体。上海丽人的情况时好时坏，主要的症状是还不能站起来，必须尽快回到瓯城检查身体，对症治疗，一天都不能拖延。"她已经被耽误了。"贤者嚣人强压心头怒气，同时也埋怨山谷之城的天气害了她，说，"烟瘴之地，水土不服。"

贤者嚣人没有留下来参加三月三大会，没有与特派员同志进行更深入的交谈，也没有追究致使上海丽人得病的责任，是因为皮夹克男子收到了一封电报，得知了两个极好的消息。一个好消息是，由于瓯越地区战略地位，当然也鉴于私交，刚刚出任国民政府行政首脑的何副长官即将视察瓯城，对此，贤者嚣人颇感意外，长江防线形势如此严峻，何副长官怎么能有空到瓯越视察？但他内心相信何副长官真的要来，相信国民政府将要认真看待瓯越了。何况皮夹克男子在瓯城，亲情牵挂也在所难免，不管是不是一厢情愿，不管成与不成，何副长官曾经表示，要亲赴瓯城为皮夹克男子和上海丽人主持婚礼。另一个紧密相关的好消息是，梅尔斯即将得到美国政府新的任命，他争取把美国太平洋战争中大量剩余军用物资无偿或者低价赠售瓯越政府，他可能与何副长官一同前来。人在山谷之城的贤者嚣人为此心花怒放，归心似箭。他必须尽快赶回瓯城，举行欢迎仪式，筹划下一步行动，为处在十字路口的瓯越找到前途命运。

贤者嚣人突然辞行，使原本准备第二轮会谈的特派员同志感到措手不及，以致要当面责问其诚意，责问临时变卦的原因。院长嬷嬷迫于轻重缓急，碍于自己联系人的身份，只得强忍怒火，再三挽留。特派员同志好不容易冒险从江北专程赶来见面，好不容易谈判开了一个头，时间紧迫，机会难得，应该谈出一个明确的意向，哪怕是初步的，也可以表示双方诚意，为下一步最终谈成打下可靠的基础。"我们已经向上级报告了进度，必须尽快达成意向。"

贤者嚣人当然不能说出自己急于赶回去的真正原因。如果知道他回去是因为何副长官和梅尔斯中校要来瓯城，那双方翻脸，谈判破裂不说，自己能不能顺利离开山谷之城也未可知。面对院长嬷嬷的要求，他言辞恳切，一再声明是为了上海丽人，说："她现在人都站不起来，如果再耽搁，贻误病情，可能有瘫痪危险。"

贤者嚣人说着，眼圈微微发红，说："正青春浪漫年纪，怎么能见死不救呢。"

院长嬷嬷沉默许久，心里有了几分理解甚至还有几分愧疚。上海丽人突然得病，与自己也有关系。如果不叫她在石池里浸泡花瓣温泉浴，身体被侵入某种并不适应她的东西，比如某种毒药，如果不是不死巫娘摸了她的臀部上的紫斑蝴蝶，使她受了惊吓，或者说施了巫术，上海丽人不至于昏迷数日，到现在还站不起来。关于是否中毒所致，圣玛丽医院本籍老护士就怀疑过花瓣浴产生的副作用，不死巫娘长年浸泡，已经具备抗体，自然无妨了，而院长嬷嬷身体在池里时间可能并不长，加上身高，头部五官没有入水，因此影响是轻微的。不像上海丽人，泡的时间久，而且一次次地把脸埋没在花瓣中，呼吸到的有害成分较多。至于是不是中了巫术，她的判断是，上海丽人对不死巫娘突然摸她屁股的举动，根本没有想到，丝毫没有防备，有可能感到像一条蛇猛然咬了她身体的隐秘之处，其惊恐的程度足以使人丧命，跟施以致命的巫术没有什么两样。

对此，上海丽人可能难以启齿，贤者嚣人可能不知道更多细节，所以看不出他发现了什么，要追究什么，甚至还在努力回避什么。贤者嚣人回去的理由是为了上海丽人，无可指责。在院长嬷嬷看来，更是在情理之中，她只能表示赞同，并答应向特派员同志说明，争取他的理解，说："希望下次见面的时间很快确定。"

贤者嚣人匆匆点了点头，似乎此刻他的注意力完全在上海丽人身上，他告诉院长嬷嬷，如果瓯城无法治愈，本该送她回上海，但上海马上要打仗，恐怕回不去了，他打算直接送香港，香港不行，就送到美国治疗，会竭尽全力。

院长嬷嬷有所感动的同时，也马上产生了警觉，问："你不会也去美国吧?"

贤者嚣人认为院长嬷嬷误解了他的话，顿时神情认真，说："大局底定之前，我一步都不会离开瓯城。"说着，又突然补充了一句，说："我决定把夫人接来。"

　　听到这句话，院长嬷嬷似乎松了一口气，说："秋七姑早就应该回来了。我们对你寄予希望，对瓯越的明天寄予希望。"

　　贤者嚣人显然不太耐烦了，但还是语气平和地表明了态度，说："我已经表明诚意，不然我不必来。现在只在等待时机罢了。"

　　至此，院长嬷嬷心里踏实了许多，话也充满感情，说："不会等待太久的，中国人民解放军很快就要打过长江了，瓯越将回到人民手中。"

　　其实贤者嚣人并没有真正得到特派员同志的信任，包括院长嬷嬷也仍然怀有戒心，仍然保持警惕，此次对待贤者嚣人的态度，一半是争取，一半是麻痹。后来特派员同志之所以反对哼四少爷将贤者嚣人予以扣留，甚至刺杀的计划，是因为考虑到另一层重要因素，也是迫于无奈。正如传言，之前院长嬷嬷秘密前往瓯城，接洽贤者嚣人与特派员同志在山谷之城三月三大会谈判事宜。但从中也得知了瓯城发生的最新情况，知道了贤者嚣人手中握有的筹码。表面上，贤者嚣人为了结束与山谷之城的对峙，主动撤回大部分兵力和重武器，但暗中却采取了更大的动作。对此，特派员同志当然有所掌握，认为形势还是严峻的，他和院长嬷嬷要做的，是如何化险为夷，包括如何让贤者嚣人安全地从山谷之城离开，说："要给他多次机会，努力争取他，直到最后一刻。"

　　由于担心哼四少爷轻举妄动，在贤者嚣人决定到山谷之城参加三月三大会之后，院长嬷嬷还是把实情告诉了他，并分析了其中的利害关系，说："我跟你讲的是大事，关系到很多人的生命，关系到瓯越的解放事业。"

　　哼四少爷更关心的是他熟悉的人，他们此刻的命运。

　　除了雷三瞎子失去自由身陷牢狱，面临极刑，还有一百多名山谷之城籍公职人员和学界商界人士被作为人质。院长嬷嬷告诫他，如果山谷之城对贤者嚣人有什么不利举动，那这一百多人将凶多吉少。

"你应该成熟了，知道什么是大局。"

"那我们逼他把人放了。"哼四少爷的意见是把贤者嚣人扣下来，当作人质，迫使他们让步。

"他回去就会放人。"院长嬷嬷语气肯定。

"我这次不杀，但以后要杀，我不杀，别人要杀。"哼四少爷哼了一声，说，"什么青年反共救国军司令，我不稀罕有人有枪有军队，我一个人杀。"

"靠你一个人，杀得完吗？我不能任由你无谓牺牲。"院长嬷嬷抓住他的手，说，"你也不能让许多人白白死去。"她说着，抚摸着哼四少爷的泛着光的栗色头发，回顾了1928年冬天发生的事，不禁流下泪水。过去二十年了，如同昨天，如同眼前，许多男人死了不算，还有多少妇女，面对强大的敌人，面对无情的炮火，冲在前面，倒在血泊中，那是年轻、美丽、鲜活的生命啊。她们有父母，有丈夫，有姐妹，有儿女，本是族中闺秀，家里宠爱，本应夫妻恩爱，爱情甜蜜，却早早殒损了青春年华，失去了美好生命，留给亲人的是无涯痛苦，她们看不到今天，但坚信她们当年生命的灿烂将在今天开放，她们留给山谷之城多少孤儿，如今他们长大成人，正是报仇雪恨的时候，但不能让他们再白白牺牲了。想到此处，院长嬷嬷顿时只能万分认真了，说："他们都是山谷之城子弟兵，对作为人质的亲人们心系安危，但我们这点力量还远远不能战胜他们，再也不能白白牺牲了。"

哼四少爷虽然有所醒悟，但仍然声明，如果新征的壮丁队伍不愿一起战斗，他可以自己一个人行动。院长嬷嬷最后提到了雷三瞎子和橘子姑娘，说："他们都在江心屿，随时会有危险。"

此时，哼四少爷才勉强让了步，但表示不会一再妥协下去，自己不会让贤者嚣人永远牵着鼻子。

另外还有一个原因，贤者嚣人与特派员同志的秘密谈判暂时没有得到满意的结果，但双方都交了底，也算是有了一个好的开头。

关于瓯越地区的定位，也就是复兴古瓯国的宗旨，贤者器人有二十个字：

青天白日，五瓯共和，自主自立，友好各方，造福人民。

商议过程中，贤者器人初步同意，如果将来共产党统一全国，就把"青天白日"换成"镰刀斧头"四个字。而特派员同志原则性极强，坚持要根据今后新中国确定的国旗旗帜而定。他预计红旗是肯定的，瓯越大地红旗高高飘扬这是最基本的前提，必须这样，没有可争议的，但其他也是原则性问题，包括"五瓯共和，自主自立"这样的话，也需要研究修改。进入新中国，瓯越不能搞特殊，各方面都要体现中国共产党的领导，体现人民民主，体现作为统一国家的一部分。

对此，贤者器人暂时不肯再松口，只是答应回去之后考虑清楚，尽最大努力求同存异。

特派员同志为了表达诚意，当即同意贤者器人不需要马上答复，并且建议哼四少爷负责护送他回到瓯城，如此途中对上海丽人也可以照顾到，毕竟她作为信使到江北见过面，也是作出了贡献的，说："如果瓯越和平回到人民怀抱，她是功臣。"

贤者器人的理由也同样充足，表示这也是上海丽人的意愿，说："毕竟都是知识青年，便于交流沟通。"此外，他将在天主堂广场司令台上，为哼四少爷举行新职务任命仪式。贤者器人还特别提到蓝大首领遇刺案，自己将积极斡旋，很快撤案，但希望经过公开程序，让民众理解，还表扬哼四少爷，鉴于蓝大首领迫害进步人士，热血青年得到贵党教育，大义灭亲，值得表彰。

特派员同志由于没有掌握更多情况，关于这个话题的讨论没有继续，后来担心哼四少爷对护送贤者器人的任务产生抵触，亲自找他谈话，开门见山地指出，这是考验他的一项政治任务，说："也正好报告和监视他的一举一动。"

不想哼四少爷非常乐意，立即答应了，还说："我坚决完成任务。"

但此事遭到院长嬷嬷的坚决反对，建议由雷大嘴巴护送贤者嚣人回去，说："不能让他去，他不合适。"

"你不用担心我的安全。"哼四少爷说。

"我担心他的安全。"院长嬷嬷指的是贤者嚣人。

有关蓝大首领被杀的原因，特派员同志想了解得更详细，对此，院长嬷嬷的解释与贤者嚣人基本一致，也认为蓝大首领实行白色恐怖，党的外围组织读书社成员受到迫害，瓯城地下党负责人秋思虹被处决，哼四少爷或者可能其他什么人出于义愤，实施刺杀，说："尽管他抚养过他，尽管还想把自己女儿嫁给他，但他还是以人间道义为重，以瓯越大局为重。"

特派员同志认为这是院长嬷嬷不放心哼四少爷的真正原因，在批评她的同时，也耐心地说服她，坦言自己对此行特别满意的是，见到了名声在外的哼四少爷，给他讲了很多共产主义理论，而他的反应很正面，给了他很好的印象。

"我完全同意共产主义。"哼四少爷举着手，仿佛是在作出表决，说，"愿意为之拼命。"

特派员同志愣了愣，不禁大喜，认为哼四少爷天生就是一个共产党战士，之前秋思虹想必暗中培养过他，想必有过介绍他参加党组织的谋划，如今关键时刻，只要加以培养，使其经受更多考验，经历更多磨砺，将来前途广阔。

院长嬷嬷知道特派员同志态度坚决，一方面也拗不过哼四少爷，也不再坚持自己的意见。

特派员同志果断决策，说："你跟他们回瓯城，在内部监督他们。"特派员同志万分感慨，猛然拥抱了他，说："你堪比当年你的父亲！"

特派员同志一兴奋，脸上抖动了一下，说："当年，山谷之城赤卫队全盛时达到几千人，我曾经亲临指导，失败后，我们才分开。"说着，白白的脸上流淌着热泪，又显示出悔恨之意，说："是我先离开的。"

后来，谈话并没有深入，特派员同志就叫院长嬷嬷代写一张入党申请书，说："关键时刻，我们需要一位共产党员战斗在敌营。"

院长嬷嬷感到意外，向特派员同志提出了不同意见，说："他还不成熟，还有很长的路要走。"

"你不同意，我就直接批准他入党。"特派员同志似乎拿定了主意，夺过纸笔就要自己动手。

还是哼四少爷自己表明了态度，秋思虹曾向他提过同样的问题，做过今天特派员同志做的事情，当时他回答道："以后，我自己写。"

路上，一脸疲乏的上海丽人睁开眼睛，问他："你真的是为了我?"

"我想用你的命去换另一个人的命。"

上海丽人知道他说的是橘子姑娘，不禁落下眼泪。

五　愚人之城的致命玩笑

在瓯城，连续的晴好天气。因为有海风，因为有阳光，显得温暖，舒适，甚至有几分美好。但就是在这样的环境下，发生的一件件事情，令人发寒，难过，甚至令人惊恐。

回到瓯城之后，贤者嚣人接连采取了几个强有力的动作。首先，因为胸口早已存积了许多话，等不到第二天，当天晚上，就直接到电台发表了情绪沉稳但热情洋溢，语速较快但条理清楚的讲话。

装着高音喇叭的天主堂广场，人群纷纷驻足，屏声静气，侧耳聆听，偶尔的小声说话，忍受不了的咳嗽，都被人横眉冷目。

贤者嚣人对着喇叭发声，连连的豪言壮语，开头一句"中华民国政府处在困难时刻，瓯越党政军每一位同仁理应同甘共苦，把自己的处境当作前线的处境看待，共克时难"，居高临下，气势磅礴，顿时使瓯城的听众处于紧张之中，激动之中。片刻的停顿之后，贤者嚣人抬高声音，信誓旦旦地煽动起来，声称自己作为瓯越领袖，逢此危机，义无反顾，责无旁贷，带领瓯越军民，包括山谷之城地区的男女老幼，共同为复兴古瓯国奋斗。

"复兴瓯越，瓯越万岁！"贤者嚣人也许情之所至，突然高呼了一句口号。

许多瓯城听众分别在各处响应，跟着高呼起来，顿时口号声从街道、学校、饭店、住家等各个角落传了出来，形成一波波巨大的声浪。当然也有很多沉默的人，很多并不愿意听他声音的人，但此时这些人显得孱弱，显得忽略不计。后来据饶舌师尊粗略统计，仅文教界就有九成的人被贤者嚣人的激情所感染，跟着高呼口号有三遍之多。而妇女界更是一呼百应，久久停不下来，几乎都是声泪俱下。饶柳氏还积极要求，希望自己能代表瓯越的全体妇女到电台表达决心，说："妇女界要带头发出声音。"

当晚贤者嚣人的长篇讲话，以一字一顿宣读二十个字的宗旨作为结束。其中他把"青天白日"四个字读得特别响亮。本来预计半个小时的讲话，他用了一个多钟头，加上中间两次停电，几乎占了当天晚上全部时段，以致原来每周一次的瓯城方言说书、西洋名曲欣赏和福音专题都被取消。联席会议的所有成员都集中到会议室收听，叫花子的同事将主要内容落在文字中，整理成电报发往南京的同时，又将录音一并寄往高层各相关部门。

贤者嚣人相信，他的讲话最慢明天就会传到何副长官，甚至蒋总裁的耳朵里。私下里，他把自己的想法告诉麻生，说："我就是讲给他们听的。"

饶舌师尊不甘落后，情绪亢奋，全力支持贤者嚣人，也于次日上午，召集了文化教育界人士座谈会，发表了冗长的演讲，中心意思是如何在中华民国旗帜下，在蒋总裁坚强领导下，在何副长官具体指导下，以最大程度维护瓯越人民福祉，以最强决心，尽最大力气，复兴古瓯国文明。饶柳氏本想以妇女会名义发出一个倡议，在《瓯越日报》公开发表，但被皮夹克男子拒绝了。原来，病中的上海丽人看了稿子，声音弱弱地说了一句："这不是鼓吹瓯越自治吗，被人知道了，国共都不会原谅。"之后，又不放心，要求见贤者嚣人。贤者嚣人主动过来看她，知道她担心，劝她安心治病，说："我知道局势，自会把握恰当。"回来之后就把饶舌师尊翁媳请到旧将军衙门，明确要求他们不要随便发表言论，更不许到电台发表公开演讲，说："不然不好收拾。"

饶舌师尊翁媳不服气，辩解他们不过是揣度了贤者器人的意图，才这样不遗余力广为宣扬，积极发声的，说："凝聚人心，鼓舞士气，复兴古瓯，人人有责。"

贤者器人心中冷笑，笑他们自作聪明，看不清时势，虽口头表扬了他们，却更注意掩盖自己真实的想法，怕会言多必失，不再与他们深入讨论一句。自己的心思，与共产党方面达成的秘密，怎能与外人道呢，包括饶舌师尊，尤其是饶柳氏，只会坏他大事。自己发表广播讲话，是为台面上过得去，说到底也是最终为瓯越复兴采取的权宜之计，是一种策略，饶舌师尊翁媳不明就里，一味跟进，把事做绝，只怕今后不好与共产党合作了，他们聪明太过，反被误也。还有一点，瓯城女子读书社被打成地下党，秋思虹被杀害，他们是始作俑者，日后清算，不用说共产党，就是秋氏族人也不肯轻易放过。任饶舌师尊翁媳怎么表态，怎么试探，他都打定主意绝不向他们交底，但表面上不露声色，称赞他们忠于国民政府，对瓯越的感情令人感佩云云，先对饶舌师尊许诺，说："待局势明朗些，自然少不了你这位瓯越名家的帮衬和主持。"又鼓励饶柳氏："到时候你们妇女会将发挥更大作用。"

另一方面，贤者器人下令将自己的子弟兵精锐旧部调到瓯城外围扎营，尤其是沿城西至临瓯区渡口靠近山谷之城一带重点部署。除此，他把收编的从前线过来的溃兵和蓝大首领的旧属分散到各县区，像是藏匿起来，此举是因为他听到另一个消息，何副长官到瓯城视察并不是什么鉴于私交，也不是为了上海丽人与皮夹克男子的婚事，而是听信了对他的非议，公事公办来的。国防部意图除了给瓯城留下少数保安部队外，要把所有人马都调往京沪，充实前线，守卫长江。更加危言耸听的传言是，何副长官已经同意将他撤职，甚至查办，命令已由代总统李宗仁签发，甚至还有说法是，代理他的人选已经到达瓯城。

他相信这是谣言，相信何副长官不会做得太绝，但也要防止万一，在关键时刻，自己切不可陷入被动，任人摆布，稍有大意，铸成大错。

也许是贤者嚣人的电台讲话起了作用，知道了他关于"青天白日"的郑重宣示，也许所谓何副长官要拿办他的事情，根本就是子虚乌有。最后决定性的命令来自已经下野的国民党最高领袖蒋总裁，一封长长的密电暂时给他吃了定心丸。电文语调有些动情，不吝褒奖之言，承诺只要贤者嚣人真正把瓯越打造成反共救国的后方基地，打造成支撑宁沪的坚固防线，不仅不用调出一兵一卒，而且有权收编江北战场溃退下来的散兵，收多少算多少，增加多少个师都可以。但另外追加的密电要求他立刻处置共产党以及有联系的人，坚决彻底，一个都不许放过。奇怪的是，不知情报来源在哪里，依据是什么，其中还点到了几个人的名字，第一个就是意图私立武装、夺取兵权的雷三瞎子，说："务必果断制裁，以儆效尤。"

第二天4月1日，注定是雷三瞎子倒霉的日子。

"怎么会枪毙他呢？"瓯城各界质疑的声音并非没有。

贤者嚣人再三保证雷三瞎子将会得到公正的审判，而且认为无罪开释的可能性最大，说："值此用人之际，应该宽大为怀。"

审判也只能是秘密进行，但邹大维要求经过法庭程序。后来由于罪名一直争执不下，进展因此有些缓慢。叫花子根据上级意见，要求按照《戡乱动员令》，以通共罪起诉，而作为审判特别邀请委员的邹大维征求几个本籍律师想法后，也同意追究其秘密共产党员身份，借用1942年行政院公布的《后方共产党处置办法》。但这些方案被贤者嚣人一概否决，他坚持以事实依据，不以政治犯定罪，以免给人把柄，引起舆论汹涌，反而成全其美，要想服众，必须加上一个在道德上使其难以立足，各界深恶痛绝，人民拍手称快的罪名。

判决书上的罪状，也是那十条，罗列的事实也差不多。鉴于贪污受贿数额特别巨大，影响特别恶劣，严重违反民国三十五年军政部颁布的《兵役法修正案》和国防部最新颁布的《戡乱期间志愿兵招募实施办法》，依据《中华民国刑法》《瓯越督察区惩治贪污受贿办法》，判处死刑，立即执行。但说到具体时间，是上午还是下午，还是晚上，是当天还是过几天，贤者嚣人没有马上明确。

雷三瞎子死期将至。

这中间，贤者嚣人在联席会议上专门发表过自己的意见。他知道一部分人对雷三瞎子的判决有些议论，觉得罪不至死，何况现在用人之际，或可戴罪立功，更有人担心会引起山谷之城的强烈反弹，借机滋事生乱，连对雷三瞎子素有恶感的饶舌师尊翁媳分别代表文教界和妇女界，提出三点主张，一是对雷三瞎子这样的人留一命，以观后效；二是重点解决共产党地下组织残余分子，特别是像橘子姑娘这类读书社骨干成员，有一个处理一个；三是团结一致消除重大隐患，特别是要警惕利用目前局势制造动乱的山谷之城壮丁营，也就是像哼四少爷这类真正私拉武装，为自己所用，图谋颠覆国民政府的危险分子。

"雷三瞎子并不是主要敌人。"饶舌师尊主张宽宏大量。

"怎么不是敌人？"贤者嚣人突然光火，竟然拍起了桌子，使在场的所有人都吃了一惊。饶舌师尊脸色通红，想要反驳，被饶柳氏暗中拉住，只好喝了一口茶水，隐忍下去了。不想贤者嚣人仍然火气难平，说了一大通有些意气用事的话，说："自己可以容忍政治犯，但绝不会宽宥贪污犯。"国民政府到今天这个局面，就是被一群贪污犯打败的，真的以为是共产党打败的？政治犯只是立场不同，主义不同，但都是有信仰的，是纯粹的。而贪污犯是人民公敌，哪个国家哪个党派都是厌恶的，要打击的，自己宁愿赦免政治犯，促其自新，但绝不会宽恕贪污犯。贤者嚣人的这番话使在场的所有人瞠目结舌，叫花子和邹大维不得不一起劝阻，一个倒了茶水，叫他喝口茶，说："政治犯也要坚决消灭的。"一个把椅子挪了挪，叫他坐下，说："贪污犯有害，政治犯危险。"贤者嚣人既不喝茶，也没有坐下，继续发表他言辞明显偏激的议论。

事后饶舌师尊满腹狐疑，不得其解，饶柳氏一语点破，认为贤者器人背后的用意是准备放了橘子姑娘，才欲擒故纵，强词夺理，大发议论，说："他如何会平白无故地说这些话？"

饶舌师尊顿时醒悟，对饶柳氏的判断深以为然，不禁佩服，兴致一起，又想与其温存，饶柳氏嫌他力弱，双手推开，说："你不觉得奇怪？"原来饶柳氏仍然疑问不消，如果还橘子姑娘自由，让她嫁给亲如儿子的麻生，今后也算一家人，那么贤者器人今天这个态度倒也称得上是一个策略。还有，如果为了讨好但丁二世，大事化小，小事化无，给他一个大礼，让她以清白之身一起去英国，那更显得合情合理。但是，放就放了，贤者器人何必大费周章制造舆论，还发这么大火，说："是不是做给共产党看的？"

4月1日尽管是瓯城信众都知道的愚人节，雷三瞎子即将被枪毙的消息引发热议，突然又传来了九龄童的死讯。

前一天半夜，九龄童不知怎么爬上了天主堂钟楼，然后从塔顶跳了下来。因为这一则死讯在愚人节发生，消息也很快流传。一开始广大瓯城市民认为是不可能的恶作剧，直至他的遗书被人打成传单，由电台报道，所有看过他戏的观众，以及信众都被深深地震撼，自发到天主堂广场，到五马街戏院悼念，尽管如此，因为没有人真正看到过他的遗容，人们始终难以相信这是真的。

悲痛之时，人们迁怒于百里香，传言和指责汹涌而来，使她难以招架。

最多的说法是，元旦之夜，九龄童和百里香联袂登台，向观众白送一本《龙凤呈祥》，作为告别瓯城、告别瓯越的最后一场演出。之后百里香却违背约定，不愿跟他离开，声明自己坚持要留下来继续弘扬瓯越乱弹，一直到人老色衰，没有人愿意看她了，一直到奄奄一息，老死瓯越。五马楼赌酒这幕好戏之后，两个人都在等待对方回心转意，对九龄童的最后请求，百里香依然态度坚决，明确表示不愿意离开瓯城，不愿意所谓的远走高飞。

"为什么非得离开呢？"百里香自己不想离开，也没有非得要他一块留下，完全是人各有志，绝不相强的态度。

"人都没有了，你还等在这里做什么？"九龄童不禁生气，心一横，突然提到蓝大首领。

百里香愣了愣，惊诧九龄童竟然说出这种话来，顿时心寒，也冷冷地说出了八个字："你走你的，我等我的。"就不再理他了。

九龄童被她的话噎住了，护着胸口久久说不出话，喘不过气，也哭不出来，脸色煞白，头脑眩晕，勉强支撑。百里香看了他一眼，想伸手扶他一把，又马上缩了回去。

九龄童当时之所以迟迟没有走，就是对她抱有希望。他一个人在遥远他乡，没有她同行同伴，活着如行尸走肉，死了是孤魂野鬼。

百里香说出了这八个字，把他最后一丝希望破灭得干干净净。

无论如何，九龄童都无法想开，本来可以捶胸顿足，本来可以大放悲声，责上天，问世间，一宣怨气，但此刻他知道不在舞台，知道眼前岂是戏文。人就像在梦里一般，迷迷糊糊的，不知道自己怎么爬上了天主堂钟楼塔顶，不知道怎么就一脚踩了下去，不知道怎么就解脱了。

百里香终于向他说出口了，她的一颗心原来真的都在蓝大首领身上。

九龄童身体飘起来的瞬间，想知道，百里香有没有看到他，如果看到他，会不会拦住他，会不会说出别的八个字。

"你走我走，我跟你走。"

百里香不愿意离开瓯越乱弹的戏台或许没有错，但舆论指责的是，她不该说出那么绝情的八个字，不应该拿死了的蓝大首领伤害活着的九龄童。瓯城各界纷纷发表声明，予以谴责，只有妇女会认为这样对待百里香不公平，饶柳氏亲自找她，希望她能公开表明自己愿意为九龄童守候终身的声明，以此得到人们的谅解甚至赞扬，让事情迅速过去，使风波很快平息，说："毕竟你都上年纪了。"

百里香回绝了妇女会的好意，把饶柳氏拒之门外。

饶柳氏仍然不愿放弃努力，索性动员妇女会所有人员，在天主堂广场等主要公共场所张贴公开信，为百里香辩护，同时也为了息事宁人，公开信中向她提出了三点要求：第一，希望她为九龄童守灵三天，至清明节；第二，写情真意切的悼念文章在新复刊的《瓯越日报》上发表；第三，公开澄清与蓝大首领的关系，同时保证三年内不会有恋情和婚姻。

也许百里香没有看到公开信，当天没有任何回应。

妇女会等得急了，再次找到她，说明之所以这样做，都是为她好。躺在沙发上的百里香睁着眼睛没有任何反应，但手中还抓着一张白纸，上面写着五个字：

"人言不可畏。"

贤者器人得知此事，在妇女会代表陪同下，特地到天主堂医院看望她。水仙花和雏菊把病房装饰一新，布置得像过年一样，如梦如幻，医生解释这完全是为了她的健康，希望她感觉到发生的事情都是假的。

"今天是愚人节，遇到的严重事情都有可能是假的，都是玩笑。"

贤者器人信步走出医院的时候，但丁二世突然举着类似手枪一样的东西蹿出来，站在他的背后，喊叫道："我以上帝的名义，宣布你的死刑！"

麻生的斧子还是慢了一步，枪声先响了。

与此同时，天主堂钟声响了。小但丁的声音，还有枪声，都被钟声掩盖了。

事后查验，当时可能有三个人开了枪。

抢先开枪的，是走在但丁二世身后的皮夹克男子。

他差点被突然蹿出来的但丁二世撞倒在地，跟跄之中，他可能没有看清是谁，掏出枪来就打。

同时开枪的，是跟贤者器人并排行走的叫花子。他原来是盯着钟楼看敲钟的人，因此一边走一边回过头来，以为但丁二世是冲着自己来的，慌乱之中，也开了一枪。不过他们的两枪，一枪击中了腿部，一枪击中了手臂，都不足以致命。但丁二世中枪后依然没有马上倒下，而且还在挥舞着手里的东西，冲着贤者器人继续叫喊，企图引起他的注意。

致命的一枪似乎是周边某个地方射出来的。这一枪准确击中了但丁二世的心脏，他随即倒在贤者器人的身上，鲜血喷出来的瞬间，反应敏捷的贤者器人一把扶住，和所有的人一样，确信突然发生的这一幕情景真实无比。

"他不是刺客。"

但丁神父从钟塔上奔下来，抱住气息全无的但丁二世，神态并不惊恐，也不慌乱，但说话时语调沉重而伤感。至于但丁二世为什么突然出现在背后，但丁神父作了如此辩护和说明：在苏格兰，愚人节有两天的庆祝时间，前一天是专门用于玩笑的，第二天是专门对人体身后的区域胡闹，这一天被称作"Taily"节，就是"踢我"，不分男女老幼，可以互开玩笑、互相愚弄欺骗以换得娱乐。

至于但丁二世手中挥舞的东西，看清楚后，原来是一只纸糊的鱼。但丁神父解释，在苏格兰，4月1日那天，通常用纸板做成彩色小鱼，作为参加鱼宴的请帖，受愚弄的人就是上钩之鱼。到最后，但丁神父再也难以抑制愤怒，对贸然开枪射杀但丁二世的行为予以严厉谴责："要记住，4月1号这天是愚人节，凡事都先用脑子想一想，然后再决定下一步的行动。在没有想好以前，暂且认为全是假的，不要轻易相信任何事情。等确认无误以后，再做出反应不迟。"

一直沉默并且表示痛心的贤者器人点点头，但一语双关，似乎是责怪，似乎又是反驳，说："愚人节最典型的活动还是用假话捉弄对方。"看到但丁神父确实痛心，又说："本来我们应该祝愿他们有情人终成眷属，回到苏格兰过美好生活。"

贤者器人并非虚言。

关于橘子姑娘，各方都有打算，贤者器人是考虑最周全的，他设想过多个方案。首要的是，不能按照饶舌师尊翁媳的意见，把她当成共产党草草处理了，如果她真的是共产党，目前的情况下，还真是自己的一张牌，岂能随便丢弃。再就是，也不能答应叫花子的要求，把人送走，由他们处置，那样，瓯越民众会有所反弹，搞不好会引起抗议浪潮。当然，也不能就这么把人放了，或者让她去山谷之城，投入哼四少爷的怀抱，那样会伤害上海丽人，明显是个下下策。

　　贤者嚣人想过，最好的办法，也许是同意但丁神父请求，还橘子姑娘自由，同时给但丁二世一个人情，随同他们出国，不管是英国苏格兰，还是什么意大利梵蒂冈。他本来想找个时间，尽快与但丁二世摊牌。如果他赶紧把梅尔斯中校请到瓯城，并且按照原来承诺的，在最近美国政府十五亿美元援助款中争取到上千万，那他一定马上送给他橘子姑娘这件大礼物，什么时候走都可以，美丽的新娘，外加丰厚的嫁妆，足够的盘缠，一应俱全。当然，他要亲自出面才行，为此他还暗地里特意去了一趟江心屿，找橘子姑娘谈了谈。他直言不讳地告诉了自己的主张，同时也警告她，饶舌师尊和饶柳氏都不想放过她，她被说成共产党，他们明里暗里使劲，要置她于死地。

　　想不到，谈话并不顺利，橘子姑娘简单而坚决地表明了态度。第一，她不否认自己是瓯城女子读书社主要成员，而读书社接受共产党领导；第二，她愿意面对公开的审判，为此不怕失去生命；第三，她不会接受安排，离开瓯城，她爱但丁神父，就像爱自己的父亲，但自己是不会跟但丁二世走的，为此，她早已向他表明心迹，现在只希望他尽快离开瓯城，离开瓯越，离开中国。

　　"你想等他，等他来接你？"贤者嚣人指的他，显然就是哼四少爷，橘子姑娘显然也听明白了，神情顿了一下，沉默着，眼睛中闪着光芒，不再说话。

　　"时也，命也，你是留过洋的知识女性，要看清自己的人生，切不可再受蒙蔽。"贤者嚣人语重心长，无奈之下，感叹道，"他毕竟是杀死你亲生父亲的主要嫌疑人。"

370

橘子姑娘抬头，看着外面照进来的一缕阳光，眼睛泛着泪光，显得清澈明亮，但依然沉默，没有理会贤者器人。

　　贤者器人仍然充满希望，又劝了一番，最后说："你皈依了天主教，共产党是无神论者，他们不会真的接纳你的。"

　　橘子姑娘对此并没有进行反驳和解释。贤者器人不知道的是，其实她从未洗礼，却身心清净，灵魂上追求真善美，其实她没有真正参加过共产党，却早已默认向往，在思想上一步步融入。她认识的人中，有许多值得崇敬的人，他们一定都是共产党，比如秋思虹，之前一段时期，她还幼稚地怀疑过，但丁神父也可能是共产党，直到现在，她奔腾起强烈的感觉，哼四少爷也可能是共产党，就算他是杀了父亲的人，但一定不是为了他自己，可以说是为了更多的人，可以说是为那些在二十年前奋起反抗而壮烈死去的人，那些为奴隶解放社会平等而献出了生命的人。面对真理，面对未来，自己又如何化解，又如何承受？恨只恨，最终牺牲了最珍贵的爱情，代价太昂贵，太惨重；恨只恨，最终破灭了最美好的梦想，遭遇太残酷，太自私。绝望至此，自己该怎么办？绝望至此，生命已经失去了意义。她自言自语地用爱丁堡口音说了一句"I wish to rebirth"，不等贤者器人发问，又以瓯城方言重复，说："我愿重生。"

　　谈话最终没有取得想要的结果，贤者器人因此也没有马上向但丁二世表明自己的意图。其实他并不着急，只要手里掌握着橘子姑娘，但丁二世就会全力以赴，等到梅尔斯中校来了，再说服橘子姑娘也不迟，心想："既然她想重生，凡事皆有可能。"

　　病中的上海丽人却是另一番心境，说："她有爱她的人，因此无所畏惧。"

　　这一天，山谷之城处于混乱之中。由于误传不死巫娘的死讯，也不知是否有人煽动，山谷之城突然群情激愤。

　　矛头所向，一是批评轻易放走凶手，一点代价都没有让他们付出。贤者嚣人走了也就算了，毕竟他是瓯越的最高长官，相信他不至于跟不死巫娘有什么计较，会亲自害死人命。人们气不过的是，不应该白白让麻生走了。对于麻生，认为他说话口气太大，手持一把利斧，在山谷之城耀武扬威，已经叫人看不顺眼，他闯入洞屋是有人亲眼所见，吓死不死巫娘的，不是他是谁。而且有鼻子有眼的是，传言不死巫娘托梦告诉哼四少爷，是谁杀死了她，哼四少爷本想潜回瓯城，找麻生报仇，结果被死活拦下了。还有传言，褐尾信鸽传来消息，贤者嚣人要正式发布通缉令，正式指控哼四少爷是刺杀蓝大首领的凶手。传来传去，一时间为不死巫娘报仇的呼声越来越强烈，甚至扬言要阻止下葬，抬棺前往瓯城讨回公道。对于这一大部分不明真相、误听误信的群众，根据特派员同志的意见，院长嬷嬷联合雷大嘴巴，动员所有可以说得上话的人，耐心进行解释说明，阻止大家真的到瓯城，进行所谓的游行抗议甚至武力讨伐。

如果是阴谋呢？二十年前的事情难道都忘记了？当年死了多少人都忘记了？

"我们不能再犯那样的错误了。"

大小会开了多少个，好话重说了几大通，但仍然有一些人情绪难平。正当胶着之际，有人证实传递消息的褐尾信鸽早已经死了，信鸽传来上述有关消息的谣言不攻自破，接着传言哼四少爷揭开棺盖，看到不死巫娘熟睡一般，不腐不朽之身，说活过来就活过来了。人们似信非信，看到院长嬷嬷陪同不死巫娘走到面前，大多数人顿时安静下来了。

不过引起院长嬷嬷警惕的是，不少人怀疑背后有什么交易，舆论所向明显是针对特派员同志的。更为严重的是，有几个平常行为不端的地痞流氓到特派员同志的驻地扔石头，放冷箭。为了安全起见，哼四少爷抽调壮丁营中的骨干武装巡逻，同时，特派员同志也决定暂时撤到仙霞岭，在保持相对安全距离的情况下，仍然可以就近指挥。离开山谷之城之前，特派员同志再三交代，一定有国民党特务捣乱，必须尽快把他们揪出来，不然，谈判会遭到破坏，贤者器人也会有危险。

上级专门致电，同意特派员同志的意见，任命院长嬷嬷暂时全权代理谈判事宜。

"瓯城将是第二个北平，整个瓯越的和平曙光在前。重任就靠你了。"

在哼四少爷的努力下，山谷之城也很快恢复了平静。

当天，凡是可疑的人全部当成壮丁抓了起来，关进了新兵营，一个个盘查过来，果然找出一个从瓯城派来的特务，不等审问，他脱身就逃，也没有人追赶，也没有人背后开枪，自己迷路了，最后一头从悬崖上跳了下去，死了。

这敲山震虎之举，果然逼出了另一个已经逃跑的特务，此人偷走千年古樟下的那头老牛，企图涉过谷口，结果老牛始终不愿过水，情急之下，他用皮带鞭策，老牛大怒，将他掀落，此人大怒，开枪击伤老牛，在逃至临瓯区渡口之前被雷大嘴巴截住，五花大绑押了回来。他并没有什么抵触，主动交出了电台，原来上海丽人离开时把电台留给了他，院长嬷嬷查明，此人是上海丽人留下的联络人。

老牛既已负伤，不能站立，躺在千年古樟下，默然等死。哼四少爷前去看望，陪到半夜，老牛落下眼泪，伏草而逝。

次日，雷三瞎子将被枪毙的消息传到山谷之城，反而没有人关注，也没有人相信，橘子姑娘被关进江心屿模范监狱的消息同样也没有人相信。其实对此关注的应该是哼四少爷，因为他始终没有态度，没有说什么，也没有做什么，使院长嬷嬷深感不安，她不相信是因为沉浸在老牛死亡的哀伤之中，她担心哼四少爷做出什么冲动之举，要去营救雷三瞎子，更要去为了橘子姑娘拼命。

院长嬷嬷认定这全都是谣言，说："这一定是国民党反动派在破坏谈判，在破坏瓯城的和平解放。"

哼四少爷向着瓯城的方向，哼了一声。

六 清明时节的拾骨重葬

　　山谷之城迎来了与往年最不一样的清明节，所谓最不一样，就是没有下雨，连阴天都不是。这让人意外，让人惊喜，也让人恍惚，甚至让人不安。没有雨水的清明节怎么能是清明节呢？晴朗的清明节怎么看都显示不出清明节低哀和沉肃的气氛，泪水和雨珠混杂，暗云和悲境交叠，祭火和湿草共存，新土和旧坟杂陈，才是清明节。

　　然而天空一明亮，这些都没有了。

　　子夜时分，月亮出来了，随后晨曦出现，迎来了黎明，整个山谷之城地区，包括山峦和溪流，包括村寨和行人，都见到了太阳。在晴朗的间隙，廊桥两头，野花坡上，香烟缭绕，走近看去，已经有很多人在茂盛的青草地里一遍一遍跪拜，虽然不知是谁家的坟头，人们都要帮忙插上一炷炷香火，因为多少年前，大家都曾经是一家人，至少是同族人。

　　山谷之城要举行拾骨重葬仪式，尽管是突如其来的光天化日，大家还是披着蓑衣，抱着油纸伞，沿着田塍山路，聚拢过来，花不花、绿不绿地挤满了野花坡。

　　山谷之城的丧葬形式是土葬，但每逢重要日子和重大变迁，就会进行拾骨重葬，为死者建立新墓。今年新立的坟墓，其实是将一堆旧坟进行整理，然后拾骨重葬。

所谓拾骨重葬风俗，在山谷之城盛行几百年了，之前都是在隆冬季节举行。每至大寒前后，携带锄头和箕篓，聚集在坟头前，挖开石土，起开棺盖，察看检视，如果骨殖还好，那就重新安放在原来的地方，如果尸骨零乱，就仔细捡起，放入瓦瓮之中，挑往别的地方安放。到清明时，再次打开查看。因为注重拾骨重葬，所以有数十年不葬者。开始下葬的也不必太重视墓穴和选择，甚至等候六年、八年后，捡取骸骨贮存罐中而重新改葬。因埋葬至少二次，又名二次葬；拾骨改葬之时必须用干布把骨殖擦干净，称为洗骸，故又称洗骨葬。之所以选在今年的清明节，是听从了不死巫娘的说法。原因有多个，主要的一个是，今年正是女歌队二十年忌辰。她们无骨可拾，但六十六个坟头，原来没有墓碑，都是无名无姓，生年不详，只写着卒年，都是同一天：1929年2月24日，己巳年庚子日，蛇年正月十五，从星座上，是双鱼座，礼拜天。

对山谷之城来说，拾骨重葬，是一个庄重盛大的节日。

最特别的是一夜之间，各家用自织的麻布，给每个亡者赶制了一整套新衣服，依照亡者当时的年纪，大都是年轻女子穿的青蓝色，斑斓绚丽，丰富多彩的传统服饰。每件衣服的衣领、大襟甚至袖口上都有花鸟龙凤等各色刺绣花纹图案，看上去绚丽多彩，美妙绝伦。

不仅如此，参加仪式的老、中、青不同年龄妇女，一律地盛装。发间还分别环束黑色、蓝色或红色绒线。冠上饰有一块圆银牌，牌上悬着三块小银牌；盘发垂在额前，山人称它为龙髻，但形态各异，头上盘成高髻，状如独木舟，用一根细小精制的竹管，外包红布帕，下悬一条一尺长、一寸宽的红绫，又谓之船子髻，富丽一些的，冠上还插一根银簪，再佩戴上银项圈、银链、银手镯和耳环，显得格外艳丽夺目。尤其是一队山谷之城的年少女子，髻上套着新编的凉笠，髻端外露前翘，笠檐周围垂下长数寸的五彩布条，微风吹来，彩条飘拂，确是别有一番风韵。

诚如沈铁铲子考据中论述的：

> 辫发盘成高髻，用红头绳一扎，类如独木舟，所谓椎髻，髻上可套凉笠，笠檐还要饰以五彩布条，所谓头戴竹冠蒙布，饰理路状。未婚的少女用红色绒线与头发缠在一起，编成一条长辫子，盘于头顶。

一队年少女子朗声唱着歌走上坡来，惊得年长的妇女们仿佛看到二十年前的一幕，仿佛看到自己的女儿，看到自己的姐妹活了过来，而且还是当年的模样，不禁一遍又一遍地搓着眼睛，似乎身处梦境，不敢相信自己是在阳界还是在阴间。而那些年长的素以刚强著称的男性也忍不住热泪盈眶，但他们的脑子更清醒一点，知道她们不过是山谷之城的又一代，不过是十几岁的少女少妇，但回想起来，这不是当年的景色人物又是什么？不是山谷之城最能歌善舞，最美丽娇俏的六十位女子重回人间又是什么？

歌声越来越近，歌词也渐渐清晰，连这歌也还是二十年前的歌。

始终沉默的院长嬷嬷不禁上前，指挥她们一齐唱了起来：

> 赤潮澎湃，晓霞飞动，惊醒了，五千余年的沉梦。
> 远东古国，四万万同胞，同声歌颂，神圣的劳动。
> 猛攻，猛攻，捶碎这帝国主义万恶丛！
> 奋勇，奋勇，解放我殖民世界之劳工。
> 何论黑，白，黄，无复奴隶种！
> 从今后，福音遍天下，文明只待共产大同。
> 看！光华万丈涌。

跟着高唱的都是年岁较大的妇女，歌声埋藏在她们心里，二十年没有唱了，但至今没有忘记一句歌词，一个音符。

歌声中，杜鹃鸟也从树林中奔跳出来，在上空不停地鸣叫，但更加令人惊叹的景象是，草丛中和石缝间有许多颜色各异的蛇盘桓游走，最后都沿着道路往半坡上坟堆寻觅过来，但没有人驱赶它们。山谷之城地近闽境，饶舌师尊解释闽字，说闽，蛇种，意思是说属于百越系统的山谷之城，是以蛇为图腾的。

而沈铁铲子考证：

> 山谷之城古属百越，山民多以蛇为图腾，对蛇尊崇、亲切。盖因谷口先于山谷之城而存在。遗址之下有石洞，称蛇王宫。古老相传：没有山谷之城，先有蛇王宫。可见这蛇王宫在山人先民到来之前即已存在。

蛇以坟中造窝，乃是吉祥。它守护亡者不被侵犯，也陪伴亡者不至于孤独，亡灵终得以超度，重获来生。数不清的灵蛇的出现，顿时令所有人喜气洋洋，跟着一起唱起歌来。

歌声在涧溪上，在野花坡回荡了整整一个早晨，直到雷大嘴巴不得已放了一个炮仗，镇住了人们，歌声仍然停不下来。

雷大嘴巴生怕苏维埃老歌传得更远，传出山谷之城，传到瓯城去，岂不是招致祸端，使二十年前的灾难重新降临。到底眼前瓯越还是国民党的天下，这山谷之城名义上也依然由国民政府管治，怎么能毫无顾忌地唱共产党的歌呢？

他准备放第二个炮仗的时候，院长嬷嬷催促他："马上开始吧。不然她们还要唱。"

一直闭着眼睛的不死巫娘浑身颤抖了一阵，然后又不禁沮丧，说："我看到阴魂都一个个出来了，被炮仗吓回去了。本来我都见到她们了，跟她们走了。"

不死巫娘一直渴望将自己葬于此地，那由石头垒成的空墓穴，是她特意留给自己的。她的遗愿十分美好，美好得像如意算盘，令人妒忌：她童颜不老之时，以一个姑娘般的身姿，优美地躺在簇新的棺材里，周围填满香料，尸身始终姣好如初，永远不会腐烂半分。如此情形，长眠在野花坡，与那鲜花茂盛之时消失的六十位小山娘做伴，既能给予照应，又添无限热闹，沾得美丽如仙，与散花天女何异。每每想到这里，不死巫娘对死亡的渴望遍袭全身，扰乱心灵，远远比爱情缠身来得更加销魂。

她后悔啊，无数次向自己，向别人诉说了她的后悔。当年她临时变卦，没有跟着女歌队一块去瓯城，直接的原因是临时取消了她领唱领舞的资格。苏维埃主席突然决定让自己漂亮的妻子，一个年轻的母亲，也就是院长嬷嬷，教唱一曲新歌，并负责带队，而不死巫娘被排除在六十人之外，而仅仅成为替补人员参加。后来才知道，苏维埃主席是出于好意，但没有告诉她真实原因，只是说："她们要唱苏维埃歌曲。"言下之意她的巫歌傩舞不适合革命气氛。当然，不死巫娘也不知道，女歌队成为成千上万赤卫队员攻打瓯城的掩护，成为赚开城门的一支奇兵，苏维埃主席是不想让她身陷险境。觉得颜面尽失的不死巫娘一生气，像一个普通的女人那样，柳眉倒竖，双颊通红，破口大骂之后，就独自一人回到洞屋，门窗紧锁，再也不肯参加女歌队的任何活动。其实她突然不想去瓯城，背后还有一个不为人知的原因，是因为贤者嚣人。刚开始驯养信鸽的雷大嘴巴得到消息，贤者嚣人回到瓯城了，女歌队去瓯城，就是贤者嚣人邀请，去欢庆元宵的。不死巫娘不想见到他，也害怕见到他，刚好她失去了领唱领舞的位子，因此找到了一个理由拒绝前往瓯城。后来，等到天大的噩耗传来，她又陷入巨大的悔恨之中。她二十年里设想过无数次，如果她当时一起去了，就跟大家一块，求得永生了。如果她当时一起去了，或许可以阻止屠杀，令人难以相信，其实那天她产生过预感，认为自己的巫术本可以制止不祥的事情发生，因此还暗中施行过巫术，但事实证明并不灵验。之后人人都指责蓝大首领的时候，她坚信应该被诅咒，被巫术阻止的，应该另有其人，这个人不是贤者嚣人又是谁呢？只有他能使她的意念落空，使她的巫术失灵。只有他的恶，是她阻止不了的。

身处野花坡中，正当不死巫娘又一次为二十年前自己的无能为力而悔恨的时候，她欣喜地发现了希望，一种从来没有出现过的希望。她猛然看到，一条黑花蛇正在属于自己的那个空穴之中盘桓，时不时昂着头，不管看到这么多人的集聚，包括又舞又动的男女，不管听到各种声音，包括炮仗声在内的巨响，都不肯离开。不死巫娘不由得弯腰细看，发现这黑花蛇居然跟二十多年前的那条黑花蛇长得一模一样，她相信当时它虽然曾经被贤者嚣人的龙泉宝剑斩成数段，然而却死而复生，不断地轮回了。她兴奋得想叫出声来，但一冷静，把自己的声音逼了回去，连大气都不敢出一下。不知过了多久，她趁着人们沉浸在热闹之中，不曾注意到她，迅速在手中抹了一把迷香，然后马上蹲下身体，一把将沉甸甸的黑花蛇捧起来，放到双腿之中，接着就用蓝裙一裹，然后紧紧一扎。黑花蛇显然被迷昏了，在里面一动不动，仿佛再次进入了冬眠。做好这一切，不死巫娘不禁双眼放光，神情豁亮，霎时充满了斗志，年轻了不少，院长嬷嬷叫她时，她像一个少女那样，歪着头，应了一句。

紧邻一个空着的墓穴，那是院长嬷嬷为自己预备的。对此，包括不死巫娘都认为这么多姐妹在一起，少她一个也不要紧，她应该葬在苏维埃主席丈夫的身边，说："你还有儿子。"

院长嬷嬷认为丈夫当年尸骨无存，无处安葬，自然也无处寻找，至今连个衣冠冢都没有立，是个自由的孤魂野鬼，随时找到这里，自己与六十位山人女歌手做伴，相信丈夫会理解，会原谅的。此时，她被现场气氛深深感染，再次对行为怪异的不死巫娘表达了自己的意愿，说："我们当邻居不好呀？"

神态如少女般的不死巫娘此时没有像以往那样表达不同想法，而是满口赞同，伸出刚刚抓过黑花蛇的手，拉住她，说："你离死还早呢。"

她们还要说什么时，人忽然越来越多，黑压压地挤在一起，把整个野花坡塞满了。

因为是二十周年祭，又逢清明，与此相关的人，死的，生的，都差不多齐聚在野花坡了。除了各公所的主事人，各村寨的代理长老，几乎整个山谷之城的人，都来参加主祭活动了。人突然多起来，还有一个原因是另一个祭祀现场的人也赶了过来。原来千年古樟下专门设了祭坛要祭祀算盘老二，但盘氏宗亲商量了半天还是取得一致意见。阻止祭典的都是一些长辈，因为没有看到尸体，相信他还活着，如果没有尸身就祭典当然不吉利，人真的会死。因此活动一取消，盘氏族人，包括一些有关联的姻亲友邻，都赶到野花坡来了。

天主堂在山谷之城的分支也派了人来，代表人在瓯城的大主教但丁神父到场。不过并没有过多地表现，可能鉴于山谷之城的风俗习惯，不便参与太多，只做了一个简短的弥撒就离开了，主祭活动还是留给山谷之城的人。

雷大嘴巴宣布仪式开始。

瓯城的清明节却发生了诸多意外。

同二十年前一样，1949年的清明节也是连绵阴雨天之后的一个晴日。各县区，包括派驻山谷之城的公职人员也都接到通知，前往瓯城参加公祭大会。督察区文教局专门发文，凡公立学校派出代表若干，组成童子军礼仪队，敬献花束，入选学生，交通食宿费由公家全额支付外，还以来回三天时间计算，每人可领取每日一元，一共三元的补助金。从1945年抗战胜利，庆祝光复集会以后，再也没有举办过类似规模的全域性活动，接到通知以后各县区纷纷响应，财力充裕的还直接发放每人五角到八角不等的零花钱到学生手中，较为困难的则补偿实物，沿海地区每人领取一斤带鱼，中部以农业为主的田畈地区，除督察区所允费用一分不扣外，还赠送每人三升白米，而商贾集中的如临瓯区等地，由富户贡献布匹并雇用裁缝，为每人做卡其布新衣服一件。

与域外此时正陷于战争的地区不同，瓯越大地沉浸在节日的气氛里，热情四处蔓延，人群相互涌动，春意盎然，风和日丽。

瓯越人民对蓝大首领的思念是自发的，谁都不愿意错过在他死后的第一个清明节，唱上一曲挽歌，谁都不愿意错过在盛大的公祭大会上，献上一朵白花，谁都不愿意错过浩浩荡荡、热热闹闹的万众相聚，哭声一片。

瓯城的公祭大会属于官方活动。

1949年清明节前几天，无论是南京中华民国临时总统李宗仁，还是隐居宁波乡间的国民党总裁蒋介石，都对贤者嚣人发出了警告。

情报显示，共产党正千方百计渗透瓯越地区，暗中鼓动瓯城上层投机势力与乡野蒙昧群众合谋起事，瓯越将发生动乱，瓯城危在旦夕，二十年前的一幕或将重演，而且此一时，彼一时，一旦有变，对瓯城将是毁灭性的，国民政府的整个计划，将受到严重破坏。

这时何副长官密令，要求贤者嚣人立即采取措施控制和处理危险人物，以肃清内部。名单包括山谷之城籍官员以及甲种渔工学校、乙等蚕桑学校、瓯越师范学校、瓯城中学、模范中学、东南中国中学的校长。同时，宪兵司令部谋划派出便衣队突袭山谷之城，实施斩首行动，逮捕或处决山谷之城诸姓首领，避免他们为共产党潜伏力量所用。

但贤者嚣人并不着急，对于何副长官的命令"王顾左右而言他"。在他的治瓯方略中，和是方向，和是良策，和能够争取大多数，不到万不得已，绝不能主动采取激烈手段。首先，要稳住他担心的所谓底层阶级，也就是生死线上挣扎的瓯城贫民，流动性极强的贩夫走卒，伺机作案的盗墓帮，人数众多的普通教民，隐藏在瓯越党政军内部的观望犹豫者等五部分人群。

天主堂前的广场上人山人海，但秩序井然。由贤者嚣人主持仪式，瓯城各界隆重公祭蓝大首领。

但丁神父亲自敲钟，黑衣黑纱的橘子姑娘手捧蜡烛，神情忧伤，沉默不语，站在她旁边的百里香一直流泪，口中低低地说着什么。此前，贤者嚣人亲自到江心屿把橘子姑娘接了出来，一开始，麻生出现时，她认为自己到了最后时刻，要求送她到城南的橘树林，希望死在那里。

麻生听到，急了，哇哇哭起来，想解释又说不了话。

最后贤者嚣人指了指手臂上的黑纱，说："今天是清明节。"

"我不去。"

"你不去，不好向瓯城人民交代。"

橘子姑娘决定参加公祭大会，还是因为听到了哼四少爷的名字，问："他不是凶手吗？"

"凶手已抓到了，另有其人。"

这个另有其人的凶手是谁，在公祭大会的最后一刻才公开，贪污犯雷三瞎子变成了杀人犯。

"是警察局雷侦探长。"贤者嚣人公开展示并宣读了雷三瞎子的供词：

> 元旦清早，余一人借雾气，进入会堂，恰逢彼一人在场，于是责问民国十七年元宵节余父母被杀之事，即遭辱骂，斥余忘恩负义。余一为父母报仇，二为赤色苏维埃出气，相信中国光明系于共产党，鉴于主义，虽死不悔。

旁边的人，包括大感意外的饶舌师尊翁媳也连忙凑近看去，画押处，果然是雷三瞎子的字迹。

只有橘子姑娘根本不相信，因为短柄鸟铳是她送给哼四少爷的，不可能被雷三瞎子使用。贤者嚣人知道有人质疑，接着简要说明案情的侦办过程，讲到刺杀的凶器，是被利刃致命，并非之前的是被枪击所伤，蓝大首领体内的铁砂子，是其死后被人补击，是有意嫁祸。

只有雷三瞎子有这个机会。

祭词中，贤者嚣人深情地回忆了与蓝大首领的过往，甚至种种不愉快。说到激动时，不禁动容，脱稿回忆了一段自己如何不堪，蓝大首领如何了得的往事。令在场所有的人意外，意外之余，也有很多人对贤者嚣人更加敬佩。

贤者嚣人语调一慢，讲到1929年山谷之城事变之后，自己怀着难过的心情，离开瓯城，直到两年以后的1931年才再次与蓝大首领重逢。其时蓝大首领率领瓯越保安部队加入经过瓯境的国民革命军第十九路军，奔赴上海参加淞沪会战，赢得了声誉。

国民党政府为集中兵力在江西剿共，对日继续执行不抵抗政策。国民政府军政部长急电担负沪宁地区卫戍任务的第十九路军忍辱求全，电令上海市长全部接受日方提出的无理要求。暂时下野的蒋委员长委派贤者嚣人说服十九路军长官避免与日军冲突，并由蓝大首领的部队接替防务。日方得寸进尺，又以保护侨民为由，要求中国军队必须撤出，不待答复便于当晚发动突袭。驻上海日军海军陆战队分三路突袭闸北，攻占天通庵车站和上海火车北站。是时，身为监察官的贤者嚣人因为上峰命令，被迫脱离前线，却使蓝大首领陷入困境。上海军民义愤填膺，第十九路军奋起抗战。日军遭受重创，由全线进攻转为重点进攻，再由重点进攻被迫中止进攻。

说到这里，贤者嚣人不由得垂泪，表示时至今日，仍觉得对不起蓝大首领，说："余有愧，余弗如也。"

贤者嚣人得到了一次又一次经久不息的掌声。麻生看到人群激动，带头高呼贤者嚣人万岁的口号，随同高呼的青少年学生还一时停不下来。

此起彼伏的声浪中，没有人看到哼四少爷出现在现场。原计划中，哼四少爷要赶到瓯城，将以瓯越青年反共救国军总指挥的身份参加公祭大会，而且还要上台发言。贤者嚣人在给他的邀请信中写道："相信你对本人的工作会倾力相助，你的表现会赢得广大瓯越人民的认同，我们一起努力，建设新瓯越，瓯越的明天将会交到你的手上。"

因此后来人们推断，那天他脑子里一定有过计划，想象自己站在贤者器人的身后，近在咫尺，轻易发动袭击，他甚至想象自己受橘子姑娘的委托，出手了，使用的还是那支短柄鸟铳，但枪声并没有响，最后阻止他的居然是院长嬷嬷。她挡在他前面，仿佛替他挡子弹。现实中，也是院长嬷嬷盯着，随时会拉住他。

　　"没有此事。"院长嬷嬷坚决否认，因为她当时人在山谷之城，但确实有在清明节这天与贤者器人见面签署秘密协议的计划，不过之前他已经通过渠道告诉院长嬷嬷："中共正式和谈代表出现之前，不会贸然签字。"

　　前面院长嬷嬷跟贤者器人见面，希望贤者器人中断与梅尔斯中校合作，并宣布他为不受欢迎的人。其实当时国民政府外交部已经有了命令，但贤者器人没有马上执行。

　　"如果他愿意留下，我要尽地主的责任。"

　　原来当天早上，梅尔斯似乎阻止了上海丽人在古城堡的不正常行为。为了自断后路，上海丽人亲手印了一份报纸，登了自己的声明，断绝与瓯城的关系。这份声明就像之前她的公开信一样，引起了瓯城各界的非议，个别团体提出要将她驱逐。对此，贤者器人坚决阻止了，说："她是我请来的人。"

　　一大早，上海丽人坐在没有围栏的阳台上，似乎在享受初升的阳光，不想海风突然猛烈，她却任其吹拂，在落海的那一刻，梅尔斯中校发疯似的跟着跳了下去，作为海军军官，他很快救起了她，连水都没有呛到一口。至于梅尔斯中校提出上海丽人跟他一起离开的要求，贤者器人予以否决，说："她很正常。"提到掉落海中的事，说："只是一次意外。"

　　"你看，这就是瓯城，翻脸不认人。"上海丽人并没有答应梅尔斯中校，但她感到寒心，显然指的是哼四少爷，说，"都是铁石心肠。"

　　但丁神父企图拯救上海丽人，认为她不适合留在瓯城，希望她去英国，并许诺给她介绍一份在伦敦舰队街的工作。

"你会成为杰出的新闻工作者。"

后来上海丽人说了一句话，使但丁神父改变了主意。

"我会把这里所有的丑陋记录下来，告诉全世界。"上海丽人还提到了但丁二世，说，"你亲爱的儿子不也是被这里的人杀死的吗？"

但丁神父顿时脸色煞白，身体摇晃了一下。

"他死得不明白，你不追究吗？"

但丁神父抬头看了看天空，说："但愿上帝宽恕你。"

"你不担心我写信给教廷揭发你吗？"

但丁神父看了看她，说："我不去罗马，我是苏格兰人，我要回到苏格兰。"说着，他一边转身离开，一边轻声哼起那首《罗马人的苏格兰》：

> We are from Rome, Rome knights are our ancestors.
>
> We've come here across the strait, lost in the beautiful highland.
>
> Our hometown is in Scotland, we are from the Roman Scots...

唱着唱着，但丁神父的声音哽咽了。

上海丽人跟上去，说："你是在为但丁二世哭泣。"

很久以后，橘子姑娘听说这件事，跟着流泪了，说，"Yes, he is cry for small Dante."

哼四少爷回到瓯城之后，看到过那份报纸，但始终没有再见过上海丽人。后来听到了一些关于她的消息，最大的可能是，她在贤者器人的安排下，随着撤离的队伍登上了一艘商船，转道去了香港，最后去了台湾。但是百里香否定了这个说法，因为她在教会医院见到了上海丽人，是但丁神父离开瓯城前把她送进来的。她躺在病床上，不跟任何人说话。据说院长嬷嬷去医院看望，也遭到拒绝。

那天，但丁神父的讲话充满温情，也充满伤感，信众们由此相信他们敬爱的神父终于要离开了，就如同他们相信末日终于来了。

但丁神父用地道的瓯城土话，用诗一样的语言，表达了自己对这里的深深眷恋。在他看来，瓯越乡村山寨的风景就是美丽的中国画，群山如宝塔林立，数也数不清，就像大海的波涛，但比波涛美丽，因为色彩和形状多种多样，岛屿很可爱，渔船银白色的帆，穿梭于阳光和微风之间，瓯江的水平静得像水底下的溪流，在平静的表面之上，漂浮着一队小船，在明亮的阳光中，雪白的船帆就好像翅膀。

说完这一段，让多少人开始掩面，连表情严肃的贤者嚣人也不禁动容。

但丁神父继续回忆着，说到自己刚到达瓯城，就去了江心屿。在他的想象中，江心屿东西两座塔应该是相隔很远的，可是实地一看，原来相隔并不远，而且比他想象中更有特色。

身为瓯城人的贤者嚣人带头鼓掌。

但丁神父最后提到了山谷之城，因为这是他去得最多的地方，许多次想过，自己以后就葬身那里，不过自己终究是上帝的使者，听从召唤，回到苏格兰，但灵魂的一半会留在那里，但愿山谷之城生灵同意接纳他。中间他还回忆自己一次去山谷之城的情景，看到群山葱茏、风景优美，令他赞叹不已，他手上的相机拍个不停，树上的布谷叫个不停。

"布谷布谷……"他模仿着，两个腮帮鼓得紧紧的。

人们沉浸其中，已经忘记鼓掌了。

轮到橘子姑娘发言，她突然身体一软，倒在地上。

公祭大会结束，只余广场上丢弃的白色花朵在风中颤动。但丁神父准备回梵蒂冈就职，希望橘子姑娘跟自己一起去意大利或者回英国。正当他准备向橘子姑娘提出这个想法时，情况出现了意想不到的变化，橘子姑娘在清明节晕倒之后，再次晕倒。

郑济时医师匆匆赶到，检查了一会儿，说导致年轻的女孩出现头痛原因有很多，如感冒发热引起的，也有可能是神经性头痛、偏头痛的发作，如果父母亲有家族的偏头痛病史，可能就是这方面原因导致，如果头痛的程度比较重，则需要考虑到严重的问题，比如颅内的肿瘤、脑部的占位等问题，那就要做头部手术来治疗了。接着橘子姑娘被送到医院，照 X 光机，郑济时医师看后说："那就必须动手术。"

七　和平之城的改天换日

4月的这一天，后来有人说是清明节当天，有人说是清明节后第二天，也有人记得是清明节过后的一个礼拜天，总之是清明期间，瓯越督察区倡导并推出了一系列非同凡响的盛大活动，其气氛与域外发生的政治军事社会巨大变局，显得十分地不协调。后来贤者器人道出用心，曰：值此乱世危局，为何呈现瓯越一方之繁华景象，其目的是迎接即将到来之盛世。隐含的意义，也由他自己论述方圆，是一种对共产党取得天下的积极而真诚的政治态度。而私下贤者器人曾经表述过另一种意思，即瓯越乱世求存，危中作乐，彰显上古瓯国复兴之愿景。

还有一种说法是，当时曾有专门密件呈报，为回应何副长官严正关切，贤者器人在一封亲拟的电报中解释，所有活动，都是希冀美国大举介入中国事务，国民政府仍将一统天下的祝愿和欢呼，正如他想极力促成梅尔斯中校建功立业，成为中美合作的典范，使瓯越成为东南支柱，强大后方。

当然，这只是猜想，即便是事实，也是幕后的作为，真实情况始终没有见之于世。鉴于形势，瓯城的时论其实是很惊诧的，说："瓯越如同桃花源，不知有汉，何论魏晋。"特别是饶舌师尊主持的瓯越博物馆开馆典礼暨上古瓯国文物展影响最大，也最让人感到突兀。活动前后三天，礼拜天是正日，计划视天气情况，共分现场考察和实物展览两大部分。而现场部分则内容最为丰富。重头戏是考察谷口古城遗址，由饶舌师尊做权威讲解。原来该年清明时节少雨，溪流稀疏，水位下降，督察区调集机泵连夜抽水，再由民工挖去泥浆，四周用新土构围，钢筋混凝土加固四边。水渚之野底下一座古城遗址终见天日。文物所迅速组织勘察，得出结果：古城东西长约三里至五里，南北长约四里到六里，略呈圆角长方形，正南北方向。东城墙残高三米之多，底部先垫石块，上面堆筑纯净的黄土，夯实。西城墙全长约二里，宽度与东城墙相同，东临瓯江主流干道，西接谷口泥沼之地。南北两道城墙相对更考究：铺垫的石头尖锐很多，明显是人工开凿；城墙外侧石头相对大点，越往里越小；堆筑的黄土层中，有时会掺加一层黑色的黏土层，增加了城墙防水能力。考古人员推测，这些痕迹说明古人最先造的是西城墙，等到建造其他三面城墙，经验更丰富了。此次发现遗址，从其位置、布局和构造来看，饶舌师尊认为当时有宫殿，生活着王和贵族，如今又找到了城墙，证明了上古瓯国对谷口及山谷之城的统治早就开始了。这个新鲜的提法直接否定了沈铁铲子考证成果，饶舌师尊当日在《瓯越日报》撰文，认为所谓的谷口部落并不存在，其遗存是上古瓯国的一个行宫，一个派出机构。饶舌师尊专题报告，一是上古瓯国文明晚期，正是域外进入古圣贤统治时期，受到青铜文化的影响；二是上古瓯国经济文化发展为其打下了基础，最早建立了强有力的国家政权；三是上古瓯国战胜了所有落后部落，使其文明延伸并影响到了整个瓯越地区。

在这中间，饶舌师尊明显利用或者侵占了沈铁铲子的成果，其中最让人诟病的是两方面。一个关于经济特别是农业部分，在参观谷口水渚之野的水稻种植遗迹，观看当时引水灌田，打井修渠，灌溉农田之发展农业的重要成就之后，直接把水稻种植研究发现作为自己的文章发表：

> 水稻的生长既怕干旱，又怕水涝，控制适当的水量是
> 保证水稻生长、丰收的基本措施。上古瓯国先民积累了水
> 稻栽培和田间管理的经验，发明了农业生产中的灌溉技
> 术，从而大大增强了抗旱与排涝的能力，使稻作农业置于
> 更加稳定的基础之上，为东南及至整个南方广大地区的农
> 业发展做出了巨大的贡献。

另一个更加明目张胆，把人人皆知是沈铁铲子贡献的玉器发
现研究完全作为自己的成果。他以继续考证研究为名，将古城堡
展览陈列的上古瓯国石器和玉器两大部分占为己有。石器主要是
新出现的三角形犁形器、斜柄刀、耘田器、半月形刀、镰和阶形
有段锛等器形。玉器包含有璧、琮、钺、璜、冠形器、三叉形玉
器、玉镯、玉管、玉珠、玉坠、柱形玉器、锥形玉器、玉带及
环等。

贤者嚣人得到举报，加以追究，饶舌师尊表示自己不过暂时
保管。

这一天，贤者嚣人如同天气，一天三变。

他的犹豫，或者是变化，跟外界发生的变化有关。那些天瓯城
发生的事件，一开始就是从好几个小事堆起来的，短短的时间里，
这些小事放在一起，交织在一起，变成了大事，像酒曲发酵，变成
了另一个结果。

他刚从谷口遗址视察回来，就看到了一张迟到了几个月的香
港报纸，时间是1月底。上面刊登了中共解放军北平入城式，以
及在全国和全世界都引起强烈反响的情况，这家外国通讯社当天
从北平发出的电文稿称，中国人民解放军北平入城，规模空前未
有，士气十分高涨，装备异常精良，实为一支具有强大战斗力的

军队，还评论道："中国革命方兴未艾，南京当局大势已去。"

贤者嚣人郁郁之时，一个自称是何副长官亲信的人突然打来电话，一开始称兄道弟，但中间态度说变就变，更令人不快的是，不管是否有人监听，居然在电话里大叹苦水。这位他素未谋面的何副长官亲信满腹牢骚，说话毫无遮拦，说长江守不住了，南京和上海也很难守住，自己与何副长官是临危受命，勉强维护，希望他不要学他们，要为自己早做打算，可谓语重心长。

"国民党绝不是共产党对手。"

当贤者嚣人问到何副长官何时视察瓯城时，这位亲信又突然变得严厉，提高声音，斥责瓯城方面误传何副长官视察的消息，说："你不想想，如此局面，何长官还能来瓯城？"

贤者嚣人一听，愣了愣，顿时心凉了半截，刚要挂电话，亲信开始公事公办，传达了何副长官的指示，要求瓯越督察区将境内主要军事力量调出瓯越，开赴长江前线。

贤者嚣人当即搁了电话。这位亲信的话让他感到泄气，对何副长官所谓的命令也不愿相信，更不想执行。想不到和自己私交甚笃、一向沉稳的何副长官因为压力太大居然算计起自己，算计起瓯越来了。

几乎是同时，贤者嚣人接到电报通知，要他乘飞机前往上海龙华陆军机场参加一个重要会议，说："这是何副长官的命令。"

但贤者嚣人并没有前往参加。后来过了几天，大约是4月中下旬，他听到消息，蒋总裁在上海龙华机场召开了所谓的第二次军事会议，与会者有坐镇上海的将领汤恩伯、陈大庆、石觉及上海战区空军司令毛瀛初等。蒋总裁在此对淞沪防务再作周密部署，并作出重要训示，要求坚守上海，等待第三次世界大战爆发，到那时可得到美国的全力支持保护，亦会重新光复党国。淞沪之战，事关党国存亡大计，务必尽心竭力。

贤者嚣人在苦闷之中，通知了人在五马旅社的中共代表院长嬷嬷，要求尽快签订和平协议。

要求显然显得匆忙，而且时机亦没有完全成熟，按照原定时间表，要等到解放军打过长江，草签和平协议，然后等到占领南京、上海之后，正式签订协议。院长嬷嬷请示特派员同志，特派员同志再请求上级，得到答复，认为既然贤者器人有积极性，那就趁热打铁，答应他的要求，前提是严格保密，不能让更多的人参与。然而院长嬷嬷刚刚答应见面，贤者器人又改口了，说要再研究研究。

引起变卦的原因，是贤者器人接到了何副长官的来电。电文云：

> 俟前方战事稳定，总裁将莅临瓯越指导防务，并宣布重大消息，时间会在4月之内，望坚守理想，不为所动，瓯越形势一旦有利于党国，为前方将士牢固后方，党国也将极大输利于瓯越，古瓯国复兴可望也。

这是一个没有意料到的重大消息，说明蒋总裁已经正式认可他古瓯国复兴计划，将会给予瓯越更高的政治军事地位。他关于古瓯国复兴的方案呈报上去之后，一直没有回音，他从其他渠道了解到，当时蒋总裁并不看好，还有反对之意，声称绝不会同意这个计划，也不会兑现之前就承诺过的，亲自前往瓯越视察。现在，这位依然还是中国最有权势人物的态度与何副长官完全不一样，何副长官先是让亲信浇了他一大盆冷水，而后电文中蒋总裁的态度却是鼓励他，明确支持他的古瓯国计划，这无疑极大提振了他的信心。收到蒋总裁的电报，他不禁感到后悔，认为自己操之过急，自己不应该受情绪左右，在没有完全考虑清楚的情况下，就主动联络共产党要求签约。

导致他有所变化的另一件事，是国民政府外交部致电瓯越督察区，要求在四十八小时内安排美国公民梅尔斯中校离境。为此特别指令人在瓯越的内政部专员邹大维作为国民政府代表，负责梅尔斯中校的离境事宜。原来梅尔斯中校之前的雇主美国战略情报局，通过驻华大使馆发表声明，指出他早已被美国政府开除，早已经是普通公民，因此他以美国政府名义的所有活动都是非法的。其中特别提到，梅尔斯中校是一个精神病人，他的行为是不正常的，再是所谓美国太平洋战争中大量剩余军用物资无偿或者低价赠售瓯越政府一事纯属空穴来风，是招摇撞骗，中国相关地方切莫上当。声明还要求中国政府在期限内将其驱逐出境。

梅尔斯中校被礼送出境的这天，贤者器人起了一个大早，独自一个人沿着天主堂广场，经过还在沉睡中的五马街，然后又到海边漫步了一会儿，快到古城堡时，太阳才隐隐约约地探出小半张脸来。此时，天主堂塔楼传来了钟声，他数了数，刚好响了六下。

上海丽人跟着梅尔斯中校到美国治病去了，梅尔斯担保她身体康复之后可以到他的母校哥伦比亚大学攻读学位。贤者器人认为不管成与不成，最终如何，这也算他做了一件大好事，因此决定为他送行并提供资助。贤者器人的出现有些意外，神志不清的上海丽人并不愿意见他。梅尔斯知道他是送钱来的，就开了门，请他进去，还动手泡了杯咖啡。贤者器人一共送给他们十根金条，并特别申明："这是我私人积蓄。"

当天瓯城官民送走的还有其他外国友人，其中就有但丁神父。此时的瓯城，局势似乎有些失去控制了。

院长嬷嬷离开天主堂到五马旅社住地，半路被人跟踪。贤者器人说好会亲自到旅社见她，但迟迟没有露面，到了晚上，又派人约她到戏院见面，当晚并没有演出，而是放映电影《一江春水向东流》，直到散场，已是半夜，又遇到宵禁，所有看电影的人都接受检查，一部分人被扣押了，包括院长嬷嬷。两个宪兵把她夹在中间，把她带到了旧将军衙门看守。

一直到天亮，天主堂塔楼的晨钟响了，才有人来提审昨晚被拘留的人。前面的几个交了罚金陆续被放走了，最后几个态度抗拒的也被人保释离开了。

只剩下院长嬷嬷一个人站在空空荡荡的大厅里，过了很久，一直到午时，麻生一边把玩着手中的斧子，一边前面带路，引着她经过几进院落，经过长长的穿堂，来到高高的一堵封火墙边，等了一会儿，一道石门慢慢地打开，走进去，却是满目的春色。

原来是姹紫嫣红开遍的后花园。

内中曲径通幽，忽然有一亭子，只见贤者嚣人坐在一张雕花的桌子前，正在往下面的鱼池里投食。

见到她过来，贤者嚣人也不多作解释，也没有一句客套寒暄，摊开一张纸，说自己费了整整一夜，拟就了最后的协议。

"请过目。"

院长嬷嬷也不多问，坐下来认真地看了一遍，然后又看，而且一个字一个字地默念了一遍，仍然没有什么态度。

"瓯越不是北平。"贤者嚣人感觉到她已经有异议，说，"并非城下之盟。"

"解放大军马上过江，上海马上要解放了。"

"上海还在国民政府手里。"

虽然说话并不投机，但院长嬷嬷还是看到了贤者嚣人妥协的部分，因此也不再跟他争论，直接在上面修改起来。贤者嚣人看了看，感到为难，最后在时间上做了坚持，把她划掉的"相机起事"四个字重新写回来。双方可以达成原则协议，从什么时候正式签字，要看时机，什么时候付诸实施，也要看时机，什么时候接管瓯城也看时机，说："划江而治的局面不是没有可能。"

院长嬷嬷发现贤者嚣人说这句话的时候，眼神闪烁，说明他自己并不相信会出现这样的局面。什么时机？解放军打过长江这一天？上海南京解放这一天，还是大军压境兵临城下这一天？说："时机由我方确定，当然我们会充分考虑各种复杂因素的，希望对此能确认。"

后来关于哼四少爷擅自决定刺杀贤者嚣人一事，院长嬷嬷认为责任完全在贤者嚣人，在他的犹豫多变。哼四少爷虽然莽撞，却从中体现了他的觉悟。当时她刚刚离开旧将军衙门，就突然遭到了又一次逮捕，被推上了一辆囚车，先是被送到了江心屿，然后还将转移到一条军舰上去。贤者器人后来解释，他关于释放政治犯的命令并没有得到完全执行，比如叫花子和邹大维都是各事其主，各做其事，逮捕院长嬷嬷的行为可能出自他们之手，宪兵司令部从临瓯区撤离，也没有马上按要求回到瓯城。篡改命令的人散布谣言，说以后共产党来了，凡是当过宪兵的，不是枪毙就是坐牢，贤者器人在说明材料中讲道："场面并非由我一个人所能控制。"

院长嬷嬷对哼四少爷的行动竭力辩解，是因为自己认为，他敏锐地感觉到贤者器人有反悔的迹象，细微地察觉到可能暗中违背协定，准备举起屠刀对共产党，说："不就是共产党人受了国民党蒋介石的骗，放下戒心，束手待毙的吗？只有先下手为强，除掉最危险的敌人。"

但院长嬷嬷希望不能因为贤者器人，让哼四少爷采取贸然举动，陷入险境，以致牺牲自己。

不死巫娘更是态度明确，说："要做也由我来做，要偿命也由我来偿。"

但传说中不死巫娘的刺杀行动，并没有成功。潮湿的4月，因为风湿病复发，因为贤者器人接受了一坛紫瓮蛇泡药酒，遭到了黑花五步蛇的突袭，但成功躲避。

提出喝蛇酒建议的有许多人，包括饶舌师尊翁媳，而积极表示贡献蛇酒的也有许多人，包括雷大嘴巴，他最快报告已经找到了一坛用长寿蝮蛇，俗称五步蛇的蛇精浸泡的药酒，千载难逢，极其珍贵，极有神效。贤者器人知道蛇类入药早在上古瓯国的《本草经》中便有记载，山谷之城先民就开始饮用蛇酒，以强身健体，驱除瘴毒，被奉为百药之长。对此他曾请教西医，证明蛇酒确实含多种人体所需元素，是高级滋补品，经常适量饮用，具有消炎镇痛功效，对治疗类风湿性病症有明显疗效，但还是稍加犹豫，后来又听了饶舌师尊翁媳的一番劝说，才欣然表示接受。

原来哼四少爷的冒险行为在付诸实施之前，院长嬷嬷，尤其是不死巫娘，似乎预知哼四少爷即将开始的冒险行为，不禁感到担心和惊悸。她知道哼四少爷即便侥幸逃脱，最后由于自己的莽撞，耽误了天一样的大事，最终也会被自己人——包括自称是母亲的院长嬷嬷，当然还有那个特派员同志，还有她不认识的组织里的陌生人——严厉惩罚。

不死巫娘并不是一个人果断地把所有风险都揽了过去，她的所作所为十分周密，甚至可能跟院长嬷嬷详细商量过，甚至院长嬷嬷还鼓励了她，补充了自己的想法，比如中间一些细节。因为她比不死巫娘更不想看到哼四少爷白白牺牲，不想看到刺杀成功却受到严厉追究。

不死巫娘警告哼四少爷，贤者嚣人的命由她来取，别人不得争抢。她郑重许诺，她一定会杀死贤者嚣人，不消别人动手。

她出现在瓯城大街上时，形象如同二十年前女歌队的舞者，全然一道风景。浓妆艳抹，装束隆重，大摇大摆，走街过市，引来瓯城居民的乱纷纷的关注和起哄般的围观。

有诗为证：

> 合手巾，凤凰装，凉笠翘，船子鬓。
> 手提紫酒瓮，脚踩草香松，
> 脸上杜鹃红，腰下蛇胯动，
> 远看深山碧玉寻老公，原来巫娘不死老返童。

然而贤者嚣人一眼就认得这坛紫瓮药酒，犹豫了一会儿，也没有细看献酒和盛装的献酒者，当然没有想到来人竟是不死巫娘，他先是兴奋地表达了感谢，说明自己不会多饮酒，每日一小杯即可，说："但这酒极好。"然后就亲自去端过已被揭去泥封的酒瓮，双手正捧着，不死巫娘口中念念有词，试图唤醒瓮中一条黑花蛇冲破盖在上面的粽叶，一口咬在贤者嚣人的脸上。

这是一条中等黑花蕲蛇，体长约一百五十厘米，头很大，不是很等边的三角形，管牙特别，除了锋利，还有几处陷槽，吻鳞与鼻间鳞向背方明显翘起，鼻孔与眼之间的椭圆形颊窝并不匀称，背鳞特别多，有二十三行，而不是普通的二十一行。后来有人发现，这是一条有一百七十一片腹鳞的雌性。

这真是令人难以置信的情景，在酒中浸泡了几天的五步蛇居然复活了。

此时，献酒者抬起了头，贤者嚣人才发现一身年轻打扮的女子原来是不死巫娘。

不死巫娘神情少有的愕然，似乎对蛇的复活感到震惊，但愕然瞬间即逝，脸平静下来，无奈地摇摇头，自言自语，说它是一条长命的蛇，活了二十多年，而另一条雄性，在二十多年前就死了，说："它是寻仇来了。"

贤者嚣人十分果断，挥起龙泉剑，将滴着酒珠的蛇身斩断，但此刻他脑子却异常清醒，并没有再挪动步伐，他知道咬他的花蛇，又称五步蛇，意思是一旦被咬，中毒极快，人走五步之内，即倒地毙命。此刻他断定蛇没有咬到他，但他仍然屏声静气，不走半步，拒毒保命，以防万一。

不死巫娘捡起光滑的蛇段，眼泪掉了下来，说："寿数就已经到头了，不想非得到今天才跟我一样，原是求一死的。"

场面静止了许久，才开始哄乱起来。

贤者嚣人松下一口气，叫大家喝蛇酒，安慰不死巫娘，说："这太意外了。"

后来贤者嚣人还是被送往医院，因为当时郑济时医生正在为橘子姑娘做手术，还等了一会儿。贤者嚣人其实是受到了惊吓，有些昏沉沉的，口中仍然不停喃喃，只有饶舌师尊听清楚了，说："声也，气出头上。从吅从页。页，首也。梁渠之山有鸟，状如夸父，四翼一目犬尾，名曰嚣。翰次之山有兽，状如禺，长臂善投，名曰嚣。"

"不用多久，就会传出人死的消息。"不死巫娘提醒哼四少爷，说，"吓也被吓死了，所以不劳你动手。"

知道贤者嚣人有惊无险，而且当作笑谈，哼四少爷决定立即动手。

当时，哼四少爷的计划近乎完美。

按照原来商定好的，惊魂已定的贤者嚣人召集督察区党政联席会议，督察区科员和保安司令部军官列席会议，如果会议顺利，会后参加在五马楼举行的鱼宴，品尝刚刚捕获的野生大黄鱼。贤者嚣人感慨，想想再过几年，这种美味的鱼可能因为稀少而变得珍贵，贵过黄金，吃一年少一年，说："今天是最后的晚餐，喝烈性老酒汗，好好地醉一次。"

不想会议并不顺利，尤其是对于哼四少爷担任青年反共救国军总指挥的任命遭到了反对，代替叫花子出席会议的一位干部认为，这样的任命必须上报国防部，说："而且他有共产党嫌疑。"

"他现在还不是共产党。"

贤者嚣人的解释既简单明了，又堂而皇之，在场人都不免感到惊诧。

饶舌师尊翁媳还是主张从橘子姑娘那里取得突破，说："证明他们双双都是共产党。"

邹大维反对更加激烈，他关心的并不是什么共产党嫌疑，而是认为哼四少爷杀害蓝大首领凶嫌并没有洗清，他还在侦办之中，如果给予兵权，就很难归案了。看到他们坚决抵制的态度，也有不少人附和，这个议题不了了之，会议似乎不欢而散，贤者嚣人要求所有人都留下来吃饭，缓解缓解气氛。

后来人们追忆当晚发生的事情，多半拿荆轲刺秦王故事比喻，其实并不准确。当时事发突然，毫无预兆，而且场面极其混乱，无法分清谁是刺客，谁是被刺的目标。从动机和结果来看，连刑侦专家邹大维也不敢有什么判断。

一开始像是两个积怨已久、火气正旺的年轻人打架。

大家欲坐未坐之际，厨师就把最大的金灿灿的黄鱼亲自端上桌来，所有人都把目光转向鱼盘时，本来站着不动的麻生突然把斧子向厨师扔过来，厨师并没有缩下头，只是麻生太贪婪，想直接取下他的首级，不想角度偏高了，砍下的只是高高的厨师帽。一头栗色的头发暴露了哼四少爷的身份，听到哼的一声，麻生的斧子被他抄在手中。这个举动在麻生看来，明显是在嘲笑他，好像是在说，你每次都失手，真是太失败了。

　　麻生难抑焦躁，猛地奔过去要夺斧子，又碍于闪闪的斧锋朝着自己，手又收了回来。

　　"你再这样，我砍了。"

　　麻生闭上眼睛，说："你砍吧。"

　　哼四少爷把斧子还给麻生，麻生突然拿着斧子朝哼四少爷头上砍来。

　　此时，枪声响了，开枪的是贤者嚣人，但他没有想真的打中麻生，只是暂时震住了他。

　　在座的人纷纷站起来，不知道怎么劝，其实也不想劝，因为或多或少都听到过传言，两个人大打出手，多半是为了女人争风吃醋。

　　贤者嚣人把枪一丢，对哼四少爷说："你们共产党宽大为怀，团结一切可以团结的人。"

　　"我不是共产党，至少现在不是。"

　　哼四少爷说着，对麻生哼了哼，就不想再理会他，此刻他神情显得游离，脑子里闪过模糊而又清晰的情景。模糊的是仿佛看到二十年前的自己，在前往刑场的路上，嬉笑怒骂，悲声感慨。

　　"杀了我一个人不要紧，会有人替我报仇的，我们红军是杀不完的！"

　　然后自己再要高声喊叫时，喉咙被夹紧了，顿时陷入窒息。他最后看了一眼，原来是一片冰冷透亮的刀片切入自己的脖子，他就像掐断头鳃的一条活鱼。

　　清晰的是一个在墓碑上刻字的人，问他上面应写什么人的名字。

"写什么人的名字?"哼四少爷茫然不知所措,他竟然不知道父亲叫什么名字。

"现在是二十年之后了,应该写你的名字了。"

"好,写我的名字。"

哼四少爷突然惊醒,回过神来,伸手往黄鱼身上一搅,从里面抽出薄纸一样的吉列刀片,手像风一样伸过去,在贤者器人脖子上狠狠一抹,黑黑的鲜血瞬间喷出来,溅了哼四少爷一脸。

至于橘子姑娘,后来其实也没有动手术,从泄露出来的英文诊断书看并没有确诊,经人翻译如下:

> 女患头晕,考虑可能存在植物神经功能紊乱,失眠、多梦,身体在浅睡眠的时间过长,而造成大脑未得到充分休息,出现经常头晕的症状。也可能是主观性头晕,因为精神压力大而导致忧郁和焦虑的症状。因此常表现为主观性头晕,在固定的时间出现头晕的症状而且每天都会发生头晕,头晕持续的时间比较长可以超过三个月。女患表现有贫血,有或因为月经期流血过多而导致缺铁性贫血,贫血的程度不算严重常常被患者所忽略,故而出现头晕症状。女患有低血压情况,考虑是先天性疾病,可能因为在发育过程中,有先天性的脑血管疾病,但排除动脉瘤、动静脉畸形、海绵状血管瘤等破裂导致脑出血而引起的症状,女患并未伴随着肢体麻木、无力、言语功能障碍。而且发生高血压、脑出血或者动脉硬化性的脑出血概率不大。建议平时注意调整心理,必要时建议到精神科诊……

太阳初升,海波荡漾,有人看见,哼四少爷在后,一个女子在前,匆匆行走,女子回过头来取出一截断袖交给他,说:"你忘了,为何而断?既然割断了,还能缝回去吗?"说完,就离开了。哼四少爷拿着断袖,不知跟上去还是停下来,只是鼻子里重重地呼出气来。

　　1949年5月15日的《瓯越日报》头版刊登了瓯越官民欢庆瓯越全境和平解放的消息，配发的照片十分清晰，依次有穿着呢质军装的特派员同志，一身列宁装的院长嬷嬷，还有神情得意的饶舌师尊翁媳以及许多欢乐的面孔，头版下端是一篇署名民主人士的文章，题目是《带领人民建设美好的新瓯越》。还有一张照片则是在山谷之城的千年古樟下，戴着红袖标的雷大嘴巴正在群众大会上讲话。旁边站着的一位青年举着一面迎风招展的旗帜，细看，上面写着山谷之城赤卫队字样，再细看，举着旗帜的人仿佛是哼四少爷，而紧挨着他的，是一位笑容灿烂的美丽年轻的女子。

卷尾

    十年之后的1959年国庆节，现代瓯越乱弹《红色风暴》在五马街大礼堂上演。女主演红山娘，这红山娘就是百里香，解放后户籍登记，在特派员同志，也就是时任瓯城军管会主任周汉民的建议下，改叫此名。

剧中人	扮演者
哼赤潮：山谷之城苏维埃主席，赤卫队队长	小九龄童
玛丽亚：山谷之城妇女主席，合唱队队长	红山娘
杜鹃花：山谷之城妇女舞蹈队队长	小红山娘
瓯南天：瓯城国民党上层人物，起义人士	饶学文
……	
龙地头蛇：蓝大首领，瓯越保安总指挥	秋思归

    原来这秋思虹还有一个隐藏的弟弟，自小由秋高古暗中安排在外学习艺术，后投奔解放军某部剧社，于1957年秋被遣返瓯城，在原女子学堂的瓯城女中教音乐，而这饶学文是饶舌师尊后辈，不知其所出也，有表演天赋，不知其所传也。

    为欢度二十周年国庆，1969年10月1日，在五马街红旗大会堂演出新编革命瓯越乱弹《红色风暴》。

剧中人		扮演者
赤　潮：山谷之城苏维埃主席，赤卫队队长		肖久彤
马爱红：山谷之城妇女主席，		
革命歌曲合唱队队长		红山娘
杜鹃花：山谷之城妇女舞蹈队队长		小红山娘
萧南天：国民党上层军官		饶学文
……		
瓯霸天：国民党反动派头目		秋思归

瓯南天改成嚣南天，后来有反对意见，折中后改成萧南天。龙地头蛇改成瓯霸天，玛丽亚改成马爱红。男主角哼赤潮去了哼字，定名赤潮。演员大体没有变化，但有了改名。

三十年之后，1979年国庆节，在五马街红旗大会堂内部彩排《瓯越风暴》。

剧中人		扮演者
赤　潮：山谷之城苏维埃主席，赤卫队队长		肖久彤
马爱红：山谷之城妇女主席，		
革命歌曲合唱队队长		红山娘
杜鹃花：山谷之城妇女舞蹈队队长		小红山娘
萧南天：国民党起义高官		饶学文
……		
瓯霸天：国民党反动派在瓯越的主要头目		秋思归

四十年之后，1989年国庆节，为纪念瓯越乱弹表演艺术家九龄童从艺八十周年，五马街大礼堂隆重彩排《瓯越风暴》，并连续举办一周的内部观摩。

剧中人	扮演者
哼赤潮：外号黑须男子，山谷之城苏维埃主席，	

赤卫队队长	小九龄童
玛丽亚：外号粟发女子，山谷之城妇女主席，	
合唱队队长	百里香
杜鹃花：外号不死巫娘，	
山谷之城妇女舞蹈队队长	小百里香
……	
萧南天：国民党高官	饶学文
……	
瓯霸天：瓯越保安司令官	秋思归

吸收了亲历者和民主人士的意见建议，以历史唯物主义精神，主要人物设置作了变动和加强。其中扮演者改回原来艺名，特别是老艺人焕发青春，重新登台。

五十年之后，1999年国庆节，交响乐瓯越乱弹《风暴》首场演出在五马大剧院举行。

剧中人	扮演者
哼赤潮：黑须男子，山谷之城苏维埃主席，	
赤卫队队长	小九龄童
玛丽亚：粟发女子，山谷之城妇女主席，	
合唱队队长	百里香
杜鹃花：不死巫娘，	
山谷之城妇女舞蹈队队长	小小百里香
瓯霸天：山谷之城出生的瓯越长官、	
民团总指挥	秋思归
萧南天：国民党瓯越军政长官	饶崇祖

百里香从此没有再上台演出，临终遗言，将自己的骨灰葬于山谷之城。

而这个饶崇祖是饶舌师尊的一个孙辈，原是中国台湾中华电视台艺人，不久前从台北回到瓯城定居。

六十年之后，2009年元旦，上演《红色风暴》。

剧中人	扮演者
哼赤潮	小九龄童
玛丽亚	小百里香
杜鹃花	小小百里香
……	
蓝大首领	秋思归
萧南天	饶崇祖

这是秋思归最后一次演出，不久他在瓯越人民医院（即原天主堂医院）去世。

七十年之后，2019年清明节，瓯越有关部门举行革命烈士秋思虹遗骸安放仪式暨瓯越民国时期史实问题研讨会。首先，党史专家作了《关于烈士秋思虹的领导身份问题调查报告》，确定秋思虹是瓯城地下党支部早期负责人之一，是橘子姑娘也就是蓝安妮的入党介绍人。瓯越大学地方志编纂专家做了专题发言，重点对发生于1949年元旦瓯越军政长官蓝大峰被刺一案提出质疑，认为不存在刺客，因此更没有所谓党组织的意图，蓝大峰最大的可能系自杀，原因既是对1928年年底屠杀苏维埃男女老幼一事的自责和忏悔，也是对1949年局势和众叛亲离的困境产生绝望。所列证据足足有数十页。此论一出，即遭到许多反对意见。有人还当场拿出当年短柄鸟铳等老照片予以反驳。

对于外号贤者器人的萧瓯雄，与会的上古瓯国及器族研究专家认为，他于1949年和平交接瓯越的行为，证明他是一个进步人士，由此也可佐证他对1928年年底发生的惨案没有直接责任。至于1949年清明期间他遭遇意外，是由于对方的误解，他没有追究，则映衬了他身为器族后人忍辱负重、宽厚仁慈的高尚品格。

当日，民间史专家还发表了最新研究成果，认为秋思虹、橘子姑娘和上海丽人都是哼赤潮也就是哼四少爷的真爱，并从几个方面加以论证。同时会上有人发表"关于哼四少爷究竟为何人"的观点，提出了敲钟修女是其生母一说。还有《关于上海丽人生父考》一文，居然提出诸多疑问，比如清津三郎说，理由是她得知自己的生父竟然是一个日本侵略者而惊恐得病。甚至还有何副长官说，因为其论甚谬，其他与会人员一致反对，大多数人认为，上海丽人也就是萧至爱的生父，应该是贤者嚚人。至于生母，也有认为是秋七姑的，但更多的证据倾向于杜鹃花也就是不死巫娘。上海丽人得病，也是因为不死巫娘的巫术和诅咒，至于为何这样对待亲生女儿，可能是出于报复之心，另一方面，这也是导致后来研究者对她和清津三郎关系的误解。

10月1日，全息布景魔幻版《孤儿复仇记》对此作了生动而充分的演绎。

剧中人	扮演者
哼赤潮：哼四少爷	小小九龄童
秋思虹：橘子美人	小小百里香
蓝安妮：橘子姑娘	特丽莎（特邀）
萧至爱：上海丽人	佘静蕾（特邀）
玛丽亚：院长嬷嬷	小百里香
杜鹃花：不死巫娘	蓝杜鹃
蓝大峰：蓝大首领	蓝子山
萧瓯雄：贤者嚚人	饶崇祖
敲钟修女	安琪儿
但丁神父	但丁（特邀）

饰演但丁神父的是瓯越大学的一位外籍教师，也姓但丁。饰演不死巫娘的演员蓝杜鹃是山谷之城杰出女性的传人，据说身体隐秘部位长有一小块形似蝴蝶的紫斑胎记，但一直无法证实。这一年，

干涸了七十年的洞屋再次涌现汩汩温泉，蓝杜鹃受瓯越最长寿老人不死巫娘的邀请，成为首批试泡者。刚一入浴，其娇美的臀上忽然显现一只紫斑蝴蝶，蓝杜鹃背身照镜，愕然以前怎么从未发现。不死巫娘揭开其中秘密：这紫斑蝴蝶是暗记，原本就有，但只有浸泡了这里的温汤才会让它显示出来。

饰演蓝大首领的蓝子山不知何许人也，远而观之，与当年蓝大首领十分相像，近而察之，却是铁汉柔情，甚至有几分俏丽，如果不是唇上黑须，类女生也，真是难辨雌雄。好事者找到八十年前瓯越橘子节比赛旧照，竟然发现与橘子姑娘桂冠得主如出一人。

2015年8月初稿
2019年8月二稿
2021年春月三稿
于杭州文锦苑